EL
AMOR
puede
FALLAR

MATTHEW QUICK

EL AMOR *puede* FALLAR

Umbriel Editores

Argentina • Chile • Colombia • España
Estados Unidos • México • Perú • Uruguay • Venezuela

Título original: *Love May Fail*
Editor original: Harper, An Imprint of HarperCollins *Publishers*, New York
Traducción: Antonio-Prometeo Moya

1.ª edición Marzo 2017

Esta es una obra de ficción. Todos los acontecimientos y diálogos, y todos los personajes, son fruto de la imaginación del autor. Por lo demás, todo parecido con cualquier persona, viva o muerta, es puramente fortuito.

Revisión de Ana

Copyright © 2015 by Matthew Quick
All Rights Reserved
© de la traducción 2017 *by* Antonio-Prometeo Moya
© 2017 *by* Ediciones Urano, S.A.U.
  Aribau, 142, pral. – 08036 Barcelona
  www.umbrieleditores.com

ISBN: 978-84-92915-90-3
E-ISBN: 978-84-16715-33-6
Depósito legal: B-19.179-2016

Fotocomposición: Ediciones Urano, S.A.U.
Impreso por Romanyà Valls, S.A. – Verdaguer, 1 – 08786 Capellades (Barcelona)

Impreso en España – *Printed in Spain*

A mis profesores y a mis alumnos.

«[Los niños] no recuerdan lo que intentas enseñarles. Recuerdan lo que tú eres.»

JIM HENSON, *No es tan fácil ser verde*

«Somos lo que fingimos ser, así que hemos de tener cuidado sobre lo que fingimos ser.»

KURT VONNEGUT JR., *Madre noche*

¡Portia Kane, Miembro Oficial de la Raza Humana! Este carnet te da derecho a ser fea y guapa, a estar triste y a ser feliz. Con él puedes acceder a lo mejor y a lo peor de esta vida, y a todo lo que te encuentres por el camino. También te garantiza el derecho a luchar, a querer ir más allá, a soñar y a ser la persona que en lo más profundo de tu ser estás destinada a ser. Así que sé atrevida, trabaja duro, pásalo bien y siempre recuerda: te convertirás en quien de verdad quieres llegar a ser.

PRIMERA PARTE

PORTIA KANE

1

Estoy de rodillas en uno de los armarios de mi dormitorio —mirando por entre los listones blancos de las puertas como si fuera E.T.—, cuando la siguiente revelación me golpea con más fuerza que un dardo al hacer diana: soy una desgraciada.

Gloria Steinem me llamaría la versión femenina del Tío Tom.

¿La Tía Jemima?

¿Por qué suena tan racista? Desde luego, es una metáfora un poco rara. Pero ¿es racista?

Estoy tan deprimida y furiosa que ni siquiera imagino por qué podría ser racista, y tampoco se me ocurre una metáfora políticamente correcta para describirme como la pésima feminista que soy.

Una vez leí que Gloria Steinem había trabajado de Conejita de Playboy con la intención de denunciar el sexismo de ese empleo. A pesar de sus motivos, el caso es que fue una Conejita de Playboy, permitiendo que los hombres la vieran como un objeto sexual.

Lo más probable es que Gloria disfrutara haciéndolo, aunque fuera en secreto.

Me refiero a que, en el fondo, y debates aparte, todas queremos ser deseadas, y si somos sinceras, deseadas apasionadamente.

Y, quizá, si Gloria Steinem dejó que los hombres se la comieran con los ojos y le pellizcaran el culo antes de erigirse como portavoz de todo el género femenino, entonces quizá, y solo quizá, yo también pueda superar que me he escondido literalmente en mi propio armario, y convertirme de nuevo en una mujer respetable a la que las jóvenes inteligentes miren con deferencia y a la que tal vez incluso intenten emular.

¿Cómo es aquel dicho?

La verdad os hará libres.
Pero antes os sacará de vuestras casillas.

Lo dijo Gloria Steinem, estoy casi segura.

Recuerdo que lo leí todo sobre Steinem en el seminario de «Género y prejuicio» al que asistí en la Universidad, cuando era una buena feminista, buena porque nunca me habían puesto a prueba.

Es muy fácil ser feminista cuando eres estudiante de primer año de Universidad y tienes una beca y ayuda económica suficiente para pagarte la matrícula, el alojamiento y la comida. Una mujer con todo el futuro por delante. Las renuncias llegan con la edad.

Alguien me citará algún día, cuando vuelva a decir cosas inteligentes y llenas de fuerza, como solía hacer hace mucho, mucho tiempo, cuando llevaba la talla treinta y ocho.

«Está bien, Portia Kane», me digo a mí misma en el armario, con un tacón de aguja de Louis Vuitton clavado en la nalga izquierda. Me dejo caer con todo mi peso, sesenta y un kilos, que no está nada mal para una cuarentona relativamente alta, sobre la aguja de diez centímetros, como un sacerdote medieval castigando su carne inflamada de lujuria. «¡Cabréate! Porque estás a punto de ver la verdad. *¡Ay!*»

Levanto las posaderas del tacón Louis Vuitton.

La verdad es que no soy una mujer fuerte.

Pero puedo cambiar.

Puedo ser la mujer que siempre he deseado ser.

Lo conseguiré.

En este preciso momento creo que ni a las adolescentes más frescas del instituto más dejado de la mano de Dios, esas chicas que se van con cualquiera a cambio de un menú del Burger King —aros de cebolla, hamburguesa, y si son buenas negociando, batido de chocolate— ni siquiera a ellas les caería bien ahora mismo. Y es imposible que me admirasen.

Seguramente debería confesar que he estado bebiendo.

Mucho.

Hennessy Paradis Imperial.

Una botella de más de dos mil dólares.

Ken la guardaba para una ocasión especial…, por ejemplo, para cuando finalmente consiga un hoyo de un solo golpe.

El «sueño de su vida». Hacer un hoyo de un solo golpe. ¡Vaya sueño! Ken es un cavernícola. Y cómo saca brillo a sus palos de golf con un paño de felpa durante horas... parece que se esté masturbando.

Esta noche es *mi* ocasión especial.

Ahora sí que está a punto de meterla en un hoyo de un solo golpe, joder, y perdón por el lenguaje.

A primera hora de la noche me serví una copa muy generosa de lo que Ken llama su «Hen con hielo», y luego eché el resto en su humidificador, una reliquia familiar del tamaño de una maleta llena de puros cubanos de contrabando, una selecta colección adquirida a lo largo de una década gracias a contactos empresariales de piel olivácea y valorada en varios miles de dólares. Luego dejé abierta la tapa, lo cual es «peor que violar al Papa», según mi marido, que irónicamente es abiertamente católico, devoto y practicante. Tal vez os estéis preguntando cómo es posible que un productor de películas porno sea católico devoto y practicante. Pero seamos serios. Seguro que todas las personas religiosas que conocéis hacen algo día sí día no que va contra su religión. La vida es así.

Vale, también escupí en los puros varias veces, pero reprimí las ganas de mearme encima, que era lo que iba a hacer en un principio.

Lo que sí hice fue echarle un frasco de salsa boloñesa con trozos de champiñones para asegurarme de que quedaba completamente inservible.

Ay, cuánto odio oír a Ken hablar de los hermosos puntos blancos que aparecen en los habanos cuando han madurado el tiempo adecuado y a la temperatura y humedad convenientes.

—Mira cómo arden cuando les alcanza la brasa, nena —dice, poniendo el asqueroso cilindro cancerígeno a la altura de la nariz, observándolo fascinado como si fuera el Diamante Hope—. Cometas diminutos —dice, sonriendo con asombro juvenil, y durante nueve años le he devuelto la sonrisa, como si fuese una Barbie idiota. Pero esta Barbie se está haciendo mayor.

Ah, el drama de ser una mujer florero.

Siempre que fuma da la impresión de tener una polla en la boca.

Sí, ya sé lo que estáis pensando. Las mujeres no deberíamos utilizar palabras como «polla», ¿verdad? Bueno, a la mierda con eso, porque soy adulta, esto no es una iglesia y Ken chupa los puros con salacidad.

—Nada de mariconadas —le gusta decir cada vez que abraza o felicita a otro hombre, o expresa algo parecido al afecto o la amabilidad, porque Ken es un homófobo impenitente.

¿Cómo narices he acabado aquí?

¿Por qué me casé con este payaso?

¿Por qué me dejé seducir por el dinero? He acabado viviendo en un palacio tropical con suelos de mármol, techos de siete metros de altura, bóvedas de catedral, palmeras, arañas de cristal, muebles tallados a mano y electrodomésticos de acero inoxidable de última generación que hacen que la casa de mi infancia parezca una pocilga en la que ni los animales querrían vivir.

Y sin embargo...

«E.T., mi casa», me digo a mí misma en el armario: y entonces me tomo otro trago de Hen, la bebida que según Ken es la preferida de los negros.

Este comentario sí es racista.

Ojalá tuviera unos M&M.

Sigo escondida en el armario como E.T., incluso he levantado la mano y cuando la luz que entra de fuera ha iluminado la botella de coñac he fingido que mi dedo índice se ponía naranja como el del extraterrestre de la película.

—E... *lli*... *ot* —digo igual que el alienígena cada vez que hablaba con el niño.

Oigo abrirse la puerta principal y la alarma empieza a sonar.

Todos los músculos de mi cuerpo se ponen rígidos.

Oigo a la chica reírse cuando Ken introduce el código..., nuestras fechas de nacimiento mezcladas.

Mi mes, su año.

La voz infantil de ella me recuerda a la de Pitufina, o quizá se deba a que llama «papá» a Ken.

En serio, le llama así. Papá. Como si Ken fuera Ernest Hemingway.

—Desactivado —responde el robotizado sistema de seguridad.

—Esposa histérica y cabreada en el armario —susurro—. Cuidado.

Lo que aún no os he contado es que en la mano sujeto la querida Colt 45 de Ken.

Él afirma que esta pistola puede detener un camión a toda velocidad, solo tienes que disparar al motor; así que estoy casi segura de que puedo parar en seco el polvo que se avecina.

Me he convencido de que voy a matarlos a los dos a tiros.

Quién lo iba a decir.

Sus cabezas van a explotar como piñatas.

Seguro que ya está toqueteándola porque la oigo reír mientras suben la escalera.

—¿Es tu esposa, papá? —le pregunta, y la imagino señalando el retrato que tenemos en lo alto de la escalera. En la foto Ken lleva un traje gris de Armani de raya diplomática y yo mi mejor vestido negro de Carolina Herrera. Parecemos una combinación algo rara del Tony Montana de *Scarface* y la pija de *The good wife*. Diría que a esa chica no le preocupa demasiado que su papá esté casado.

—Murió —dice Ken—. Cáncer.

Es un hombre práctico, no muy creativo, eso sí, pero eficaz.

Durante un segundo me creo sus palabras y me permito *sentirme* muerta.

Inexistente.

Desaparecida.

Nada.

—Qué triste —musita Pitufina—. ¿La querías?

—No hablemos de cosas desagradables. —Ken corta la conversación y al poco rato ella grita y ríe de nuevo.

—¡Qué fuerte eres! —suspira, y retengo en la boca el vómito que me ha subido del estómago al imaginarlo llevándola en brazos hacia mí.

Se acerca el momento.

Ken alardea a menudo de que nunca me ha engañado con ninguna de las «actrices» de sus películas, como si eso, si es que es cierto, fuera una gran hazaña. Siempre le está diciendo a sus empleados: «No metas la polla donde tienes la olla», para darles a entender que no se follen a las chicas de las películas que filman y venden…, aunque al parecer es lícito follarse a todas las demás. Esa es la clase de ética que subscribe mi esposo el católico.

Me pregunto si esta chica no será una prostituta que interpreta un papel, porque parece demasiado idiota para ser de verdad.

Tiene gracia, la posibilidad de que sea una prostituta me da que pensar y hace que me resulte más difícil pegarle un tiro. Si la chica es de verdad una puta, en realidad solo está haciendo lo que Ken le ha pedido que haga, es decir, su trabajo. Pero si lo mato a él tengo que matarla a ella, no puedo dejar testigos. La única manera de conseguir una sentencia poco severa es que el juez sea una mujer y convencerla de que los homicidios fueron un arrebato pasional. Ninguna mujer dominada por el dolor y con una superpistola en la mano puede razonar y evitar pegarle un tiro a la chica que está echándole un polvo a su marido infiel.

Empuño la Colt 45 con las dos manos para prepararme. Estoy lista para irrumpir en la habitación y repartir plomo como un personaje de Quentin Tarantino.

Intento canalizar a la Gloria Steinem y la Angela Davis que llevo dentro…, incluso a mi Lynda Carter interior.

¡Cabréate!

¡Toma el mando!

¡Sé una auténtica feminista!

Por entre los listones del armario veo que la acompañante de Ken es, obviamente, delgada, rubia y como mucho acaba de cumplir los veinte años.

Si pesa cincuenta kilos, me como una mano.

Talla treinta y seis.

Una universitaria que quizá ni siquiera tiene edad para beber.

Una niña.

Ken tiene cuarenta y seis años, aunque aparenta menos.

Se parece al Tom Selleck de 1983, tiene el mismo bigote y el mismo torso peludo. Torso que de repente hace su aparición.

La chaqueta y la corbata están en el suelo.

Ella le ha desabrochado la camisa.

El vestido de la chica sale volando por encima de su cabeza.

En sujetador y bragas de algodón rosa parece aún más joven.

Ahora se mueven como si bailaran mirándose a los ojos, balanceando las caderas como si estuviera sonando la parte lenta de *Escalera al cielo* de Led Zeppelin y no pudieran esperar a la parte marchosa.

(Ah, queridos bailes del instituto, me perseguís incluso en un momento como este.)

Ella le chupa el labio inferior igual que si estuviera hecho de caramelo.

Me digo que tengo que esperar hasta que él consuma el acto para tener una prueba irrefutable. En cuanto Ken le meta su patética e insignificante polla dentro saldré del armario en plan esposa abandonada y desquiciada, y los apuntaré con la pistola.

No tardan en meterse en la cama y, aunque están bajo las frazadas —bajo mi edredón Calvin Klein Acacia—, puedo asegurar que él oficialmente ya ha cometido adulterio, porque está haciendo ese ruidito irritante, una especie de tos que suena a tengo-algo-en-la-garganta, que hace justo cuando está a punto de correrse.

Solo tarda unos noventa segundos.

Y sin embargo no salgo del armario. Me limito a mirar cómo sube y baja el edredón azul con las embestidas finales de la infidelidad de mi marido. Ken y su culo gordo parecen una gran ballena azul saliendo a respirar cada dos segundos para no asfixiarse, y yo no puedo dejar de pensar en que la chica de turno me recuerda a la actriz que hace de Khaleesi en *Juego de tronos*.

Mierda, ya no podré ver esa serie nunca más.

Ken llega al orgasmo y luego tose un poco más. No creo que Khaleesi se haya corrido y, como Ken está ahora de espaldas, jadeando, no creo que lo consiga ya.

En alguna parte, Gloria Steinem está sacudiendo la cabeza horrorizada, Angela Davis ha anulado mi carnet de mujer y Lynda Carter quiere confiscarme todas las pulseras y bragas azules con estrellitas antes de ahorcarme con el Lazo de la Verdad de Wonder Woman.

Hace media hora estaba dispuesta a ir a la cárcel.

Incluso me parecía heroico.

Pero si de verdad querías matar a Ken, ¿por qué le has destrozado el humidificador y los puros?

Ah, sabios lectores y lectoras, vosotros me conocéis mejor que yo.

Y ahora todo esto parece una broma de mal gusto.

Mi vida hasta este momento no ha servido para nada importante, no he hecho nada que valga la pena.

Empiezo a reírme y no puedo parar.

Mi vida es un chiste y no puedo hacer nada para remediarlo.

Mi mente evoca el momento en que conocí a Ken, en Miami, en la otra punta del país. Yo llevaba un vestido veraniego de color rojo, un bronceado de bote y mis viejas gafas de sol Ray-Ban Wayfarer de imitación, y estaba sentada en la terraza cubierta de un restaurante cubano con una amiga que trabajaba allí de camarera. Estábamos disfrutando de los inmerecidos frutos de nuestra ya evanescente pero todavía pasable juventud, compartíamos un plato de puré de alubias negras con plátanos fritos aún calientes —es asombroso los detalles que una puede recordar bajo coacción— cuando Ken vino en línea recta hacia nosotras y le ofreció a Carissa quinientos dólares por sentarse donde estaba ella.

—¿Me cambias el sitio? —dijo exactamente.

Carissa y yo nos reímos hasta que él puso el dinero sobre la mesa, billetes crujientes, nuevos, de cien dólares, que sacó del bolsillo interior de la chaqueta como si fuera un señor de la droga colombiano.

Llevaba un traje blanco y un ridículo bastón con empuñadura de marfil que tendría que haberme dado la primera pista.

Quiero decir... ¿qué clase de hombre llevaba *bastón* en el año 2002?

Pero era tan guapo que me temblaron las rodillas.

Así es como Ken consigue camelarte:

Te mira fijamente.

Desprende seguridad en sí mismo.

Y tiene mucho dinero.

Y todo esto va acompañado de un estilo de puta pena, chabacano y con unos modales propios del propietario de una plantación de esclavos de hace siglos.

Cuando le propiné a Carissa un puntapié por debajo de la mesa, mi amiga recogió los billetes de cien dólares, los golpeó para igualarlos y me dijo que nos veríamos en la horrible, diminuta y apestosa habitación del hotel infestado de cucarachas que habíamos reservado por una semana. Entonces Ken se sentó y dijo:

—Voy a casarme contigo.

—¿Ahora? —respondí, ajena al funesto destino que me esperaba. Incluso halagada.

Diez años después, estoy borracha en mi propio armario, viendo cómo se folla a una adolescente y partiéndome de risa, porque ¿qué otra alternativa me queda?

Y a esto le llaman «vida».

Cuidado, chicas que me leéis.

Pasa sin que te des cuenta.

Un día eres una cachorrilla que corretea libremente por el bosque, sin ninguna preocupación en este mundo, y de pronto, ¡zas!, has caído en una trampa para osos y una de tus patas traseras está sangrando, y antes de que te des cuenta te han quitado las garras y los dientes, te han enganchado a las drogas y haces cabriolas en un circo ruso azotada por tu domador, que siempre es un hombre, mientras niños con pegotes de algodón de azúcar te señalan con el dedo y se burlan de ti.

Lo repito, he bebido mucho.

—¿Qué demonios? —exclama Ken abriendo el armario de golpe—. Vaya. —Da un paso atrás con las manos en alto y la mirada fija en el cañón de su amada Colt, que mantengo más o menos firme apuntando al prepucio pegajoso y malva, y en forma de pala, de su pene desinflado.

Antes de que ocurra un accidente, lanzo la muy pesada pistola al rincón. Ya no podía sujetarla y además...

¿Ir a la cárcel por este tío tan ridículo?

Ni hablar.

—Jamás acertaría una diana tan pequeña, Ken —le confieso y, riendo por lo bajo, saco del armario mi culo borracho.

—Esto no es lo que parece —balbucea Khaleesi, cubriendo sus perfectos pechos como cucuruchos de helado de vainilla con uno de mis cojines decorativos de Calvin Klein.

No puedo parar de reír.

—¿Qué hacías en el armario? —pregunta Ken—. Creía que ibas a visitar a tu... Mira. —Sigue con las manos en alto, con los dedos abiertos al máximo—. Puedo explicarlo. De verdad que sí. Podemos arreglarlo, Portia. Confía en mí. Todo irá bien.

¡Para troncharse!

—¿Por qué te ríes así? —añade—. ¿Estás bien?

Khaleesi dice:

—Yo mejor me voy.

—No, no, no, cariño —le propongo—. Quédate. Por favor. *Insisto.* Mi marido ni siquiera te ha hecho llegar al orgasmo. De todas formas, la que se va soy yo. Siéntete como si estuvieras en tu casa. Puedes tirarte a Ken todas las veces que quieras. Si es que consigues que se le vuelva a poner dura, claro. ¡Pero atenta, voy a contarte un secreto! No vas a conseguir nada mejor de lo que ya has visto.

Me río con tanta fuerza que se me saltan las lágrimas al ponerme en pie y salir del armario.

Empiezo a meter bragas y sujetadores en mi bolsa de viaje Michael Kors.

Ken, desnudo, me observa con la boca abierta, como si yo acabara de inventar el fuego.

Sacudo la cabeza.

Maldito cavernícola.

¿Qué he hecho yo para merecer esto?

—Portia —suplica—. Vamos, Portia. ¿Adónde vas?

—*E.T., mi casa* —gangueo, remedando la voz de E.T. y luego me echo a reír hasta que me da tos y me ahogo.

—Portia —insiste Ken—. Me estás asustando. ¿Estás bien?

Dejo de hacer el equipaje y lo miro fijamente a los ojos.

—No he estado mejor en toda mi vida, Ken. Gracias. De veras. Muchas gracias por ser tan repelente. Si hubieras sido un poquito más humano, me habría quedado contigo. Pero me lo has ahorrado. Mi héroe. Gracias. Un millón de gracias.

Decido sacar una maleta del armario y meter ropa suficiente para unas semanas.

—¿Necesitas ayuda? —pregunta Khaleesi, es tan mona. Y me doy cuenta de que aún es más tonta de lo que parece. La verdad es que empieza a caerme bien. Quizá me dé lástima, para ser más exactos. Me imagino salvándola de Ken y convirtiéndome en su mentora. Podríamos unirnos a algún grupo de mujeres adictas a los hombres horribles. AATG.

Adictas Anónimas a Tíos Gilipollas.

Perdónala, universo, porque la pobre no sabe con quién se lo hace.

—No, quédate donde estás —le ordeno a Khaleesi—. Yo ya me voy. Puedes entretenerte oyendo roncar a Ken y luego despertarte con su cagada post polvo. No tira de la cadena, te lo advierto. Ni siquiera se molesta en cerrar la puerta del baño. Es un encanto de hombre, deja que te lo diga.

—Portia —dice Ken—. ¿Podemos hablarlo un minuto? Ese es el problema. ¡Ya no hablamos nunca!

Vuelvo a reír, aunque esta vez me sale solo un cacareo.

—Ha sido divertido, Ken —concluyo, tendiéndole la mano como si acabáramos de terminar un agotador partido de tenis de diez años.

—Portia, admítelo —dice Ken, completamente desnudo, haciendo gestos con las manos abiertas. Su pilila mojada por Khaleesi se ha escondido como la cabeza de una tortuga en un caparazón de vello gris. Habría sido de esperar que se lo hubiera afeitado antes de ligar con adolescentes—. Hace tiempo que las cosas no funcionan y yo tengo necesidades. Tú no las tienes, bueno, yo solamente…

—Eso es cierto —lo interrumpo antes de que diga que es culpa mía. Que debería haber follado más con él. Que soy inferior y no lo que él compró hace tantos años. Que he osado envejecer y ya no tengo el cuerpo ni las ganas de una muchacha de dieciocho años; que quiero algo más sustancial y significativo que su estilo de vida de *playboy*, y que debería avergonzarme de no aparentar dieciocho años durante más de dos décadas o de haber dicho adiós a la adolescencia mucho antes de conocernos. Retiro la mano—. Exacto.

—Me ocuparé de ti económicamente. No te preocupes. Sabes que no soy un mal hombre.

—No soy una puta, Ken. Muchas gracias.

—Entonces, ¿no estás enfadada conmigo? Seguimos siendo colegas.

Colegas.

Increíble.

Después de verlo follar con una adolescente se supone que yo tengo que cuidar de *sus* frágiles emociones.

Miro a Khaleesi, que se esconde con el edredón subido hasta la nariz. Nos mira con los ojos abiertos de par en par, con el interés de una muñeca Kewpie, como si estuviera viendo un culebrón en directo.

El cuarentón y la desgraciada.

La traición de nuestros hombres.

Portia Kane es una vieja idiota de mierda.

—La verdad es que estoy contenta, Ken. Por primera vez en años. Estoy contenta. Que te den por engañarme. *Una vez más.* Pero gracias de nuevo. —Saludo a Khaleesi con la mano y añado—: Gracias y que te den a ti también.

La chica asiente con la cabeza, pero parece confusa.

—*E.T., mi casa* —tartajeo de nuevo con voz de falsete, señalando la nariz de Ken con el índice.

Me mira entornando los ojos e inclina la cabeza a un lado.

—No ibas a dispararme, ¿verdad que no, nena? No después de todo lo que hemos vivido juntos. Hemos pasado buenos ratos, tú y yo. Siempre nos querremos profundamente. Admítelo. ¿Eh?

Realmente creo que le preocupa la respuesta, que es importante para él creer que todavía lo quiero de un modo filial, dependiente y servil, y que siempre lo querré.

Siempre.

Quiere ser mi macarra emocional, el dueño de mi corazón.

Decido que mataré su recuerdo, cueste lo que me cueste.

Suprimiré a Ken Humes.

Lo borraré.

Me recuperaré de esta década de dependencia.

Merezco algo mejor.

Y algo mejor no será muy difícil de conseguir después de haber empezado por el más bajo y peor de los hombres.

—Adiós, Ken. —Le doy un fuerte palmetazo en la pequeña y fría polla y en los testículos—. Choca esos cinco.

Se dobla por la cintura y me llama «puta de mierda» antes de caer de rodillas.

Creo que he oído a Khaleesi chillar con falso placer, como si de repente fuera en el asiento trasero de una moto acuática, rodeando con sus brazos desnudos los esculpidos músculos de un jugador de fútbol americano, una imagen que he visto en un anuncio de televisión para una marca muy famosa de desodorante para hombres.

Este es el mundo en que vivimos.

Khaleesi está otra vez representando su papel.

Existen chicas así de verdad, al parecer. Existen de verdad. Los hombres como Ken nunca se cansan de ellas. Pero yo ya he jugado a este juego demasiado tiempo.

—A la mierda esta vida —murmuro—. A la mierda. A la mierda tú también, Ken Humes. ¡A la mierda!

Y me voy.

2

—No debería haber abandonado la Universidad —le digo a mi chófer habitual, Alfonzo. Voy en el asiento trasero de la limusina, bebiendo directamente de una botellita de vino blanco. Él lleva su habitual traje negro con corbata estrecha; sujeta el volante con manos firmes y suaves, todavía de color almendra, y se comporta con el estoicismo de una estatua, como siempre—. ¿Sabes lo difícil que es para una mujer sin título universitario ganarse la vida?

—No sé nada de la Universidad. Y aún sé menos sobre mujeres, señora Kane —dice Alfonzo sin apartar la vista de la carretera—. Me limito a conducir.

Termino de beberme lo que queda en la botellita.

—No llegué a la nota media necesaria para conservar la beca de estudios. Saqué un sobresaliente en literatura y escritura creativa, pero la estúpida beca exigía otros cursos, además de la asignatura principal…, es decir, ¿para qué necesitaba estudiar Química otra vez en la Universidad? ¿Memorizar la tabla periódica? Habría preferido sacarme el ojo derecho con un cúter. Yo quería ser escritora, no científica. Y me iban a poner de patitas en la calle. ¡A mí! Casi rozaba el notable de media mientras trabajaba veinte horas a la semana en la cafetería fregando suelos, friendo comida y con aquel asqueroso encargado de la limpieza que me doblaba la edad, el viejo Víctor, tirándome los tejos sin parar con insinuaciones obscenas del tipo: «Tengo un sofá de cuero muy suave, es muy agradable al tacto». ¡Mi día a día consistía en superar obstáculos y, sin embargo, la beca dependía de mis notas! ¿Por qué hay personas que conducen la limusina de la vida y otras solo son pasajeras? ¿Sabes la respuesta a ese enigma?

—No —dice Alfonzo—. No la sé.

—Mi compañera de habitación de primer año era una pasajera. Tenía una nota media de cinco, un aprobado pelado, pero no importaba porque su papi era un abogado que podía pagarle la carrera. ¡Oh, cómo odiaba a Casey Raymond! Ropa de diseño. Maquillaje caro. Habrás llevado a millones de mujeres como ella en el coche. Tardaba noventa minutos en arreglarse por la mañana. Nuestro dormitorio se convertía en un salón de belleza en cuanto salía el sol. Incluso tenía coche. ¡A los dieciocho años! ¡Un Volvo último modelo! ¿Te lo imaginas, Alfonzo?

Alfonzo no responde, pero el alcohol que viaja por mis venas me incita a seguir hablando.

—Para ella la Universidad era una gran fiesta. Cada vez que un chico quería ligársela y le tiraba los tejos se ponía a gritar como una loca y salía a todas horas. Y mientras tanto yo tenía que robarle horas al sueño para estudiar y los nervios me hacían vomitar cuando llegaban los exámenes parciales y finales. Fumaba como una posesa y me metía el café en vena. La ansiedad era como un puño gigante que me bajaba por la garganta y lo único que podía hacer para intentar detenerlo era morderlo. No tenía ningún apoyo. Nada. Sé que sabes de lo que estoy hablando. De injusticia. Lo veo en tus ojos, Alfonzo. Tú y yo estamos cortados por el mismo patrón.

La mirada de Alfonzo y la mía se encuentran durante un segundo en el espejo retrovisor.

No sé si él se ha puesto demasiada loción para después del afeitado o si yo estoy sudando alcohol.

—Así que me fui antes de que me echaran. Que les den por el culo, no te fastidia… Me largué del campus con mi maleta y me subí al primer autobús hacia casa. Ni siquiera les dije que me iba. No sé, quizá tuve una depresión. Tal vez ahora también estoy deprimida. Pero fue un error. Ahora lo sé. Yo sí necesitaba la universidad, mientras que Casey Raymond iba a estar estupendamente hiciera lo que hiciese, porque su papá era su Ken Humes. Ella era una pasajera nata. O «cliente», como te gusta decir a ti por el teléfono. «El cliente está a bordo.»

—Creo que yo no debería oír todo esto, señora Kane —dice Alfonzo—. Solo soy su chófer.

Doy un manotazo al aire que hay entre nosotros.

—Todo el mundo sabe que Ken es adicto al sexo. La metería hasta por el agujero de un dónut. No puede evitarlo. Y yo he sido una experta tapándome los ojos. Durante toda una década. Solo quería tener una buena vida. Quería cosas buenas y bonitas. ¿Quién no quiere cosas buenas y bonitas? Las cosas buenas y bonitas te hacen la vida más fácil durante un tiempo. En especial después de todos los años que llevaba trabajando de camarera en el Olive Garden en turnos interminables hasta que la médula espinal y todos los huesos de los pies me estallaron. Las ensaladas no se acababan nunca. ¡Oh, ensaladas infinitas, infinitas! Si vuelvo a ver otro palito de pan de ajo, me clavaré un destornillador en el corazón.

—Señora Kane, ¿se encuentra bien?

Pasamos por delante de una fila de palmeras y su simetría, yuxtapuesta a mi estado mental, me resulta espeluznante. Entonces digo:

—Con dinero puedes ahorrarte muchísimos sufrimientos en esta vida. También puedes esconderte del pasado. Puedes irte del Olive Garden. Y cura los dolores de espalda. Tendrías que ver el jacuzzi que tenemos en el baño del dormitorio. Hay eco cuando está vacío. Solo por esa bañera mereció la pena al principio.

—Quizá debería dar la vuelta y llevarla a casa.

—Incluso a nuestro consejero matrimonial le gustaba más Ken que yo. Siempre se ponía de su parte. Hasta en lo del matrimonio abierto. ¡UN PUTO MATRIMONIO ABIERTO! ¿Sabes por qué?

—Señora Kane, está usted levantando la voz y…

—¡ÉL PAGABA LA TERAPIA! A todo el mundo le gusta el que paga. Así es como funcionan las cosas.

—Señora Kane, esto no es…

—Señora Kane. Muy bien. Así se habla. No adopté el apellido de Ken. ¡Porque soy la esposa feminista de un productor de cine porno machista! ¿No es para morirse de risa? —Me río hasta que me entra tos—. Quiero decir que hay porno para mujeres y a veces incluso hecho por mujeres, porno feminista en el que no se nos convierte en objetos y somos las que tenemos el control, pero mi marido no hace esa clase de porno porque él cree que con eso no se gana dinero, o al menos no el suficiente. ¿Crees que no intenté convencerlo para que hiciera pornografía feminista? Una vez incluso hablé con sus actrices y les dije que quizá deberían afiliarse a un sindicato. Ken cogió un cabreo de narices y yo no conseguí absolutamente nada. Se rieron de mí. Es como si algunas mujeres quisieran ser oprimidas, ¿no crees? —Empiezo a notar que Alfonzo está incómodo. Se frota la cabeza contra el respaldo del asiento, así que añado—: Muy bien. El discurso y la autocompasión han terminado. Ahora me quedaré callada.

Alfonzo no dice ni pío.

Voy a contaros la verdad, queridos lectores y lectoras: lo que me ha destrozado por completo no ha sido la aventura de Ken con su última amante adolescente, sino un simple comentario que hizo sin venir a cuento hace poco más de un año.

No recuerdo por qué empecé, pero había vuelto a escribir algo de ficción, como solía hacer en el instituto. Al principio solo era una afición, escribía sobre cosas sin importancia para pasar el tiempo mientras Ken estaba fuera. Pero entonces empecé a sentir algo. Escribí unos textos muy íntimos sobre mi madre que parecían prometedores. Así que empecé a preguntarme si algún día tendría la oportunidad de publicar. Por supuesto, a Ken no le conté nada al principio, pero una noche, mientras cenábamos en nuestro restaurante favorito y el champán daba alas a mi esperanza, mencioné que había estado escribiendo y que quizá publicar una novela fuera el objetivo de mi vida, algo que había deseado en secreto desde que estuve en la clase de lengua y literatura de mi profesor favorito del instituto. Mientras hablaba, notaba que mis palabras se cargaban de emoción y sentía que me volvía vulnerable, como si estuviera dejando que Ken viera por primera vez mi auténtico yo al desnudo.

Cuando terminé, él sonrió con suficiencia, miró su comida y repuso:

—Adelante, nena.

—¿A qué ha venido esa sonrisita? —pregunté.

—No he sonreído —respondió.

—Has sonreído en plan condescendiente, ¿por qué?

—Te he dicho que adelante. Escribe tu librito.

—¿*Librito*? ¿Qué coño es esto, Ken?

—No lo sé, Portia. —Volvió a sonreír con suficiencia, esta vez mirándome—. A veces tienes que saber quién eres.

—¿Y quién soy exactamente?

—Eres mi esposa —dijo, definiéndome con cada sílaba.

—¿Y tu esposa no puede publicar una novela algún día?

—No te educaste precisamente entre escritores, ¿verdad? Y tampoco ahora te relacionas con ese tipo de gente.

—¿Y eso qué tiene que ver?

—Ni siquiera te graduaste en la Universidad, Portia —me recordó mientras cortaba con el cuchillo el pollo a la *cordon bleu*—. Tú y yo no somos de los que escriben, ¿me equivoco? No quiero ver que te ilusionas con algo que nunca pasará. Eso es todo. Ya sé lo sensible que eres. Además, eres demasiado guapa para ser escritora.

«Te odio», pensé, aunque no lo dije.

Después de todo, era nuestro aniversario de bodas.

Incluso dejé que aquella noche me follara de la forma que a él le gustaba y yo detestaba: por detrás.

¡Tres hurras por el feminismo!

Me había denigrado muchas veces, pero, por alguna razón, aquella noche, mientras se corría dentro de mí, algo cambió.

La mejor parte de mí supo en aquel mismo momento que tenía que dejar a mi marido, que nuestra relación no iba a mejorar, que él, lentamente, estaba matando todo lo bueno que me quedaba dentro, pero tardé un tiempo en reunir el valor necesario para renunciar a la seguridad económica y dejarle. En especial porque Ken me había hecho firmar un acuerdo prematrimonial blindado antes de casarnos; así que divorciarme de él suponía de entrada bajar de categoría social, y probablemente el descenso sería permanente.

¿Por qué le he dejado esta noche?

¿Por qué la rama podrida de un árbol se rompe un día y cae al suelo?

Todo tiene un límite…, incluso las mujeres.

Y, además, estoy borracha como una cuba.

—No creo que Maya Angelou se graduara en la Universidad —digo cuando Alfonzo llega a la terminal de US Airways—. Pero he leído en alguna parte que tiene más de cincuenta doctorados *honoris causa. Cincuenta.*

Alfonzo aparca y se vuelve para mirarme a la cara.

—¿Se encuentra bien, señora Kane?

—¿Qué? —farfullo, parpadeando repetidamente, no sé por qué razón.

—No he podido evitar darme cuenta de que ha estado usted llorando sin parar durante todo el viaje. Y aún sigue. Ya sé que no es asunto mío, pero es que no me parece bien, señora Kane.

Miro por la ventanilla y veo coches y taxis que se alejan de la acera.

—Bueno, nada que merezca la pena está exento de dolor.

Alarga la mano para darme un puñado de pañuelos de papel y, cuando los cojo, pregunta:

—¿Está segura de que quiere que la deje aquí en este estado?

Me seco los ojos y respondo:

—¿Sabes lo que pasa cuando no haces nada? Nada. Mi profesor de lengua y literatura del instituto me lo dijo hace mucho tiempo. Y tenía razón.

3

Cuando me doy cuenta, estoy en el avión.

Me dirijo dando tumbos hacia la última fila.

Al lado de la ventanilla se ha sentado una mujer diminuta y arrugada. Viste un hábito de monja. Incluso se cubre la cabeza con una toca, lo que la vuelve absolutamente adorable.

Es como Sally Field en *La monja voladora*, solo que ahora está vieja y arrugada (¡es muy mona!) como un perrito shar-pei.

Tiene la espalda curvada, de tal manera que por el centro toca el cojín del asiento, pero hay unos doce centímetros de espacio vacío entre el reposacabezas y sus hombros.

Parece la letra ce.

Cuando voy a sentarme, la anciana dice:

—Hola, soy Maeve. ¿Qué tal se encuentra esta noche?

Casi como si fuera la azafata de nuestra sección.

Tomo asiento.

Me abrocho el cinturón de seguridad, una operación que me resulta un poco problemática después de los dos martinis azules —que parecían limpiacristales pero sabían a polvos efervescentes— que me he tomado en el bar del aeropuerto.

Me vuelvo, la miro a los avejentados ojos y replico:

—Hermana, me alegro de que lo pregunte, porque la verdad es que no me encuentro muy bien. Y podría hablar. Sí, podría. Hablar hasta que lleguemos a Filadelfia. Porque tengo problemas. Problemas con pe mayúscula, que rima con la pe de «Portia». Mi nombre. Mi maldito y estúpido nombre.

Le tiendo la mano y la estrecha con las cejas enarcadas.

Su extremidad parece una rama arrancada de un arbolito puesta a secar durante muchos años y enfundada después en un guante de cirujano.

Si aprieto con fuerza, se romperá en mil pedazos.

Aunque estoy borracha, la estrecho con cuidado.

Y entonces me echo a llorar de nuevo, porque tengo alcohol suficiente en el cuerpo para llenar el depósito de un camión.

—Oh, querida —dice la monja, sacando de una bolsa una ristra interminable de pañuelos, como si fuera el mago David Copperfield—. ¿Qué le ocurre?

—¿Lo pregunta en serio?

Cojo un puñado de pañuelos y me seco los ojos.

—Pues claro.

—¿De veras quiere saberlo? Piénselo antes de responder, porque podría desmayarme ahora mismo y dejarla en paz. Me he tomado pastillas para dormir. No tiene por qué oír mi deprimente y patética historia.

—El ejecutivo sentado al otro lado del pasillo me está mirando, así que le señalo la nariz con el dedo y le suelto—: ¡Usted, señor, ocúpese de sus asuntos!

El hombre baja los ojos a la revista que lleva en las manos y me siento como una mujer poderosa, capaz de obligar a hombres trajeados a hacer lo que se me antoje.

Cuando vuelvo la cara hacia la monja, me dice:

—Me encanta escuchar. ¿Qué otra cosa puede hacerse en un avión? Lo más divertido de volar es escuchar las historias de los pasajeros. ¡Las colecciono!

Veo su mano rodeada por las cuentas de madera de un rosario y un Jesucristo desnudo y con buen color de cuerpo, tallado con mucho detallismo.

Todos los hombres buenos son homosexuales o hijos de dioses con complejo de mártires. Lo juro, las mujeres heterosexuales somos un grupo en peligro de extinción.

—¿Colecciona usted historias de extraños? —pregunto.

—Vaya, desde luego. Todos tenemos una historia que merece la pena escuchar y atesorar.

Aseguraría que esta mujer está un poco loca, pero parece amable, y la amabilidad es mucho en un momento como este.

—Muy bien, muy bien. Pero recuerde que usted se lo ha buscado.

El avión se desliza por la pista y yo empiezo a hablar a trompicones.

Pronuncio la palabra «polla» varias veces y describo con gran realismo el diminuto pene de Ken sin darme cuenta de que estoy utilizando un vocabulario sexual muy detallista mientras hablo con una monja, pero ella parece fascinada y muy concentrada.

Entorna los ojos y sonríe cuando pronuncio la palabra, quizás a pesar de sí misma y de sus convicciones religiosas.

Polla.

¡Para troncharse!

Como si le hiciera cosquillas cuando pronuncio palabras malsonantes.

—¿Recuerda aquella canción titulada *Todo el mundo se lo pasará en grande esta noche*? —pregunto—. No, claro que no. «Todo el mundo irá de marcha esta noche» —canturreo—. ¿De veras no la conoce?

—Ah, caramba, caramba —dice repetidamente y de súbito pulsa el botón que hay encima de nosotras.

Se me ocurre una idea paranoica: ¿Y si esta monja va a informar de mi borrachera para hacer que me expulsen del avión?

Aprieto los puños.

La auxiliar de vuelo aparece en el pasillo.

La hermana Maeve levanta dos dedos rosas y arrugados y proclama:

—Mi amiga ha tenido un día horrible. Sencillamente horrible. Necesitamos vodka con hielo ahora mismo. Y si tiene algún refresco con sabor a cítrico, échele un poco. Cualquier sabor a cítrico valdrá.

—El servicio de bebidas todavía no ha comenzado, hermana —dice la azafata.

—Oh, lamento mucho molestarla, pero esto es una especie de emergencia —insiste Maeve—. La tendré presente en mis oraciones si nos hace el favor. Todo el convento rezará por usted. —Mira el nombre de la azafata en su uniforme—. Stephanie.

—Muy bien, hermana —dice la muchacha, sonriendo—. Acepto el trato.

—Las personas hacen lo que sea para que las monjas recen por ellas. ¡Incluso las ateas! —me susurra la hermana Maeve cuando Stephanie se va—. Que quede entre nosotras. Es una de las ventajas de la congregación.

—¿Es usted de esas monjas que van por ahí pregonando que se han casado con Jesús? —pregunto.

—No sé si voy por ahí pregonándolo, pero sí. Estoy casada con Jesús.

—Si todas las monjas están casadas con Jesús, quiere decir que a día de hoy él tiene miles de esposas y que durante estos últimos dos mil años ha tenido quizá millones, ¿no?

—Bueno, supongo que sí.

—¿Y le parece bien que Jesús tenga todo un harén? Jesús el polígamo.

—Es una forma de enfocarlo..., pero no es un asunto sexual ni nada parecido. No es su Ken, después de todo.

¡Ja! Caray con la monja, parece inofensiva pero no lo es.

—Admítalo, usted ha tenido relaciones sexuales con Jesús —sugiero—. El chaval tiene un cuerpo asombroso.

Maeve niega con la cabeza, se ríe y levanta la mirada.

—Oh, Señor, ¿qué me has enviado esta vez?

—¿Habla usted con Jesús?

—Cada día y a todas horas. Excepto cuando duermo.

—Ahora mismo. ¿Puede hablar con él aquí?

—Desde luego.

—¿Y qué dice Jesús de mí? Pregúnteselo.

—Dice que necesita usted otro vodka —responde Maeve.

La auxiliar de vuelo reaparece muy oportunamente con unos vasos con hielo, que nos entrega antes de sacar del bolsillo las minibotellas de licor y dárselas a mi amiga monja guiñándole el ojo.

—Disfrute del vuelo, hermana —dice, y se aleja orgullosa por el pasillo convencida de que acaba de hacer una buena obra.

La hermana Maeve, como si estuviera acostumbrada a hacer tratos como aquel todos los días, escancia el vodka en los dos vasos.

—Por los nuevos comienzos. —Me da el mío. Chocamos los vasos de plástico y nos ponemos a dar sorbos al alcohol con sabor a cítrico.

—Entonces, ¿nunca ha tenido usted relaciones sexuales?

Me pregunto si en mi caso no hubiera sido una buena decisión: abstinencia total y absoluta.

—¿Siempre se comporta usted así para afrontar el dolor? —pregunta—. ¿Haciendo que los demás se sientan incómodos?

—Puf —digo, ahuyentando sus palabras con un gesto de la mano.

Nos quedamos en silencio durante un rato.

—Solo quiero ser una buena feminista —le explico de repente, justo cuando el avión despega y cobra altura—. Lo digo en serio. Pero usted no sabe nada de feminismo, ¿no? Las monjas son lo opuesto a una buena feminista, ¿no le parece? Diría yo que lo suyo es someterse a los hombres.

La hermana Maeve sonríe y asiente con la cabeza, y luego incluso ríe por lo bajo.

—¿Ha leído a Gloria Steinem? —añado.

—No, no la he leído.

—«Una mujer necesita a un hombre tanto como un pez, una bicicleta», dijo Gloria Steinem. Me pregunto si incluiría a Jesús como hombre.

—¿Quién sabe? —La voz de la hermana Maeve parece ahora cansada y distante.

La he agotado con mis frívolos y repelentes comentarios: soy muy buena agotando a la gente cuando estoy enfadada, aunque no me enorgullezco de ello.

Ojalá hubiera sido más amable con la hermana Maeve, pero ¿qué le voy a hacer? No puedo volver atrás en el tiempo y empezar de nuevo. Y estoy teniendo un mal día. Cuando pillas a tu marido tirándose a una chica que tiene la mitad de años que tú, tienes derecho a tratar mal a la gente, incluso a la monja adorable que conoces en el avión y te invita a vodka.

¿Verdad?

No.

Soy una persona horrible.

«Lo siento», le digo o creo que lo intento porque no estoy segura de si he movido realmente los labios y la lengua, y entonces es cuando me doy cuenta de que llevo una borrachera tremenda.

Quizá debería haber utilizado la Colt 45 de Ken para dispararme.

De repente nada me parece divertido.

Miro el respaldo del asiento que tengo delante durante un minuto aproximadamente antes de quedarme dormida.

Cuando me despierto, estoy desorientada y me duele la cabeza.

Tengo la espalda empapada de sudor.

—¿Dónde estoy? —pregunto.

La monja que hay a mi izquierda responde:

—Bienvenida a Filadelfia. Me he bebido su vodka, señorita Peso Ligero. Hora de bajar.

Levanto la cabeza. El avión está vacío.

—La hemos zarandeado un poco. Creo que han ido a buscar a un médico —informa la monja.

—Estoy bien —alego, pero cuando intento levantarme, me siento fatal.

Consigo llegar al lavabo a tiempo de vaciar el estómago.

Alguien llama a la puerta, con insistencia.

—¿Señora? ¿Se encuentra bien?

Me enjuago la boca en la pila.

—Voy.

Me miro al espejo y veo un monstruo.

Una decrépita criatura mitológica.

Ojos enrojecidos.

Maquillaje corrido.

Mi pelo parece un manojo de serpientes.

—Estupendo. —Abro la puerta escondiendo la mirada—. Estoy bien. No pasa nada.

Dejo atrás a las auxiliares de vuelo.

—Señora, su amiga ha dejado esto para usted.

Me vuelvo y la azafata me alarga un papel doblado.

Lo cojo de un zarpazo y digo:

—Gracias.

Luego me voy a buscar el equipaje. Cada paso que doy retumba en mi cráneo como si fueran minas explotando bajo mis pies. Hago esfuerzos sobrehumanos por no volver a vomitar.

No veo a mi amiga monja por ninguna parte, así que leo la nota mientras espero a que la cinta transportadora me devuelva la maleta.

Querida Portia,

Ha sido muy bonito conocerla en el avión. Siento que no hayamos podido hablar más. Rezaré por usted, ¡con mucha devoción! ¡A diario! Y le pediré a «mi esposo» que interceda por usted de una manera especial. Él dice que no está enfadado con usted por gastar bromas sexuales, así que si está preocupada por eso puede tranquilizarse…, no lo esté.

Gálatas 3, 28: Ya no hay judío ni griego; no hay esclavo ni libre, NO HAY HOMBRE NI MUJER, porque todos vosotros sois uno en Jesucristo.

Buena suerte con su búsqueda.

Con cariño,
Hermana Maeve.

P.D.: Le dejo mi dirección, por si alguna vez quiere escribirme. ¡Me encantan las cartas!

Hermanas de Santa Teresa
Hermana Maeve Smith
(Esposa de Jesucristo número 2.917.299)
16 Waverly Park
Rocksford, PA 19428

Qué raro, pienso, y me guardo la nota en el bolsillo.

¿Búsqueda? ¿A santo de qué ha deducido que estoy buscando algo?

¿Quizá busco ser novelista?

Pero ¿a qué viene esa frase? ¿Le he dicho algo que ahora no recuerdo? No creo haber usado en ningún momento el verbo «buscar».

Ahora mismo tengo demasiada hambre como para preocuparme, así que desisto.

Trato de recordar si realmente dije «polla» varias veces delante de una monja.

¿De veras le he descrito el horrible, inoperante y pequeño pene regordete de Ken con todo lujo de detalles a la hermana Maeve?

Imposible saberlo con seguridad, así que cuando por fin aparece mi maleta en la cinta transportadora, la recojo y subo a un taxi.

—Lléveme a casa —le digo al hombre de piel oscura que lo conduce.

—¿Y dónde está su casa, si tiene la bondad? —pregunta mientras pone en marcha el taxímetro. Su acento tiene un dejo erótico. Seal sin cicatrices en la cara, creo, pero entonces recuerdo que no debo decirlo en voz alta porque sonaría racista, aunque todo el tiempo me dedico a comparar a blancos desconocidos con caucásicos famosos, y sin sentirme culpable.

—Por el puente Walt Whitman —digo—. Westmont. ¿Y usted?

—¿Yo qué? —replica.

—¿Dónde está su casa?

Se aleja de la acera y dice:

—En Filadelfia.

—Ya, pero no ha nacido aquí, lo sé por su acento. ¿De dónde es usted?

Silencio.

Hay montoncitos de nieve grisácea en la calle. Ya no estoy en Florida, eso seguro.

—¿Le da miedo contarme dónde ha nacido? —añado.

Nuestras miradas se encuentran en el retrovisor.

—Nigeria.

—¿Es bonita Nigeria?

—No —dice—. Hay demasiada violencia. Por favor. No vaya nunca.

—Westmont también está muy jodido.

—Es mejor que Nigeria.

—Quizá —propongo—. Tampoco es que tenga otra alternativa esta noche.

—Ustedes siempre tienen otra alternativa. Míreme a mí. Aquí en América. *Una alternativa.*

—¿Le gusta estar aquí, en Estados Unidos?

—Sí —responde—. Mucho. Algún día traeré a mi familia. Pronto, espero.

—¿Tiene esposa?

—En Nigeria. Y cinco hijos. Tres hijos varones fuertes.

Hago caso omiso de su favoritismo sexista.

—¿La quiere? A su esposa

—Sí.

—Es afortunada. —Me detesto por envidiar a esa mujer nigeriana cuyo marido conduce un taxi en la otra punta del mundo, ahorrando dinero para rescatarla del infierno que actualmente es Nigeria. Parece un cuento de hadas. También podría estar en una torre de marfil. Qué romántica…, hermosa incluso. Su lucha común.

Portia, eres una mujer horrible, pienso. Horrible.

—Yo soy el afortunado. Muy afortunado. Mi esposa es una mujer fuerte. Muy guapa. Buena madre. Ella me dará más hijos aquí en Estados Unidos. Yo soy el afortunado.

Veo mi reflejo desastroso en el cristal de la ventanilla izquierda cuando pasamos por delante de los complejos deportivos profesionales de Filadelfia.

¿Qué fumará este tío? Porque yo también quiero.

Me lleva al otro lado del puente Walt Whitman.

—No conozco esta zona. ¿Podría orientarme, por favor? —solicita.

Le doy indicaciones.

Nos alejamos de Camden para dirigirnos a la seguridad de las afueras, mientras yo voy gritando derechas e izquierdas. Finalmente digo:

—Ahí. Donde está ese toldo metálico que da vergüenza ajena.

Se detiene delante de la casa adosada en que crecí y que está enfrente de la tienda de comestibles Acme.

Golpea con el índice los números rojos que brillan en el salpicadero y lee el importe en voz alta.

En lugar de pagar, inquiero:

—¿Ha engañado alguna vez a su mujer aquí, en Estados Unidos?

—¿Qué?

—¿Ha tenido relaciones sexuales con alguna mujer desde que salió de Nigeria?

—¡No! —grita, y de una manera que me da a entender que está muy ofendido.

—¿Considera que su mujer es igual que usted? ¿La anima a tener ambiciones y sueños?

—¿Por qué me hace esas preguntas?

—Dígame que ama a su esposa.

—No entiendo.

—Limítese a decirme si ama a su esposa.

—¡Amo a mi esposa! La echo mucho de menos. Ahora tiene que pagar.

—Le creo. No miente usted. Le creo de verdad —decreto—. Uf. Es usted la auténtica aguja del pajar. Un hombre de verdad. Se lo digo yo.

—No la entiendo. Por favor, pague. Tengo que llevar a más gente para ganar dinero.

—Lo conseguirá. Traiga a su esposa a Estados Unidos enseguida.

Introduzco cinco billetes de cien dólares por la ranura de plástico, sintiéndome un poco como Ken en aquel restaurante cubano de Miami, solo que yo soy una versión femenina de Ken y más altruista. Quizá yo sea a Gloria Steinem lo que Hugh Hefner es a Ken.

—Es demasiado —dice el taxista nigeriano—. Demasiado.

—Traiga a su mujer a Estados Unidos. Y no la engañe mientras tanto. Sea un buen hombre.

—Ya soy un buen hombre.

Bajo del taxi mientras el señor Nigeria sigue hablando:

—Es demasiado, por favor, quédese una parte, por favor. *¡Por favor!*

No tengo fuerzas para enfrentarme a mi madre, así que rodeo la manzana y accedo al callejón que hay detrás de nuestra fila de casas.

Abro la destartalada cancela, cuyas bisagras aún chirrían, y entro en el porche trasero, que tiene el tamaño de una cripta, saco unas mantas del viejo baúl militar, me envuelvo en ellas y me acuesto en el sofá de muelles oxidados y cojines de plástico sucio, que es incluso más viejo que yo.

Está mohoso y húmedo a causa de la nieve que ha caído, pero la verdad es que no me importa.

Igual que cuando iba al instituto, pienso. Tras una noche de borrachera en el bosque. Corriendo para escapar de la poli. Comiendo algo grasiento en el Crystal Lake Diner. Y luego a dormir la mona aquí mismo.

Perdí la virginidad en este sofá.

Jason Malta.

El pobre estaba aterrorizado.

Aunque era un chico simpático.

Muy dulce.

No me hizo daño, porque era muy tímido y amable… y además también la tenía pequeña, circunstancia que no me importó en absoluto.

A pesar de lo que he dicho sobre el pene diminuto de Ken, lo que importa, en mi opinión, no es la forma ni el tamaño de la polla de un hombre, sino el carácter del hombre en sí. Apuesto a que la mayoría de las mujeres de más de treinta y cinco años estarán de acuerdo conmigo. Yo, en cambio, lo supe a los diecisiete, pero después lo olvidé.

Cuando me acosté con Jason Malta no dejaba de pensar que era como absorber lo peor de su vida, como limpiarlo, hacerlo más puro, lo cual, visto con perspectiva, es un pensamiento extraño e inusual para una virgen de diecisiete años.

Pero juro que él se dio cuenta de lo que yo estaba haciendo por él: supo que le estaba quitando el dolor, o al menos aliviándolo, y que era más un favor que amor verdadero.

Ambos lo supimos.

Y no nos importó.

No me corrí.

Ni siquiera me acerqué al orgasmo.

Pero disfruté.

Me gustó darle placer.

Aliviar su angustia, aunque fuera solo por unos minutos.

Jason era buena persona.

Y había sufrido mucho.

Después de eyacular, no dejaba de susurrar «gracias», una y otra vez, y luego empezó a llorar y a temblar, pero no supo explicar el motivo cuando se lo pregunté, o quizá simplemente no fue capaz de verbalizarlo, porque ambos lo sabíamos.

Sabíamos que el momento que habíamos compartido era mucho más que un polvo.

Su madre había muerto el año anterior.

Ni siquiera recuerdo de qué enfermedad, pero sí recuerdo que él perdió un montón de clases en la escuela y que cuando volvió a incorporarse todo el mundo supo que su madre había fallecido y él parecía un alma en pena.

Yo solo quería rescatarlo del mundo de los muertos.

Resucitarlo.

Recuerdo que en la escuela era un muchacho divertido. Habíamos estado juntos en una obra de teatro, una comedia que había escrito él, titulada *Charles Barkley va al dentista*.

Lo más divertido era que Charles Barkley ni siquiera aparecía en escena, quizá porque no teníamos compañeros de clase negros para representar el papel. Pero recuerdo que la obra tenía lugar en el despacho de un dentista. Jason era el dentista. Yo era la enfermera que trabajaba en el despacho, respondiendo al teléfono y recibiendo a los pacientes, y Jason me obligó a ponerme aquellas enormes gafas rojas a lo Sally Jessy Raphael. Y había otros compañeros de clase que estaban en la sala de espera, leyendo revistas y periódicos, levantando los ojos con curiosidad cada vez que sonaba el teléfono. Los reporteros no dejaban de llamar y preguntar cuándo iba a llegar «El Gordo»* para hacerse una limpieza dental... Jason había conseguido que nuestro profesor de ciencias, el señor Roorbach, hiciera el papel de todos los reporteros, hablaba por un micrófono que había fuera del escenario y conseguía que su voz pareciese una absurda versión samuelbeckettiana de Dios,

---

* La prensa española de la época acuñó el apodo de «El Gordo» para referirse a Charles Barkley. (*N. del T.*)

aunque por aquel entonces ninguno de nosotros sabía quién cojones era Samuel Beckett. Yo tenía que repetir que no podía «dar información sobre el señor Barkley», y cuando los de la sala de espera me oían, tenían que decir: «¿Charles Barkley? ¿El Gordo es paciente de esta clínica?» Y, fuera por guardar mal los secretos o por ser una enfermera sin ética, mi personaje no dejaba de guiñar el ojo y de susurrar: «Bueno, todo el mundo tiene que cuidarse los dientes..., incluso los deportistas profesionales».

Parecía más divertido cuando estábamos en octavo, pero nuestros padres se reían... Bueno, los padres de Jason y de otros se reían. Mi madre, como era de esperar, no fue a ver la obra.

Jason quiso enviar a Charles Barkley (que en aquella época era un jugador novato de los 76ers de Filadelfia) entradas gratis para el estreno, pero la directiva del club no le devolvió la llamada.

La madre de Jason Malta cayó enferma poco después de aquello y él dejó de escribir comedias. Se volvió tan transparente como una ventana. Podías ver a través de él durante años. Y cuando hizo el amor conmigo por primera vez, lo juro por Dios, se volvió de carne y hueso de nuevo, aunque solo fuera por unos segundos, y fue entonces cuando me di cuenta realmente de que el sexo y la feminidad eran poderosos.

Solía comprarme rosas en Acme, ramos de una docena. Flores baratas que se marchitaban y volvían marrones a las pocas horas. Creí que estaba enamorada de él, y quizá lo estuve. No era muy guapo: pelirrojo, piel pálida y pecho cóncavo. Pero era amable. Incluso cuando dejó de ser divertido seguía siendo amable.

El olor a basura del callejón que hay detrás de la casa de mi infancia me provoca náuseas de nuevo, pero consigo contenerlas.

Ella está dentro, quiero decir mi madre; lo sé. Puedo sentir su pesada presencia. Necesitaré fuerzas para enfrentarme a ella, más de las que tengo ahora mismo.

La irreversibilidad de lo que ha pasado se hace evidente.

Corta.

Mutila.

Trato de dormirme, aunque no dejo de temblar.

En los cojines me parece percibir el olor de la colonia Drakkar Noir que una vez le regalé a Jason Malta por Navidad, y que él se puso obedientemente durante el resto del tiempo que estuvimos en el instituto. Espero que Jason Malta esté felizmente casado, que tenga hijos y mucho éxito. Quizás incluso esté escribiendo comedias de nuevo. Quizá.

Es un pensamiento bonito.

«Portia Kane», me digo, pensando en las vibraciones de esas sílabas que se alejan flotando en la noche. «Portia Kane. Portia Kane. ¿Qué ha sido de ti, Portia Kane?»

Cierro los ojos y trato de borrar el mundo.

Mentalmente sigo viendo un pez montado en una bicicleta.

El pez canta una canción que trata de lo mucho que le gusta pedalear, pero yo no consigo averiguar cómo puede mover ambos pedales con una sola aleta, y es entonces cuando caigo en la cuenta de que aún estoy borracha.

Todo me da vueltas.

La bilis me sube por la garganta como una lengua ácida y horrible, y quema cuando baja lamiéndome el esófago.

—Que te folle un pez, Gloria Steinem —digo, aunque no estoy muy segura de por qué.

4

—¿Portia? —oigo—. ¿Portia? ¿Qué estás haciendo aquí, en el porche trasero?

Abro un ojo y veo a mi voluminosa madre con un albornoz rosa. Se le ve el vaho cuando abre la boca; su pelo corto y gris, que se arregla ella misma, sobresale en mechones triangulares que hacen que su cabeza parezca una flor con una enfermedad extraña.

—Voy a sacar la basura por la mañana ¿y con qué me encuentro? Contigo, nada menos. ¡Qué alegría! ¡Qué alegría! ¿Puedo darte un beso? ¿Puedo abrazarte, cariño? ¿Eres real? ¿Estoy soñando?

No espera respuesta.

Me besa hasta el último pliegue de la cara.

Es como si se me hubiera echado encima un pulpo; su boca chupa como las ventosas de los tentáculos y diría que tiene tantas como patas el cefalópodo.

O quizás es comparable a que te lama un hipopótamo.

Se echa sobre mí con todo su peso. Noto la áspera quemadura de su viejo albornoz de tela de toalla y me propongo comprarle otro nuevo, aunque sé que no se lo pondrá y que probablemente tenga en algún armario una docena de reserva sin utilizar.

—No puedo respirar, mamá.

—¿Has estado bebiendo, Portia? Hueles a alcohol. Qué peste. Qué peste.

—Ahora mismo podría abrir una destilería solo con mi aliento —declaro, y me pregunto por qué he estado tantos años sin venir a casa.

La falta de sindéresis de mi madre.

Su empeño en ser tan sincera como un espejo.

Su extraña conducta infantil.

Su tendencia a molestar, a poner en evidencia y a deprimir al prójimo, como un oráculo genético que proclamara a gritos mi destino en cuanto me ve.

Todo me golpea sordamente, igual que un golpe de martillo en el pulgar.

—¿Dónde está Ken? —pregunta.

Durante un segundo oigo los coches que vienen y van por Cuthbert Boulevard, y entonces respondo:

—Ken ha muerto. Le dispararon con pistola, una Colt 45. Dicen que fue un intruso, un ladrón al que le salió mal el robo. Pero Ken tenía muchos enemigos. La noticia salió en el telediario de las cinco de Tampa. Pero aún no saben nada en concreto. No tienen ni idea de lo que pasó. Los investigadores dijeron que podían hacer una lámina del test de Rorschach con las salpicaduras de sangre del papel de las paredes y luego se rieron como hienas, lo que me pareció muy insensible de su parte, aunque su observación fuera totalmente exacta. A pesar de todo…, hasta nunca, Ken. Encantada de conocerte y todo eso. Menos mal que te tocó a ti.

Mamá aspira una dramática bocanada de aire.

—¡Eso es horrible, Portia! ¡Espantoso! ¿Qué es un test de Rosas? Lo siento muchísimo por ti. ¿De verdad ha muerto Ken? ¿O estás de broma? No sabría decirlo. ¿Por qué no me lo has contado antes? Estoy muy confundida.

—No quería preocuparte, mamá. Quizás haya sido lo mejor, quiero decir que lo hayan matado —afirmo, pensando que no debería seguir con la patraña, ahora que los efectos del alcohol se me han pasado. Pero por lo visto no puedo parar—. Me estaba cansando de él. Ya ni siquiera se le ponía dura. He estado tratando de reciclarlo durante más de un año. Nuestra vida sexual murió mucho antes de eso.

—¡Portia!

—¿Y por qué me pusiste el nombre de Portia? Si ni siquiera habías oído hablar de *El mercader de Venecia*, y mucho menos lo habías leído.

—¿De verdad le han pegado un tiro a Ken? Te lo has inventado, ¿verdad?

—¡Ja, ja! No. No le dispararon. La verdad es que no está muerto. Pero tampoco está muy bien que digamos. La palabra «bien» no se puede utilizar para definir a Ken. Y…

—¡Me estás dando dolor de cabeza! Primero me dices que Ken ha sido asesinado, luego preguntas por tu nombre... y hace muchos años que no te veo. Apareces aquí y...

—Concéntrate, mamá. Una cosa tras otra. Olvida el resto. Concéntrate. ¿Por qué me pusiste Portia?

Cierra los ojos y sacude la cabeza con tanta fuerza que las mejillas le tiemblan como dos gelatinas rojas durante un terremoto. Luego levanta la mirada hacia el techo del porche.

—Creo que a tu padre le gustaba ese nombre.

¡*Embustera*!

—¿Por qué? —indago.

Pone los ojos como platos.

—¿Cómo quieres que lo sepa?

—¿No hablabais sobre qué nombre ponerme cuando estabas embarazada?

—Seguro que sí. Tuvimos que hacerlo.

—Bueno, ¿entonces?

—Hace mucho tiempo. Demasiado tiempo. Apenas recuerdo lo que hice ayer y quieres que hable de aquella época. Tu padre era un buen...

—Hombre. Y además amable —digo—. Sí, lo sé. Debería haberle querido.

—El accidente...

—El accidente —repito interrumpiéndola, porque no es más que una cochina mentira y ambas lo sabemos. Un compañero de trabajo sin identificar se aprovechó de la ingenuidad de mi madre y la dejó embarazada. Ella se inventó la historia del hombre bueno y amable, y ni siquiera se molestó en denunciar al violador, y mucho menos le obligó a hacerse cargo de la manutención de la criatura. En el pasado no me importaba que mintiera sobre las circunstancias de mi nacimiento porque creía que lo había superado, pero cuando quieres respuestas, respuestas de verdad, las mentiras se vuelven insoportables. Puedes perderte en la locura de mamá. Es como un laberinto de arbustos llenos de espinas y sin rosas. Y ella insiste en que yo entre allí y me pasee con los ojos vendados.

—Entonces, ¿no tienes ni idea de por qué me pusiste «Portia»?

—Te queda bien, ¿no? Es un nombre bonito. Me gusta el nombre de «Portia». Fue el mejor que se me ocurrió. El mejor que se *nos* ocurrió. *El mejor.*

Mi nombre parece el del típico coche deportivo que compran los cuarentones cuando fantasean con tirarse a chicas a las que les doblan la edad; el típico coche que Ken se comprará ahora que es libre y se ha deshecho de mí. Ya los veo, a él y a Khaleesi, circulando con la capota bajada, la melena trigueña de ella ondeando al viento como una cometa sobre el tapizado interior de cuero cosido a mano y la pintura de un rojo manzana caramelizada.

—¿Te gustaba Ken? —pregunto—. Ahora puedes decir la verdad. Se ha ido. Él y yo hemos acabado. No hay vuelta atrás.

—Es muy atractivo, ¡pero solo lo vi una vez! ¡Y durante apenas diez minutos!

La sonrisa de mamá es infantil, y siento una oleada de culpa.

¿De veras han pasado tres años desde la última vez que la vi? ¿Y de verdad solo vio a Ken esa única vez?

¿Son posibles estas cosas?

Sin duda.

Portia, eres cruel además de estúpida.

—¿Cómo está la casa? —pregunto.

—¡No tirarás nada!

—Tranquila, mamá. ¿Tienes zumo de naranja? ¿Café? ¿Todo lo que te hace falta?

—Claro. Claro. Entra. Vamos a coger una pulmonía aquí fuera.

—No tendré tanta suerte.

—¿Qué has dicho?

—Nada. Vamos dentro.

—Bienvenida a casa, Portia —dice, y me besa en las dos mejillas otra vez—. Te he echado de menos. Gracias por visitarme.

—¿Tan mal está la casa?

—Yo solo… es que… bueno, yo… ¡Tengo una Coca light para ti! ¡Con lima!

—Apuesto a que sí.

Me preparo mentalmente mientras mamá y yo nos ponemos en pie. Parece que se ha puesto aún más redonda. Cuando yo iba a la escuela, los niños la llamaban Cara de Vinagre, Grimace, como el monstruo violeta y gordo de McDonald's, y yo nunca la defendía, aunque ella se habría desollado alegremente con un cuchillo de mantequilla si yo se lo hubiera pedido.

Me está mirando, bloqueando la puerta. Pesa al menos cincuenta kilos más que yo y está temblando.

—Me alegro mucho de verte, Portia. Mucho —afirma, apretándome el brazo hasta hacerme daño.

—Yo también me alegro de verte, mamá.

—No sabía que ibas a venir.

—Habría dado igual. Ambas lo sabemos.

—Al menos habría hecho limpieza.

—Te habrías preocupado y obsesionado, pero no habrías tirado ni una sola cosa.

—Tengo Coca light para ti. ¡Con lima!

—Lo sé, mamá.

—Portia, esta es *mi* casa.

—Prometo no tirar nada. Tienes mi palabra.

Se ilumina como un Santa Claus de jardín antes de Navidad.

—¿Lo prometes?

Dibujo una equis sobre mi corazón con el índice y añado:

—Lo juro por Dios.

—Te quiero —dice—. ¡Me encanta tenerte en casa!

Abre la puerta trasera y, cuando entro, veo en la encimera el montón de latas de Coca light con lima, un montón de un metro de altura y cuatro de profundidad, y tengo ganas de echarme a llorar. Cajas de cereales, arroz, bolsas de harina y galletas se amontonan delante de los armarios, a los que no se puede llegar aunque se quiera, y mucho menos abrir. No hay despejado ni un centímetro de encimera.

—¿Quieres una Coca light con lima? —pregunta.

—Está bien, mamá. Pero son... —miro el reloj que hay sobre el fregadero, un gato negro al que el polvo ha vuelto gris, con la esfera en la barriga y cuya cola es el péndulo; sus ojos giran con expresión demente en dirección opuesta a la cola... Derecha, izquierda, derecha, izquierda, derecha— las ocho de la mañana. Sí, el momento ideal para tomarse una Coca light con lima.

Abre la nevera. Los tres estantes inferiores están abarrotados de latas plateadas de soda.

Mamá no toma Coca light con lima: nunca.

Son todas para mí, por si se da la casualidad de que llego a casa con sed suficiente como para beberme unas setecientas latas en una sola visita. Estoy segura de que casi todas tienen al menos cinco años de antigüedad.

—Mamá —digo, enjugándome las lágrimas, porque casi me he permitido olvidar que la vida de mi madre está aún más jodida que la mía.

—Sé que te gusta la Coca light con lima, ¿verdad? ¿Verdad?

—Sí, me gusta. Ya me conoces —digo, cogiendo la lata fría que sujeta con sus dedos gordos.

Cuando tiro de la lengüeta, la bebida silba y brota un millón de burbujas.

Doy un sorbo.

—¿Está buena? —dice mamá, asintiendo y mirándome por debajo de las espesas cejas grises.

La verdad es que se trata de un soborno. Me acuerdo de la última vez que intenté limpiar la casa y buscarle ayuda a mamá. Le pedí a mi vieja amiga, la camarera del Olive Garden, que se la llevara al Kmart con una lista de la compra demencialmente larga. Yo me quedé aquí y armada con más de cien bolsas de basura extragrandes empecé a llenarlas como una loca. Había despejado la salita cuando Carissa y mamá volvieron antes de lo esperado. En Kmart se habían quedado sin chándales rosa y mamá había sufrido uno de sus ataques de pánico. Cuando vio lo que yo había estado haciendo, empezó a gritar: ¡No! ¡No! ¡No! ¡No! ¡No! Gritó durante varios minutos y luego empezó a golpearse la cabeza contra la pared con tanta fuerza que se hizo un hematoma. Carissa y yo la acostamos en el sofá, limpio de mierda por primera vez en años. Mi amiga y yo habíamos planeado irnos a Florida al final del verano, así que transigimos y calmamos a mamá ayudándola a vaciar las bolsas de basura y a recolocar toda la mierda donde estaba antes, mientras ella no dejaba de repetir:

—Tu habitación es tuya, Portia. El resto es mío. Tu habitación es tuya, Portia. El resto es mío. —Lo cual enmudeció a Carissa y le borró todo el color de la piel.

Vuelvo al presente y oigo a mamá diciendo:

—¿Igual que la última vez que estuviste aquí? ¿Coca light con lima? ¿Está buena?

—Muy buena. Pero en Florida también tienen Coca light con lima, mamá. Puedes comprarla en casi todas las tiendas del mundo, así que no es necesario que acumules tantas…

—Tu habitación está igual que cuando te fuiste. ¡No he tocado nada!

—El pequeño museo de Portia Kane. Como el comedor, imagino.

Entro en la siguiente habitación, que no tiene en el centro una mesa de comedor, como sería de esperar, sino una torre de metro y medio de lado erigida con números del *National Geographic*, revista que mi abuelo coleccionó durante toda su vida. Los números del *Geographic* tienen el lomo amarillo hacia fuera, las demás revistas tienen el lomo hacia dentro, a saber por qué, quizá sean viejas revistas de señoritas ligeras de ropa. La torre llega hasta la lámpara del techo, cuya cadenita yace en los números superiores sin llegar a colgar. Las revistas estaban en el sótano, pero tuvimos que subirlas cuando el agua empezó a filtrarse por las paredes. La mesa, que había estado en la habitación, la llevamos al sótano y allí sigue, con las patas apoyadas en sendos bloques de piedra artificial, más que nada porque no pinta nada en otra parte y la casa de mi madre es una casa de locos muy locos. Se podría matar a cualquiera echándole encima una torre de revistas. Las paredes de esta habitación están empapeladas del suelo al techo con fotografías mías pegadas con adhesivo. Hay un sendero de medio metro de anchura entre la torre de revistas y el millón de versiones de mi cara en distintas etapas de crecimiento.

Si fuera capaz de mirarlas, podría recomponer con ellas la historia mi vida.

Fotos de recién nacida. El primer día de guardería y de todos los cursos hasta que fui a la Universidad. Todos los disfraces de Halloween. Todos los trajes de Pascua y Navidad. Mis fases de gorda. Mi acné. Todos mis bailes de fin de curso y todos los chicos que se vistieron con un traje dos tallas grandes o un esmoquin pasado de moda para ponerme un arreglo floral barato alrededor de la muñeca y que fingieron que no veían los montones de basura y polvo acumulados por mi madre. Yo llevando un ridículo vestido de princesa Disney de tela barata, y con las mangas abullonadas, que me hacía parecer un armario ropero.

Estas cuatro paredes representan la obra vitalicia de mamá.

Yo soy su única contribución al mundo, pobre mujer.

Es asombroso que nunca haya tenido una crisis existencial.

Como es lógico, la cuarta pared está atestada de fotos de Ken y de mi boda, todas sacadas del carísimo álbum con tapas de piel que le envié y en el que ella no aparecía porque, aunque Ken le pagó un billete de primera clase y una habitación de hotel con vistas al océano, se negó a viajar a las Barbados para asistir a la ceremonia, asegurando que era «demasiado peligroso para una mujer blanca soltera».

Después de las fotos de la boda, en esa misma cuarta pared están todas las fotos que le he enviado de los viajes que Ken y yo hemos hecho por el mundo a lo largo de los años, escenas que no quiero volver a ver. Y, sin embargo, las conozco bien y no puedo menos que recordarme sonriendo estúpidamente delante de la torre Eiffel, sujetando una barra de pan con las dos manos como si fuera una espada o llevando la Gran Pirámide de Giza en la palma de mi mano como si fuera una bandeja de comida. Yo con un bikini negro bebiendo ron y leche azucarada de un coco, y con un collar de flores colgando del cuello en Hawai, yo fingiendo hablar por teléfono en una de esas cabinas rojas que tienen en Londres, yo al lado de una cría de koala en un árbol de una reserva animal de Australia, las fotos de Ken y mías bajo el agua, con aletas y esas tontas gafas de submarinista, flotando sobre la Gran Barrera de Coral; yo en Río de Janeiro, con los brazos abiertos como el gigantesco Jesucristo blanco que tengo a la espalda... Fotos estúpidas que hicimos a lo largo y ancho del mundo, y que han terminado en este lugar asqueroso, con mi madre dando vueltas sin parar alrededor de su torre del *National Geographic* para alimentar la historia vertiginosa de mi vida, gastando la alfombra por el mismo sitio, un círculo interminable de obsesión y locura que le impide tener aventuras propias, incluso experimentar otra más allá de los montones de basura que la rodean.

Por alguna razón pienso en las pinturas rupestres que hacían los cavernícolas. Me imagino los rostros de los neandertales iluminados por el brillo de una antorcha; se han escondido en una cueva húmeda y oscura a la que no llega la luz del sol para no ser devorados por los tigres con dientes de sable que campan a sus anchas.

¿Qué o quién es el tigre con dientes de sable de mi madre? Nunca lo sabré.

Ahora hay programas en la tele sobre este tema, se han rodado cientos de documentales y disponemos de toda clase de información y de recursos sobre las personas acumuladoras y el síndrome de Diógenes, pero cuando yo era pequeña ni siquiera existía el término. A mamá nunca la diagnosticaron, así que, si su problema no tenía nombre, ¿cómo iba a tener solución? Nadie encontraba a mamá tan grotescamente fascinante como para sacarla en televisión y convertir su enfermedad en parte de la cultura popular. No sabría decir si eso fue una bendición o una maldición. Y a pesar de todo, he llegado a creer que ya no hay cura para mamá. Su mente se ha estado pudriendo durante demasiado tiempo. A algunas personas sencillamente no se las puede rescatar, por mucho que las queramos.

La salita es prácticamente inaccesible, ya que mamá ha construido una miniciudad con viejas guías telefónicas y ristras de cupones caducados atados con cordel. Hay pirámides de ositos de peluche baratos y muñecas con cara de plástico, más cajas de Coca light con lima esperando a saciar mi mítica sed, discos de Johnny Cash y Dolly Parton adquiridos por correo y todavía en su plástico original porque mamá no tiene tocadiscos, cajas de zapatos llenas de recetas más viejas que yo, interminables latas de salsa para espaguetis, libros de cocina sin abrir, colecciones de cromos de béisbol y herramientas que mi abuelo coleccionó en su infancia y que mamá ha guardado en cajas con la etiqueta COSAS DE PAPÁ, y muchos otros trastos inútiles amontonados y tambaleándose de una forma que me recuerda a los dibujos del Doctor Seuss.

—No muevas nada —dice mamá—. No muevas nada. ¡Sé dónde está todo!

—¿Dónde puedo sentarme? —le pregunto en son de burla, porque es imposible sentarse en otro sitio que no sea el sillón reclinable de mamá de color rosa y lleno de migas de pan.

—En tu habitación —replica—. Ese es tu espacio. No la he tocado.

—¿Has ahorrado el dinero que he estado transfiriendo a tu cuenta?

—¡Por supuesto! ¡Tenemos un montón de dinero! Tengo los extractos bancarios. ¡Absolutamente todos!

—Apuesto a que sí.

—Yo nunca jamás...

—Mamá, he dejado a Ken. Hemos terminado.

—Ya solucionaréis vuestras diferencias. Las parejas se pelean. Así es como...

—No, mamá. Me ha engañado. Con una mujer muy joven... y con otras. No ha sido bueno conmigo. Ha sido infrahumano. Horrible. Un asqueroso, mamá. Mi vida es una mierda, estoy bien jodida y es culpa mía.

—¡No hables mal, Portia! ¡No en casa de mi padre!

—Mamá, ¿puedo quedarme un tiempo? Ahora mismo no quiero vivir en un hotel. Y no tengo energía para recuperar ninguna de las viejas amistades que he sido incapaz de cultivar durante estos años porque soy una estúpida que prefirió el dinero a las relaciones humanas.

—¡Puedes quedarte en tu habitación! ¡Aquí mismo! ¡Claro, claro, claro! Puedo comprar más Coca light con lima en el Acme de aquí enfrente. Por favor, quédate. ¡Por favor! Me encantaría que te quedaras.

—Gracias, mamá, pero creo que ya tenemos bastantes refrescos. Y cada vez me preocupa más la posibilidad de que nos matemos entre nosotras. Ya te he contado la parte en que Ken me engaña, ¿verdad? Esa era una parte significativa de la historia, y creo que era necesario que la supieras. He dejado a mi marido, en serio.

—¡No te precipites, Portia! La familia es la familia.

—Nos las apañábamos bien antes de Ken. Nos las arreglaremos ahora. De un modo u otro. Voy a empezar de nuevo. Lo estoy pasando mal. Aunque suene infantil, tengo el corazón destrozado. Debería advertirte de que he estado bebiendo mucho y no tengo intención de parar en el futuro más inmediato.

—No he tocado tu habitación. Es tu espacio. Y las Cocas light también son tuyas. Con lima. ¡Bébelas! Son para ti. Pero no toques nada más de la casa, ¿de acuerdo? Todo irá bien. Todo tiene su sitio. Todo. Incluso tú. En las paredes del comedor y en tu cuarto. Ese siempre será tu espacio. ¡Es estupendo tenerte en casa!

—No puedo vivir así otra vez —digo mirando al techo.

—¿Quieres otra Coca light con lima?

—¿Por qué no?

Mamá rodea la montaña de *National Geographics* y vuelve con otra Coca light con lima. Le doy la anterior, que todavía está llena.

—Esta está mucho más fría —recomienda.

Asiento con la cabeza.

Doy un sorbo.

Está más fría.

Miro a mi alrededor, las distintas colecciones de basura apilada y los ositos llenos de polvo. Luego miro fijamente los ojos enfermos, amables y pastosos de mi madre, la única persona que siempre me ha querido incondicionalmente, quizá porque está totalmente majareta.

Pero me quiere.

Ella es mi única verdad.

Si se lo pido, me traería una Coca light con lima cada diez minutos durante los próximos seis meses, qué digo, durante los seis años siguientes, sin dormir más de nueve minutos seguidos, y lo haría con alegría infinita en el corazón, satisfecha de ofrecerme lo que ella cree que deseo.

Rodeo a mi madre con los brazos y entierro la cara en su hombro blando, notando que el tirante de su sujetador se me clava en la barbilla.

—Portia, ¿por qué me abrazas con tanta fuerza? —dice.

—Porque sí.

—¡Me gustan los abrazos!

—Lo sé, mamá. Te quiero. De veras que sí. Pero la he cagado y mi vida es una mierda.

—Por favor, no digas obscenidades en casa de mi padre, Portia. Te he dado una buena educación. Tu abuelo nunca permitió que se dijeran palabras malsonantes en esta casa, ni yo tampoco.

—Sí, me has dado una buena educación. —Empiezo a sollozar—. Es cierto.

Mamá me frota la espalda y me ofrece otra Coca light con lima, pero yo sigo llorando sobre su hombro y veo que no puedo rodearla con mis brazos. Entonces me pregunto cuántos centímetros de distancia habrá entre los dedos índice de mis manos que descansan, cada una, en una tira sorprendentemente ancha del sujetador de mamá.

Unos diez o doce centímetros, creo, y entonces, mentalmente, me obligo a dejar de llorar.

—¿Puedo llevarte a desayunar? —pregunto.

—¿Por qué estás llorando, Portia?

—Vamos a desayunar en una cafetería.

—¿Ahora?

—Sí. Ahora mismo.

—¿Puedo ir así? ¿Adónde vamos? ¿A qué cafetería? ¿Quién habrá allí? ¿Cómo vamos a saberlo? ¿Es una hora segura para ir? Quizá deberíamos esperar a que haya menos gente. No sé, Portia. No sé.

Lleva puesto el chándal rosa de todos los días, con manchas marrones flotando como continentes en un mar de algodón barato y raído. Tiene al menos cincuenta chándales rosas guardados en su dormitorio; los compra cada vez que reúne valor suficiente para subirse a un autobús e ir hasta Walmart y encuentra allí uno por menos de nueve dólares con noventa y nueve céntimos, que es el máximo que está dispuesta a pagar. Todos esos chándales rosas tienen aún la etiqueta puesta, porque ella se pone el mismo maldito chándal una y otra vez, y quiere tener la opción de devolverlos si alguna vez se queda sin dinero. Tiene comprobantes de compra desde los tiempos del gobierno Clinton. Y sí, ella y toda la casa apestan.

Mamá va al Acme de la acera de enfrente una vez a la semana, los martes a las nueve y cuarenta y tres de la noche, porque es cuando hay menos coches en el aparcamiento. Cuenta obsesivamente los coches desde la ventana de la salita y los anota en una gráfica. Los martes a esa hora exacta es desde hace mucho tiempo el momento ideal para ir a comprar, a menos que haya cambiado desde la última vez que hablamos por teléfono. Siempre me informa del número de coches que hay aparcados, tanto si se lo pregunto como si no, y nunca se lo pregunto. Tiene un registro que se remonta a varias décadas. Es una lástima que no haya mercado para esta clase de datos. Mi madre sería el Bill Gates de las estadísticas de los aparcamientos de tiendas de comestibles.

—Si de veras me quisieras —la aviso, atacando su talón de Aquiles—, irías a desayunar conmigo al Crystal Lake Diner del final de la calle. Quizá comamos gofres. Te vendría bien un paseo. Tenemos que salir más. Se te ve muy pálida.

—¡Un paseo! ¡A la luz del día! ¡Me verán! Ahora tienen pequeños aviones con cámaras. ¡Se llaman «drones»! Lo he visto en la tele. ¡Los drones también pueden dispararte! ¡En cualquier parte del mundo!

—El Gobierno no está vigilándote, mamá. No podrías importarles menos, créeme. ¡El Gobierno de este país solo se preocupa por los ricos! La última vez que lo comprobé, tú no vivías en Faddonfield.

—No sé, no sé. —Mamá se golpea la frente con la fofa palma de la mano—. No sé. No sé. *Yo no voté por Obama.* Y no porque sea negro. ¡Pero tienen archivos! Y ahora que tenemos un presidente negro... Hoy en día no puedes fiarte de nadie.

—No has votado a nadie en treinta años, ni blanco ni negro.

—¡Entonces me dispararán por ser antipatriota!

—Escucha, mamá. —Le levanto la barbilla con el dedo índice, hasta que nuestras miradas se encuentran—. Prometo que todo irá bien si sales a desayunar conmigo a la cafetería. Lo prometo.

—¡Podríamos comer aquí!

—Podemos salir de casa sin que pase nada. Te lo juro. Haz esto por mí y no te tiraré nada por lo menos durante una semana. Podrás descansar tranquila durante siete días enteros. Y una semana es larga. Puede que cuando concluya, haya perdido todo interés por limpiar la casa. No tocaré nada. Tienes mi palabra.

—¡Esta es mi casa! ¡Mi padre me la dejó a mí!

—Mamá. Concéntrate. Desayuno. En. El. Diner —digo, pronunciando las palabras como si fueran golpes de kárate, recordando que Ken y yo le hemos pagado la contribución y todos los gastos de la casa de los últimos siete años para que no perdiera aquel maravilloso pozo de mierda. De hecho, le hemos pagado por adelantado todo lo que debe pagar los próximos años... Contribución, televisión por cable, agua, luz, todo. Menos de lo que Ken gasta en puros y whisky escocés en un mes.

—No sé —dice, aunque asiente con la cabeza para hacerme saber que tenemos un trato.

Después de envolverse de pies a cabeza con un pañuelo rosa, tapándose la cara, excepto los ojos, como para aplacar a los talibanes más estrictos y sexistas, recorremos la calle cogidas de la mano igual que cuando yo era pequeña, solo que ahora es mi madre la que se detiene en la acera y busca en mis ojos permiso para cruzar y la que se asusta cuando pasa un coche demasiado rápido y me pide que no la suelte.

No deja de temblar mientras andamos.

Tiembla como una hoja de árbol en un huracán.

—¿Puedo esperar fuera? —pregunta cuando llegamos al Crystal Lake Diner—. Puedo quedarme aquí hasta que termines de comer, ¿te parece? Estaré bien.

—No —replico, y entro con ella tirándole del brazo.

Se parece a todas las cafeterías del sur de Jersey: reservados, una barra con taburetes fijados al suelo, viejos arrullando tazas de café, gente obesa devorando platos repletos de comida grasienta capaz de provocarles varios infartos, niños en tronas en el extremo de las mesas, hombres solos leyendo periódicos atrasados.

En otras palabras, es mi hogar.

No tenemos que esperar, pero nos sentamos en la sala del fondo.

—No me gusta esto. No me gusta esto. No me gusta nada —dice mamá veinte o cincuenta veces. El pañuelo le sigue cubriendo la frente y la barbilla, y hace que parezca un cruce entre un ninja gordo y un conejito de Pascua herido y sin orejas, pero se ha destapado la nariz y la boca. Para ser precisos, parece una indigente, una sin techo recogida de la calle y encerrada por su propio bien—. No me lo estoy pasando bien —dice—. ¡Ni lo más mínimo!

—Estás haciendo esto porque me quieres y las madres e hijas que se quieren salen a desayunar de vez en cuando. En Jersey Sur van a la cafetería. Es lo normal. Obama, si vamos a ello, aprobó una ley que dice que las madres tienen que desayunar en un restaurante con sus hijas dos veces al mes, de lo contrario les pondrán una multa de un montón de dinero e irá gente a limpiarles la casa. El Congreso está pensando en utilizar los drones para hacer cumplir esa ley y...

—¡Deja de burlarte! ¡No lo soporto! ¿A cuánto asciende la multa? La pagaré. ¡No quiero drones!

—Mamá, juro por Dios que si te vuelves a quejar, limpiaré toda la casa hoy mismo.

—¡No! ¡No! ¡No! ¡No! ¡No! ¡No! —chilla tan fuerte que la gente se vuelve a mirarnos.

Me he pasado de la raya.

Sí, sé quién eres, ya te echaba de menos, señora Culpabilidad.

—Cállate, mamá. Cálmate. *Perdona*.

—Yo no...

—¿Café? —pregunta una mujer.

—Por favor. Para las dos —pido, porque mi madre se está mirando el regazo, fingiendo ser invisible, como suele hacer en situaciones así. Observo el rostro de la camarera y su pelo teñido de rojo, y digo—: Oye, ¿tú no eres Danielle Bass?

—Sí —dice Danielle, terminando de llenar la taza de mamá—. Eso dice la placa que llevo en el uniforme... Un momento. —Me mira a la cara y dice—: ¡Oh, Dios mío! ¿Portia Kane? ¿De veras eres tú?

—Solo tienes que añadir una docena de arrugas a tu recuerdo —aconsejo.

—No te veo desde... ¿Qué estás haciendo aquí? Oí que te habías escapado a Florida. Que te habías casado con un... ¿No era un director de cine?

Trata de ser educada en este punto. Ken es propietario de una productora que rueda películas porno muy populares sobre jóvenes universitarias de vacaciones en la playa. Supongo que han corrido los rumores.

Debería añadir que encontrarte con gente que conoces, pero no has visto en años, es bastante normal en las cafeterías de Jersey Sur, que en ese aspecto son como una máquina del tiempo, aunque para que funcione la magia tienes que haber ido a la guardería y al instituto del mismo barrio de la cafetería en cuestión.

Las cafeterías de Jersey tienen, además, el poder de atraerte desde cualquier lugar del mundo para que vuelvas y te atiborres de comida grasienta.

—He vuelto a casa para ver a mi madre —digo, mintiendo sin ninguna razón aparente—. Y de paso visitar Crystal Lake y curar así mi añoranza.

—Hola, señora Kane —saluda Danielle, sin obtener respuesta.

—Mi madre no está muy habladora —digo, guiñándole el ojo a Danielle, esperando que así se aleje.

La camarera asiente con la cabeza.

—Sí, bueno, yo me ocupo de estas mesas. Como en *Livin' on a Prayer*, la canción de Bon Jovi sobre los pobres Tommy y Gina. Llevo el salario a casa por amor. Solo que yo no me llamo Gina. Y no tengo un hombre. Solo un chico. De cinco años. ¿Adivinas cómo se llama? *Tommy*. Lo juro por Dios. Ese es su nombre. No trabaja en los muelles. Obviamente, porque todavía va a la guardería de Oaklyn. Y no le puse el nombre por el chico de la canción. Yo no trabajaba en la cafetería cuando nació Tommy. Solo fue una estúpida coincidencia. Debes pensar que soy idiota. Pero el caso es que cantamos juntos la canción, por lo general a la hora del baño. Tommy y yo. Le gusta. Mi hombrecito. Y Bon Jovi... nunca envejece, ¿verdad? Es un clásico. En especial para nosotras, las chicas de Jersey.

—Enhorabuena —digo, levantando la taza de café hacia ella—. Por Tommy y por todo lo demás.

—Sí, soy una triunfadora.

Danielle parece tan avergonzada de su situación que le cuento la mía sin pensarlo dos veces:

—Yo acabo de pillar a mi marido tirándose a una adolescente, así que es posible que a ti te vaya mejor que a mí. Le he dejado.

—¡Oh, Dios mío! Qué fuerte. Los hombres son unos cerdos.

—No voy a discutirlo.

—Lo siento.

—No pasa nada.

—Al menos se casó contigo. El padre de Tommy se largó en cuanto le dije que iba a ser padre. El muy cerdo. Se fue. Se esfumó sin más. Se convirtió instantáneamente en donante de semen.

—Lo siento —digo, pensando en mi propio padre, un violador sin nombre.

—Pues adiós, y si te he visto no me acuerdo. ¿Sabéis ya qué vais a comer? ¿O necesitáis pensarlo?

—No, sé perfectamente lo que quiero.

—Dispara.

—Gofres para las dos.

—¿Con nata montada?

—¿Mamá?

—Soy invisible —susurra mamá—. Nadie puede verme.

Danielle Bass enarca sus cejas teñidas de rojo y finas como una raya.

—Uno con nata y otro sin.

—Marchando, Portia —dice Danielle, guardando el cuaderno en el bolsillo del delantal—. Y tienes un aspecto estupendo. Como si para ti no hubiera pasado el tiempo. Ni una arruga.

—Eres una maldita embustera, guapa. —Miro a otro lado y sacudo la cabeza.

—Tu exmarido es un retrasado mental.

—Tú también estás genial, Danielle. Mejor cabello que el de Jon Bon Jovi en el 86 —comento, porque aún se carda el flequillo, cosa que parece un anacronismo en el 2012, incluso en Jersey.

—¿Sabes que vi el concierto *Slippery When Wet* en el Spectrum? Jon Bon Jovi volando por los aires colgado de unos cables. Mi madre nos consiguió entradas a mi hermano y a mí. Por entonces salía..., ejem, ejem, se acostaba con un disc jockey de la radio, de la WMMR.

—¡Qué suerte!

—No me habría importado ser la madre adolescente del hijo de Jon. —Se ríe—. Aún conservo la cazadora de flecos. Todavía me cabe.

¿Por qué las estrellas del *rock* de los ochenta parecían mujeres? ¿Por qué nos volvíamos locas por los hombres andróginos en aquella época? Poison. Def Leppard. Mötley Crüe. Todos los cantantes eran hombres que parecían mujeres. ¿Te acuerdas de Cinderella? —Entorna los ojos, levanta un micrófono imaginario hasta su boca y canta—: *Shake me. All-all-all night!*

—¿Recuerdas qué sexista era todo entonces? En todos los vídeos salía una chica con ropa de lycra hecha jirones arrastrándose por el suelo como una gata en celo.

—Bah, tonterías. El *hair metal* de los ochenta era cojonudo. Aún lo es. Dios, cómo echo de menos los solos de guitarra. ¿Dónde se han metido? Eran el orgasmo de la canción. ¿Por qué han tenido que suprimirlos? ¿Qué hacen ahora las adolescentes frente al espejo si no pueden fingir que están tocando la guitarra?

—Oye, ¿recuerdas al señor Vernon? —pregunto, aunque no estoy segura de por qué—. Dios, me encantaba su clase. Él era un buen tipo. El único que he conocido en mi vida. Tú estabas en su clase, ¿no? ¿En la del señor Vernon? Curso superior de lengua y literatura. ¿Recuerdas esos carnets que…?

Danielle muda el gesto de repente.

—No te has enterado de lo del señor Vernon, ¿verdad?

—¿Qué?

—Cómo es posible que no…

—¡Danielle, no te pago para que chismorrees con los clientes! —grita un hombre desde la otra sala. Es igualito que ese terrorista gordo y peludo que sacaban por televisión hace unos años, el que llevaba una camiseta blanca con cuello extragrande y un felpudo de pelo negro en la articulación de las quijadas.

—Es Tiny, mi jefe —explica Danielle—. Un idiota de primera clase. Volveré.

Danielle se aleja y yo miro a mi madre, que está observando su reflejo en la ventana.

—¿Tú sabes lo que le ocurrió al señor Vernon? —pregunto.

—Soy invisible —susurra—. Nadie puede verme.

—¿Te acuerdas de él? ¡Mi profesor de inglés del instituto! ¡Si me pasaba todo el tiempo hablando del señor Vernon! El profesor que me animó a escribir, ¿recuerdas?

Mamá no responde.

—¿Te acuerdas de lo mucho que me gustaba su clase? —prosigo—.
¿De que quería especializarme en Filología Inglesa? ¿Todos aquellos
libros que leí? —Mamá sigue sin decir nada—. ¿Sabes quién es Gloria
Steinem, mamá? —le pregunto, aunque no estoy segura de por qué.
Quizá porque sé que mamá no lo sabe y me gustaría que lo supiera.
Quizá porque desearía que Gloria Steinem fuera mi madre y en secreto
pienso que, si lo fuera, ahora estaría viviendo una vida mucho mejor.
Quizá porque mi madre es una ballena montada en bicicleta, totalmen-
te sola a la que nadie, excepto yo, le presta atención.

—*Soy invisible* —susurra con más intensidad.

—Lo sé, mamá. Lo sé.

Recuerdo el primer día de mi último año en el instituto. Había oído
rumores sobre el señor Vernon. Algunos chicos decían que era una especie de poeta-filósofo a lo Jim Morrison feo y desafinado o algo por el
estilo, y todos los alumnos de música y arte estaban dispuestos a irse
con él a algún país de Centroamérica y obligarlo a ser su líder. Algunos
abusones le llamaban Vernon el Marica, y circulaba el insistente rumor
de que era gay, porque no estaba casado y nunca había tenido novia que
supiéramos, lo que era un crimen a finales de los años ochenta, al menos
por estos barrios.

A los cantantes de los grupos de *rock-and-roll* se les permitía llevar
maquillaje y el pelo largo y de todos los colores (la androginia se publi-
citaba diariamente en la MTV), pero la homosexualidad seguía siendo
tabú.

El cantante de Skid Row, Sebastian Bach, llevaba el pelo como una
mujer, y también una camiseta que decía: EL SIDA MATA A LOS MARICAS
BIEN MUERTOS.

Ni siquiera estaba mal visto llevar esa camiseta cuando yo iba al
instituto, algo que, ahora que lo pienso, me parece enfermizo.

Cuando entré en la clase del señor Vernon el primer día de instituto, anunció que íbamos a hacer un test experimental que supondría el
veinticinco por ciento de la nota del primer trimestre.

Lo odié al instante.

Todos los que estábamos en clase gruñimos a la vez.

Más de uno susurró:

—Esto es una mierda.

Y yo estaba de acuerdo.

El corazón me latía con fuerza.

Peor aún era el hecho de que aquel hombre de treinta y tantos años, en mangas de camisa amarillo canario, con un neumático de grasa en la cintura y la línea del nacimiento del pelo cerca del cogote —se ponía gomina en los mechones de pelo más largos para cubrirse con ellos la calva rosácea, que quedaba como a rayas—, estuviera tan seguro de sí mismo. Era ofensivo.

Por el amor de Dios, es un profesor de instituto, recuerdo haber pensado.

Sigue las normas, colega.

—Quiten de los pupitres todo menos un lápiz para escribir —ordenó—. Vamos. Esto durará toda la clase. Necesitarán cada minuto.

Las palmas de las manos me empezaron a sudar y me entraron náuseas.

Yo tenía una especie de fobia a los tests y me angustiaban incluso cuando había estudiado durante varios días y estaba preparada, así que aquello era mi peor pesadilla hecha realidad.

No nos habían asignado ningún libro para leer en verano.

¿De qué diablos iba a ser el test?

Mientras dejábamos caer las mochilas al suelo y las metíamos con el pie bajo el pupitre, el señor Vernon nos pasó un papel pautado. Ordenó que cogiéramos dos hojas y luego esperásemos instrucciones. Cuando se hubieron repartido todos los papeles, dijo:

—Ni se les ocurra pensar en mirar las respuestas de los demás, porque les estaré observando como la mascota del instituto, como un halcón. Si tengo la más mínima sospecha de que están copiando, los suspenderé en el acto. El test de hoy valdrá una cuarta parte de la nota del primer trimestre. Y es un test de aprobado o suspenso. Cero o cien. Si hoy suspenden, la mejor nota que podrán sacar en el primer trimestre es setenta y cinco, y eso si consiguen un cien en todos los demás exámenes y me entregan todos los deberes.

—¡Eso no es justo! —gritó alguien.

Yo estaba de acuerdo.

—Empezamos ya. Si alguno habla, aunque sea una palabra, durante el resto de la clase, automáticamente tendrá un cero. Así que no hablen. Lo digo en serio. No me pongan a prueba.

Ah, cuánto odié al señor Vernon en aquel momento. Fantaseé con salir inmediatamente de la clase y dirigirme directamente a dirección para pedir que me cambiaran de profesor.

—Escriban su nombre completo en la primera línea de la primera hoja.

Obedecimos mientras el señor Vernon recorría los pasillos.

—Sáltense una línea y escriban un uno seguido de un punto. Después quiero que escriban un párrafo sobre cómo se sienten ahora mismo. ¿Creen que este examen es justo? ¿Quieren seguir en mi clase? Digan la verdad. Si mienten, lo sabré. Y los suspenderé. La verdad no me ofenderá. Lo prometo. Quiero que sean sinceros. Es importante. ¿Cómo se sienten? Esa es la pregunta número uno. Adelante.

Todo el mundo se quedó mirando al señor Vernon. Estábamos estupefactos. ¿Nos estaba gastando una broma?

—Tienen tres minutos. Así que sugiero que empiecen a escribir. Recuerden, esto vale el veinticinco por ciento de la nota del primer trimestre.

Alguien empezó a escribir, no recuerdo quién, y todos seguimos su ejemplo, como si fuéramos ovejas sin cerebro.

Recuerdo haber pensado que, si el señor Vernon quería la verdad, iba a tenerla. Y entonces escribí que siempre había tenido alergia a los tests, que me provocaban ataques de ansiedad y que sorprendernos de esa manera era estúpido y totalmente injusto, poco profesional y cruel. Dije que, de momento, no me entusiasmaba su clase y que estaba considerando seriamente la posibilidad de solicitar un cambio de aula en cuanto me fuera posible. Terminé escribiendo sobre lo mucho que me habían gustado mis anteriores clases de lengua y literatura, solo para hacer que se sintiera mal y también para hacerle saber que yo no era una estudiante de matemáticas y ciencias predispuesta a detestar las clases de letras. Quería que supiera que la culpa era únicamente suya, y lo hice con la indignación y la furia desenfrenada de mis diecisiete años.

Aún seguía escribiendo airadamente cuando dijo:

—Dejen los lápices. Salten una línea y escriban el número dos. Luego respondan a esta pregunta. ¿Qué creen que debería pasar en su primer día de clase de lengua y literatura? ¿Qué harían ustedes, los alumnos, si se invirtieran los papeles y estuvieran en mi lugar? Recuerden que han de ser sinceros. Serán puntuados por su sinceridad.

Recuerdo que echaba chispas.

Definitivamente, yo NO pediría a mis alumnos que hicieran cosas imposibles, recuerdo haber escrito. Haría que se sintieran bien recibidos. Hablaría sobre qué libros íbamos a leer. No sé, tal vez sería una buena idea darles el plan de estudios. ¿O quizá repartir la primera novela del programa? ¿Portarse como un profesor normal y no como un maníaco embriagado de poder? Sería amable y cariñosa…

Borré muchas de aquellas líneas, pero el señor Vernon me vio, se acercó a mi pupitre y dijo:

—Esa es la parte del lápiz que no escribe, señorita… señorita… ¿Cómo se llama? No la conozco.

Me señalé los labios para recordarle que nos había prohibido hablar.

—Puede responder a esta pregunta —dijo.

—Kane. Portia Kane.

—Señorita Portia Kane. —Me sonrió amablemente—. Sea sincera. Puedo soportarlo. Reescriba exactamente lo que ha puesto al principio. No dude de sí misma. —Me guiñó un ojo y luego se dirigió a la clase—. ¡Lo único que necesitan es dejar de dudar de ustedes mismos!

Soplé las migas de goma rosa y rápidamente reescribí lo que había borrado sobre las marcas irregulares que habían quedado en el papel.

—Muy bien —dijo el señor Vernon—. Cojan la segunda hoja y hagan un avión. Y si no saben hacer un avión de papel, ¿cómo es posible que no sepan hacer un avión de papel? No hay normas. Hagan un avión de papel como quieran. Y luego decórenlo con dibujos o garabatos o con su nombre o con lo que quieran. Pero tienen que hacer un avión de papel y decorarlo. ¡Hagan su avión, su avión particular!

Aquello empezaba a ser muy raro.

—¿Por qué miran a sus compañeros en busca de respuestas? —se quejó el señor Vernon, levantando las manos en el aire y encogiendo los hombros con desagrado—. No hay forma buena o mala de hacer un avión de papel. Hagan un avión y luego decórenlo lo mejor que sepan. ¡Es su avión!

Uno de los chicos de la primera fila empezó a doblar el papel y los demás seguimos su ejemplo.

No tenía ni idea de cómo hacer un avión de papel, así que me puse a mirar a ambos lados.

—Señorita Kane —me advirtió el señor Vernon. Me miró a los ojos—. No vale copiar.

Me concentré en el papel de mi pupitre, con las mejillas ardiendo, y maldije mentalmente al señor Vernon.

¿Por qué me había elegido a mí?

Estaba segura de que había otras chicas que miraban a los chicos para saber cómo lo hacían. Lo que nos estaba pidiendo que hiciéramos era muy sexista. ¿En la próxima clase nos exigiría montar pistas de carreras para coches de modelismo? Estaba indignadísima.

Pero empecé a doblar el papel y lo seguí doblando hasta que obtuve algo que se parecía a un avión de papel, aunque tenía una forma abstracta, y después le escribí mi nombre encima.

Portia Kane Airways.

No pude evitar sonreír.

Dibujé unas ventanillas y luego pequeñas caras tras los cristales.

Mi compañía aérea tendría mujeres piloto, pensé, y entonces dibujé mi cara mirando el exterior desde el asiento de la cabina. ¿Por qué no?

—En la primera hoja de papel, salten otra línea y escriban un tres seguido de un punto. Describan y evalúen su avión de papel en un párrafo no muy largo. Recuerden, la nota valorará la sinceridad. Así que escriban la verdad. ¿Les ha quedado bien el avión? ¿Les gusta cómo ha salido?

Observé mi avión de papel y, aunque pocos segundos antes había disfrutado creándolo, los pliegues no eran simétricos y las caras de las ventanillas parecían infantiles, como si las hubiera dibujado una niña de cuatro años, y luego pensé que a lo mejor no podían verse las caras a través de las ventanillas de un avión a causa de la luz reflejada, pero no estaba segura. Nunca había estado en un avión, y también sentí vergüenza por eso, porque todos mis amigos habían volado al menos una vez. El año anterior, mamá, evidentemente, no había podido pagarme el viaje a Londres que organizaron en el colegio con la excusa de estudiar literatura inglesa. Recuerdo que escribí algo sobre que mi avión era el peor de la clase, aunque dejé claro que no era culpa mía. Si hubiera sabido de qué iba aquel test, me habría pasado el verano leyendo manuales sobre cómo hacer aviones de papel. Habría practicado papiroflexia a diario. Incluso habría consultado libros de origami, aunque de todos modos me sentí orgullosa de utilizar la palabra «origami».

No había terminado de escribir cuando oí la voz del señor Vernon:

—Salten otra línea y escriban un cuatro seguido de un punto. Ahora quiero que cierren los ojos.

Empezamos a mirarnos de nuevo.

El señor Vernon estaba loco si creía que íbamos a cerrar los ojos.

—¿De qué tienen miedo? Limítense a cerrar los ojos. Lo hacen todas las noches antes de dormir, así que sé que saben hacerlo. Recuerden, este test vale el veinticinco por ciento de la nota del primer trimestre. Si no cierran los ojos en menos de cinco segundos, y los mantienen cerrados hasta que yo lo diga, tendrán un cero. ¡Y no vale mirar por entre los párpados!

Mis ojos se cerraron de golpe y supongo que los de todos los demás, porque el señor Vernon continuó:

—Quiero que se imaginen con el avión en la mano, caminando hacia la ventana. Miran hacia fuera, hace un día precioso, aunque en esta escuela no parece haber llegado a juzgar por la cara que ponen ustedes. Imaginen su mano bajo el sol en este cálido día de septiembre. El sol les acaricia piel. Se les acelera el corazón al pensar que pueden huir de aquí. Ahora imaginen su mano entrando de nuevo en clase. Tienen el avión de papel entre los dedos índice y pulgar. Apuntan al cielo y lo lanzan. Observen cómo vuela. ¿Se eleva hacia las nubes como un águila majestuosa? ¿Cae en picado hacia el suelo y se estrella? ¿O hace algo completamente distinto? —Calló un segundo—. Abran los ojos y describan el vuelo de su avión tal y como lo han imaginado.

Todos nos pusimos a escribir.

Yo había visto caer el avión de mi mano directo a la hierba como una rata muerta; ardía en deseos de soltarle la cola para poder lavarme las manos. Recuerdo haber estado muy orgullosa del símil de la rata, por muy trillado e impreciso que parezca ahora. También recuerdo haber escrito FALLO MECÁNICO en mayúsculas, como si me enorgulleciera ser consciente de mi incompetencia.

—Salten otra línea y escriban un cinco seguido de un punto —indicó el señor Vernon—. Cuando diga ya, quiero que se pongan en pie, y no olviden que si hablan suspenden, y que saquen el avión de papel por la ventana, alarguen el brazo para que les dé la luz del sol, arrojen el avión y observen su trayectoria. Sigan mirando hasta que caiga al suelo. Hagan una película mental del vuelo. Luego quiero que salgan y recuperen rápidamente el avión, sin correr, que vuelvan al pupitre y describan el vuelo real del avión con todo detalle. Recuerden, no les pondré nota por el vuelo, sino por el nivel de sinceridad con que lo describan. Si son sinceros, tendrán un sobresaliente. Ya.

Nadie se movió.

—¿A qué están esperando?

Recuerdo que James Hallaran fue el primero en ponerse en pie. Siempre llevaba una cazadora negra de cuero, conducía un Camaro de fines de los años setenta, color aguamarina, y llevaba un paquete de Marlboro Reds metido en la manga de la camiseta. Fuera de la escuela solía llevar un cigarrillo sobre la oreja izquierda, como si fuera John Travolta en *Grease*, aunque se parecía más a Billy Idol.

Ese rebelde de pacotilla se dirigió a la ventana y lanzó su avión.

Recuerdo que sonreía al verlo flotar en el aire.

Luego rió con brusquedad, según tenía por costumbre, como si acabara de fumarse impunemente un porro delante del director, y se dirigió a la puerta.

—Muy bien, señor…

James se volvió, juntó los labios, los cerró con una llave imaginaria, se encogió de hombros con aire cómico y luego giró sobre el tacón de su bota izquierda, con rapidez suficiente para que la cadena que unía su cartera con el cinturón dibujara una ola en el aire.

—Usted y yo vamos a llevarnos bien —anunció el señor Vernon, sonriendo.

James levantó un pulgar por encima de su cabeza mientras cruzaba la puerta.

Muchos chicos lanzaron los aviones de papel y muchas chicas populares hicieron lo mismo.

Como yo no era ni chico ni popular, fui de las últimas en levantarme.

Era agradable moverse en clase y el sol me calentó la piel cuando saqué el brazo por la ventana, aunque mi avión no voló, sino que entró en barrena y osciló tristemente hasta estrellarse en el suelo.

Me moría de vergüenza cuando salí de clase, recorrí el pasillo y las escaleras, y encontré el avión de Portia Kane Airways, el primero de esta compañía pilotada por mujeres, enganchado en un arbusto.

«¿Una mujer a los mandos de un avión es como si el avión no tuviera piloto?», pensé, y sonreí para mí.

De nuevo en clase con el señor Vernon, escribí exactamente lo que había visto, comparé el vuelo de mi avión con el de una hoja de roble arrancada del árbol por una ráfaga de viento de septiembre. También me sentí muy orgullosa de esa metáfora.

—Dejen los lápices —ordenó el señor Vernon—. Ahora quiero que relean sus respuestas. Pongan el signo más en las respuestas que les parezcan positivas y optimistas. Pongan el signo menos en las respuestas que les parezcan pesimistas y deprimentes. Recuerden que serán puntuados por su sinceridad.

Al releer mis respuestas, me di cuenta de que a todas iba a ponerles un signo menos delante, porque todas eran «pesimistas y deprimentes». Y eso me irritó, porque yo no era una persona pesimista ni deprimente.

¿O sí lo era?

El señor Vernon, sin saber yo cómo, me había engañado. Quería desesperadamente poner el signo más al lado de mis párrafos, porque siempre me había considerado una persona razonablemente optimista, pero no sería sincera, y nos iba a puntuar por la sinceridad.

—Pasen el examen hacia delante. Pueden quedarse con el avión.

Hicimos lo que decía y cuando tuvo todos los papeles en la mano, les dio un golpecito para cuadrarlos.

—¿Cómo se han sentido cuando he anunciado que iban a someterse a un test? ¿Qué han escrito? Sean sinceros. Hablarán cuando los nombre.

Unos cuantos chicos levantaron la mano y dijeron que se habían sentido traicionados, asustados, preocupados, enfadados, ansiosos..., casi todo lo que habría dicho yo. Cuando el señor Vernon preguntó:

—¿Y usted? —Me señaló con la mano, y me encogí de hombros—. Puede decir la verdad, señorita...

—Kane. Se lo he dicho hace diez segundos.

—Perdóneme. Tengo más de cien nombres nuevos que aprender y solo es el primer día de clase. ¿Cómo se ha sentido cuando he anunciado el test, señorita Kane?

—Enfadada —dije con demasiada precipitación.

—¿Por qué?

—Porque no era justo.

—¿Por qué no era justo?

—Porque no nos había dado la posibilidad de estudiar. Ni siquiera sabíamos de qué iba el test. No era justo.

—¿Estudiar la habría ayudado hoy? —preguntó.

Sentí todas las miradas puestas en mí. No me gustó aquello.

—Podría haber aprendido a hacer aviones de papel.

—¿Cree que eso habría mejorado su nota, considerando el hecho de que se puntuaba la sinceridad y no la habilidad para construir dichos aviones?

Sentí que me ruborizaba.

El señor Vernon escogió a otra víctima... y en mi recuerdo era Danielle Bass. Veo su cabello rojo cardado a lo salvaje y congelado en el aire con laca, como Axl Rose en el vídeo de *Welcome to the jungle*.

—Ha sido algo diferente —respondió.

—¿Y lo diferente es malo? —preguntó el señor Vernon.

—Suele serlo —replicó Danielle.

En mi recuerdo, llevaba los labios pintados de negro.

—¿Por qué?

—No sé. Es así y ya está.

—No dé respuestas generales —sugirió el señor Vernon—. Sabe hacerlo mejor. Estoy seguro. Trate de argumentar las respuestas. Usted puede. Es más inteligente de lo que cree. Todos lo son. Créanme.

Danielle lo miró con los ojos entornados.

—¿Me equivoco al suponer que a todo el mundo le ha parecido desagradable la idea de hacer un test sorpresa el primer día de clase?

Todos empezamos a mirar a nuestro alrededor.

—¡No sean borregos! —gritó el señor Vernon—. Piensen por sí mismos. Ese es el problema. ¡Las opiniones generales matan el arte y el progreso intelectual! Lo vi en sus ojos. Estaban aterrorizados por la palabra «test». Solo cuatro pequeñas letras. Ridículo. Pero dejen que les haga una pregunta: ¿Habían hecho algún test mío anteriormente? No, claro que no. Entonces, ¿cómo sabían lo que iba a suceder y si les iba a gustar? ¿Por qué todos pensaron que iba a ser una mala experiencia?

James Hallaran habló sin levantar la mano.

—Supusimos que iba a ser una mala experiencia porque todos los tests que hemos hecho desde la guardería han sido una mierda... categóricamente.

El señor Vernon sonrió y asintió con la cabeza.

—Me gusta su empleo del adverbio «categóricamente». Sí, me gusta. Pero si va a utilizar metáforas escatológicas en mi clase, señor Hallaran, por favor, sea más original. Y levante la mano cuando quiera hablar, ¿de acuerdo?

James asintió con la cabeza y vi que él también sonreía. Habría asegurado que le gustaba el señor Vernon y fue entonces, en aquel preciso momento, cuando me di cuenta de que nos iba a gustar a todos. Que él tenía todo el control y que nos había engañado. James Hallaran fue el primero en darse cuenta. Quizá yo fui la segunda.

El señor Vernon agitó lentamente el dedo índice para abarcar toda la clase.

—Se ponen límites a ustedes mismos con su mala actitud. Los que sean vagos, culparán al sistema. Han sido condicionados para que la palabra «test» les dé arcadas, sin importar lo que pueda haber realmente en el hecho de someterse a uno. Pero también es una opción. Ustedes no quieren ser el perro de Pavlov, ¿verdad? Y ese es el tema de hoy. ¿Cuándo fue la última vez que hicieron un avión de papel en clase y luego lo tiraron por la ventana?

Nos miró a todos, pero nadie levantó la mano.

Estábamos en terreno desconocido y aunque muchos de nosotros sonreíamos en ese momento, aún éramos reacios a hablar antes de saber a qué clase de juego se estaba jugando allí.

—¿Cuántos de ustedes han escrito comentarios mordaces sobre su avión y su vuelo? Peor aún… ¿cuántos han imaginado que sus aviones se estrellaban antes incluso de someterlos a una prueba de vuelo?

Parecía estar observando todos nuestros rostros a la vez, escaneándolos en busca de mentiras.

—Tienen que creer de vez en cuando, mis jóvenes alumnos. Esto es lo que estoy intentando enseñaros hoy. El mundo tratará de quitaros la fe por la fuerza. Lo intentará denodadamente. «Cuando uno se enfrenta al mundo con tanto valor, para vencerlo el mundo tiene que matarlo y, por supuesto, lo mata. El mundo acaba venciendo a todos y muchos acaban fortaleciéndose con su derrota; pero a los que no se dejan vencer, los mata. Mata con toda imparcialidad a los muy buenos, a los muy apacibles y a los muy valientes. Si uno no es de estos, puede tener la seguridad de que sucumbirá igualmente, pero en ese caso no habrá prisa.» ¿Alguno de vosotros sabe quién escribió esto?

Levanté la mano sin poder evitarlo.

—Ernest Hemingway. Es de *Adiós a las armas*. Lo leímos en segundo curso.

—Muy bien. ¿Y usted cree que el mundo la quiere vencer?

—No lo entiendo.

—Es su último año, señorita Kane. El año que viene entrará de lleno en el mundo real. Es importante que entienda estas cosas. Vital incluso.

—¿Qué cosas?

—El precio de ser fuerte.

—No estoy segura de entenderlo.

—Lo entenderá —afirmó, mirándome directamente a los ojos—. Lo entenderá, señorita Kane. Se lo prometo. Todos lo entenderéis —dijo a la clase—. Y sé, incluso antes de empezar, que casi todos vosotros seréis personas normales y corrientes. Miembros del rebaño que se encogerán ante la palabra «test». Gente que mirará alrededor antes de hablar o hacer algo. Pero podéis escapar. Todavía estáis a tiempo mis jóvenes, alumnos. A tiempo de ser libres. De decirle a Pavlov que no sois un perro. ¿Queréis ser libres? ¿Lo queréis?

El señor Vernon calló tanto rato que nos hizo sentir incómodos. Se podía oír el tictac del segundero del reloj que había en todas las clases al lado de la bandera de Estados Unidos.

—Todos habéis sacado un diez en el examen de hoy. Todos empezáis el curso con un excelente. Y yo soy hombre de palabra. Ya tenéis el veinticinco por ciento de la nota asegurado. Y esta noche no habrá deberes para casa. Y tampoco un plan de estudios predecible resaltando lo que debemos o no debemos hacer. En su lugar os ofrezco una aventura. ¿Quién sabe lo que nos espera al otro lado del camino? Solo os prometo una cosa: no será aburrido.

Sonó el timbre, pero nadie se levantó.

—Cuando esta noche descanséis la cabeza en la almohada, cuando cerréis los ojos, inmediatamente antes de quedaros dormidos, quiero que os hagáis estas dos preguntas y las respondáis con sinceridad: ¿No hace el señor Vernon los mejores tests? Y si el primer día ha sido tan interesante, ¿cómo diantres será el resto del año escolar? ¿Cuál fue la palabra que utilizó antes, señor Hallaran? ¿«Supusimos»? Ah, pero suponer no es saber. Tened cuidado con los clichés. Mañana dejad vuestras suposiciones en la puerta antes de entrar en mis dominios. Señorita Kane, quédese un momento. ¡Los demás podéis iros!

Tragué saliva y me quedé sentada mientras el resto de la clase salía en fila.

El señor Vernon se acercó lentamente y entonces, con las yemas de los dedos de su mano derecha apoyadas en mi pupitre, preguntó:

—¿Le gusta el teatro griego?

—¿Qué? —dije.

—Su camiseta. Las máscaras. La comedia y la tragedia. Símbolos clásicos, de miles de años de antigüedad.

Bajé la mirada.

—Oh, es la camiseta de un concierto de Mötley Crüe. *Theatre of pain.* «Home sweet home». Mötley Crüe es una banda de música.

—Esas máscaras representan la tragedia y la comedia. Existen desde mucho antes que su banda de música. Levante la cabeza. Es más inteligente de lo que cree, señorita Kane. No tiene que fingir. ¿Le gusta Hemingway?

Me encogí de hombros, aunque me había molestado el comentario «más inteligente de lo que cree». Él no me conocía. Y, maldita sea, no tenía ningún derecho a hablarme así, como si fuera mi padre o algo parecido. Vaya mierda.

El señor Vernon dijo:

—¿Le parece sexista? Quiero decir que Hemingway no trató demasiado bien a las mujeres, pero a la hora de escribir, joder, era buenísimo. ¿Está de acuerdo conmigo?

Me quedé mirándolo fijamente.

Ningún profesor me había hablado nunca así.

—No sabe qué pensar de mí, ¿verdad? —Se echó a reír—. Y tampoco le caigo bien. *Todavía.* Pero le gustaré. Puedo mirar en el fondo de los ojos de todos los alumnos el primer día y saber quiénes entenderán mis clases. Usted las entenderá, señorita Kane. Es libre de irse.

Cogí la mochila y salí lo más rápido que pude.

Cuando ya me había alejado por el pasillo, susurré: «Bicho raro».

Pero en el fondo no lo pensaba.

Fui a la biblioteca durante la hora del almuerzo y busqué información sobre Pavlov, leí sobre los reflejos condicionados y cómo se puede conseguir que a un perro se le haga la boca agua haciendo sonar una campanilla, aunque no haya comida en la habitación, ya que bastaba haberla hecho sonar unas cuantas veces con anterioridad, mientras el perro comía.

Creo que entendí lo que el señor Vernon había dicho de nosotros.

Yo no quería ser el perro de nadie.

Quizá me *habían* condicionado.

Aquella noche, cuando apoyé la cabeza en la almohada, sonreía y me di cuenta de que estaba haciendo lo que el señor Vernon había dicho: estaba pensando en él y en su clase. Me pregunté cómo sería el resto del año escolar, y si alguno de mis compañeros de clase estaría pensando también en el señor Vernon antes de dormirse. Apuesto a que sí. Y entonces me pregunté si no nos estaría haciendo lo que Pavlov le hacía a su perro. ¿Pensaría en el señor Vernon cada vez que apoyara la cabeza en la almohada durante el resto de mi vida?

Vuelvo al Crystal Lake Diner y oigo decir a Danielle:

—Uno con nata y otro sin. —Mientras deja los platos de gofres delante de nosotras.

—Soy invisible —susurra mamá.

Parpadeo unas cuantas veces y Danielle se interesa:

—¿Estás bien, Portia?

—¿Qué le ocurrió al señor Vernon?

—Aquí tienes —replica Danielle, pasándome un papelito—. Disfruta de la comida.

Desdoblo el papel y lo leo:

No puedo hablar ahora. El jefe es un nazi. Salgo a las seis de la tarde. ¿Cenamos? Llámame a las seis y veinte.

Debajo está su número de teléfono.

—Mamá —digo.

—Invisible.

—No habrás oído nada malo de un profesor del Instituto Haddon Township, ¿verdad? ¿El señor Vernon? ¿El profesor de lengua y literatura de mi último año de instituto? ¿Nada de nada? Pudo haber sido hace unos años.

—¿Podemos irnos ya? —pregunta mamá, cubriéndose los ojos con la mano derecha y rechinando los dientes para convencerme de que realmente está sufriendo por todo esto.

Miro mi plato, los diez centímetros de gofres más la pirámide blanca y blanda de ocho centímetros de nata montada, y empiezo a encontrarme mal.

—No vas a comer ni un bocado, ¿verdad? —le pregunto.

—Soy invisible. *¿Nos vamos ya o qué?*

—Muy bien, mamá. Tú ganas.

Le hago una seña a Danielle, pregunto si tienen recipientes para llevarme la comida a casa, explico que mi madre no se encuentra bien y le digo que la llamaré más tarde. Dejo sobre la mesa una propina del ciento por ciento, pensando en el pequeño Tommy, que todavía no trabaja en los muelles, pero puede que lo haga en el futuro, ya que su madre sigue trabajando de día en el bar, y recordando de rebote mi temporada de camarera. Pago en caja y me llevo a mi madre de la mano.

En cuanto cruzamos la puerta de casa, pregunta si puede comerse los gofres y le digo que sí.

Coge un tenedor y come con gula directamente de la caja de plástico. Se sienta en su sillón abatible de color rosa, en medio de las torres de basura y borrones de polvo.

—Hum —dice—. ¿Tú no quieres, Portia?

—Ya has conseguido lo que querías, ¿no, mamá? Esto es lo que tú quieres.

—¡Gofres con nata montada! —exclama y entonces me doy cuenta de que se está comiendo los míos.

—Que te aprovechen —digo—. Ahora me voy a mi dormitorio.

—Tu habitación es tuya. ¡No he cambiado nada! —me recuerda, enseñando fugazmente una boca llena de gofres a medio masticar, nata montada y pegajoso sirope marrón—. ¡Es tuya!

Doy media vuelta y me acerco a la escalera, que mide la mitad que antes. Mamá ha amontonado diversas cajas de mierda de medio metro de altura en el lado izquierdo, donde no está la barandilla. Ella necesita la barandilla de la derecha para subir al baño del piso de arriba, que es lo único que usa en esa planta ya que los pasillos, armarios y todo su dormitorio están abarrotados de trastos hasta el techo.

Lleva décadas durmiendo en el sillón abatible de color rosa.

Me detengo al pie de la escalera, preguntándome si será seguro subir o si habrá tanta basura acumulada arriba que al añadir mi peso se venga abajo toda la planta. Pero entonces recuerdo que mi madre pesa el doble que yo, y empiezo a subir, tratando de no mirar los seiscientos rollos de papel higiénico colocados en montones de casi tres metros de altura y metro y medio de anchura, con la puerta del baño encajada tras ellos de tal manera que ya no es posible cerrarla si estás sentada en el inodoro o dándote una ducha.

Entro en mi cuarto y trato de no hacer caso de su cualidad museística. Mi madre ha preservado el pasado con una dedicación obsesiva. Solo falta una cosa: yo. De hecho, si hubiera podido meterme en un frasco con formol para guardarme como una niña pequeña por siempre jamás es probable que lo hubiera hecho. Procuro no mirar las letras rojas de la pared; son las típicas letras de los uniformes de las animadoras y las colgué porque tocaba la flauta en la banda del instituto y llevaba un uniforme ridículo.

En la parte trasera de mi puerta cuelga torcido un póster tamaño natural de Vince Neil con cara de orgasmo y agarrándose la entrepierna por encima de unos vaqueros rasgados que se ha descolorido.

Mi vieja flauta está en su estuche en el escritorio.

Mi colección de unicornios de peluche ha crecido porque mamá sigue comprándome uno por mi cumpleaños y otro en Navidad.

¿Sabéis cómo se llama una manada de unicornios?

Una bendición.

En serio.

En la bendición hay seis miembros menos polvorientos que el resto a los que todavía no conozco, y me entristezco al pensar en mamá poniéndolos en mi cama porque yo no estoy aquí y le he dicho que no le permito que me envíe nada por correo.

Soy una hija horrenda, sí.

Pero he vuelto al mismo lugar del que huí hace tantos años.

Soy una paloma mensajera.

Todo lo que sube tiene que bajar.

Entonces recuerdo el motivo que me ha traído aquí y rebusco en el cajón de mi ropa interior, tiro por encima del hombro bragas de hace veinte años —que se romperían por la mitad si intentara ponérmelas ahora y no porque esté gorda, pero ya no tengo dieciocho años— mientras fisgo. Finalmente lo tengo en la mano.

«Increíble», me digo.

Me quedo mirando el carnet de Miembro Oficial de la Raza Humana y examino la foto que me hizo el señor Vernon la semana antes de terminar el instituto. Nos hizo fotos a todos, bueno, a todos los que estábamos en su clase de lengua. Mi rostro parece más delgado, mi piel suave, sin ninguna arruga, y parezco… inocente, totalmente ajena a lo que me deparaba la vida.

Llena de esperanza.

Dios, qué guapa era. Deslumbrante incluso. ¿Por qué me sentía tan fea entonces? ¿Estaba ciega? Mataría a la vieja y adorable hermana

Maeve y a todas sus amigas monjas —figuradamente hablando, claro— por volver a tener este aspecto.

El flequillo está un poco levantado, vale, está levantado tan alto que apenas cabe en la foto, y el resto de mi cabello castaño cae en línea recta, desapareciendo bajo los hombros.

Aquí, en mi habitación, miro a la derecha y veo mi viejo rizador de pelo en la mesilla de noche, al lado de un aerosol de laca Aqua Net que tendría que estar en un museo.

Sonrío.

En el carnet, aunque debía de ser junio —quizá fue un junio frío, no lo recuerdo—, llevo una cazadora vaquera blanca con chapas en los bolsillos del pecho. Las chapas son difíciles de distinguir, pero aun así puedo nombrarlas todas.

Sobre mi pecho derecho: Bon Jovi, Guns N'Roses, Metallica y, por supuesto, Mötley Crüe.

Sobre el izquierdo: un símbolo morado de la paz. Una cara amarilla sonriente. Kurt Vonnegut fumando un cigarrillo, Sylvia Plath hermosa y triste con su flequillo de rebelde. Todavía están enganchadas en la cazadora blanca... Lo único que tengo que hacer para comprobar si me falla la memoria es abrir la puerta del armario y descolgar esa reliquia de la percha.

En la foto que tengo ahora en la mano, estoy sonriendo como no he sonreído desde hace mucho tiempo. Parezco libre de preocupaciones. Ingenua... en el mejor sentido de la palabra. Como si el resto de mi vida fuera a ser una tarde de finales de mayo en la costa de Jersey, un paseo por la playa con el tiempo más agradable del mundo y con las olas del océano acariciándome los pies.

Leo las palabras que el señor Vernon escribió al lado de mi foto.

¿Qué ocurrió?

¡Portia Kane, Miembro Oficial de la Raza Humana! Este carnet te da derecho a ser fea y guapa...

... y siempre recuerda: te convertirás en quien de verdad quieres llegar a ser.

5

Llamo a Danielle Bass a las seis y veinte.

He pensado en sacar el móvil y teclear el nombre del señor Vernon en Google para saber qué le ocurrió, pero no lo he hecho. No sé por qué. ¿Quizá porque quiero escuchar lo que le ocurrió, fuera lo que fuese, de labios de alguien que lo conoció? ¿Quizá me preocupa que hiciera algo deplorable, como follarse a una de sus alumnas... exactamente igual que haría Ken o cualquier otro hombre abyecto de mi vida? No sé por qué de repente me resulta tan importante mantener al señor Vernon en la columna, escasamente poblada, de Hombres Buenos, pero así es. Y si no es un hombre bueno, quiero saberlo por una persona viva, que respira, preferiblemente mujer, tanto si tiene sentido como si no.

—¡Portia! —exclama Danielle cuando le digo quién soy—. Me dejaste una buena propina. ¡Gracias!

—Bueno, el buen servicio siempre ha de ser recompensado —respondo, esperando no parecer condescendiente.

Me siento aliviada cuando sigue hablando.

—Me alegro de que hayas llamado —dice—. ¿Quieres cenar conmigo y mi pequeño en el Manor? Me muero de hambre. Pagaré yo. Insisto.

—¿El Manor?

—Ya sabes, ese bar de Oaklyn. Al lado del instituto. Vivo en un apartamento que está al lado del Manor. Podría darle con una piedra.

—¿Ese local con terraza con la vía del tren detrás? ¿Al lado del puente?

—Exacto.

—No voy allí desde...

—Está exactamente como lo recuerdas. Ese lugar no cambia nunca, es lo bonito que tiene, ¿no? Es una constante. ¿Quieres comer con nosotros sí o no?

—Ah, claro. Pero me pregunto si podrías contarme rápidamente qué le pasó al señor…

—Estoy cruzando la puerta y no he visto a mi pequeño en todo el día. Nos vemos en el Manor dentro de, por ejemplo, media hora. Entonces te contaré todo lo que quieras saber.

—Vale, pero…

La oigo gritar:

—¡Tommy, mami está en casa!

Un segundo antes de que el teléfono quede en silencio.

—¡Mierda! —exclamo, recordando que no tengo coche.

No sé por qué abro el armario y saco la cazadora Levi's blanca del instituto, pero el caso es que la saco. Todas las chapas siguen prendidas de la tela.

Me la pongo. Me queda muy justa, pero elegante. Por aquel entonces solíamos llevarlas más bien grandes. Es decididamente retro, pero me gusta, me devuelve al pasado y hace que me sienta en casa de nuevo, así que me la dejo puesta, casi como un disfraz.

Mi yo anterior a Ken.

Bajo los peldaños de dos en dos hasta que llego a la planta baja y entonces me doy cuenta de que estoy emocionada.

—Mamá —digo.

—¿No dijiste antes que Ken había muerto?

—Sí, pero no ha muerto.

Está viendo el canal de la Teletienda en su viejo televisor. Una cuarentona gira el antebrazo bajo una luz potente para que brillen y centelleen con destellos fabulosamente ficticios los falsos diamantes incrustados en una imitación de Rolex, que en el anuncio llaman «Roll-Flex».

Mamá me mira desde su sillón abatible.

—Debes tener cuidado, Portia. ¡A veces, si deseas de verdad lo que dices, acaba cumpliéndose! ¡Quizá Ken haya muerto hoy! ¡Entonces sería culpa tuya!

—La soportaría con gusto, créeme —replico, y añado rápidamente—, pero voy a salir con Danielle Bass.

—¿Quién es Danielle Bass?

—Nuestra camarera de esta mañana. ¿La recuerdas?

—En aquel momento yo era invisible.

—Lo sé.

Mamá se vuelve otra vez hacia el televisor. Ahora veo a la vendedora. Las sesiones de rayos ultravioleta le han convertido la cara en un guante de béisbol, pero habla y se mueve con la sensualidad de una modelo de Victoria's Secret con el doble de años.

«¡Con solo cinco fáciles plazos de mil quinientos noventa y nueve, este hermoso Roll-Flex clásico de zirconitas puede ser suyo! ¡Perfecto para cualquier ocasión, tanto para ir de compras al centro comercial como para pasar una noche en la ciudad! Vestirá con estilo y será la envidia de sus amigos con este pequeño ecualizador en la muñeca.»

—*¿Ecualizador?* ¿Por qué ves esta mierda, mamá? Si solo compras en Walmart...

—¡Papá no permite las palabras malsonantes en esta casa, Portia! —increpa sin ni siquiera apartar los ojos de la pantalla—. Tu abuelo no habría querido...

—Puede que vuelva tarde, ¿vale?

No contesta, así que me abro camino entre los varios montones de basura hasta la puerta de la calle.

Me detengo un segundo antes de salir para ver si mamá se separa de la Teletienda lo suficiente para decir «¡Diviértete!» o «¡Adiós!», pero como era de esperar, no dice nada.

Nunca lo ha dicho.

Nunca lo dirá.

Una vez fuera, saco el teléfono para buscar un taxi en Google, llamo y me quedo en la acera, esperando a que aparezca de nuevo el amable taxista nigeriano, pero en su lugar se presenta un viejecito con una de esas gorras irlandesas que hacen que parezca que le sale de la frente el pico de un pato.

Le digo que me lleve al Manor, en Oaklyn, y se pone en marcha sin pronunciar palabra.

¿Por qué no le pregunto de dónde es y si quiere a su mujer?

Supongo que no soy la misma persona de la noche anterior. Ahora estoy sobria, sí, pero es algo más. El impulso de dejar a Ken, de entrar en acción, está desapareciendo, y me pregunto si no necesitaré pronto otro trago.

¿Qué estará haciendo esta noche?

¿Estará con Khaleesi?

¿Estarán follando en mi antigua cama?

¿Debería hablar con un abogado enseguida?

¿Por qué no estoy más alterada?

Y Ken no ha llamado ni me ha enviado ningún mensaje por correo electrónico.

¿Qué es lo que no hago bien?

¿Soy demasiado vieja?

¿Y qué le ocurrió exactamente al señor Vernon?

—Diez pavos —dice el viejo y me doy cuenta de que estamos delante del Manor. Recuerdo el cartel, un hombre de aspecto sospechosamente joven, sentado sobre un barril, bebiéndose una jarra de cerveza.

Hay toldos metálicos de rayas rojas y azules, y el edificio es de ladrillo color arena. En la esquina sobresale lo que parece una cabina telefónica roja, el doble de ancha de lo normal, supongo que para proteger la puerta de las ráfagas de aire frío en invierno y caliente en verano.

Pago al taxista el importe que pide, más unos pavos de propina, y me dirijo a la entrada lateral.

Las mesas de madera y los reservados que hay dentro son lo bastante antiguos como para que las pantallas planas de televisión parezcan tecnología futurista. El techo está cruzado por vigas de madera gruesas y oscuras, y un arco de ladrillo divide la sala, que está llena de gente que trabaja y vive en los barrios obreros que rodean Oaklyn, Audubon, Collingswood: un mosaico de casas pequeñas con patios diminutos. Muchos clientes del local llevan el jersey naranja y negro de los Flyers, la gorra roja de los Phillies y el anorak verde bosque de los Eagles.

—¡Portia!

Veo a Danielle en un reservado del otro extremo de la sala, saludándome con la mano.

Me abro paso entre las mesas y veo un niño sentado a su lado.

Tommy tiene el pelo rubio y greñudo, quizá demasiado largo para la moda actual y con un aspecto un poco andrógino, pero es adorable.

Reconozco inmediatamente los ojos y la nariz de Danielle en su pequeño rostro, aunque tiene una barbilla fuerte, lo cual, dicho de un niño de
cinco años, comprendo que resulta raro. Imagino a su padre como un
individuo típicamente atractivo, del estilo de Brad Pitt.

Cuando me siento frente a Danielle y a Tommy, el niño dice:

—Hola, señora Kane. ¡Voy a actuar muy pronto!

—¿Ahora? —digo.

Danielle no saluda, pero mira a su hijo de la forma que he aprendido que hacen las madres, como si su niño fuera lo más sorprendente del mundo y no tuvieran más remedio que quedarse mudas de puro
pasmo…, como si no quisieran interrumpir el que creen que será el
mejor momento del día; cuando hablan con sus hijos.

Me doy cuenta de que esto sentará como una bofetada a algunas
lectoras, sobre todo si son madres.

No menosprecio a Danielle; solo estoy describiendo lo que veo.

Es lo que hacemos las mujeres sin hijos, observamos con objetividad, tanto si quieres como si no, y yo soy una mujer sin hijos.

—Chuck y yo tocamos en una banda —dice Tommy.

—¡Has llegado justo a tiempo de ver la actuación! —me dice Danielle, acariciándole el pelo a Tommy—. Dile el nombre del grupo.

—Dispara con un Pedo —contesta Tommy, riéndose con tantas ganas que no puede ni abrir los ojos…, incluso se le saltan las lágrimas.

—¡Y tú eres el culpable! —dice Danielle, clavándole el índice en las
costillas con cada sílaba que pronuncia, y haciéndole cosquillas después.

Me pregunto si esto es la actuación.

Pero entonces un hombre de pelo rubio y rizado que parece de
nuestra edad, o quizás algo mayor, entra en la sala procedente del bar
de enfrente. Lleva una camiseta negra de manga larga, vaqueros azules
desteñidos y calzado deportivo negro. Y dice por un micrófono:

—Señoras y señores, por favor, dejen las Coors Lights de dos dólares, las alitas de pollo, las patatas fritas con queso y los bocadillos de
atún porque están a punto de ver el mayor espectáculo que puede ofrecer Jersey Sur antes de que los niños de cinco años se vayan a la cama.

Miro a mi alrededor y veo que los clientes aplauden y sonríen por
adelantado.

—Me conocéis como Chuck el Camarero, el hombre que os provee continuamente de galletas Chex Mix gratis y que siempre está ahí para cambiar de canal a los adictos al deporte. El hombre del mando a distancia. La muñeca más rápida abriendo el grifo de la cerveza. El tipo que siempre os sirve con generosidad. El hombre que trabaja haciendo un esfuerzo extra a cambio de vuestras propinas. Pero también llevo una doble vida porque soy el fantástico tío del secreto mejor guardado de Oaklyn, el chaval del tamaño de una jarra que lleva la voz cantante en Dispara con un Pedo, la mejor *cover band* de Bon Jovi que hay en Jersey Sur: el único, el incomparable ¡Tommy Bass!

La sala estalla en aplausos.

El pequeño Tommy sale del reservado de un salto y corre detrás de la barra lateral.

Los aplausos aumentan y todo el mundo empieza a gritar:

—¡Tom-MYYY, Tom-MYYY, Tom-MYYY!

Treinta segundos después, otro camarero, un tipo calvo y fornido con la pe de los Phillies tatuada en verde a un lado del cuello, levanta a Tommy hasta la barra, solo que ahora el niño lleva puestos unos pantalones de cuero de imitación, una pequeña cazadora de cuero con flecos, un largo pañuelo morado, gafas de sol con cristales de espejo y una peluca rubia que parece una melena de león.

Chuck le da a Tommy el micrófono y luego coge una escoba.

Tommy dice:

—¿Cómo lo estáis pasando esta noche en Oaklyn, Nueva Jersey?

Todo el mundo ruge.

—Esta es para mi madre, que está en aquel rincón —dice Tommy, mirándose los pies, y entonces me doy cuenta de que calza unas pequeñas botas de vaquero. Levanta la cabeza y dice—: Ella sí que trabaja en una cafetería. Es cierto.

Alguien se introduce dos dedos en la boca y suelta un silbido de los que taladran el tímpano, y los vítores aumentan de volumen.

Miro a Danielle, que contempla embelesada a su hijo: sonríe, pero también parece estar a punto de echarse a llorar.

El camarero fornido introduce unas monedas en la máquina de discos, pulsa una tecla y oímos los acordes del sintetizador y un tintineo como de sonajeros. Cuando entra la batería, Tommy se pone a dar vueltas con ritmo, y Chuck, que ahora está muy serio, hace su mejor imitación de Richie Sambora, rasgueando la escoba, moviendo afirmativamente la cabeza, abriendo y cerrando la boca para imitar la voz laríngea de Sambora en *Livin' on a prayer*.

—¡Todo el mundo en pie! —grita Tommy por el micrófono, justo antes de empezar a cantar. Me sorprende que todo el mundo se ponga en pie y me sorprende que Tommy cante tan bien para ser un niño de guardería. El pequeño tiene más confianza y arrogancia de lo que parece posible.

Y mientras se gana a toda la sala con sus gafas de sol y su dedo que señala, la mayor parte de sus miradas y gestos va dirigida al rincón donde está su madre, y entonces comprendo que está haciendo todo esto por ella, para animarla y que siga adelante, y aunque sé que tiene cinco años y que ni siquiera es consciente de ello, sino que probablemente obre ingenuamente por instinto, siento afecto por él al momento.

Veo a Chuck doblarse hacia atrás y hacer muecas cómicas durante su solo de guitarra. Es horrible comparado con Tommy, pero se sacrifica por su sobrino y supongo que también por Danielle, que debe de ser su hermana, si Chuck es el tío de Tommy. Me parece recordarlo del instituto. Quizás estaba un par de cursos por delante de nosotras. Y no está nada mal…, de hecho está muy bien. Y su cara sigue siendo amable, a pesar de los años.

Tommy echa la cabeza a un lado, me señala con el dedo cuando canta «You live for the fight when that's all that you got!» y luego traza un meneo con la pelvis que me hace sentir incómoda, ya que solo tiene cinco años, pero parece que soy la única que piensa que esa conducta no es apropiada para su edad, porque el resto del bar señala a su vez a Tommy con el dedo y canta con él.

Es demasiado joven para ser tan cautivador, y no obstante hay más de cincuenta adultos bebedores–de–cerveza–en–botella bailando, cantando, aplaudiendo y disfrutando con la actuación.

Miro a Danielle y la pillo secándose una lágrima de la mejilla mientras mueve la cabeza, baila y corea la canción, y entonces me doy cuenta de que este es el punto culminante de su semana, exactamente este momento que pasa en el bar Manor de Oaklyn, con su hermano y su hijo cantando una canción de Bon Jovi.

Esto es la vida de Danielle.

Y me pone muy triste y muy feliz al mismo tiempo.

Me hace pensar en mamá viéndome beber Coca light con lima.

Y sin darme cuenta, yo también estoy cantando a pleno pulmón:

—Whoa! We're halfway there!

Lo que es una solemne majadería, porque no estoy a mitad de camino de ninguna parte, pero quizás ese sea el sentido de la canción.

Dispara con un Pedo consigue una ovación de medio minuto antes de que Tommy desaparezca de nuevo tras la barra y Chuck se acerque a su hermana para darle un beso en la mejilla y a mí me pregunte:

—¿Te ha gustado el espectáculo?

—Muchísimo —digo riendo—. Me habría encantado tener un tío como tú.

Chuck sonríe con orgullo, pero aparta la mirada antes de decir:

—¿Qué estás bebiendo? Los amigos de Danielle beben a cuenta de la casa. En especial si llevan chapas de Mötley Crüe. —Forma unos cuernos con los dedos de la mano derecha y canturrea *Shout at the Devil*.

Yo levanto la mano haciendo también los cuernos y canto con voz profunda *Home sweet home*.

—La mejor balada de *rock* de todos los putos tiempos —afirma.

Pero se cubre la boca rápidamente y pide perdón a su hermana.

—Halaaaa —dice Tommy—. ¡Palabrotas!

—¿Tú qué opinas, Tommy? De *Home sweet home*. ¿Es la mejor balada de todos los tiempos? —pregunta Chuck rápidamente, desviando la conversación como un profesional.

—Deberíamos cantarla la semana que viene —replica el niño.

—Tendríamos que cambiar el nombre de la banda si vamos a tocar canciones de Crüe.

—¡Pero Dispara con un Pedo es *el mejor* nombre del mundo!

—¡Estoy totalmente de acuerdo, hombrecito!

—Esta es Portia, Chuck —dice finalmente Danielle—. Iba a nuestro instituto. Estaba en mi clase.

Chuck sonríe con el encanto de una estrella de cine y me señala con un dedo como si me hubiera portado mal.

—Ya me pareció que te conocía de algo…

—Chuck, te necesitamos. ¡Ven aquí! —grita el camarero fornido desde la parte delantera.

—Continuará. —Chuck le hace dos veces el gesto de los cuernos a Tommy, le saca la lengua como Gene Simmons y dice—: Colega, eres un roquero de primera.

—Tú también, tío Chuck. —Tommy le devuelve el gesto de los cuernos antes de que él regrese a la barra y grite algo a una rubia, que sonríe cuando Chuck me señala con el dedo.

La rubia trae a nuestra mesa dos botellas de Budweiser y dice:

—De parte de Chuck. Si le rompes el corazón, te mato.

—Tranquila, Lisa —la calma Danielle.

—Hablo en serio. —Lisa me sostiene la mirada durante un momento incómodo y luego se va.

Miro a Danielle en busca de una explicación.

—Lisa y Chuck llevan muchos años trabajando juntos —aclara—. Se comporta como si fuera su madre. ¿Qué quieres que te diga? Es una cosa rara.

—Muy bien.

Varias personas se acercan a nuestra mesa para felicitar a Tommy, y Danielle les repite que no es necesario darle propina, lo cual me parece extraño, por lo que he visto hasta ahora creo que le hace falta el dinero.

Llegan las alitas de pollo y los bocadillos de atún mientras Tommy dibuja en un cuaderno con lápices de colores y Danielle me habla del régimen de las escuelas públicas de Oaklyn y de que Tommy es «especial» y tiene un «don» a la hora de interpretar, pero que ese talento no se aprecia en poblaciones como Oaklyn, Collingswood, Westmont y Haddon Township.

Estoy tentada de señalarle que su hijo acaba de recibir una larga ovación por actuar exactamente allí, en el Manor de Oaklyn. La gente del bar parece querer mucho a Tommy. Pero la experiencia me dice que nunca debes contradecir a una mujer cuando está hablando de sus hijos. Las mujeres pierden la objetividad en cuanto dan a luz. No se puede razonar con una madre cuando se trata de su hijo, sobre todo si es el primero.

—Es una buena escuela, pero claro, no es Faddonfield —arguye Danielle, refiriéndose a Haddonfield, la población más rica de la zona, la que siempre parece superarnos por mucho que arrimemos el hombro, dejando en evidencia que el dinero y los contactos ayudan muchísimo en este país.

—Que se joda Faddonfield —replico—. ¿Quieres que tus hijos sean unos estirados y unos engreídos?

—¡Portia! —exclama Danielle, señalando a su hijo con los ojos y la cabeza—. ¡Ten cuidado!

—Lo siento. No estoy acostumbrada a estar con niños.

Tommy está dibujando algo que parece la cubierta del álbum *Appetite for destruction*, de Gun's N' Roses, una cruz decorada con las calaveras de los miembros del grupo.

Ese niño de cinco años conoce ese álbum, en cuya parte interior hay una ilustración de una mujer violada a la que han dejado abandonada en un callejón con las bragas en los tobillos, dándola por muerta, y que utiliza la palabra «joder» en varias canciones, ¿y a Danielle le preocupa que yo diga tacos delante de él?

—¿Quieres tener hijos? —me pregunta.

—No.

—Ah —dice Danielle, sorprendida, procurando disimular su decepción. O quizá sea que no lo aprueba.

No voy a explicar las muchas razones por las que no quiero tener hijos. Sé que esta noche no me haría ganar puntos.

Siempre pienso en el poema de Philip Larkin *This be the verse*, cuando alguien me pregunta cuándo voy a tener hijos. Mi madre me jodió a mí y no quiero que nadie pague las consecuencias. Imaginaos que hubiera tenido hijos con Ken, el rey del porno misógino. Khaleesi y compañía habrían herido mucho más que mi orgullo. Y, además, no quiero ser como Danielle, que parece vivir únicamente para su hijo o a través de él. Yo quiero vivir mi vida. Y he visto a muchas mujeres que tienen hijos como una forma de dar algo al mundo cuando sienten que ya no tienen nada más que ofrecer. La vida les ha robado los sueños y las esperanzas que tenían en la Universidad y se resignan a adoptar el papel tradicional de la maternidad. Y entonces el mundo entero las elogia simplemente por haber acogido la semilla de un hombre en su cuerpo y haberla permitido crecer. En realidad, se convierten en ganado. El simple hecho de haber reproducido las hace aceptables para la sociedad. Una mujer puede ser la peor madre del mundo, pero si sostiene a un niño en público todo el mundo le sonreirá con la admiración que habitualmente se reserva a los santos y los dioses. Ya no es solo una mujer, es una dadora de vida, una Virgen María. Así es como nos engañan para que soportemos el dolor del parto y todo lo demás. Reprodúcete y la gente te organizará fiestas y te comprará regalos y simpatizará contigo. Tienes la sensación de que perteneces a una comunidad y de que has logrado una hazaña simplemente porque una relación sexual llegó a buen término. ¿Quién puede resistirse a eso?

Al parecer yo.

Mi propia madre tuvo relaciones sexuales con un extraño y me parió a mí, y estoy segura de que la gente la felicitó, pero es una mala madre a la que tendré que cuidar el resto de mi vida so pena de sentirme muy culpable. La maternidad no es un plan a prueba de balas para ser feliz eternamente, eso está claro. Pero ¿alguien se atreve a decirlo en voz alta? No, ni siquiera yo tengo estómago para ello.

—¿Portia? —me despierta Danielle—. ¿Dónde estás?

Sacudo la cabeza y parpadeo varias veces.

—Debe de ser la cerveza.

Danielle mira mi botella llena de Budweiser y enarca las cejas.

—¿Quieres venir a mi casa? Cuando haya metido en la cama al pequeño Jon Bon Jovi, podremos hablar del señor Vernon, si quieres. Has venido para eso, ¿no? No he sacado el tema antes porque… —se lleva la mano a la boca y susurra—, no es una historia para niños.

Afirmo con la cabeza y de nuevo se me ocurre que Tommy es un niño extraño. Es decir, se pone a cantar ante unos desconocidos, pero luego no dice nada durante la cena. Y puestos a decirlo todo, ni siquiera ha comido. Lo único que ha hecho es colorear su cuaderno.

—Claro —respondo.

Estoy cansada y veo que Danielle y yo no tenemos mucho en común, pero quiero saber qué le pasó al señor Vernon.

Busco en el bolso, que tengo junto a mí en el reservado, toco el pequeño carnet de Miembro Oficial de la Raza Humana y me hundo el borde puntiagudo de la cartulina entre la uña y la carne hasta que me duele.

Voy a pagar, pero Danielle dice que no es necesario, ya que Chuck trabaja aquí.

—Es una de las ventajas —me explica—. Comemos y bebemos gratis en el Manor.

Una vez fuera, recorremos el cruce en diagonal, el pequeño Tommy de la mano de su madre y bostezando. Aún no son las nueve y ya está agotado, lo que es raro para ser sábado por la noche, creo, pero claro, es que es un chico excepcional.

El apartamento de Danielle es diminuto.

Sobre lo que parece una pequeña mesa de juego hay un pequeño televisor. Me fijo en el polvoriento somier metálico típico de las residencias de estudiantes y en las tres sillas de madera que parecen salidas de diferentes comedores de los años cincuenta y que casi con total seguridad ha rescatado de algún contenedor. Cajas de plástico llenas de discos, auténticos vinilos de la vieja escuela, se amontonan al lado de un viejo tocadiscos con grandes altavoces de aglomerado y que parecen anteriores al gobierno de Jimmy Carter.

Cuando ve que estoy mirando su colección, me explica:

—Tommy oye alguna canción antes de ir a la cama. La ponemos todos los sábados por la noche. ¿Cuál vas a elegir hoy, Tommy?

El niño no contesta, pero corre a otra habitación y vuelve disfrazado con una máscara inquietante que parece de cartón piedra pintado con pulverizador de pintura plateada. Hay dos agujeros para los ojos, rectangulares e inclinados, un resalto para la nariz, docenas de agujeros del tamaño de la cabeza de un alfiler a la altura de la boca y cintas que sujetan la máscara por detrás de la cabeza.

Cuando saca de una caja el álbum *Metal Health* de Quiet Riot, me doy cuenta de que la máscara es una imitación muy buena de la que hay en la cubierta que tanto nos gustó a todos en... ¿cuándo? ¿Fue en quinto o en sexto curso cuando salió ese álbum?

Danielle lo ayuda a poner el disco en el plato.

—¿Todavía te gusta Quiet Riot, Portia?

—¡Coño, sí! —contesto, olvidando que no se pueden decir palabrotas delante de un niño en edad escolar—. ¡Y apuesto a que sé qué canción vas a elegir!

Cuando oigo la caja alternando con el bombo, sé que he acertado.

Tommy está actuando de nuevo, con la máscara puesta, lo que me parece algo empalagoso; no que este chico necesite atención, sino el hecho de que lleve una máscara de Hannibal Lecter y esté cantando sobre volverse salvaje, salvaje, salvaje.

—«Girls rock your boys» —canta Danielle, dando saltos por la habitación como hacíamos cuando éramos un poco mayores que Tommy, y en la MTV y en todas las radios del país sonaba a todo volumen *Cum on feel the noize*, en la época dorada del *hair metal* comercial.

Y cuando me doy cuenta, también yo estoy dando saltos por la habitación como una loca, loca de verdad, porque ¿cómo puedes no saltar cuando estás oyendo *Cum on feel the noize* Es una canción genial, la prueba de fuego del amor a la vida. Si no sigues el ritmo con la cabeza cuando la oyes, es que eres un imbécil.

De repente, todos seguimos el solo de guitarra, Tommy en la cama, Danielle con un pie en una silla y yo de rodillas en el suelo, porque yo me muevo con ganas, y pienso en esa época anterior a Ken, cuando era una chica pobre de Jersey a la que le gustaba el heavy metal, en aquella Portia ilusionada que todavía no había sido tocada y mancillada por el rey del porno misógino. Había una Portia que no sabía que Ken Humes existía y que no era adicta a lo que él le proporcionaba, cuando el *heavy metal* estaba de moda, y pienso que tal vez puedo volver a ser ella.

«A esto lo llaman "nostalgia", Portia —me digo, sin dejar de sacudir la cabeza rítmicamente—, y sienta genial. Es como volver a ser una niña.»

Es probable que a Tommy le pateen el culo en la escuela todos los días por entusiasmarse con esta música pasada de moda, y no con Flo Rida, o con Ke$ha, o con Justin Bieber, o con quien sea, pero entiendo por qué Danielle la comparte con él.

A ella también le patean el culo todos los días en la cafetería, sin duda, solo porque es mujer y pobre.

Tengo la lengua fuera cuando cambio la guitarra imaginaria por una batería imaginaria, lo que es totalmente aceptable si estás bailando *metal* con las amigas y su prole.

Pienso en Gloria Steinem y en que la música *metal* convierte a las mujeres en objetos constantemente, mientras cantamos «Girls rock your boys».

Pero también capto mi reflejo en el espejo: yo con la vieja cazadora blanca y mi melena subiendo y bajando cuando sacudo la cabeza, con la nariz tensa, con los ojos entornados para poner cara de trance pasota, y me digo a mí misma que esto es el *rock*.

Aunque lleva una máscara, estoy segura de que Tommy está sonriendo, y Danielle también sonríe mientras canta por su micrófono invisible.

Esto es lo que tienen estas personas.

Lo único que tienen.

Y en este preciso momento es lo que tengo yo también.

La canción termina y nos dedicamos una salva de aplausos.

—¿Lo has sentido? —pregunta Tommy, quitándose la máscara de Quiet Riot—. ¿Has sentido *the noize*?

Asiento con la cabeza e incluso le acaricio el pelo.

¿Qué diablos estoy haciendo? Yo nunca me encariño con los niños.

—Hora de ir a la cama. Puedes enseñar tu habitación a la señora Kane, y luego ¡luces fuera, señor!

—La hizo el tío Chuck cuando era pequeño —dice Tommy, dándome la máscara.

Miro dentro y leo estas palabras:

Chuck Bass

¡Quiet Riot *mola*!

1983

—En 1983 yo tenía doce años —digo con aire ausente.

—Yo también, ¿recuerdas? —responde Danielle.

—La máscara aleja los malos sueños —sostiene Tommy, quitándomela de las manos—. El tío Chuck me lo prometió. ¡Y es verdad!

Danielle me sonríe y seguimos a Tommy a su cuarto. El niño salta sobre la cama y cuelga la máscara de un clavo que hay sobre el cabecero, igual que en el viejo vídeo musical en que un niño se levanta, su habitación tiembla y el grupo aparece tirando abajo las paredes.

Pienso en Chuck viendo de niño ese vídeo en la MTV, igual que lo veíamos Danielle y yo en los viejos tiempos.

—El tío Chuck hizo la máscara. Él duerme ahí. —Tommy señala una cama que hay al otro lado de la habitación. Sobre el cabecero cuelga una colección de objetos cotidianos pintados con brillantes colores en lienzos de diez por diez centímetros: un teléfono móvil, un mando a distancia de televisor, un filtro de café. Extraño.

—En realidad, este piso es de Chuck —informa Danielle—. Estamos aquí de paso.

—¡Me gusta vivir con el tío Chuck! —exclama Tommy al meterse en la cama.

—¡Será mejor que te cepilles los dientes! —dice Danielle, haciendo cosquillas a Tommy—. ¡Yo no beso a chicos con los dientes podridos!

Cuando Tommy entra corriendo en el baño, vuelvo al futón y espero a Danielle.

Me pregunto por qué Tommy y no su madre duerme en la habitación de Chuck.

Al poco rato aparece Tommy en pijama para darme un beso en la mejilla.

—Sigue rocanroleando, señora Kane —dice, haciendo el gesto de los cuernos con la mano, que yo le devuelvo dos veces, y se va corriendo a su cuarto. Oigo a Danielle leyéndole un libro, algo sobre un tiburón que quiere ser librero y fabrica libros con conchas y algas para poder enseñar a leer a los peces, porque el pez que sabe leer «sabe mejor». Me parece un libro infantil espeluznante. Creo que Danielle lee demasiado aprisa, como si prefiriese estar aquí conmigo.

Mientras espero, vuelvo a pensar en el señor Vernon, y me pregunto si habrá muerto. ¿Tan dramáticas pueden ser las noticias? Claro que han pasado más de veinte años.

Danielle vuelve.

—¿Whisky con hielo?

—Sí, por supuesto. —Voy con ella a la cocina, que en realidad es la parte izquierda del salón.

Tras poner hielo en un par de vasos, vierte en ellos una cantidad generosa whisky.

Mi vaso es de un restaurante de comida rápida y anuncia una película de Iron Man con Robert Downey Jr. en traje de robot. Recuerdo cuando Robert Downey Jr. hacía papeles normales sobre personas normales.

También pienso en los vasos de cristal de Baccarat en los que Ken y yo bebíamos todas las noches en Tampa, y me pregunto cuántas horas tendría que trabajar Danielle en la cafetería para ganar el dinero suficiente para comprar uno solo de aquellos vasos. Una semana entera de sueldo y propinas, quizá más.

—A la salud del viejo Instituto Haddon Township —brinda Danielle.

—Por el *rock-and-roll* —brindo yo.

Chocamos los vasos de plástico y bebemos.

El ardor es el mismo, pero definitivamente el whisky sabe mejor en un buen vaso de cristal, vengas de donde vengas.

Ese es el problema del dinero..., que cambia tus gustos. Es imposible que vuelvan a gustarte ciertas cosas, como beber alcohol en un vaso de plástico, por ejemplo.

Volvemos al futón, y Danielle pone el primer álbum de Mötley Crüe, *Too fast for love*, con el volumen mucho más bajo que cuando hemos escuchado a Quiet Riot.

—¿Lo tienes en vinilo? —pregunto.

—Prensado original —dice Danielle llena de orgullo mientras Vince Neil canta *Live wire*—. Es de Chuck. Tiene una buena colección. Le ha dicho a Tommy que serán suyos cuando él muera.

—Un tío enrollado.

—¿Te tiraste al señor Vernon cuando íbamos al instituto?

—¿Perdona?

—Se rumoreaba que sí. Hace décadas de eso, Portia. A nadie le importa. Ahora ya no van a enviarlo a la cárcel.

—¿De verdad se rumoreaba esa barbaridad?

—Claro. Siempre andabas con él después de clase y antes de la escuela. Algunas chicas se lían con hombres mayores. Les pone acostarse con tíos de la edad de sus padres. Es un síndrome o algo. También decían que solías ir a su apartamento. Así que, joder, claro que había rumores. ¡Era el instituto!

—Increíble. —Sacudo la cabeza—. El señor Vernon es lo más parecido a una figura paterna que he tenido nunca, así que gracias por convertir mi único buen recuerdo de la adolescencia en algo sucio. Por Dios, ¿por qué querría acostarme con alguien que podría ser mi padre? ¡Qué asco!

—¿Así que no te lo follabas?

—No. No me follaba al señor Vernon. Y si piensas algo así es que no lo conocías.

—¿Era gay?

—No tengo ni idea.

—La gente decía entonces que era gay.

—Los críos dicen de todo y en aquella época todo el mundo era gay. Era el insulto preferido de la generación homofóbica de la MTV.

—Pues entonces, ¿de qué hablabais todo el tiempo que pasabais a solas el señor Vernon y tú?

—De literatura, de escribir, de lo que quería hacer con mi vida, de ser novelista, aunque no te lo creas —explico, omitiendo el tema del que más hablábamos (mi madre) y que en el último curso pasé la Nochebuena en casa del señor Vernon porque mamá creía que el Gobierno había puesto micrófonos en la nuestra y no me dejaba hablar, y yo me sentía demasiado avergonzada para contárselo a nadie que no fuese él—. ¿Qué le ocurrió? De veras me gustaría saberlo.

Danielle me observa durante un rato largo, y me da la impresión de que disfruta ocultándome la historia. Pero entonces me digo que quizá no quiera ser la portadora de malas noticias y que calla porque no quiere entristecerme. Y empiezo a preguntarme si los años han sido muy crueles con Danielle Bass y si tal vez la faceta brillante y alegre que me ha mostrado hasta ahora es solo una máscara. La expresión de sus ojos en este instante es casi sádica, por muy melodramático que suene.

Por fin me lo cuenta:

—Hace unos años, un alumno del señor Vernon le dio una paliza en plena clase con un bate de béisbol. Le rompió las piernas y los brazos antes de que los otros alumnos intervinieran. Recuerdo a un chico que entrevistaron en televisión; dijo que el ataque parecía haber surgido de la nada. Uno de los jugadores de béisbol se levantó en mitad de la clase, sacó un bate de la bolsa de deporte, que al parecer llevaba consigo, y empezó a dar golpes al profesor. Recuerdo que ese chico explicó que oyó cómo se rompían los huesos del señor Vernon y que no dejaba de gritar «como un cerdo». Varios alumnos se echaron encima del atacante y salvaron al señor Vernon, yo creo que fue algo heroico. El alumno al que entrevistaron en televisión no era de los que se habían echado sobre el jugador de béisbol, y recuerdo que pensé: «¿Por qué demonios lo entrevistan a él? ¡Poned a los héroes ante la cámara!» Oí que Vernon había denunciado al instituto y les había pedido un montón de dinero por daños y perjuicios, y luego se había jubilado. Tuve la sensación, sobre todo por los chismes de los clientes de la cafetería, de que había cierto resentimiento entre el profesor y el instituto, y puede que taparan algo de mierda. Hubo gente que dijo que al señor Vernon le pagaron para que se jubilase en silencio, signifique eso lo que signifique. Y eso fue lo que hizo.

¿Cobrar por jubilarse en silencio?

Sacudo la cabeza con incredulidad.

—¿Por qué?

—¿Tú no te jubilarías si un chico te golpeara casi hasta matarte con un bate de béisbol? He oído decir que se ha quedado cojo para siempre.

—¿Y por qué querría alguien atacar a un profesor tan increíble como el señor Vernon?

—Quizás le hizo alguna putada a ese jugador de béisbol. Ya sabes, se oyen historias de profesores que hacen barbaridades todo el tiempo y los vecinos del pueblo siempre son los últimos en enterarse. También decían que el señor Vernon, había tenido una aventura con el chico que lo atacó, o al menos eso era lo que insinuaban.

—Imposible. El señor Vernon, no. Él nunca le haría algo así a un alumno. Nunca.

—Bueno, entonces, quizás el chico simplemente se puso a pegarle con el bate porque sí, sin ninguna razón aparente. Vete tú a saber.

—¿Por qué iba a hacer una cosa así?

—¿Por qué se cargaron el World Trade Center? ¿Por qué un tipo se pone una bomba en el zapato y trata de subir a un avión lleno de gente? ¿Por qué sigue habiendo tiroteos en las escuelas? La gente está enferma, loca, jodida. Vivimos en un mundo terrorífico. Eso nadie puede negarlo.

Entiendo lo que dice, pero ella no conocía al señor Vernon tan bien como yo. Se preocupaba por sus alumnos, de verdad. Era un buen hombre, el único profesor que se reuniría con un estudiante en la cafetería un sábado por la tarde para hablar de literatura, incluso para leer sus primeros y vacilantes intentos de escribir historias cortas, porque la locura de su madre hacía su casa inhabitable, y ningún otro adulto parecía darse cuenta ni preocuparse.

«Nadie es bueno al ciento por ciento —oigo de repente a Ken en mi cabeza. Era uno de sus mantras favoritos—. Todo el mundo es un poco malo.»

Y él lo demostraba una y otra vez seduciendo a jovencitas para que hicieran pornografía degradante para sus películas. Mandaba en su busca a jóvenes atractivos y amables armados con alcohol y lencería gratis y contratos legalmente vinculantes con mucha letra pequeña, y ni una sola vez volvían a casa sin haber rodado alguna secuencia.

«Pon a las personas en las circunstancias adecuadas y harán cualquier cosa», decía el gilipollas de mi marido en pose chulesca mientras el humo del puro caracoleaba alrededor de su cabeza de Tom Selleck.

Cada vez que Ken decía algo tan deprimente, yo pensaba en el señor Vernon y me alegraba que mi marido estuviera equivocado.

Durante todos aquellos años, el señor Vernon había sido mi anti-Ken.

Me bastaba con pensar en él enseñando en el instituto, llevando el bien por el mundo una clase tras otra. Al menos había un hombre en el planeta que era bueno de pies a cabeza.

¿Por qué no le escribí nunca después de acabar el instituto?

¿Por qué ni siquiera le di las gracias por todo lo que hizo por mí?

¿Hacen las personas realmente esas cosas, volver atrás y dar las gracias a sus profesores al cabo de los años, cuando ya no están maniatadas por la juventud y la ignorancia, cuando descubren lo mucho que sus profesores hicieron por ellas?

Quiero decir que el señor Vernon ha sido probablemente la persona más influyente de toda mi vida. Creía en mi potencial. Me dio una

tarjeta escrita a mano la noche que terminé el instituto y me escribió
una carta preciosa… La clase de carta que podría esperarse de un padre. Ni siquiera le dije que la había recibido y mucho menos le di las
gracias, quizá porque no sabía cómo o qué escribirle. Quizá porque iba
a dejar atrás el instituto y el señor Vernon representaba el instituto. O
quizá porque era una zorra egoísta, una imbécil demasiado pegada de
sí misma y demasiado ignorante para comportarme decentemente con
mi profesor favorito e incapaz de darle las gracias. Y luego, cuando
dejé la Universidad, estaba demasiado avergonzada para mirarlo a la
cara.

Los jóvenes consumen; los viejos están consumidos.

—¿Me estás escuchando, Portia? ¡Hola!

Parpadeo y digo:

—¿Dónde está?

—¿El señor Vernon? ¿Cómo demonios quieres que lo sepa? —Danielle
empieza a hablar de otros profesores del Instituto Haddon Township.

—¿Cuándo ocurrió? —la interrumpo—. Ya sabes…, la agresión.

—Mierda, no lo sé. Hará unos cinco años. Quizá más.

—¿Así que hace más de cinco años que no enseña?

—No estoy segura, Portia. ¿Estás bien? Sí que te ha afectado, ¿no?
No me había imaginado que…

—¿Tienes todavía aquel carnet que nos dio el último día de clase?

—¿Ese que parecía un carnet de conducir con nuestra foto puesta?
¡Eso fue hace veinte años!

—Pero ¿no lo guardaste? El carnet de Miembro Oficial de la Raza
Humana.

—¿Recuerdas aquello? ¡Qué alucinante!

Me pregunto si seré la única tía rara que conserva el carnet. Luego
empiezo a preguntarme si será porque soy hija de mi madre y si algún
día yo también sufriré el síndrome de Diógenes y me encerraré en una
casa asquerosa con un chándal rosa manchado de arriba abajo y me
pasaré la vida entera viendo el Teletienda rodeada de montañas de objetos inútiles.

—Ese carnet parecía importante, especial. Nadie me había dado
nunca nada parecido.

Mi voz suena demasiado a la defensiva, lo reconozco, quizás incluso como la de mamá cuando le digo que voy a deshacerme de su basura.

—Debo de tenerlo en algún cajón, pero... Dios, Portia, estás sudando, ¿te encuentras mal?

—Pues verás, la verdad es que no me encuentro muy bien. Dejé a mi marido anoche mismo. Lo pillé engañándome con otra y me largué. ¿Por qué me pongo a hablar de Ken precisamente ahora?

—¿Anoche? ¿Quieres decir *ayer*?

—Sí, me fui de su vida y de Tampa a la vez. Eso es lo que pasó.

—Lo que me dijiste en la cafetería de la adolescente... ¿Eso ocurrió anoche?

—Sí, y parece que ahora empiezo a asumir que sucedió de verdad y que no hay marcha atrás. ¿De verdad alguien atacó al señor Vernon en su clase con un bate de béisbol? ¿De verdad? ¿No te lo estás inventando? ¿Eso ocurrió en nuestro instituto?

—Chica, lo siento, pero es verdad. Salió en todos los periódicos. Como he dicho, incluso en la televisión. Me sorprende mucho que no te enteraras. Supuse que saldría en las noticias nacionales.

La verdad es que nunca leo la prensa ni veo las noticias, más que nada porque es muy deprimente, por muy pobre que sea la excusa.

No puedo dejar de negar con la cabeza.

—Es que es tan... tan... tan *jodidamente jodido*.

—Sí, lo es. Pero ahora la que me preocupa eres tú. Estás pálida como un fantasma.

—Lo siento. Será mejor que me vaya a casa. Llamaré un taxi.

Danielle mira su teléfono móvil.

—Chuck saldrá en diez minutos. Puede llevarte él.

—No quiero molestarlo —digo, recordando la amenaza de la camarera Lisa.

—No seas tonta.

Cuando me doy cuenta estoy en una furgoneta vieja y sucia, con anchas franjas blancas en los lados y una manta cubriendo el asiento de atrás, seguramente desvencijado, camino de casa con Chuck.

El motor hace un ruido horrible, parece que jadee, como si se hubiera fumado dos paquetes diarios de tabaco sin filtro los últimos cincuenta años y hoy hubiera decidido ponerse en marcha tras décadas de descanso.

—Siento que te encuentres mal —comenta Chuck cuando salimos de Oaklyn.

—Ya me recuperaré. He visto tu colección de discos. Es impresionante —añado, solo porque parece algo incómodo y no quiero que esto sea más raro de lo que ya es.

—¿Qué te parece el Ford del viejo? —dice, acariciando el volante.

Miro el emblema del salpicadero.

—¿Esto no es un Chevy?

—Sí, lo es. No puedo colarte nada. Pero me refería a esa canción de *rock* de los ochenta. Y al mismo tiempo quería impresionarte, pero lo he hecho fatal. Se me da fatal hacerme el interesante. Es la verdad. Soy un desastre con las mujeres. Joder, no hago más que decir tonterías, ¿no crees? Bueno, cerraré la boca y conduciré.

Que admita que quiere impresionarme es una sorpresa y no estoy segura del efecto que me produce. Es evidente que Chuck es un buen tipo, si me baso en su relación con Tommy, y está cachas: le echo un vistazo y compruebo que sus vaqueros y su camisa abultan en los lugares adecuados y no en otras partes, y basta con fijarse en sus seductores bíceps. Tiene un cuerpo increíble. Y unos ojos muy bonitos y amables. Casi de color turquesa. Parecen brillar cada vez que las luces de un coche le iluminan la cara. Qué diferentes de los ojos de Ken, grasientos, de tiburón. La verdad es que Chuck es atractivo de una manera inocente. ¿Por qué demonios me habrá preguntado si me gusta «el Ford del viejo» si vamos en un Chevy? ¿Dónde he oído antes esa frase? De repente entiendo la referencia.

—Poison. *Talk dirty to me*, «Dime obscenidades». ¿Te referías a esa canción? —Y me pongo a cantar hasta llegar a la frase en cuestión—: «¡En el Ford del viejo!»

—Sí, qué tontería, ¿verdad? No es que espere que me digas obscenidades, en serio, pero quería impresionarte con mis conocimientos sobre letras de canciones de nuestra juventud, y me pongo nervioso cuando estoy cerca mujeres excepcionalmente bonitas. Muy nervioso, por si no lo habías notado.

—Ahí está mi casa. La que tiene ese toldo retro y el porche de uralita.

Señalo la casa adosada en la que crecí, fingiendo no haber oído lo de «mujeres excepcionalmente bonitas».

Chuck gira en redondo y se detiene enfrente de la cochambrosa casa de mamá.

—Lo siento —dice—. No debería haber hecho referencia a Poison, ¿verdad? Joder con Bret Michaels. Joder. Ha sido una estupidez soltar una cita suya. ¡Y precisamente esa canción, como si no hubiera otras! Pero ya no tiene remedio y me pregunto si, tal vez, querrías ir a cenar conmigo algún día. ¿Qué me dices? ¿Te lo pensarás? Prometo que no te diré obscenidades.

Estoy atónita.

Un hombre que se preocupa por cómo me siento, consciente de que yo tengo mis propios gustos y mi propia opinión. Está bien, para variar. Y además es halagador. Es decir, que me piden salir el primer día que estoy oficialmente en el mercado. Y un hombre que canta en público a Bon Jovi con su adorable sobrino, nada más y nada menos.

—Olvídalo —dice, agitando la mano en el aire, quizás intentando borrar lo que acaba de decir—. Ha sido una estupidez por mi parte pensar...

—Hum, la verdad es que he tenido una noche muy rara, así que voy a serte sincera. La verdad es que me pareces muy atractivo, y a juzgar por lo que he visto cuando estabas con tu sobrino eres un tío increíble. Y eso es fantástico. Probablemente sería capaz de acostarme contigo solo para robarte el vinilo original de *Too fast for love* y luego me sentiría culpable y te pediría que fuéramos a cenar o algo parecido, para que te sintieras mejor por haber perdido semejante reliquia roquera. Incluso podríamos convertirlo en algo más estable, ¿quién sabe? Pero acabo de dejar a mi marido..., ayer, sin ir más lejos. He vuelto a Jersey Sur por primera vez después de muchos años, y me veo obligada a tratar con mi madre, que es un desastre. Emocionalmente no estoy en muy buena forma. Debería tatuarme la palabra TRAMPA en la frente, por el bien de los hombres buenos y sinceros como tú. Y hace un rato me he enterado de que al señor Vernon hace unos años le dieron una paliza con un bate de béisbol y...

—Me encantaba el señor Vernon. Lo que le ocurrió fue algo vergonzoso.

—¿Estuviste en su clase?

—Una de las mejores experiencias de mi vida. Nunca la olvidaré. Nos dio unos carnets el último día de instituto. «Miembro Oficial de la Raza Humana», decía. ¿Os los dio también a los de tu clase? Podría citar de memoria todo lo que pone, lo llevo en mi cartera desde entonces, siempre está en mi bolsillo y lo leo al menos una vez al día, solo para recordarme a mí mismo que… Bueno, el caso es que me encantaba el señor Vernon. Lo quería como a un padre. El mejor profesor de todos los tiempos.

Siento el impulso de abrazar a Chuck.

Parpadeo para que no se me salten las lágrimas.

¿Qué coño me pasa?

—Te parece raro, ¿verdad? Que siga llevando ese viejo carnet de cartón que el señor Vernon daba a todo el mundo al acabar el instituto. Una bobada, lo sé, pero es que aquella clase… y, bueno, también el carnet, me ayudaron durante una época muy difícil de mi vida. Lo que te estoy contando ni siquiera se lo he contado a Danielle, mira si soy gilipollas. ¿Por qué iba a importarte a ti una cosa así?

—Tengo que irme, Chuck —comento.

—Sí, soy un pesado —dice, dándose un golpe en la cabeza—. ¿Quién cita «Dime obscenidades» para ligar la primera vez que conoce a una mujer? ¡Ridículo! ¡Ni siquiera Bret Michaels descamisado y en la flor de la vida habría conseguido salir airoso de algo así!

Está sudando.

Es como si tuviera quince años.

Pienso en Jason Malta, y de repente huelo Drakkar Noir en mi memoria.

Estoy a punto de volver a creer que existen los hombres buenos.

Solo un poquito.

Todavía tiene el carnet que el señor Vernon nos dio el último día de clase, a los dos nos gusta Mötley Crüe, y qué ojos tiene, con ese brillo… Todo parece una señal innegable…, quizás incluso el comienzo de algo…, pero todo ha pasado demasiado deprisa, y necesito tiempo para pensar, procesar y recuperar el aliento.

—Buenas noches, Chuck —digo, y subo los peldaños de la casa de mi madre.

Una vez dentro, la encuentro dormida delante de la Teletienda.

Un atractivo cuarentón ataviado con traje de ejecutivo, el pelo engominado hacia atrás y entradas laterales está animando a los espectadores a comprar una cristalería, pieza a pieza, mientras las luces brillan y destellan al reflejarse en distintos animales de cristal: osos panda y jirafas, lobos y pelícanos, estrellas de mar y muchas otras formas que convencen con facilidad a personas como mi madre para que gasten sus escasos ahorros y pongan esas chorradas en estantes donde solo acumularán polvo hasta que el propietario o la propietaria muera y las malas hijas como yo las vendan por una mínima parte de lo que costaron o las tiren a la basura.

Mi madre parece un rinoceronte disfrazado con un chándal rosa, borracho y tirado de espaldas: tiene el cuello grueso como el tronco de un árbol, la barriga enorme y los brazos y las piernas regordetas.

Hay basura amontonada por todas partes.

Y recuerdo que la monja que conocí en el avión utilizó la palabra «búsqueda» en la carta que me escribió.

Como si yo fuera una versión femenina y moderna de Don Quijote.

Búsqueda.

Creo que voy a escribir a esa monja loca.

¿Por qué no?

No me dan miedo los molinos de viento.

«Podrá tener un zoo de cristal en su vitrina», dice el astuto presentador de televisión. «Mirar a sus brillantes amiguitos cada día y sentirse un poco menos sola.»

—Bastardo —murmuro.

Miro a mi madre y entonces tengo otra de esas revelaciones que me golpean con la fuerza del dardo que da en la diana.

No seré como mi madre.

Saldré de esta casa y tendré aventuras. Incluso emprenderé búsquedas legendarias. Escucharé la llamada del universo.

Y el señor Vernon está en alguna parte, muy probablemente solo. Seguro que está hecho polvo después de lo que le pasó. ¿A quién no se le jodería el cerebro después de haber recibido una paliza de muerte con un bate de béisbol empuñado por un alumno tuyo?

Tengo que asegurarme de que sigue cumpliendo con su misión: enseñar. ¿Quién sino ayudará a los adolescentes traumatizados como yo?

Salvar al señor Vernon.

Mi búsqueda de cuatro palabras.

Quizá por esto fracasó mi matrimonio y no he sido capaz de hacer nada en la vida hasta ahora, y ni siquiera he intentado escribir la novela que el señor Vernon me animó a escribir «cuando estuviera preparada». Es posible que una mano invisible me haya estado preparando, entrenando, guiando hasta aquí, hasta esta misión. La mano del universo. ¿De Dios? La mano de quien queráis.

Y pensar que anoche casi mato a Ken y a Khaleesi con la Colt 45... Qué cerca estuve de echarlo todo a perder.

El hado.

Puto teatro griego.

Me voy ya.

«De repente todo tiene sentido —susurro bañada por la tenue luz del televisor de mi madre—. Tiene que tenerlo».

SEGUNDA PARTE

NATE VERNON

6

Albert Camus y yo empezamos el día como siempre, desayunando.

De nuevo me ha derrotado y limpiado su cuenco en menos de treinta segundos, ingiriendo la comida como si tuviera miedo de que yo se la quitara, cosa que creo que le pasaba a menudo antes de que empezáramos a vivir juntos.

Cuando tomo la última cucharada de Raisin Bran, miro a *Albert Camus*, a su único y adorable ojo, y le cito:

—«El único problema filosófico verdaderamente serio es el suicidio.» Estoy pensando de nuevo en la primera pregunta. Es cierto. Ser o no ser.

Albert Camus inclina la cabeza a un lado, como diciendo: «*Pourquoi?*».

—«Todos los grandes hechos y todos los grandes pensamientos tienen un comienzo ridículo.» ¿Recuerdas cuándo escribiste eso, Albert Camus? *El mito de Sísifo.* ¿Lo recuerdas? Antes de que te reencarnaras en un perro. También escribiste sobre el inevitable cansancio al que todos nos enfrentamos: «Resulta que todos los decorados se vienen abajo. Levantarse, tranvía, cuatro horas de oficina o de taller, comida, tranvía, cuatro horas de trabajo, descanso, dormir y el lunes, martes, miércoles, jueves, viernes, sábado siempre al mismo ritmo, siguiendo fácilmente el mismo camino, casi siempre. Pero un día surge el "por qué" y todo vuelve a comenzar en medio de ese cansancio teñido de asombro». ¿Lo recuerdas? ¿Pensaste en la primera pregunta durante tu mortal accidente de tráfico? Cuando las ruedas resbalaron sobre el hielo, ¿pensaste en ella? ¿Cuando el motor se deshizo contra el árbol? ¿Instantes antes de que murieras en tu anterior encarnación? En ese último momento de tu vida, ¿lamentaste no haber terminado de escribir *El primer hombre*? ¿Lamentaste algo? ¿Conseguiste responder a la primera pregunta al abandonar este mundo?

Albert Camus inclina la cabeza al otro lado, exhala un suspiro y luego apoya la barbilla sobre sus patas extendidas.

Finge resignarse, pero en secreto le encanta que cite a su anterior personalidad: estoy seguro.

En su actual encarnación, Albert Camus es un cachorro de caniche con el pelo estilo afro y la barba de color gris; el resto de su pellejo es tan negro como su ojo y su hocico.

Cuando miro la cara de *Albert Camus*, pienso a veces en Bob Ross, el difunto pintor y presentador televisivo, que siempre pintaba pequeños objetos felices: arbolitos felices, montañitas felices, nubecitas felices.

Su programa se llamaba *La alegría de pintar*, si no recuerdo mal.

¿Alguna vez ha existido una persona mejor, más optimista?

A su maravillosa manera, Bob Ross nos hizo creer que todos podíamos pintar. Yo solía ver su programa y pensaba que quizás era el mejor profesor que había visto nunca practicando el arte de transmitir conocimientos a otros.

Si no recuerdo mal, murió de un linfoma al poco de cumplir los cincuenta años, o sea, cinco menos de los que tengo yo ahora.

—¿Por qué te has reencarnado en un perro que se parece a Bob Ross, el difunto presentador de la PBS, Albert Camus? —digo, y alargo la mano para enterrar los dedos en el pelo afro de *Albert Camus*, que es como el de Bob Ross. Palpo el pequeño cráneo bajo el globo de piel, le rasco un rato detrás de las orejas y él resopla por la nariz en señal de agradecimiento—. Quizás estés aquí para impedir que llegue a una conclusión sobre la primera pregunta, *Albert Camus*. Porque ya no consigo recordar la respuesta. Antes sabía por qué seguía vivo, pero ahora… Bueno, ahora te tengo a ti. Nos tenemos el uno al otro. Y quizás algún día la señora Harper deje de vestirse de negro. ¿Tú qué opinas, *Albert Camus*? ¿Es esa nuestra respuesta?

El perro me mira cariñosamente con su único ojo, pero hoy no me da ninguna respuesta.

Enciendo un cigarrillo Parliament Light y aspiro el humo, sintiendo entre los labios el pequeño hueco que deja el filtro empotrado.

Finjo que Albert Camus y yo estamos en un café parisino a mediados de los años cincuenta, fumando y hablando sobre el absurdo.

En mi fantasía, hablo francés con fluidez.

Le digo a Albert Camus que algún día se reencarnará en un perro —*Vous serez réincarner en chien!*— y será rescatado de la perrera justo antes de que le apliquen la eutanasia, porque nadie quiere adoptar un perro tuerto.

—Quizá cuando te encontrabas en esa pequeña jaula desearas que te mataran para poder pasar a tu siguiente encarnación —le digo al *Albert Camus* del presente—. Pero eso era antes de que conocieras el placer de vivir conmigo, con Nate Vernon, tu actual propietario.

Su ojo derecho fue cauterizado por algún monstruo humano a quien Albert Camus no puede nombrar, porque ahora es un perro y ya no tiene la capacidad de hablar.

Cuando lo vi en la perrera, supe que tenía que rescatarlo. Abrieron la pequeña reja, me arrodillé, y saltó a mis brazos como un loco, todavía confiado a pesar de los horrores que debía de haber soportado.

—Ya le dije que era totalmente adorable —dijo la joven voluntaria de la perrera, antes de darse cuenta de que yo estaba llorando—. ¿Se encuentra bien?

—Me lo llevo —repuse—. Hoy mismo. Ahora. Cueste lo que cueste, lo pagaré. Firmaré lo que sea.

Al principio traté de acostumbrarlo a que llevara un parche en el ojo, para darle algo de dignidad, pero él no estaba muy conforme. Se daba con la pata en el parche hasta ponérselo en el hocico, como si fuera una barba, y luego inclinaba la cabeza a un lado, me miraba con el ojo sano y ladraba una vez, como diciendo: «¿Va en serio?».

El parche en el ojo fue una idea ridícula.

La órbita del ojo quemado queda cubierta por el pelo cuando el peluquero lo esquila bien, y no es un perro vanidoso.

Él ha aceptado su destino en la vida, igual que deberíamos hacer todos.

Albert Camus finge que ya no está interesado por el humo del cigarrillo, ahora que se ha encarnado en un perro, pero estoy seguro de que el humo le hace añorar los días en que jugaba de portero en el equipo de la Universidad de Argelia, en que analizaba la anarquía y el comunismo, tenía un lío con María Casares, se comprometía con revoluciones, incluso ganaba el Premio Nobel, solo para terminar como un perro tullido en su siguiente vida.

—¡El absurdo! Es como si estuviéramos en uno de tus libros, Albert Camus. O mejor aún, en uno de Kafka.

Echo la ceniza del cigarrillo en el cuenco de cereales con leche y luego observo el humo que sale de mi boca.

Ni siquiera lo inhalo del todo, pero disfruto viéndolo salir de mi cuerpo, quizá porque me recuerda que de verdad sigo aquí. A veces incluso fumo ante el espejo. Lo prefiero a ver la televisión.

El olor es un potente impulsor de recuerdos, como probablemente sepáis todos, y Albert Camus era fumador en su última encarnación como novelista rebelde francés.

Otro de mis héroes, Kurt Vonnegut, también era un novelista fumador que solía bromear sobre denunciar a las compañías tabaqueras por los anuncios falsos, ya que la etiqueta prometía que aquel maldito producto lo mataría, pero no lo mataba. Murió de un traumatismo craneal. Kurt bromeaba sobre que no quería ser un mal ejemplo para sus nietos y que por eso no se suicidaba. Así es como respondió a la primera pregunta, básicamente diciendo que nos habían puesto en este planeta para ir dando tumbos de aquí para allá. Pero la verdad es que Vonnegut intentó suicidarse al menos una vez. Pastillas y alcohol, si no recuerdo mal. Ese es el problema de ser un profesor de lengua y literatura en un instituto. Muchos escritores que presentas a los adolescentes como héroes no supieron responder a la primera pregunta.

—¿Alguna vez se suicidan los perros, *Albert Camus*? ¿Qué necesitaría uno de tu clase para darse muerte por su propia pata? —pregunto, aunque ahora tiene el ojo cerrado. La tierra se ha movido lo suficiente en el espacio para que un rayo de sol se haya arrastrado por el suelo hasta caer sobre mi perro del absurdo, y él se limita a disfrutar del calor que le envía esa enorme esfera de gas ardiente a cuyo alrededor, y a la distancia pertinente, orbita nuestro planeta.

—¿Por qué el nuestro es el único planeta habitable de todo el sistema solar? ¿Cómo hemos tenido tanta suerte, *Albert Camus*? —digo, intentando ser optimista, y luego doy otra calada al cigarrillo, preguntándome si por fin tendré cáncer de pulmón y moriré. Vonnegut también decía que fumar era una forma elegante de suicidarse. Kurt era fácil de citar. Muchas veces presenté a Vonnegut ante los adolescentes y dije:

—Admiren a este hombre.

Leo la advertencia que figura en la cajetilla azul de Parliament. Dice algo sobre mujeres embarazadas y causar lesiones en los fetos.

Son cigarrillos anticuados.

Compré varios cartones hace unos años, aunque tampoco fumaba tanto. Quería evitar la vergüenza de tener que pedirle a la señora Harper algo tan sucio y pasado de moda como el tabaco.

Un cigarrillo al día, justo después del desayuno. ¿Cómo puedes explicarle a alguien esta costumbre? Es tan absurda como el resto de mi vida.

Tiro el cigarrillo a medio fumar en el cuenco con leche y cereales. Silba y muere.

Mi madre odiaba el humo del tabaco, y como yo odio a mi madre, cada bocanada de humo es también un dedo corazón levantado ante mi querida y vieja madre.

Cojo a *Albert Camus* y rápidamente se acomoda en mis piernas. Me lame la mano. Yo le acaricio repetidamente todo el lomo y la cola. Nos quedamos sentados ante la pequeña mesa de la cocina, en silencio, durante cerca de una hora. Ninguno de los dos tiene otra cosa que hacer.

Pienso en la señora Harper y en otras cosas imposibles.

Lo mejor y lo peor de nuestras jornadas es que *Albert Camus* y yo tenemos todo el tiempo del mundo. Todo el tiempo del mundo puede sonar bien en teoría, pero en la práctica puede convertirse en una buena patada en los huevos.

7

Harper es la tienda local que nos queda más a mano, pero no tiene ni punto de comparación con el Wawas y el 7-Eleven que frecuentaba cuando vivía en los alrededores de Filadelfia. Quizá su característica más destacable sea el letrero de madera que tiene en la puerta:

WHISKY, ARMAS, MUNICIÓN

Aunque yo solo necesito la primera de esas tres cosas, *Albert Camus* y yo vamos a Harper todos los días a comprar diversos productos, más mundanos, que no se anuncian en el letrero de madera.

Una vez en el aparcamiento, exactamente delante del hueco por donde, en primavera y en verano, vienen y van las abejas a una colmena que se ve perfectamente detrás de un cristal, zumbando en los meses más cálidos con una frenética e intimidante ética laboral, pregunto:

—¿Crees que hoy seguirá vistiendo de negro, *Albert Camus*?

El perro suspira, pero no se levanta. Lleva el arnés, que lo mantiene atado al cinturón de seguridad, porque no queremos que se repita la historia aquí, en el frío Vermont. Nunca protesta cuando le pongo el cinturón para ir en coche, aunque tampoco es que le guste especialmente que lo aten, lo que me incita a preguntarme si podrá responder a la primera pregunta ahora que es un perro.

(Le doy una buena vida: comida para perros de primera calidad, está conmigo las veinticuatro horas del día, y nunca he querido tanto a nadie, pero eso no viene al caso. En ocasiones me pregunto si Albert Camus de verdad quiere estar aquí, en este mundo. Soy consciente de que el trabajo que hizo en su anterior encarnación nos reta a encontrar significado, incluso esperanza y belleza, en medio del absurdo. Aunque los mundos ficticios que creó eran a menudo sombríos, y también lo es nuestra vida juntos, si soy sincero).

—No te gusta la señora Harper, ¿verdad? —le pregunto, rascándole la cabeza—. No te preocupes, nada se interpondrá entre nosotros, *Albert Camus*, ni siquiera una mujer. Nunca. Tú y yo. Es lo que siempre tendremos.

El perro levanta la cabeza y se pone a gemir, así que desabrocho el cinturón de seguridad y me lo pongo en las rodillas.

Se me sube por el torso, me apoya las patas delanteras en el pecho y me lame la cara, porque es un amigo cariñoso.

—Vale, Albert Camus, reconocido donjuán. Premio Nobel francés. Y valiente explorador de la condición humana. Vamos a seguir con la vieja estrategia.

El perro sigue lamiéndome la cara.

—Si va vestida de negro, hacemos nuestra compra diaria y nos vamos como siempre. Pero si lleva algún otro color, intentaremos charlar de naderías, como suele decirse, y vemos si eso nos lleva a alguna parte.

La cara del perro está a pocos centímetros de la mía. Percibo su aliento cálido y acre, y su hocico frío y húmedo en la mejilla.

—Quizá tenga una perrita para ti —añado, pero aseguraría que el incentivo sexual no cuela, o tal vez tema que tener un solo ojo entorpezca la conquista de una compañera. Es difícil decirlo—. Vale, enseguida vuelvo.

Cuando bajo del coche, *Albert Camus* ladra y pone las patas en la ventanilla, porque la separación le produce ansiedad. Lo llevaría a la tienda, pero ya ha gruñido a la señora Harper en otras ocasiones, tratando adrede de sabotear mi vida amorosa. No quiere compartirme con nadie. Apoyándome en el bastón de madera, pongo la mano izquierda en el cristal que está rascando *Albert Camus* y digo:

—No pasa nada, *mon petit frère*. No tardaré.

La señora Harper está en la caja registradora, atendiendo a un cliente, un hombre con chaqueta de franela que está comprando una escandalosa cantidad de latas de alubias cocidas.

La señora Harper lleva una camisa azul marino.

Siento que la cara se me pone blanca como el papel y que voy a desmayarme.

Es la primera vez, desde que su marido murió de un ataque al corazón, hace más de un año, que la veo con un color que no es el negro.

Claro que el azul marino es muy parecido al negro. Con según qué luz, el azul marino puede confundirse con el negro, lo que me crea un desafortunado dilema.

Mientras paseo bajo las cabezas de ciervos, alces e incluso osos que se exponen en las paredes, me pregunto si la señora Harper no se habrá vestido de azul marino por error. ¿Y si le ha parecido negro a la luz de primera hora de la mañana? También es posible que esté cambiando lentamente a colores sombríos, y si es así, ¿qué significa eso? ¿Me ha dado la proverbial luz verde o no?

Me atrevo a mirar hacia atrás por encima del hombro, y veo que lleva suelto el cabello plateado. Se levanta como una ola sobre su frente y cae por la parte izquierda de su hermoso rostro.

La señora Harper tiene lo que solo puedo describir como una espléndida nariz judía, y el caso es que, por alguna razón que desconozco, las narices de las mujeres judías despiertan siempre mi lujuria.

Me arreglo la bragueta rápidamente tras el pasillo del pan, porque tengo una erección vergonzosa.

Es ridículo.

Todo esto.

Empecé a imaginar la vida con la señora Harper mucho antes de que su marido muriese. Nunca fue algo que me estimulara sexualmente, sino más bien intelectualmente. No suele hablar mucho cuando pasa el escáner de caja por el código de barras de los artículos, apenas sonríe, así que es fácil inventar historias sobre ella y su hermosa nariz angular. La imaginaba atrapada en un frío matrimonio sin sexo con un hombre que puso su apellido a la tienda, a la que quería más que a la mujer que también llevaba su apellido. Imaginaba coincidir casualmente con la señora Harper en uno de los paseos que *Albert Camus* y yo solemos dar en verano, los tres caminando al mismo paso (en mi fantasía no tengo bastón ni cojera), quizás hablando de las novelas que estamos leyendo en ese momento. Al poco tiempo empieza a escabullirse de su casa y de su marido para venir a comer a la mía, en el bosque; me cuenta todos sus secretos mientras engullimos la carne que su cónyuge ha cortado y pesado esa misma mañana. Resulta que el señor Harper es un amante deplorable que termina demasiado pronto y se pone a roncar menos de medio minuto después de apartarse de su esposa. «Es una vergüenza —dice la pobre entre lágrimas—. Nunca me ha dado un orgasmo. Ni una sola vez en treinta años.» Y yo le acaricio la mano con cariño. «Es como si yo fuera un objeto. Un simple guante caliente para su pene —añade después de unas copas de más—. ¿Todos los hombres son así?» En mi fantasía, le digo que conmigo en la cama estaría vibrando hasta que el corazón le saltara de felicidad, y ella se lleva la mano al pecho y se ruboriza. Y entonces, una noche con mucha nieve, veo dos luces que brillan como los ojos de Dios entre la ventisca y que vienen hacia mi casa, y yo abro la puerta y ella baja de un salto de su camión, sin pensar siquiera en apagar el motor y poner el freno de mano. Yo la rodeo con mis brazos mientras el vehículo del marido sigue avanzando entre la nieve. «Lo he dejado», dice, y yo respondo: «Bienvenida a casa».

En la vida real, el señor Harper era un pequeño mono, un blanco —anglosajón— protestante peludo y cascarrabias, con un delantal blanco de carnicero, que siempre apoyaba el dedo en el plato de la báscula cuando te pesaba la carne.

Mataba animales para divertirse, colgaba los esqueletos en la puerta de la tienda y vendía dentro la carne recién asesinada. Tenía un arsenal en el escaparate y vendía armas de fuego a todos los palurdos del pueblo y a los yupis ricos que esquiaban por allí. Y cuando llegaba la temporada de esquí esos mismos yupis le compraban, a precios exagerados, la cerveza que producían las pequeñas fábricas locales, vino, quesos hechos con la leche de las cabras y las vacas de Vermont, y cualquier otra cosa con tal de no tener que conducir los cuarenta y cinco minutos que se tardaba en llegar al supermercado más cercano. Gracias a estas ventas, el señor Harper acabó por enriquecer. Tenía una esposa guapa y una tienda que era una máquina de hacer dinero. Una de las mayores casas de la zona en medio de una gran parcela de tierra y con vistas a su propio lago. Cabría suponer que un hombre así debía de ser feliz, pero el señor Harper era cruel y antipático.

He oído comentar entre susurros a algunos clientes que murió en la tienda, mientras ponía etiquetas nuevas para subir el precio del whisky poco antes de la temporada de esquí.

Murió antes de tocar el suelo, dicen, pero sin romper una sola botella. Un bastardo tacaño hasta el último segundo.

Y entonces fue cuando la señora Harper empezó a vestir de luto.

—Dos entrecots, uno grande, otro pequeño —digo al carnicero cuarentón que hay tras el mostrador, y el tipo saca dos cortes del escaparate y comienza a envolverlos en papel de cera.

—Su perro come mejor que mucha gente —comenta Brian.

Sé que se llama Brian porque lleva un marbete con el nombre. Empezó a trabajar aquí poco después de la muerte del señor Harper. Creo que dirige el lugar para la señora Harper, que se ha convertido en un mudo y hermoso mueble tras la caja registradora.

Asiento con la cabeza y sonrío.

—¿Por qué ya no trae al pequeño por aquí? Lo echo de menos —dice mientras pesa los filetes.

Me fijo en que no apoya el pulgar en el plato de la báscula.

—Últimamente está un poco ansioso —respondo.

—¿Cómo dijo que se llama?

—*Albert*.

—He oído que también utiliza un apellido cuando habla con él. ¿Cuál es?

—*Camus. Albert Camus.*

Brian se acaricia la perilla con la muñeca y me suelta:

—¿Cómo se le ocurrió un nombre tan absurdo como ese?

—Le puse ese nombre por el escritor francés.

—Eso lo explica todo. Yo ni siquiera leo a los escritores *americanos*.

—Pues debería leer a Albert Camus.

—¿Por qué? —replica Brian, entregándome la carne por encima del mostrador. Me está sonriendo y los ojos le brillan. Solo habla por hablar mientras se quita los guantes desechables.

—Bueno, para empezar, es uno de los mejores y más influyentes autores del siglo veinte.

—Eh, escuche, amigo. Yo soy un carnicero de aquí, de Hicksville, Vermont. —Se señala el rostro—. ¿Ve a este tipo? ¿Lee a escritores franceses? No, no los lee. Lee revistas de caza y pesca, sentado en el retrete, cuando se siente muy intelectual. —Brian sonríe orgulloso de su chiste—. Cuando me siento el repelente niño Vicente, a veces leo el te-leprograma.

—A cada uno lo suyo —replico, dando media vuelta.

—Eh, no se lo tome así. Solo hacía una broma. Ahora tengo curio-sidad. ¿Por qué debería leer a un escritor francés? ¿Por qué me ha di-cho eso? ¿Iba en serio? Vamos, dígamelo.

—Supongo que es una vieja costumbre. Antes era profesor de len-gua y literatura en un instituto. Quizá lo lleve en los genes.

Se ríe con simpatía.

—Tengo el carnet de la biblioteca porque allí se pueden conseguir DVD gratis, aunque apuesto a que también sirve para sacar libros. ¿Se lo imagina? Yo leyendo un libro. Sería una verdadera hazaña. Se lo aseguro. ¿Cuál es el nombre de ese escritor? Quiero leer a ese franchu-te que ha conseguido que le ponga su nombre a su perro. Es decir…, usted quiere a ese perro. Entonces, qué diablos, ¿no? Qué diablos. Us-ted quiere a ese chucho. Lo he visto con él.

—Quiero a *Albert Camus*.

—La verdad es que nunca hablo tanto.

—Ya me doy cuenta —respondo enarcando las cejas. Parece un hombre amable, aunque algo simple. Me gusta Brian. De veras. Me ha embolsado y etiquetado la carne incontables veces y, sin embargo, es la primera vez que hablamos con tanta espontaneidad.

—Le pido disculpas —dice—, pero no tengo ningún pariente en el pueblo…, solo excelentes clientes como usted. Y hoy es un gran día para mí. Así que esta tarde estoy un poco hablador. Esta tienda… me ha cambiado la vida para mejor.

—Ah, ¿sí? A mí me encanta esta tienda —confieso, aunque no es-toy seguro de por qué. La conversación se está volviendo demasiado íntima y el instinto me grita: «¡Sal corriendo de aquí!».

—Oiga, ¿puedo hacerle una pregunta? —Brian sonríe, infla el pe-cho y levanta ligeramente la barbilla—. ¿Ha notado algo diferente al entrar hoy? ¿Lo ha notado? *¿Algo?*

Enseguida entiendo que se refiere a la camisa azul marino de la se-ñora Harper, pero a pesar de todo respondo:

—No, no he notado nada. ¿Qué ha cambiado?

—¿La señora Harper? —Brian enarca sus cejas grises, agacha la cabeza, asiente y sonríe.

—No estoy seguro de...

—Hoy lleva una camisa azul. Por primera vez desde... ya sabe.

Miro por encima del hombro a la señora Harper.

—¿En serio? Pensé que era negra, como siempre.

—¿No adivina por qué? Haga una suposición al azar.

—Hum.

—¿Se rinde?

—Yo no...

—¿Se ha fijado en lo que lleva en el dedo anular? —pregunta.

Por favor, no.

Dios santo, no.

—Ella y yo vamos a casarnos. ¡Casarnos! ¿Qué le parece, señor profesor de lengua y literatura de instituto? Propietario del señor *Alber Camiií*. Se lo propuse la otra noche después de cerrar la tienda. Hinqué la rodilla en tierra mientras reponíamos los cereales, le ofrecí un anillo y dijo que sí. ¿Puede creerlo? ¡Yo, Brian Foley, casándome después de tantos años de ser un solterón! Y con la mejor mujer de todo el universo.

El mundo deja de girar un segundo y me pierdo en el espacio negro que separa los dos dientes delanteros del sonriente Brian.

—¿Ha oído lo que he dicho, amigo? ¡Vamos a casarnos! A convertirnos en marido y mujer. A echarnos el lazo. A unirnos. ¡A hacerlo legal, legítimo y hermoso! Vaya a decírselo a las montañas, profesor: ¡Brian Foley está enamorado! Ha vuelto a nacer. Hoy es el mejor día de toda mi vida.

—Hum... —Ahora estoy sudando. Pongo los filetes en el mostrador y me palpo los bolsillos—. ¡Oh, maldita sea! Creo que he olvidado la cartera. Voy a la camioneta. Solo será un segundo. Enseguida vuelvo.

—¿Ni siquiera va a felicitarme?

Avanzo tan aprisa hacia la puerta como me lo permiten el bastón y la cojera.

—¿Y encima se pone serio? —exclama Brian—. Tiene que alegrarse, hombre, defender el triunfo del amor.

No resisto la tentación de mirar de reojo, al salir, la hermosa nariz de la señora Harper, sabiendo que nunca más pondré los pies en Harper, por mucho que necesite WHISKY, ARMAS, MUNICIÓN.

La señora Harper está deslumbrante.

Está radiante.

Feliz.

Y su nariz me excita más que nunca.

¡Cruel tentadora!

No me molesto en poner el cinturón a *Albert Camus*. La camioneta retrocede tan aprisa que se cae del asiento y se golpea con la alfombrilla. Cuando sube de un salto, el perro busca cobijo desesperadamente en mis piernas, y siento sus temblores por encima del pantalón.

Me detengo en una carretera secundaria sin circulación, apoyo la cabeza en el volante y me echo a llorar.

Quizá penséis que es ridículo llorar porque ya no esté a mi alcance una mujer con la que apenas he intercambiado un centenar de palabras. Pero la quería de verdad, o al menos quería la fantasía de estar con ella. Ese sueño me ha animado durante un período muy difícil, igual que la esperanza de ver un solo brote verde ayuda a muchos habitantes de Vermont a soportar los meses de marzo más fríos y oscuros.

Albert Camus sigue consolándome de la única forma que sabe, lamiéndome la barbilla, el cuello y las manos.

Quizá también esté lamentando el hecho de que mi decadencia emocional y mental refleja la de mi cuerpo. Estoy empeorando, aquí solo en el bosque. Las sombras invaden mi mente con pensamientos inútiles que se infectan y duelen como los clavos de metal que llevo en las piernas y los brazos.

Puede que Brian el carnicero no supiera el nombre del escritor existencialista más famoso de Francia, pero supo abrirse camino hasta el corazón de la señora Harper en el momento oportuno, y cuando has pasado muchos meses hablando con un perro, aunque sea el mejor perro del mundo, hechos como este adquieren un significado más trascendente.

Después de todo, no puedes hacer el amor apasionadamente con un libro.

Y los perros no pueden dialogar contigo, por mucho que lo finjas.

En la camioneta, con el motor en marcha y la calefacción a tope, pienso en la primera pregunta y considero brevemente la posibilidad de estrellar el vehículo contra un árbol a ciento ochenta kilómetros por hora, que es el número más elevado de mi cuentakilómetros.

Pero *Albert Camus* sigue lamiendo sin parar las lágrimas saladas de mi barbilla; él se merece algo mejor, o al menos un final diferente, en esta encarnación.

Tengo la sensación de que realmente le gusta la vida que llevamos juntos y no son solo imaginaciones mías. Quiero a este perro; me da un objetivo, una razón para vivir, pero he de confesar que mi deseo de algo más es muy fuerte.

Enseñar era lo que llenaba el vacío que se ha abierto dentro de mí.

Supongo que esto es el «cansancio teñido de asombro», y entonces hago en voz alta la pregunta más peligrosa de todas:

—¿Por qué?

Albert Camus deja de lamerme y, con nuestras caras separadas por unos centímetros, nos miramos. Sigo viendo humanidad en su brillante ojo negro, aunque ahora sea un perro.

—No sé si puedo seguir adelante, *Albert Camus* —digo.

El perro inclina la cabeza a un lado como diciendo: *Vous ne m'aimez plus?*

—Pues claro que te quiero, *Albert Camus*. De veras. Te quiero. Con todo mi corazón. Pero me temo que ya no podré responder a la primera pregunta.

Albert Camus vuelve a lamerme la cara.

—¿Te has librado del absurdo, ahora que eres un perro? ¿Por eso puedes lamerme y quererme, a pesar de que un monstruo te quemó el ojo, y aunque yo ya no sea capaz de relacionarme con mi propia especie porque otro monstruo me causó esta cojera?

El perro bosteza, echándome encima todo el aliento.

Huele como un cubo de caracoles de mar podridos bajo el sol de agosto.

Acaricio el lomo de *Albert Camus*, sintiendo los bultos de su espina dorsal, y el perro me golpea los muslos con la cola.

—Si no fueras tan feliz ahora, te preguntaría si quieres hacer un pacto de suicidio conmigo. Pero ¿puedo vivir la vida por un perro tuerto? ¿Puedo encontrarle significado en esto?

Como si entendiera mis palabras, pone la cabeza bajo mi mano, suplicando que le rasque tras las orejas, y logra que me sienta útil.

Aunque sé que esto es solo una especie de instinto gregario animal —para él soy el macho alfa, el que le consigue comida, agua y refugio—, encuentro significado, alejo el absurdo, respondo la primera pregunta, con mi perro tuerto, aunque solo sea de momento.

Él es suficiente.

Tras cuarenta y cinco minutos de conducción llegamos al supermercado.

Una vez dentro, pido dos gruesos entrecots resecos por el paso del tiempo y un hueso a un adolescente lleno de granos con un delantal blanco de carnicero que le queda grande. Le dan arcadas cuando pesa la carne, murmura las palabras «asqueroso, enfermizo, bárbaro», mete el hueso que le he pedido y me tiende la bolsa por encima del mostrador, alejándola de sí todo lo que puede, como si fuera una bolsa con mierda de perro.

—¿Se encuentra bien? —pregunto, porque está empezando a ponerse verde.

—Soy vegetariano radical y el cabrón de mi jefe me ha obligado a trabajar hoy en el mostrador de la carne. ¿Qué le parece?

—La definición del absurdo, eso es lo que me parece.

—¿De qué habla? —dice, dándome la espalda, y entiendo lo que le pasa. He visto a muchos como él. Prácticamente me está suplicando que lo abrace. Imagino a sus padres en casa, que o no le hacen caso o lo critican, sin ofrecerle la promesa de algo mejor, sin ofrecerle filosofía, ni religión, ni un sistema de valores, sea el que sea, y por eso ha elegido el vegetarianismo, probablemente la antítesis de la dieta de sus padres, como método de protesta.

—Aquí está su propina, joven —ofrezco—. Lea a Camus. Empiece por *El extranjero*. Léalo. Él está de acuerdo con usted. Un vegetariano obligado a trabajar de carnicero es… el no va más del absurdo. Hay todo un mundo más allá de este pueblo. No está usted solo.

—Lo que usted diga —murmura, y hago un esfuerzo por reprimir mi viejo instinto de profesor.

Mientras recorro el pasillo de los animales de compañía, echando en la cesta manjares carísimos para que *Albert Camus* coma durante meses y algunos productos masticables para su halitosis, me digo que el muchacho del mostrador de la carne habría sido mi alumno favorito al final de curso, cuando enseñaba lengua y literatura en el instituto. Siempre me ganaba a los chicos como él…, los que necesitaban desesperadamente un guía adulto, los más heridos y contusionados. Si puedes aguantar la apatía durante unas pocas semanas, dar a sus mentes algo real que masticar, ofrecerles la alternativa que instintivamente ansían, eso que los individuos como ellos han encontrado en la Historia durante miles de años, siempre acaban despertando y siendo conscientes. Miro mi bastón. *Bueno, casi siempre.*

Antes de irme, paso otra vez por el mostrador de la carne y agito la mano para llamar la atención del adolescente.

—Probablemente pienses que solo soy un viejo tonto, pero sería una negligencia por mi parte no decirte que tienes una crisis existencial. Levanta la vista. No eres el primero. He estado a menudo ahí. Y, metafóricamente, los vegetarianos trabajan tras el mostrador de la carne desde el origen de los tiempos.

Me mira entornando los ojos.

—Le he dado su pedido. He hecho mi trabajo, ahora déjeme en paz, ¿vale?

—Albert Camus. Léelo. Entonces comprenderás.

—Mire, vejestorio —murmura, mirando alrededor por si hubiera alguien escuchando. Cuando está seguro de que no hay nadie, añade—: Me cago en la puta… ¿Es maricón y quiere rollo conmigo o qué?

—No. No, no lo soy. Soy heterosexual y tengo el corazón destrozado, por si te interesa saberlo. Yo solo intentaba…

—Pues váyase a la mierda, ¿vale? ¿Por qué no intenta eso?

Quizás haya perdido mi toque.

¿Y qué diablos sé yo? No soy más que un cojo que vive con un perro tuerto.

La conducta del muchacho es un clásico grito de ayuda, pero yo ya no ayudo a los adolescentes.

Recuerda, Nate Vernon. Fracasaste como profesor. El universo te ha dado una buena paliza con un bate de béisbol de aluminio.

—Claro —le digo al carnicero vegetariano, y me voy con mi bastón a la cola de la caja.

Dejo que *Albert Camus* se siente en mis rodillas mientras volvemos a casa, y se instala allí con entusiasmo, lamiéndome la mano derecha todo el tiempo, totalmente ajeno al hecho de que no llevar puesto el cinturón de seguridad nos pone en un serio peligro, pues al parecer ha olvidado cómo terminó su última vida, cuando era un famoso escritor francés.

Los perros no entienden las leyes de la física y por eso nunca han inventado nada parecido al cinturón de seguridad.

Me bebo media botella de vino mientras preparo los filetes.

Albert Camus y yo escuchamos nuestro CD favorito: Yo-Yo Ma interpretando las Suites para violonchelo de Bach.

Es un masaje para nuestras almas.

El olor a carne calentándose, sangre de vaca hirviendo y evaporándose en la sartén, un virtuoso tocando las composiciones de un genio…, todo esto llena la casa, y *Albert Camus* saliva más que el perro de Pavlov, hasta que se forma un charco de babas en el suelo de baldosas negras y blancas de la cocina.

Tardo un rato en cortar el filete de *Albert Camus* en trocitos pequeños para que no se atragante, porque el pequeño *Albert* se traga la carne, y estoy pensando en que podría utilizar un robot de cocina. Tomo nota mental: comprar uno la próxima vez que visite la civilización. Mientras estoy cortando, me da zarpazos tímidos en los pies, y sus glándulas salivares segregan de manera atroz.

Trato de no pensar en la erótica nariz de la señora Harper y casi lo consigo.

Mi amigo de cuatro patas se come un buen pedazo de carne antes incluso de que el plato llegue al suelo. Rebaña el cuenco con la lengua hasta dejarlo limpio y ya está ocupándose de su hueso antes de que yo trague el segundo trozo de filete, que está caliente, sangriento y armoniza divinamente con el vino.

Cuando los sabrosos jugos llenan mi boca y mis papilas gustativas casi llegan al orgasmo, pienso en el carnicero vegetariano.

—Es como Sísifo —digo a *Albert Camus*—, empujando la roca metafórica colina arriba, sabiendo que volverá a caer rodando, haga lo que haga. Una y otra vez. No ve futuro para él. «¿Dónde estaría, en efecto, su pena, si a cada paso lo sostuviera la esperanza de triunfar? El obrero de hoy trabaja durante todos los días de su vida haciendo lo mismo y ese destino no es menos absurdo.» ¿Recuerdas cuándo escribiste eso, *Albert Camus*? El carnicero vegetariano no ve una señora Harper en su futuro. No ve nada. ¿Qué vemos nosotros en nuestro futuro, ahora que hemos perdido a la señora Harper, *Albert Camus*?

Deja de masticar un segundo para meditar la pregunta y luego sigue royendo el hueso vigorosamente con sus dientecitos.

Termino la primera botella de vino y abro otra, y bebo con fruición mientras *Albert Camus* muerde una y otra vez, y Yo-Yo Ma mueve su arco mágico, y la nieve cae fuera, y Brian nosequé, el carnicero ignorante que ni siquiera sabe quién diablos es Albert Camus... Ese tipo probablemente le hará el amor con pasión a la señora Harper, que gemirá por su maravillosa nariz bajo el peso del afable carnicero con el culo al aire.

El CD termina y yo acabo la segunda botella de vino mientras al fondo suena ligeramente con menos fervor la raspadura de los dientes de *Albert* sobre el hueso de vaca. Lo envidio; parece mucho más feliz con la médula que yo con el vino.

Veo mentalmente la nariz de la señora Harper.

Ella sabe quién es Albert Camus... o debería.

En todas mis fantasías era una mujer culta y sofisticada.

La señora Harper armoniza divinamente conmigo.

Trato de desnudarla mentalmente, pero el carnicero de los incisivos separados surge en mis pensamientos como un guardia de tráfico de las fantasías masturbatorias, gritando: «¡Oiga, amigo! Hora de irse de aquí. Esta mujer va a ser mi esposa. Ahora está comprometida. Pero hay más conejos en el bosque, usted ya me entiende. Así que apunte su flecha a otra parte». Brian el carnicero guiña el ojo y asiente con la cabeza, y se va para hacer el amor con la señora Harper, cuya canosa cabellera sube y baja sobre su excitante nariz.

Pienso brevemente en abrir una tercera botella de vino cuando los párpados me empiezan a pesar —*¿Qué hace este cigarrillo encendido en mi mano?*— y luego, sin saber cómo, mi cabeza está apoyada en la mesa.

Y luego...

Y luego...

Y luego...

Y luego...

Estoy en la cama con la lengua seca como el desierto y que parece haber sido ahumada y curada hasta convertirse en cecina de vaca sin mi conocimiento. Un latido embrutecedor toca un desagradable redoble de tambores de guerra en mis sienes —BUM-BUM-BUM-BUM-BUM— cuando en medio de la oscuridad oigo que rascan la ventana. Es imposible, porque estamos en el desván, prácticamente en un segundo piso, y la ventana en cuestión estará a unos doce metros de la terraza de madera de abajo. Me pregunto si no será un pájaro que picotea en la ventana. ¿Qué clase de pájaro haría eso al final del invierno, en medio de la oscura noche?

Cuando enciendo la luz de la mesita, veo a *Albert Camus* saltando y arañando la ventana con las patas.

—¿Qué pasa, amigo? —digo.

Miro los números rojos que brillan en el reloj despertador: las cuatro cuarenta y cuatro de la madrugada.

¿Es buena o mala suerte? Los mismos dígitos. No recuerdo lo que decían mis alumnos sobre eso, si debía pedir un deseo o contener la respiración o hacer alguna otra cosa. Siempre eran muy supersticiosos.

—Ve a dormir, *Albert*. Métete en la cama. Necesito dormir para que se me pase el dolor de cabeza.

Pero el perro sigue saltando y arañando la ventana.

Cuando me pongo en pie, el bastón se tambalea. El perro empieza a ladrar y a gruñir, sin dejar de saltar y arañar. Nunca se había comportado así. ¿Habría algo en el hueso? Puede que el adolescente vegetariano lo rociara con alguna droga.

Ya no puedes confiar en nadie, pienso. Y ese chico tenía un motivo.

Pero ¿qué droga haría que *Albert Camus* se obsesionara tanto por la ventana?

—¿Tienes que ir al cuarto de baño? —pregunto mientras me dirijo hacia el interruptor de la luz, sintiéndome un poco mareado y todavía muy borracho.

Mi pie derecho se hunde en un cálido montón de mierda de *Albert Camus*, que me salpica hasta los tobillos.

El pie izquierdo aterriza en un cálido charco de orina.

Nunca había hecho estas cosas en la casa.

Nunca.

Sinceramente, no consigo recordar si lo saqué antes de irme a la cama y me hago reproches mentalmente por ser un mal dueño de mascotas, un borracho bruto, inhumano y enfermo de amor.

Antes de limpiarme los pies, tengo que pedir disculpas.

—Lo siento mucho —digo—. La indignidad. Yo soy el animal. Esto no volverá a pasar.

Me arrodillo a su lado y trato de cogerlo y darle unos besos, pero él suelta unos gruñidos tan amenazadores que me asustan y lo dejo ir.

—¿Qué ocurre, muchacho? ¿Qué intentas decirme?

El perro sigue saltando y arañando la ventana.

Una y otra vez.

¿Estaré soñando?

—No hay nada ahí fuera, nada. Es hora de irse a la cama, amigo. Déjalo ya. Vamos. ¡Para!

Él sigue saltando y raspando, como si tratara de saltar la pared y atravesar el cristal.

—Vale, veamos qué hay fuera.

Abro la ventana y siento el aire fresco de la noche.

Cuando me inclino para coger a *Albert Camus* y enseñarle que no hay nada fuera, él utiliza mi muslo como trampolín y salta por la ventana antes de que me dé cuenta de lo que pasa.

—¡No!

En el tiempo que tarda en caer, recuerdo que ayer mismo hice que el encargado de mantenimiento quitara la nieve del suelo, temiendo que el peso fuera demasiado para la madera de la terraza; comprendo en el acto que una caída de doce metros es suficiente para matar a un perro del tamaño de *Albert Camus*; y también recuerdo lo que le dije antes en la camioneta sobre la primera pregunta y la posibilidad de firmar un pacto de suicidio entre los dos. Y luego recuerdo todos y cada uno de los besos que me dio, el tacto de su pelo afro en mi mano, la forma en que agitaba la cola siempre que yo pronunciaba su nombre, y mi gran amor por él hincha mi corazón hasta un tamaño peligroso.

¿Alguna vez se suicidan los perros?

El golpe sordo de su cráneo al chocar contra el suelo de madera suena como unos fuertes nudillos que llamaran a la puerta.

Escucho atentamente, por si oigo un gemido canino, y suplico mentalmente oír el rumor de sus zarpas en el suelo, pero solo hay un silencio mortal.

Bajo la escalera a toda la velocidad que me permiten el bastón, la cojera y la borrachera, siguiendo los excrementos del perro por toda la casa, enciendo las luces exteriores y abro del todo la puerta corredera de cristal.

La cabeza de *Albert Camus* está inclinada en un ángulo horriblemente antinatural y sus patitas están fláccidas, y entonces una parte de mí sabe que murió al instante, que el impacto le rompió el cuello. Pero de todas formas me agacho sobre su cuerpecillo, cojo su cabeza para acunarla, tratando de no dañarle la espina dorsal, conteniendo las náuseas que me produce sentir la falta de vida de estos huesos y este pellejo que tengo en las manos.

—Por favor, no te mueras. Por favor. No. Te quiero, amigo. Por favor, siento haber hablado tanto de la primera pregunta. No he sido un compañero fácil, lo sé, pero cambiaré. Lo prometo.

De la boca le sale un hilo de sangre y su único ojo ha rodado hasta perderse en el fondo de la órbita, pero cojo las llaves, lo pongo suavemente en el asiento del copiloto de la camioneta y, aunque el veterinario está a una hora en coche y lo más probable es que aún tarde más de cuatro horas en abrir la clínica, me siento ante el volante, todavía descalzo, y enciendo el motor.

—Despierta, *Albert Camus*. Te vas a poner bien, amigo mío —le aseguro mirándolo, acariciando su cabeza, todavía caliente, sin prestar atención al hecho de que conduzco una camioneta.

Hacia el final del inclinado camino de tierra, la rueda delantera derecha cae en el surco que pensaba decirle al agricultor que allanara, el volante gira bruscamente a la derecha y me estrello contra un viejo roble.

Salta el airbag, golpeándome la nariz.

Parpadeo.

Se me nubla la vista.

Vomito sobre el airbag y mis piernas dos botellas de vino tinto y medio kilo de carne sanguinolenta.

Lloro.

Golpeo el salpicadero.

Hiperventilo.

Trato de escupir la agria pasta que siento en la boca.

La sangre se me agolpa en la cabeza y luego se retira demasiado aprisa, como una ola que se estrellara contra la orilla, llevándose en el reflujo todo lo que hay en la playa y retirándose al lugar de procedencia.

Me invade una extraña sensación, que espero que sea la muerte.

Se acabó todo.

Me rindo a la primera pregunta.

Finalmente, pierdo el conocimiento.

8

El sol invernal me despierta bruscamente.

Albert Camus yace muerto en el asiento del copiloto.

Recojo el bastón y bajo de la camioneta.

El capó está arrugado. El parachoques delantero se ha convertido en parte del viejo y noble árbol, casi como un rodrigón o un alcorque.

Parte de mí sabe que he sido yo.

Vivo al final de un camino de tierra. Elegí esta finca porque nunca hay nadie cerca. No hay vecinos. Ni tráfico, ya que la carretera está a cinco kilómetros de la casa, y yo no he andado más de trescientos metros seguidos desde la serie de operaciones que me hicieron para volver a recomponer a este Humpty Dumpty.

No tengo teléfono, ni fijo ni móvil. Ni ordenador ni conexión a Internet. Este es mi Walden, lo más cerca que estaré nunca de ser Henry David Thoreau.

No tengo amigos. Nadie vendría a visitarme. Tengo que ir en coche hasta la casa del encargado de mantenimiento cada vez que lo necesito. El agricultor tiene un contrato para venir cuando caen más de siete centímetros de nieve, pero anoche nevó muy poco, y según el periódico que leí el domingo, no se esperan nevadas en toda esta semana, así que sé que puedo morirme solo aquí mismo sin que nadie venga a salvarme.

El olor a gasolina es penetrante y me doy cuenta de que el depósito está goteando. Lo más probable es que se haya soltado el manguito de la gasolina. Pienso en pegarle fuego a todo, enviando a *Albert Camus* a su próxima encarnación en medio de un resplandor glorioso, como si fuera un rey perro vikingo y la camioneta fuera su balsa, y lo es en cierto modo. Pero en lugar de pegarle fuego, empiezo a quitarme la ropa cubierta de vómito y la tiro sobre los montones de nieve que se derriten a los lados del camino de tierra mientras vuelvo a casa apoyándome en el bastón.

Sin molestarme en quitarme la ropa interior, entro en la ducha y dejo que las punzantes gotas calientes lluevan sobre mí hasta que el depósito del calentador se queda vacío, y entonces me seco con la toalla, me visto y examino la ventana de mi dormitorio, que sigue abierta.

—¿Qué oíste o viste, *Albert*? —le pregunto al aire frío.

Asomo la cabeza y miro alrededor.

Nada.

No hay huellas de animales en el suelo.

Nada en la linde del bosque.

Nada.

Cierro la ventana.

Pienso si realmente mi perro se ha suicidado, y llego a la conclusión de que es posible, sobre todo porque le llamé Albert Camus, y porque llevo años dándole vueltas y más vueltas a la primera pregunta.

Era como si hubiese estado entrenándolo para que encontrara un significado o muriese, y encima no dejaba de decirle que no había significado alguno. Y el pacto de suicidio que le ofrecí… ¿Cómo podía saber él que no lo estaba diciendo en serio con la curda monumental que tenía yo anoche? Es decir, solo era un perro. Su cerebro era más pequeño que un melocotón.

¿Qué perro podría vivir con un nombre de tanto peso si encima tiene que resolver la crisis existencial de su propietario?

Quizá lo presioné demasiado.

Tal vez su corazón era como una garrapata emocional que absorbía toda mi ansiedad, mis lamentaciones, mi inacción y mi tristeza, hinchándose hasta que ya no cupo en su pequeño pecho de caniche, hasta que ya no pudo resistir la premonición del estallido inevitable.

Recuerdo haber leído un ensayo de David Foster Wallace, o una entrevista con él, donde decía que el suicidio es comparable a saltar del último piso de un rascacielos en llamas… No es que no te dé miedo saltar, es que la caída es la menos mala de las dos soluciones posibles.

¿Saltar por la ventana era preferible a vivir conmigo?

¿Había torturado emocionalmente a *Albert Camus* sin darme cuenta?

Nunca había mostrado ningún interés por la ventana del dormitorio, en realidad por ninguna, ¿por qué anoche sí?

Todas estas preguntas me están dando dolor de cabeza. Voy a la cocina y abro otra botella de vino tinto, un rioja, y enciendo otro Parliament Light para desayunar.

Me sirvo un vaso de vino y lo bebo de golpe, sin saborearlo.

Lleno el vaso otra vez y trato de decidir qué hacer.

Enciendo otro cigarrillo nada más terminar el primero.

—Has matado a tu perro —me acuso—. ¿Qué clase de hombre incita a su perro al suicidio?

Mientras encadeno un cigarrillo con otro y un vaso con otro, no puedo dejar de pensar en Edmond Atherton, el chico que me machacó los huesos con un bate de béisbol y acabó con mi carrera de profesor.

Durante seis meses se había sentado al lado de la pared derecha de mi clase, justo debajo de una foto en blanco y negro de Toni Morrison, y nunca abrió la boca mientras el resto de la clase hablaba de Herman Hesse, de Shakespeare, de Franz Kafka, de Margaret Atwood, de Albert Camus, de Ivan Turgenev, de Paulo Coelho y muchos otros.

Hasta que un día, Edmond Atherton levantó la mano y pidió permiso para hablar conmigo después de clase. Era una petición rara para hacerla en mitad de una lección, y cuando menos lo esperaba, pero acepté, y luego indiqué a los alumnos que siguieran con el tema que teníamos entre manos.

Recuerdo que Edmond se quedó sentado cuando sonó el timbre, esperó pacientemente y sin parpadear a que todos los demás salieran del aula. Su calma me ponía la carne de gallina; era algo sobrecogedor y… forzado. Algo había cambiado dentro de él, ahora estoy seguro, pero entonces solo era una sospecha.

Cuando estuvimos solos, le dije:

—¿Qué se propone, Edmond?

Juntó las dos manos como para dar una palmada y las sostuvo ante su rostro como si fuera a rezar.

—Espero que no me malinterprete, pero creo que he encontrado un gran fallo en su forma de enseñar filosofía. No quería ponerlo a usted en evidencia delante de la clase, por eso le he pedido que hablemos en privado. Pero hay un serio problema en lo que se refiere a su mensaje.

—Muy bien. —Reí forzadamente. Pero algo dentro de mí sabía que aquello no iba a salir bien..., que la razón de aquella charla era algo más que la típica y aburrida llamada de atención de un adolescente. Parte de mí supo que tenía problemas. A pesar de todo, le ofrecí—: Dígame cuál es.

—¿Está seguro? —dijo, tocándose la nariz con la punta de los índices de un modo casi frívolo—. Porque creo que no podrá volver a enseñar de la misma manera cuando se lo explique.

—Créame, Edmond, soy un avezado veterano con decenios de experiencia en la enseñanza a mis espaldas. Podré soportarlo.

—Muy bien. —Golpeó el pupitre con las dos manos y yo sufrí un sobresalto, él sonrió y me miró durante demasiado rato, creando un silencio que flotaba como el gas mostaza entre nosotros—. Admiro lo que intenta hacer por nosotros, de veras que sí. Quiero decir que está bien que se nos diga que todos somos especiales, capaces de algo «extraordinario». Como en esa escena que nos enseñó de la película *El club de los poetas muertos*. Es estupendo pensar que todos podemos aprovechar la vida al máximo. Que todos podemos dejar huella en el mundo. Pero no es cierto, ¿verdad? Es decir, considere la definición de la palabra «extraordinario», ¿vale? Es una palabra excluyente, después de todo. ¡Tiene que haber muchas personas ordinarias para que la palabra «extraordinario» signifique algo!

Sonreía como un alucinado.

—¿De qué quiere hablar exactamente, Edmond? ¿Qué lo reconcome por dentro?

—Su clase. Me estoy hartando de esa falsa felicidad.

—¿Falsa felicidad?

—Sí. Lo he soportado todo lo que he podido, pero ya no aguanto más. Y creo que lo que enseña no es cierto. Es decir, todos los profesores de este instituto son una mierda, pero lo que usted enseña es peligroso.

—¿Peligroso? ¿En qué sentido?

—He visto el resto de *El club de los poetas muertos*. El personaje principal se suicida. ¿Es eso lo que intenta conseguir? ¿Que nos suicidemos todos?

Veía la locura en su mirada, y en aquel momento supe que cualquier intento de defenderme sería inútil, porque ya no estábamos teniendo una charla racional. Pero aquella no era la primera conversación irracional que sostenía con un adolescente, así que me tragué el orgullo y respondí:

—No estoy seguro de entender…

—Usted nos dice que todos deberíamos ser diferentes, pero si todos fuéramos diferentes, seríamos iguales. ¿No se da cuenta? No todos pueden ser diferentes, porque entonces perdemos el sentido de la palabra…, igual que no todo el mundo puede ser extraordinario. No puede decirle a la gente normal y corriente que sea extraordinaria y lo siga siendo para siempre. Es un puto engaño. Y es mentira. Es el timo de la pirámide. En algún momento, alguien se lo hará pagar.

—¿Pagar? ¿Qué intenta decirme, Edmond? Porque eso me ha sonado a una amenaza. ¿Tendría que sentirme amenazado?

—Sabía que no querría escucharme. Nadie me escucha.

—Estoy aquí, Edmond. Soy todo oídos.

Se levantó y se colgó la mochila muy lentamente.

Luego se miró el calzado deportivo y rió como un tonto, como si un niño de primaria se hubiera tirado un sonoro pedo en mitad de una clase.

—Lo siento, señor Vernon. Lo siento mucho. Son solo tonterías. Usted es el mejor. Choque esos cinco.

Levantó la mano en el aire.

Yo no levanté la mía.

—¿Se encuentra usted bien, Edmond?

—Estupendamente, profesor. ¿No me da la mano? Muy bien. Pues me voy. A ser extraordinario. No quiero dejarlo hecho polvo.

Dejé que se marchara, sobre todo porque aquel día estaba agotado y luego me olvidé de Edmond Atherton, seguí dando las demás clases, por la tarde asistí a unas reuniones y luego ayudé a zanjar una disputa en el teatro entre los protagonistas de una obra que, al parecer, estaban liados, lo cual tuvo consecuencias negativas, porque entorpeció mucho la química escénica, y hubo lágrimas, lo que requirió un montón de energía.

Pensé en Edmond mientras volvía a casa esa noche y decidí pedirle otro encuentro para el día siguiente, después de clase. Quizás estuviera buscando que le prestara una atención extra y me agredía para avisarme de que tenía necesidades que yo no conocía. Ya había visto acercamientos así antes, y Edmond Atherton no era el primer adolescente que me desafiaba.

Cuando Edmond llegó a mi clase al día siguiente, le pregunté si quería quedarse después para hablar, y respondió:

—Claro, claro, claro. Por supuesto —y volvió a reír como un niño.

—¿He dicho algo gracioso? —pregunté.

—No —dijo, y tomó asiento.

Estábamos hablando de *El Alquimista*, de Paulo Coelho, discutiendo sobre si existía realmente un lenguaje universal, y si cada uno de nosotros tenía una leyenda personal, cuando Edmond volvió a levantar la mano.

—¿Y si el universo te dice que hagas algo que el resto del mundo condenaría?

—Mucha gente ha hecho antes esa pregunta. Piensen en nuestros Padres Fundadores cuando redactaron la Declaración de Independencia. Seguro que Inglaterra condenó ese hecho —expuse—. Y solo es un ejemplo.

—Y está bien hacer cosas que otros no hacen, ¿no es eso? —insistió—. De eso es de lo que se habla aquí una y otra vez. De la importancia de ser diferente.

Antes de que le pudiera responder, sacó un bate de béisbol de aluminio de su mochila y cargó contra mí.

Recuerdo que oí unos ruidos angustiosos, como de ramas de árbol que se troncharan, y luego gritos agudos.

Me golpeó media docena de veces antes de que mi mente entendiera lo que estaba pasando: en codos, rodillas, espinillas, brazos, y todo antes de caer al suelo y perder el conocimiento.

Tiempo después, en el juzgado, un Edmond de rostro rígido y sin mostrar remordimientos dijo que no me golpeó en la cabeza porque quería que yo «recordara» que había hecho aquello para castigarme por estar «equivocado».

Encerraron a Edmond en una clínica para adolescentes perturbados, pagaron mis facturas médicas, una suma astronómica, y me dieron una indemnización tan generosa que pude jubilarme y mudarme a los bosques de Vermont, un lugar en el que no había estado nunca. Después de haber salido tanto en las noticias, por no mencionar todo el tiempo que pasé en el hospital recuperándome de las múltiples intervenciones quirúrgicas y la dolorosa rehabilitación, durante la cual fui presa fácil para cualquier reportero lo bastante cruel como para perseguirme con un micrófono por un aparcamiento mientras yo iba en la silla de ruedas, muletas o, más tarde, bastón, lo único que quería era estar solo y lejos, muy lejos. En un lugar donde nadie conociera ni mi nombre ni mi cara. Vermont parecía ser esa clase de lugar.

Y así fue como acabé en esta cabaña de dos plantas y un desván en medio del bosque, frotándome las doloridas articulaciones, tomando analgésicos a un ritmo alarmante y cumpliendo condena en este cuerpo echado a perder, donde nadie pudiera verme.

—Nunca di las gracias a los alumnos que detuvieron a Edmond para que no me matara —digo al vaso de vino mientras enciendo otro cigarrillo—. ¿Fue porque en secreto quise morir entonces? ¿Fue porque Edmond tenía razón? Habría podido ser mi mejor alumno de todos los tiempos. Esa es la verdad, ¿no? Casi es divertido pensar en la palabra «extraordinario» y en la de veces que la utilicé, como si fuera Robin Williams en el papel del señor Keating.

Abro otra botella de vino.

También abro la segunda cajetilla de tabaco, y toso y expulso un montón de flemas antes de continuar fumando, preguntándome cuánto tardaría en matarme una dieta estricta de cigarrillos.

Cuando ya estoy suficientemente borracho, saco el cadáver de *Albert Camus* de la destrozada camioneta.

En el porche, sentado en la silla de madera Adirondack, me lo pongo en las rodillas y le acaricio el tieso lomo, esperando devolverle la vida.

—Lo siento, colega —digo—. No debería haber hablado tanto de suicidio. Pero un pacto es un pacto, ¿no? Y quizá nos reencarnemos y volvamos a encontrarnos... Solo hace falta que encuentre la manera de cumplir mi parte del trato.

Aunque estoy muy borracho, me doy cuenta de que es morboso estar acariciando y hablando a un perro muerto, y así, entre mocos, lágrimas y humo de tabaco, pongo unos troncos en la chimenea de arcilla, dejo a *Albert Camus* encima, cojo la lata de gasolina que hay en el cobertizo, empapo con ella a mi amigo y enciendo una cerilla.

Las llamas se elevan por el hueco de la chimenea, seguidas por una columna de humo negro y espeso que es ligeramente menos nauseabundo que el silbido, el burbujeo y los crujidos que emite el cadáver de *Albert Camus.*

—Lo siento —digo una y otra vez mientras el frío me muerde la cara y las manos, y las lágrimas me queman las mejillas.

Cuando el fuego se apaga, sé que estoy totalmente solo.

Pienso en formas de suicidio.

Saltar desde el tejado es arriesgado. Puede que no muera inmediatamente, y no quiero ser devorado vivo por los coyotes mientras me pudro en el porche como un amasijo humano de extremidades rotas.

La sierra mecánica del cobertizo me parece un recurso excesivo.

El estilo de Kurt Vonnegut es otra posibilidad: tengo pastillas, alcohol y cigarrillos.

Pero opto por morir de hambre, es una penitencia horrenda por haber provocado el suicidio de mi perro.

Esta es la sentencia de muerte que dicto contra mí mismo: no consumirás nada más que vino hasta que mueras, y morirás solo, porque te lo mereces.

Renuncio al artificio del vaso y bebo directamente de la botella cuando el sol se pone, fumando con actitud desafiante los Parliament Lights, que hace rato que han dejado de producirme una sensación agradable o placentera. El humo me ataca el esófago y los pulmones, a pesar de lo cual aspiro y aspiro como un dragón mágico que se hubiera metido dentro de su cueva después de perder al único niño que creía en su existencia.

Aunque se me nubla la vista, creo que puedo contar cuatro botellas a mis pies.

—*¡Albert Camus!* —grito al cielo—. *¡Albert Camus!* ¿Dónde estás, amigo mío? ¿Hay un cielo para los perros? ¿Te has reencarnado ya? ¡Te echo de menos! ¡Lo siento! ¡Tengo mierda en el cerebro! ¡Soy un egoísta! ¡Soy imbécil! ¡No debería estar vivo! ¡Nunca debería haber nacido! ¡De todo corazón y profundamente, lo siento!

Oigo resonar «lo siento» entre los arces y los robles pelados que pueblan la cuesta de tierra que hay más allá de la terraza y corro hacia el pie de las pequeñas montañas que se ven a lo lejos.

«Hermosa vista», dijo el de la inmobiliaria al enseñarme la casa.

—Una vista perfecta para acabar con todo —digo yo ahora, y me río—. Un buen lugar para morir. Esta será una muerte feliz y ahora voy a representar a Zagreo, el viejo tullido.

—¡*Albert Camus*! —grito al cielo—. ¡Edmond Atherton tenía razón! ¡Mi clase era totalmente mentira! ¡No todo el mundo puede ser extraordinario! ¡Pone en entredicho la definición misma de la palabra! ¡Es absurdo! ¡Y no existe ningún sentido! ¡Ningún sentido en absoluto! ¡Es solo una broma cruel! ¡Esa es la respuesta a la primera! ¡Una broma! Así que ¿por qué no te matas?

Bebo más vino, noto los oscuros riachuelos que me caen por las comisuras de la boca, que me bajan hasta el cuello antes de ser absorbidos por el jersey. Contengo las ganas de vomitar y me echo a llorar de nuevo.

Debo de estar aún más borracho de lo que creo, porque cuando me doy cuenta estoy rezando.

Mi madre, con la que no me hablo desde hace años, es una mujer religiosa, lo cierto es que se hizo monja después de haberme educado. Tuvo una «visión» poco después de terminar yo los estudios secundarios. Me dijo que la visitaron la Virgen María y Jesús. Al parecer, le dijeron que estaba destinada a unirse a una comunidad religiosa. Pensé que se había vuelto loca. La Iglesia Católica la acogió. Me había educado en el catolicismo, pero yo ya había renunciado definitivamente a mi fe. Así que también renuncié a mi madre, más que nada porque la odiaba. Pero siempre recaemos en lo que conocemos cuando nos sentimos débiles, y sobre todo cuando estamos borrachos.

—¿Qué coño pasa, Señor? —grito al cielo—. ¿Podrían estar peor las cosas? No soy dado a rezar, pero por primera y única vez voy a pedirte ayuda. Si estás ahí arriba, hazme una señal. Si no das señales de vida, terminaré con la mía para siempre. ¿Y quién podría culparme? Ayúdame, por favor, si de verdad existes. ¡Y jódete si no existes!

Dios no ha hablado aún conmigo cuando termino la cuarta, ¿o es la quinta?, botella de vino y el sol se pone tras las lejanas montañas.

No recuerdo cuándo sucedió, pero he debido de caerme de la silla, porque tengo la mejilla izquierda apoyada en la madera de la terraza, y parece que ni siquiera puedo levantarme.

Hace más frío que antes.

Cuando abro el ojo derecho, veo que hay estrellas en el cielo y que brillan con más intensidad que nunca.

—Tienes que hacerlo un poco mejor, Señor —murmuro.

Tirito en la posición fetal en que estoy, demasiado borracho, demasiado apático para entrar en casa, donde hay mantas y calor.

Quizá muera de frío, espero, y entonces me las arreglo, no sé cómo, para encender otro cigarrillo, que me dejo colgando en la boca mientras sigo tirado en la terraza.

Ahora estoy boca arriba, pero no tengo ni idea de dónde está el cigarrillo encendido.

Tengo la vista más borrosa que nunca.

Parpadeo varias veces.

Creo que he visto una estrella fugaz cruzando el cielo en algún momento, pero estoy ya demasiado borracho para saber qué diablos estoy viendo.

Y entonces, una vez más, todo se apaga.

9

—¿Señor Vernon?

Parpadeo y una mujer me abofetea en la cara.

—¿Señor Vernon? Despierte. ¿Se encuentra bien?

Cierro los ojos y trato de desaparecer en el sueño.

Estoy girando sobre mi eje.

Me están poniendo de costado.

—Se va a morir ahogado con su vómito —dice la voz femenina, y me pregunto si será un ángel.

Recuerdo que los ángeles bajaban a ayudar a la gente en las historias bíblicas que me leía mi madre cuando era niño... y también recuerdo vagamente haber rezado antes de desmayarme.

Todavía estoy lo bastante borracho como para creer en esas cosas.

Pero entonces vomito en el suelo de la terraza, todo vino y bilis mezclados con el alquitrán de los cigarrillos.

—¿Ha celebrado una fiesta? —dice la mujer—. ¿Qué ha pasado aquí?

—*Albert Camus* —susurro—. Ha muerto.

—Ah, sí. Hace medio siglo.

—No lo entiende —replico, notando lo mucho que me duele la garganta. Me quema como si alguien hubiera empapelado con arena todo el aparato respiratorio—. Yo lo maté.

—¿Qué diablos ha estado bebiendo?

Parpadeo y trato de mirarle la cara.

Veo su cabeza a contraluz, de modo que no percibo más que una forma redonda sobre fondo blanco.

—¿Es usted un ángel? —pregunto—. ¿La ha enviado Dios?

La mujer se echa a reír.

—Bueno, no soy precisamente religiosa, señor Vernon.

—Entonces, ¿no es un ángel?

—Creo que está usted borracho.

—Soy Zagreo, el viejo tullido. Tiene usted que matarme. Como en la novela *La muerte feliz*. De Camus.

—No quiero echarme flores, pero es posible que acabe de salvarle la vida. Nunca se desmaye boca arriba, señor Vernon. Esto lo enseñan en clase de salud. Puede atragantarse y asfixiarse con su propio vómito si está desmayado, y es lo que estaba pasando cuando lo he encontrado.

—Se supone que tenía que morir. Hice un pacto de suicidio con *Albert Camus*.

—Vale —dice—. Vamos a entrar en la casa. Quizá le iría bien tomarse un café. Beber un poco de agua. Cambiarse de camisa.

—¿No quiere matarme? ¿Y si le doy dinero…, todo lo que tengo? ¿Sería mi Patrice Mersault? ¿Como en *La muerte feliz*?

—¿No es Mersault el protagonista de *El Extranjero*?

—El de *El Extranjero* es Meursault, con dos úes —susurro—. Y Patrice Mersault solo tiene una. Déjeme morir aquí fuera. Porque yo maté a *Albert Camus*. Lo siento, pero tengo que pagar con mi vida.

—Está bien, señor borracho. Vamos a sentarnos.

Ahora está detrás de mí, obligándome a incorporarme, empujándome con las manos en las paletillas.

—Tenga su bastón. Utilícelo porque no creo que pueda cargar con usted. Vamos a entrar. Tenemos que recorrer un metro. Solo cien pequeños centímetros.

—No puedo tenerme en pie —replico—. Demasiado borracho. Las piernas no me funcionan.

—Pues entonces arrástrese, porque aquí fuera hace demasiado frío.

—No —insisto—. Deje que muera de frío. No merezco vivir.

—Meta el culo en casa ahora mismo —exclama, dándome un puntapié en el muslo.

—¡Ay!

—¡Muévase!

Me lanzo hacia delante, más que nada porque esta mujer ángel me da miedo, y repto hacia la puerta corredera, que está abierta. La cabeza me zumba y tardo mucho tiempo, pero consigo meterme a rastras. La mujer cierra la puerta y echa el pestillo.

—¿Qué le ha pasado? —pregunta—. Dios mío, está hecho una pena.

—Yo maté a *Albert Camus*.

—¿Es que ha perdido el juicio, joder? —exclama, y luego se echa a llorar, cosa que me alarma.

¿Los ángeles lloran?

Me resulta vagamente familiar. Me pregunto si la habré visto alguna vez comprando en Harper. Quizá frecuente mi pizzería favorita, Wicked Good Pie, o quizá la gasolinera local, pero no consigo recordarlo en mi estado de embriaguez absoluta, y mucho menos imaginar por qué ha venido a mi casa. Aunque es guapa. Yo le echaría unos treinta y tantos años. Cabello largo y castaño. Esbelta figura. Pero parece llevar ropa pasada de moda, una cazadora vaquera blanca con chapas de estrellas de *rock*. Hace siglos que no veo a nadie con chapas de roqueros en la cazadora.

—¿Por qué llora? —pregunto.

—No creía que estuviera usted tan jodido.

Me siento culpable por haberla decepcionado, aunque no sabía que fuera a venir, y mucho menos quién pueda ser. Todo se añade al peso de la responsabilidad que siento por la muerte de *Albert Camus*, y al momento recuerdo por qué me he recluido aquí.

—¿Por qué ha venido? —pregunto.

—He venido a salvarlo.

—¿Cómo sabía que necesitaba que me salvase? —le pregunto, recordando con fastidio mis plegarias.

Se cubre los ojos con una mano y suspira profundamente.

—¿Es de verdad un ángel? —añado.

—¿Quiere dejar de decir eso de una puta vez, por favor?

—Los ángeles no dicen tacos, ¿verdad?

—Necesita hidratarse —recomienda, y se pone a mirar armarios, luego abre el grifo y después me acerca el borde de un vaso a los dientes.

Doy un sorbo, solo para ser bueno.

Me pregunto si estaré viendo visiones, o a lo mejor he muerto y he ido a parar a una especie de infierno o purgatorio en el que atractivas mujeres te obligan a arrastrarte y a beber cubos de agua.

—¿Qué está pasando aquí? —inquiero, todavía sentado en el suelo, en el lado interior de la puerta corredera.

—Beba. —La mujer levanta el vaso para llenarme la boca de agua.

De repente, me doy cuenta de que estoy muy sediento, y de que mi garganta está gritando por culpa de tantos cigarrillos, así que trago agua hasta que el vaso se vacía.

—Bien —dice la mujer—. Ahora otro.

La veo llenar el vaso por segunda vez, y cuando se acerca, digo:

—¿Quién es usted?

No responde, pero vuelve a echarme agua por el gaznate, y yo hago lo que puedo por tragarla, pero en ese momento siento ganas de vomitar. La mujer ha debido de adivinar lo que me estaba sucediendo.

—Procure no vomitar —me ordena, y al poco rato vuelve a estar en la cocina, revolviendo mis provisiones.

—Pan tostado con mucha mantequilla —afirma, introduciendo dos rebanadas de pan de centeno en la tostadora—. Eso es lo que necesita ahora. Ingerir algo de grasa.

Al poco rato está sentada a mi lado en el suelo, acercándome pan caliente a los labios.

Aunque acabo de jurar que moriré de hambre, le doy pequeños mordiscos y oigo el crujido que producen mis dientes al romper la tostada, y siento la aterciopelada y cálida mantequilla derretida en la lengua. Mis náuseas se van disipando con cada bocado, lo cual me parece milagroso.

Tras consumir la tostada, me limpia la cara y el cuello con paños empapados en agua caliente, y me sienta tan bien que cierro los ojos y trato de olvidar que hay una mujer extraña en mi casa, obligándome a hacer cosas contra mi voluntad.

Quizá porque estoy borracho, finjo que vuelvo a ser un niño y que mi madre me está cuidando.

Eres un niño.

No mandas.

Tampoco tienes responsabilidades.

No tienes la culpa de nada.

Luego estoy en el sofá y ella me tapa con mantas mientras murmuro:

—Yo no quería matar a *Albert Camus*. De veras que no. Lo lamento muchísimo. ¿Querría usted matarme mientras duermo? Por favor. Máteme. Acabe con esto.

—Duerma —ordena—. Mañana empezaremos a salvarlo.

—Ya me ha salvado, sea usted quien sea. Aunque yo no quería ser salvado.

—No —dice ella—. No hemos hecho más que empezar.

Percibo angustia en su voz. Aunque la mantequilla caliente ya se ha introducido en mi sistema, aún me siento borracho y me digo a mí mismo que cuatro botellas de vino son suficientes para provocar alucinaciones a cualquiera.

—Ojalá fuera de verdad —digo—. Siento que no sea de verdad.

—Duérmase, señor Vernon.

—¿Por qué me llama por el apellido?

—Chist —dice—. Todo está bien. Duerma.

Mis párpados pesan demasiado para levantarse, ni siquiera se levantan cuando la oigo llorar.

¿Por qué llora esta mujer?

¿Por qué está aquí?

¿Quién es?

—Es usted un ángel —murmuro—. La respuesta a mis plegarias. No hay otra explicación. Ninguna otra. Quizá sea también una maldición. Quizá. Quizá. Quizá. Qui…

Y de nuevo me desmayo y sueño con Edmond Atherton.

En el sueño, Atherton persigue a *Albert Camus* con el bate de aluminio y yo miro la escena desde una alta torre que no parece tener escaleras, ni ascensor, ni ningún otro medio para bajar, como no sea saltar de una ventana.

El perro corre en círculos abajo, y cada vez que Edmond Atherton enarbola el bate, está más cerca de matarlo, así que, aunque no tiene ningún sentido, salto por la ventana y siento un vacío en el estómago, y cuando estoy a punto de estrellarme contra el suelo y morir reventado, el mundo desaparece y *Albert Camus* y yo estamos otra vez en mi sala, sentados en el sofá.

Edmond Atherton se ha desvanecido, junto con el bate.

—Lo siento, *Albert Camus* —digo.

El perro salta a mis brazos y me lame la cara.

—¿Por qué saltaste? —pregunto.

¡Fuiste tú quien saltó en el sueño! —exclama, aunque sus labios no se mueven.

—¿Por qué saltaste en la vida real desde la ventana del dormitorio? ¿Era por lo del pacto de suicidio?

¿Recuerdas Qué bello es vivir, *cuando el ángel Clarence salta del puente para que George Bailey lo salve? Dice algo así como «Sabía que si saltaba, me salvarías. Y así es como te he salvado yo». Vimos juntos esa película las dos últimas Navidades. Las dos veces lloraste. ¿Recuerdas? De ahí saqué la idea… Comprendí cómo salvarte.*

—¿Saltaste para salvarme?

Albert Camus me da un solo lengüetazo en la boca, como para decir sí.

—Pero yo no te salvé a ti.

Pero tampoco te suicidaste.

Lo estrecho con fuerza contra mi pecho, huelo el familiar aroma ligeramente metálico de su piel, y siento el palpitar de su pequeño corazón contra mis costillas mientras su cola me da golpecitos en el estómago.

—Tanto si esto es real como si no, te quiero, *Albert Camus*. Fuiste el mejor perro del mundo. Como animal de apoyo emocional tuviste un talento fantástico.

Esto es solo una idea…, pero si alguna vez tienes otro perro, por favor, ponle un nombre menos dramático, menos absurdo. Algo más alegre… algo que eleve el espíritu, como Yo-Yo Ma. Si a un perro le llamas Albert Camus, *lo ligas a un destino inevitable. Así son las cosas. No te ofendas.*

—Para mí solo hay un perro —digo, rascando a *Albert Camus* tras las orejas y besándolo entre los ojos—. Jamás podré reemplazarte.

Hermoso sentimiento, amo Nate. Te lo agradezco. Pero tienes que seguir adelante.

—¿Crees que la mujer que está en mi sofá es la respuesta a mis oraciones, un ángel sin alas como Clarence? ¿Enviada por Dios?

La verdad es que los perros no creen en Dios, amo Nate. Creemos en las comidas a la hora prevista, en viajes en coche con la ventanilla bajada, en que nos rasquen tras las orejas, en que nos paseen por el bosque, y en cazar pequeños mamíferos, sujetarlos con los dientes y sacudirlos hasta que pasan a mejor vida. Nuestros cerebros no son más grandes que un melocotón, así que pensamos con sencillez. Ni Dios ni nada tan impresionante. Cambio a todas las divinidades por un viaje en coche con las ventanillas bajadas cualquier día del año. Te diré una cosa, vamos a abrazarnos por última vez y a disfrutar del sol que entra por la ventana con toda su desnudez frontal.

Nos abrazamos mejilla contra mejilla y ombligo contra ombligo.

—Te quiero, mi peludo y pequeño amigo.

Sí, yo también, amo Nate.

10

—*Albert Camus* —digo al despertar—. He tenido un sueño de lo más extraño.

Cuando me doy cuenta de que estoy en el sofá, rebusco en la memoria. Estoy seguro de que no he estado en una torre alta viendo cómo Edmond Atherton intentaba matar a *Albert Camus* con un bate de béisbol, pero ¿mi perro ha muerto de verdad? ¿Anoche había aquí un ángel sin alas?

—Buenos días, señor Vernon —dice una mujer desde la cocina, y doy un salto.

—¿Quién es usted? —respondo volviéndome—. ¿Qué quiere de mí?

Me alarga una taza de café solo.

—¿Quiere que le enseñe un documento de identidad?

La mujer me tiende un pequeño rectángulo de plástico. Parece un permiso de conducir, pero cuando me fijo mejor, cuando mis ojos inyectados en sangre enfocan el objeto, me doy cuenta de que es una de aquellas ridículas tarjetas de Miembro Oficial de la Raza Humana que daba a mis alumnos el último día de clase. Qué colosal gasto de energía fue hacer esas cosas. Tardaba días enteros, días de mi tiempo libre y personal. No sabría decir por qué demonios los hacía. Luego me encontraba la mitad tirados por los pasillos, desechados con indiferencia como envoltorios de caramelos.

—¿Me recuerda ahora? —dice.

Leo el nombre en la tarjeta.

Observo la foto.

Miro a Portia Kane, que está aquí, en mi salita, como si fuera lo más normal del mundo.

Tiene el cabello largo y castaño, y viste informalmente, con la misma cazadora vaquera que lleva en la foto, lo que me parece bastante raro. Su rostro ha envejecido, pero sigue siendo muy guapa. Se sienta a mi lado en el sofá.

—¿Es la chica que hablaba conmigo de su madre? La coleccionista compulsiva, ¿no?

—Entonces sí que me recuerda. Esperaba que se acordase, pero hace ya veinte años y...

—¿Y qué hace usted aquí en mi casa?

La taza de café me calienta las manos.

—Se lo dije anoche... He venido a salvarlo.

—¿Cómo sabía que iba a suicidarme?

—¿De verdad se iba a suicidar? —pregunta.

—*Albert Camus* saltó por la ventana y murió. Tuve que incinerarlo en la chimenea. Hicimos un pacto de suicidio y... ahora suena ridículo. No puedo explicárselo, y tampoco es que tenga muchas ganas de hacerlo.

—¿Es suyo el coche de ahí fuera, el que está aplastado contra el árbol? Espero que no haya sufrido una conmoción, porque lo que dice no tiene mucho sentido, señor Vernon. Y creo que la gente no debe dormir si ha sufrido una conmoción. Mierda, espero que...

—¡Lo que digo tiene sentido!

—Bueno, bueno.

—¿Qué quiere usted de mí? —repito.

—Salvarlo y...

—Los alumnos siempre quieren algo. Nunca vienen si no hay un motivo oculto. Nunca jamás en toda mi carrera de profesor he conocido a un alumno altruista. Los alumnos, por su propia naturaleza, son diseñados para tomar y tomar antes de desaparecer para no volver a saber nada de ellos nunca, a menos que necesiten algo..., como una carta de recomendación, o un consejo gratis, o un hombro sobre el que llorar. Así pues, ¿qué necesita usted? Dígamelo, porque estoy muy ocupado en estos momentos tratando de morirme bebiendo y fumando, por si no lo ha notado. Así que acabemos con esto.

Portia se mira las manos. Si le quito unas pocas arrugas y le cardo el flequillo, recuerdo a una dulce muchacha que absorbía cada palabra mía y que consumió todos los minutos libres de todos y cada uno de los días que tenía para preparar las clases. Estaba muy herida... por cuestiones paternas, si no recuerdo mal. Solía dejarse caer por mi apartamento, aunque no la hubiera invitado, ahora que lo pienso. ¿Y no tuvo también una falsa alarma de embarazo? Yo era joven e insensato por aquel entonces, mostraba mis sentimientos y creía que podía marcar la diferencia en la vida de mis alumnos, así que le di terapia gratis y le permití que cual esponja absorbiera toda la energía emocional que yo tenía almacenada para todo el curso, hasta que terminó la secundaria y se esfumó sin ni siquiera un adiós, y sin darme las gracias.

—¿Qué quiere? —digo con algo menos de cinismo, porque ahora parece triste, y yo estoy agotado, demasiado cansado para discutir.

—Fue usted el mejor profesor que tuve —dice.

—Muy bien —respondo—. Pero ya no soy profesor. ¿No oyó hablar de mi último día de clase? Salió en las noticias..., más o menos en todas partes.

—Siento lo que le ocurrió —dice.

—Sí, bueno. A cambio conseguí este fabuloso bastón. Es la última moda. —Alargo la mano para cogerlo—. ¿Lo ve? Calidad de primera. Me hace parecer un viejo rico… y además tengo mi pensión de profesor.

Me mira como si yo acabara de confesar algo abyecto, como si le hubiera dicho que doy patadas a niños pequeños para divertirme.

—Mi vida tampoco resultó ser como soñaba. He conocido hombres realmente horribles en los últimos veinte años…, de hecho me casé con uno. Pero cuando necesitaba creer que tenía que existir algo mejor por ahí, al menos un hombre bueno en el mundo, ¿sabe en quién pensaba todas y cada una de las veces?

Tengo la intensa sensación de que va a decir que yo, lo que significa que está delirando y que incluso podría ser una psicótica, así que digo:

—¿Cómo consiguió mi dirección?

—Pensaba en usted y en su clase —dice con mucha vehemencia, pasando por alto mi pregunta.

—¿Cómo me encontró?

—¿Ni siquiera le importa lo que le estoy contando? ¿Que su enseñanza tuvo tal impacto sobre mí que me ha afectado durante todo este tiempo y me ha impulsado a buscarlo veinte años después…?

—Yo diría que me ha buscado cuando le ha convenido a usted, porque su matrimonio fracasó y necesitaba algo con que alejar los problemas de su mente. Tengo alguna experiencia en eso…, todos los profesores veteranos la tienen. Créame. Somos funcionarios de los que se espera que levanten la moral de toda una comunidad y lo dejen todo a un lado en el momento en que alguien tiene un problema.

—No estoy haciendo esto por mí —protesta.

En honor a la verdad he de decir que se le da muy bien aparentar que está estupefacta.

—Muy bien, pues. ¿De veras quiere ayudarme? ¿Esto es por mí, para variar? ¿Estoy al otro lado de la relación profesor-estudiante? ¿Está segura? —Me estiro y bostezo, porque estoy agotado.

—Totalmente —responde, optando por no hacer caso de mi indiferencia—. Tengo una gigantesca deuda de gratitud con usted.

—Pues entonces ayúdeme a matarme. Hice un pacto de suicidio con mi perro, *Albert Camus*. Él cumplió su parte del trato hace dos días, saltando desde la ventana de mi dormitorio. Anoche soñé con él y me dijo que usted vendría a ayudarme. Quiero ser Zagreo, el tullido de *La muerte feliz* de Camus. Usted puede ser Patrice Mersault en femenino. Quizá Patricia Mersault. Máteme y podrá quedarse mi casa y todo mi dinero. Incluso podemos redactar un testamento. Puede vender este lugar dejado de la mano de Dios, que se ha revalorizado bastante desde que han ampliado las pistas de esquí locales, y puede comprar una hermosa casa en la playa y empezar la búsqueda de la felicidad y del sentido de la vida, totalmente libre de responsabilidades durante el resto de su vida.

—Usted necesita volver a enseñar.

—No puede hablar en serio.

—Usted tiene un don, señor Vernon.

—Le aseguro que no, y algo más importante aún, ya no me importa en absoluto.

—Hay jóvenes que lo necesitan. Jóvenes con problemas que necesitan tener esperanza y creer en hombres buenos.

—Míreme, míreme bien y preste atención. —Espero a que perciba mi apariencia despeinada, cubierta de vómito y todavía embriagada. Hace días que no me afeito. Debo parecer y oler como un indigente que farfulla tonterías en el arcén de un acceso a la autopista—. No soy un buen hombre, señora Portia Kane. Mi perro se suicidó, probablemente porque yo no dejaba de hablarle de tonterías a todas horas, escupiendo el veneno de mi cerebro indiscriminadamente. Y ya he terminado de dar. No me queda nada.

—Es usted un buen hombre —dice con calma.

—¿Cómo lo sabe, si no hemos hablado desde hace decenios? Dígamelo, por favor.

—Recuerdo sus clases y todo el tiempo que me dedicó durante mi último año, cuando estaba pasando una época realmente...

—Eso fue hace veinte años. ¿Sigue siendo usted la misma persona? ¿No la ha cambiado el tiempo? Ha rodeado de un aura romántica su experiencia en el instituto... y a mí. Su imaginación ha deformado los horrores que haya afrontado usted en las dos últimas décadas y... ¿por qué tengo esta conversación con usted?

—Porque se preocupa.

—Le aseguro que no, Portia Kane. Quizá me preocupara en otro tiempo, cuando le hice ese carnet. —Miro la foto de la Portia Kane de dieciocho años y el corazón se me ablanda durante un segundo. Ahora recuerdo vagamente una Nochebuena en que se presentó en mi apartamento sin ser invitada y estuvo alrededor de una hora llorando en mis brazos, y de alguna manera terminamos escuchando a Frank Sinatra en la radio mientras bebíamos ponche sin alcohol y veíamos caer la nieve desde la ventana de mi vivienda de la décima planta. ¿Me consideraba el padre que nunca tuvo? ¿Y de veras recuerdo haber pensado que era una muchacha totalmente inestable, pero con una gran necesidad de cariño? Le devuelvo el carnet—. Que casi lo maten a uno a golpes por preocuparse por la gente joven, es pagar un precio muy alto.

—Por eso estoy aquí —dice—. ¡De eso se trata!

—Me temo que ha llegado usted un poco tarde. Lo siento. No sé qué idea fantasiosa se habrá introducido en sus recuerdos para querer encontrarme, pero...

—Se habría ahogado con su propio vómito si yo no hubiera...

—¡Quería morir ahogado con mi propio vómito!

La mujer tiene la boca abierta, los ojos también, y al instante está en mi cocina fregando platos.

«Esto es el absurdo —le digo mentalmente a *Albert Camus* mientras sorbo el café, que ha salido más fuerte de lo que me gusta—. Mi intento de suicidio se ha convertido en quedar atrapado en mi propia casa con una antigua alumna que quiere que vuelva a enseñar. Esto es el infierno de cualquier profesor retirado. Es como una novela de Stephen King. Mi versión personal de *Misery*.»

Mi cerebro deshidratado empieza a palpitar, así que me quedo sentado en el sofá, mirando por la ventana las lejanas montañas.

Entonces me sobrecoge mi propio hedor, así que me ducho y me cambio de ropa antes de volver a ocupar el mismo lugar que antes y con la misma actitud, pero ahora abrigado con una manta de lana.

Adopto una protesta silenciosa.

Portia Kane se pone a limpiar el resto de la casa cuando ha terminado con la cocina. Ha encontrado los trastos de la limpieza y barre, friega, aspira y limpia el polvo durante horas, mientras yo sigo sentado y mirando a la lejanía, totalmente aturdido, apático y resignado como Gregor Samsa. Convertidme en cucaracha y ni siquiera parpadearé. En cierto momento incluso sale con cubos de agua hirviendo y limpia mi vómito de la terraza.

—Ya he limpiado toda la mierda del suelo —grita al final desde el desván.

—Eran excrementos de *Albert Camus*, no míos —respondo también a gritos.

—¿Saltó desde esta ventana, la del dormitorio? —vuelve a preguntar gritando—. ¿Por qué estaba abierta la ventana?

—El perro daba saltos y arañaba el cristal en mitad de la noche, lo que no era habitual. Quise ver si había algo fuera, así que abrí la ventana.

Hay una larga pausa.

Vuelve a gritar:

—¿Por qué no impidió que saltara?

—Fue muy rápido. Lo intenté. ¿No cree que lo intentara?

—Debió de ser horrible. Lo siento mucho.

—No tiene ni idea.

Cuando Portia Kane termina de limpiar toda la casa, es media tarde y yo sigo en el sofá, mirando las lejanas montañas.

Me trae un bocadillo, de pavo y queso en lonchas amarillas, en pan de centeno, con lechuga y pepinillos en conserva.

—Que aproveche —dice.

Cojo el plato.

—Ha limpiado mi casa porque no le está permitido limpiar la de su madre, ¿verdad? La coleccionista compulsiva. Limpia cuando quiere tener el poder. Así que no diga que ha hecho esto por mí.

—Cómase el puto bocadillo —dice, y sale de la casa.

A los pocos minutos me acerco a la ventana y confirmo que su coche sigue en el camino de entrada. Debe de haber ido a dar un paseo, abrigada solo con la cazadora vaquera, totalmente inadecuada para este clima.

Cuando el sol empieza a ponerse, abro una botella de vino y me sirvo un vaso, pero tras mi juerga de dos días no tengo estómago para tomar ni un sorbo.

Portia Kane vuelve poco después de oscurecer, con las mejillas coloreadas y sudor en la frente. Coge el vaso de vino, se lo bebe, lo llena otra vez, se lo lleva a la cocina y empieza a hacer la cena.

—¿Ha llegado hasta el lago? —pregunto—. A *Albert Camus* le encantaba el lago. Aunque nos costaba llegar en invierno. Bastón y correa de perro son un matrimonio mal avenido con nieve.

No contesta, pero prepara espárragos, cortando las puntas y los recubre con aceite de oliva, sal y pimienta antes de meterlos en el horno.

Desde la mesa del comedor veo que pone agua a hervir, luego echa pasta de trigo y calienta salsa a medio gas en un pequeño cazo.

—No recuerdo la última vez que alguien me preparó una comida casera —digo mientras Portia Kane pone la mesa.

No responde, pero se sirve otro vaso de tinto.

Cuando la comida está lista, comemos en silencio.

Aseguraría que Portia Kane está muy enfadada conmigo, pero ¿qué puedo hacer? ¿Cómo podría luchar contra veinte años de mitificación del pasado? Aunque quisiera, y no quiero, nunca podría satisfacer sus expectativas. Empiezo a tenerle lástima. Bien mirado, todo esto es por culpa de aquellos estúpidos carnets que daba a los alumnos el último día de curso.

Miembro Oficial de la Raza Humana.

¡Ja! Como si hubieran servido para algo. ¿Por qué ella sigue conservando el suyo? Debe de ser coleccionista compulsiva, como su madre.

Cuando Portia Kane quita la mesa, me veo diciendo:

—El chico que me echó a golpes del chollo de la enseñanza, se llamaba Edmond Atherton..., lo soltaron del psiquiátrico el año pasado. He oído que ahora va a una universidad de California. Recibí una carta de un viejo colega, el señor Davidson, no sé si lo recuerda. Quizás Edmond Atherton pueda seguir adelante y llevar una vida llena y productiva. ¿Verdad que es enternecedor?

Ninguna respuesta.

Portia Kane friega los platos a mano, aunque tengo lavavajillas.

—No va a irse, ¿verdad? —pregunto.

—Le hice una promesa a su madre.

—¿A mi madre? —La miro con recelo. No hablo con la loca de mi madre desde hace años. Esto se está volviendo muy raro—. ¿De qué la conoce?

—Nos conocimos en un avión hace un mes.

—¿Qué?

—Pura casualidad, aunque ella lo llamaría «intervención divina». Yo prefiero creer que fue casualidad, porque no estoy muy segura de creer en Dios. Una revelación total... En aquel momento estaba borracha, así que no recuerdo bien de qué hablamos al principio. Pero me dio la dirección de su convento y empezamos a escribirnos. Le envié mis datos de contacto en una carta y luego me llamó al teléfono móvil cuando menos lo esperaba, y empecé a visitarla. Hablamos. Confió en mí. Y finalmente terminé haciéndole la promesa que intento cumplir.

—¿Qué le prometió?

—Que lo salvaría.

«¿Puede ser aún más ridículo este día? Es evidente que está como una cabra», digo mentalmente a *Albert Camus*, y luego río por lo bajo y sin parar.

—¿De qué se ríe? —dice Portia Kane.

—De todo —respondo—. Y ardo en deseos de ver cómo «me salva». ¿Tiene siquiera un plan? ¿La ha enviado mi madre con algún ídolo o fetiche católico, cuentas de rosario y un puñado de estampitas con oraciones? ¿Quizás un frasco de agua bendita? ¿Una cinta del suspensorio de algún santo? ¿Le habló de sus «visiones»? Tarada de mierda. Su jerga religiosa nunca tuvo la menor influencia en mi vida, ni en la de nadie más, hasta ahora. Pero ¿cómo está mi querida y vieja madre, la virtuosa, autocomplaciente y anciana arpía?

—Muerta. Asistí ayer a su entierro.

11

—Mi madre. ¿De veras está muerta? ¿Muerta, muerta? ¿Habla en serio?

Portia Kane asiente con solemnes movimientos de cabeza.

—Lo siento.

—¿Por qué nadie me avisó?

Portia suelta el paño de los platos y trata de suavizar su expresión, pero solo consigue parecer más enfadada.

—¿Cuándo fue la última vez que miró su apartado de correos? Porque está lleno de cartas de las monjas… y unas cuantas son de su madre. Estuvo años intentando salvarlo… y no solo a su alma, sino porque quería que volviera a estar en este mundo. Son sus palabras, no las mías. Enseguida descubrimos que teníamos una meta común: ambas queríamos *resucitarlo*.

Hacía meses que no iba a la oficina de correos. Pago las facturas de luz y agua con seis meses de adelanto, pago la contribución de la casa en el ayuntamiento cada mes de febrero, los cheques de la pensión me los ingresan directamente en la cuenta. Todo lo relacionado con el banco lo hago en persona, no tengo tarjetas de crédito y todo el que hace trabajos para mí, tanto el agricultor como el encargado de mantenimiento, cobra en efectivo. Reconozco que siento mucha curiosidad por saber qué me escribió mi madre. Siento el deseo repentino de ir a la oficina de correos, una sensación que hace muchos meses que no tengo. Se me acumulan las preguntas y la tensión crece en mi garganta. Puede que sea arrepentimiento, aunque yo no hice nada malo y tenía todo el derecho del mundo a alejarla de mi vida después de castigarme con todo ese rollo religioso cuando más la necesitaba… La necesitaba a ella, no sus ideas sobre el origen de la Humanidad ni unos cuentos de hadas sobre un bondadoso extraterrestre que controla nuestros destinos. El jefecillo de la organización en la que creía mi madre lleva anchos y extravagantes sombreros y extorsiona a los pobres y analfabetos mientras vive en un palacio y probablemente coma en platos de oro macizo, aunque su dios diga que es más difícil que un rico vaya al cielo que un camello pase por el ojo de una aguja. Pero estoy divagando.

—¿Cómo murió? —pregunto.

Portia me lo cuenta y luego añade:

—Fue rápido. Estaba planeando venir aquí, pero los médicos se lo prohibieron y ella no tenía fuerzas, así que le escribió porque no tenía otra forma de ponerse en contacto con usted. Incluso envió las cartas por correo urgente, con la esperanza de que le llegaran a tiempo. Y no estaba segura de que usted siguiera viviendo aquí, de lo contrario quizás habría venido a buscarlo. Intentó ponerse en contacto... por todos los medios a su alcance. Finalmente «lo dejó en manos de Dios», esas fueron sus palabras exactas. Vaya a ver su apartado de correos. Está todo allí.

—Está bien —digo, aunque no estoy seguro de por qué, ya que nada parece estar bien en ningún sentido.

De repente me siento muy culpable.

No tengo tantas ganas de llorar como de vomitar, lo que resulta confuso, porque quizá signifique que sigo con resaca.

—Ha tenido usted una semana horrorosa —dice Portia—. Lo siento.

—Quizá le parezca un poco extraño, pero no estoy seguro de que pueda soportar más noticias. Ahora mismo no quiero oír nada más, ¿sabe? Lo siento, pero necesito tiempo para digerir todo esto y...

No termino la frase. No sé qué más decir.

—Cuando esté listo, le contaré todo lo que quiera saber, pero no tiene por qué ser ahora mismo si se siente abrumado. Que yo haya llegado aquí de esta forma y le haya contado todas esas cosas... representaría una fuerte conmoción para cualquiera en cualquier circunstancia. Y podemos empezar a salvarlo dentro de unos días. Ya tenía previsto que esto iba a llevarme un tiempo.

—No necesito... —digo, pero no me salen más palabras, porque necesito desesperadamente alguna clase de ayuda si voy a seguir respirando, pensando y ocupando un lugar aquí en la Tierra.

Tengo que reconocer que, para mi sorpresa, Portia respeta mi petición y no insiste, lo cual significa que es muy distinta a mi difunta madre... y me anima a confiar en ella ligeramente.

Sentados en el sofá, miramos los dos por la ventana las lejanas montañas y nos comportamos como montañas también... respirando estoicamente, en silencio.

Inmóviles... aunque solo sea un rato.

Un largo rato, la verdad sea dicha.

Y empiezo a respetar la habilidad de la señora Portia Kane para limitarse a estar sentada sin más.

Al principio, la reto mentalmente a que me derrote en esta pasividad, en esta inmovilidad, en este desistimiento, y espero su fracaso. Pero en algún momento empiezo a buscar su apoyo, igual que hice con *Albert Camus* y, para ser sincero, hay una parte dentro de mí que empieza a temer que se vaya antes de sentirme preparado para estar solo, como hizo mi buen amigo de cuatro patas... y a temer que ningún ser vivo sea capaz de aguantarme en mi actual estado.

Pero finalmente nos levantamos del sofá y empezamos a movernos de nuevo.

Albert Camus escribió en cierta ocasión: «Nadie se da cuenta de que hay personas que emplean muchísima energía únicamente en ser normales». Y eso es exactamente lo que Portia Kane y yo hacemos durante unos días, mientras damos paseos juntos, compartimos comidas, lavamos y secamos los platos, contemplamos la puesta de sol, y evitamos hablar sobre cualquier cosa importante. Nos apoyamos en la educación y la cortesía mutua para pasar las horas. Es como si estuviéramos jugando a ser un padre y una hija que de repente se ven obligados a pasar una extraña temporada juntos en las Green Mountains de Vermont..., aunque ninguno de los dos lo expresaría así.

Creo que estoy de duelo por mi madre, pero no estoy seguro.

Lo que sí es seguro es que estoy de duelo por *Albert Camus*, que estaba mucho más en sintonía con mis emociones y sentimientos de lo que mi madre lo estuvo nunca. Mi perro estaba a mi lado, y aun en el caso de que se suicidara para escapar de mi crisis existencial, a su manera me amaba tal como yo era.

No estoy seguro de qué hago permitiendo que esta antigua alumna duerma en mi sofá y viva en mi casa.

No me parece una actitud inteligente, se mire como se mire.

A veces pienso que está tan loca como Edmond Atherton, pero lo disimula para acentuar su inevitable traición; me matará mientras duermo y terminará con todos estos pensamientos…, eliminando la primera pregunta para siempre jamás.

Pero a los pocos días queda claro que esta mujer es de corazón puro, y sus intenciones, si bien delirantes y totalmente desorientadas, surgen de la necesidad de arreglar las cosas, aunque sea de la manera más simple. Es obvio que está profundamente herida, que la vida la ha destrozado, y ahora intenta vivir siguiendo un código. Y hay veces en que, sin darme cuenta, me pongo a pensar en la época en que era alumna mía y asistía a clase, y recuerdo razones fragmentarias de por qué pasaba yo tanto tiempo con ella cuando tenía dieciocho años, quizá simplemente porque prometía como ser humano. Tenía el corazón altruista de una soñadora y nociones ideales y vírgenes sobre el mundo… La tonta perfecta que sonríe al cielo con un pie ya sobre el borde del precipicio. Sin saber por qué, la odiada palabra «extraordinario» sigue viniéndome a la cabeza, y trato de borrarla cada vez que surge, aunque el hecho de que una antigua alumna haya aparecido en el momento que más lo necesitaba, en realidad en el instante más oportuno para salvarme la vida, está sin duda alguna más allá de lo ordinario.

¿Será la antítesis de Edmond Atherton?

¿Será que el universo equilibra las cosas?

¿Una especie de orden cósmico?

Aunque también es posible que Portia y yo estemos desafiándonos en silencio a ver quién habla primero, a ver quién se muestra más propenso a la comunicación, quién se muestra más vulnerable, para que el otro aseste el primer golpe, hiera profundamente y venza.

A pesar de todo, yo no hago preguntas y ella no ofrece respuestas.

Nos limitamos a coexistir educadamente durante un tiempo, en medio de un pesado silencio, y a veces da la impresión de que estamos enterrados vivos bajo veinte palmos de nieve, un palmo por cada año transcurrido desde la última vez que bailamos este número. Es como si estuviéramos en una cueva hueca bajo la nieve, calentada por la llama de una única vela, y preguntándonos si llegará algún día un equipo de rescate emocional con el equivalente metafórico de varios San Bernardos con barriletes de brandy colgados del cuello, y además sin tener la seguridad de que alguien sepa que seguimos vivos. Acabo por apreciar más de lo que esperaba esta sensación de estar atrapados, indefensos, fuera de control y rendidos a lo inevitable.

Es casi liberador, hasta el punto de que ni siquiera quiero ya ser rescatado.

Una mañana, mientras nos abrigamos —le ofrezco un viejo chaleco acolchado que le queda demasiado grande, pero que de todas formas se pone encima de la cazadora vaquera—, y recorremos juntos el medio kilómetro de camino de tierra que hay hasta el estanque helado, me pregunto si no será en cierta manera una encarnación de *Albert Camus*, o su fantasma, que ha adoptado forma femenina, porque me conduce hasta el mismo sitio que le gustaba a mi perro, obligándome a caminar con el bastón algo más aprisa que de costumbre, induciéndome siempre a ser más ágil y vivaz de lo que yo creía posible.

Pero cuando ya estoy a punto de admitir la fantasía, mi cordura señala el hecho de que ella tiene un coche de alquiler con matrícula de Nueva Jersey y que le he tocado la mano varias veces mientras me pasaba los platos para que los secara, así que no es etérea.

También consume comida y mucho vino, así que sé que no es un espíritu.

Una noche que estamos sentados en la terraza, abrigados con gorros, guantes y mantas, bebiendo el ya mencionado vino, digo:

—Bien, cuénteme cómo llegó a conocer a mi madre.

Mira atentamente las numerosas estrellas, meciéndose en la vieja mecedora de madera que compré en un mercadillo del pueblo.

—¿Está listo para que hablemos de eso? ¿Está seguro?

—Lo estoy.

—Muy bien.

Mi antigua alumna empieza a contarme la historia más increíble y frustrante que he oído en mi vida y que me quita todas las ganas, reales y contingentes, de leer las cartas que mi madre ha enviado a mi apartado de correos. Coincidencias extravagantes. Fuerzas místicas. La Virgen María apareciéndose en la ventana de un edificio de oficinas de Tampa Bay.

¡Incluso habla de «milagros»!

Es para partirse de risa, incluso mi madre se habría partido, hasta que mi antigua alumna llega al final de la historia y la vieja muere, lo que por desgracia es la parte más realista, y estoy casi seguro de que Portia Kane no se cree ni la mitad de lo que dice porque no deja de repetir:

—Ya sé que parece una locura, *pero...*

Y:

—Yo ni siquiera creo en Dios, sin embargo... —dice, golpeándose el muslo con el enguantado puño derecho mientras el vino se agita en su vaso.

—¿Por qué mi madre no le pidió a su todopoderoso Dios que le salvara la vida cuando cayó enferma? —digo—. ¿Lo pensó alguna vez?

—En lugar de eso, le pidió que lo salvara a usted.

—Ya veo. —Da repelús estar al otro lado de las quimeras religiosas de mamá. Ella siempre decía que era yo el que salvaba a los demás, con mis enseñanzas. ¡Qué risa!

—Estaba totalmente convencida de que su muerte era parte del plan de su dios —afirma Portia—. No estoy diciendo que yo crea que esto es parte del plan de ningún dios, pero tiene que admitir que, como mínimo, es una extraña coincidencia. Su madre creía que así es como tenía que ser. Y la verdad es que yo lo salvé de morir ahogado. En eso podemos estar de acuerdo, ¿no?, en que llegué en el momento preciso. Cinco minutos después y no estaríamos sosteniendo esta conversación. Lo que hagamos con esa información todavía está abierto a debate en mi mente. Pero a pesar de todo, aquí estoy. Y aquí está usted también. Juntos. Contra todo pronóstico.

Portia parece tener una concepción bastante objetiva de la locura de mi madre, y he de decir que estoy impresionado por su habilidad para sopesar tanto las insensateces religiosas de mi progenitora como mi actual y ridícula suerte en la vida... y también por la relación que hemos establecido ya Portia y yo, precisamente ahora, esté pasando aquí lo que esté pasando. Ella parece tomárselo con mucha calma, sin sentimentalismos.

Pienso en Portia Kane apareciendo veinte años después en el momento preciso para evitar que me ahogue con mi propio vómito. Porque no puede negarse que yo habría muerto si ella no hubiera conocido a mi madre en un avión, si mi madre no le hubiera dado mi dirección en Vermont, y si no la hubiera convencido para que pasara ocho horas al volante, dirección norte, para «salvar» a su antiguo profesor de lengua y literatura del instituto, al que había puesto erróneamente en un pedestal en representación de la bondad de los hombres.

Absurdo.

Son los pensamientos incultos de los místicos chiflados, las triquiñuelas mentales de embaucadores ávidos de poder y deseosos de desvalijar a las masas, no ideas que deberíamos permitir que entraran en nuestras meditaciones sobre las cosas del mundo, y mucho menos en lo tocante a la primera pregunta.

Albert Camus querría que respondiera a la primera pregunta con lógica y objetividad, no con supersticiones y un oportuno misticismo religioso.

—¿Sabe lo que me dijo mi madre cuando estaba en el hospital, después de que uno de mis propios alumnos me golpeara con un bate de béisbol y me dejara al borde de la muerte? ¿Cuando la miré asustado, desesperado y herido, y sin tener ya nada que dar, y mucho menos con qué defenderme, ni siquiera dignidad? ¿Sabe usted lo que me dijo? —pregunto a Portia, que está cómodamente sentada con las piernas sobre el brazo del sofá, dentro de la casa—. Dijo que la agresión se había producido por alguna razón. ¿Puede creerlo? ¿No es una locura? ¿No es cruel? ¿Se imagina decirle eso a alguien que acaba de recibir una paliza brutal? Que los actos de una mente enferma son en realidad parte de un plan divino para el universo…, que la enfermedad mental de Edmond Atherton era parte intencionada de un plan ideado por Dios. Que Dios dijo: «Oye, ¿no sería una buena idea confundir los pensamientos de un adolescente para que quiera y pueda cometer un acto violento y así iniciar una cadena de acontecimientos que de otra manera sería imposible? Porque sería demasiado fácil limitarse a comunicarse directamente con los mortales. Soy todopoderoso, capaz de hacer lo que quiera, así que vamos a convertirlo en una especie de experimento. Solo por diversión, por echar unas risas». ¿No es ridículo, por no decir abusivo? Dios sería entonces o el ser más holgazán del universo o el más sádico.

Portia no responde, se queda mirando las montañas nevadas del fondo.

—¿Se lo imagina? —prosigo—. Tu propia madre diciéndote eso en el punto más bajo de tu vida. Que su dios quería que te golpearan con un bate de béisbol. Que fue un elemento premeditado de algo superior. Ese fue el momento exacto en que arranqué a mi madre de mi vida. Sus sermones sobre Jesús se extralimitaron aquel día. Pasaron de ridículos a peligrosos. No confío en la gente religiosa. Punto. No la quiero a mi lado.

—Mire —dice ella—, yo no soy una persona religiosa. No lo soy.

—Entonces, ¿qué hace ese crucifijo colgando de su cuello?

Señalo una cruz de aspecto medieval que no había visto antes, quizá porque estaba borracho y luego con resaca.

—Me lo dio su madre. Fue un regalo de despedida. Parece de *metal*, y bueno, la verdad es que le tomé mucho cariño a su madre.

—¿De metal?

—De *heavy metal*. Soy forofa de la música *metal*. —Portia levanta el puño, con el meñique y el índice estirados, formando el conocido símbolo de los cuernos—. *Heavy metal*, religión…, en realidad son movidas diferentes, pero se sorprendería si viera hasta qué punto se parecen. Las dos recurren a la teatralidad. Sus seguidores se comportan como una secta y tienen colgantes chulos, prosa mística, esotérica y a menudo absurda, hombres con el pelo largo ondeando al viento…

—Quiero volver a ser Zagreo. Máteme, por favor.

—Vale, vale. Llevo casi una semana aquí y hay una cosa que tengo que decir: ¿Le importaría dejar de comportarse como una niña pequeña? Me quedo atónito.

Creía que las mujeres de ahora no hacían esa referencia… nunca.

—No va a creerme, sé que le parecerá imposible, pero yo ya había jurado que iba a salvarlo antes de escribirle la primera carta a su madre —dice—, incluso antes de saber que ella era su madre… y como yo tampoco creo en Dios ni en fuerzas místicas, nada de esto me ha resultado fácil. No consigo explicar cómo he llegado aquí para salvarlo, pero lo he hecho, y aquí estoy. No tenemos que comprender qué nos ha conducido hasta este momento exacto, pero mi sugerencia es que hagamos algo positivo con ello. ¿No recuerda aquella lección sobre aviones de papel que daba el primer día de clase? ¿Cómo la utilizaba para poner de manifiesto el poder del pensamiento optimista y nos invitaba a dejar a un lado nuestros instintos pavlovianos? ¿De verdad ahora está predispuesto a responder y a pensar siempre lo peor? ¿Va a estropearlo todo antes incluso de saber si es bueno o malo para usted? ¿Va a estar de mal humor lo que le queda de vida solo porque unas cuantas cosas no le han salido como quería?

Me sorprende que recuerde aquella lección del avión de papel; incluso yo la había olvidado. Había dejado de darla mucho antes de que Edmond Atherton acabase con mi carrera, más que nada porque después de tanto tiempo dándola ya no me parecía interesante, y a la dirección del instituto tampoco le gustaba que animara a los chicos a tirar cosas por la ventana. Me habían hecho serias advertencias en varias ocasiones. Otros profesores se quejaban de que interrumpía sus clases…, que sus alumnos se distraían porque mi clase se movía por los pasillos y porque los aviones pasaban volando por delante de las ventanas de las aulas de la planta baja. Soporté un montón de quejas a lo largo de los años por aquella pequeña lección, y finalmente resultó más fácil repartir un programa el primer día de clase y hacer como el resto de veteranos resignados y patéticos…, mucho más fácil, la verdad. Al final ganó el pragmatismo.

Me emociona que Portia recuerde todo el tema de lanzar los aviones de papel, que en un tiempo consideré una de mis mejores lecciones. Y, sin embargo, me queda resentimiento y acritud suficientes para decir:

—Me golpearon con un bate de béisbol delante de mis alumnos. Mi perro se ha suicidado. Y ahora me persigue el optimismo desinformado e hipotético de mi juventud bajo la forma de una antigua alumna delirante que no es capaz de ocuparse de sus propios problemas, y no digamos de los míos.

—¡Ahora es usted mi problema! —exclama Portia, y le noto un tic en los párpados—. No me iré hasta que esté bien. Como en aquellas viejas películas de *kung fu*: yo le salvé la vida y ahora soy responsable de ella.

—¿Películas de *kung fu*? ¿Por qué se empeña en salvarme de repente, cuando vivió felicísima y sin molestarme durante dos décadas enteras? ¿Por qué ahora?

—¿Recuerda cuando pidió voluntarios para ir al comedor de beneficencia de Filadelfia para leer libros a los niños que pasaban el día allí? Más de la mitad de la clase se apuntó porque usted les daba ejemplo.

Suspiro.

—Si su vida fuera feliz y satisfactoria, no estaría aquí, ¿verdad que no? ¿No ve la ironía de lo que está diciendo? Usted era mi alumna, creyó en lo que yo explicaba ¿y adónde la ha conducido eso?

—¡Aquí! Por increíble que parezca estoy aquí con usted en este puto momento…, aunque lo cierto es que usted me lo está poniendo muy difícil.

—Está aquí porque quiere que yo sea algo que no soy.

—Lo que pasa es que ha olvidado quién es.

—Basta de semántica —digo—. Le he hecho una proposición. Que recreemos *La muerte feliz* de Camus. Yo hago de Zagreo, el viejo tullido, harto de la vida, y usted hace de Patricia Mersault, la joven hedonista que mata al viejo por dinero y porque así tiene la oportunidad de vivir libre, alejada de la existencia de una trabajadora. Esa es mi solución. ¿Cuál es su contrapropuesta?

Una lágrima desciende por su mejilla y entonces sé que la estoy aplastando…, que estoy ganando.

—Quiero devolverlo a la vida…, convertirlo de nuevo en un ser de carne y hueso.

—Eso se parece mucho a los galimatías religiosos de mi madre.

—¡Antes estaba vivo! Y ahora es un fantasma. Vive como si ya estuviera muerto.

—¡Quiero estar muerto!

—No, no quiere —dice, negando con la cabeza.

—¿Cómo lo sabe? Usted supone que conoce los entresijos más íntimos de mi mente cuando…

—Si quisiera estar muerto, ya lo estaría. Usted quiere estar enfurruñado y solo hasta el fin del mundo. Eso es lo que de verdad quiere. ¡Da pena!

—Solo me faltaba una razón y la acabo de encontrar. ¡Pronto estaré muerto, no se preocupe! ¡Con su ayuda o sin ella!

—Quiero motivarlo para que vuelva a las aulas.

—Eso no pasará nunca. Ni en un millón de años. He terminado.

Portia niega con la cabeza, desafiante, llorando con más ganas, casi como si ya no le importara llorar.

—Sí que ocurrirá.

—¿Cómo puede estar tan segura? —pregunto sonriendo, porque ha perdido incluso antes de comenzar.

—Porque lo conozco. Y se ha convertido en un desconocido para sí mismo.

Me levanto y salgo a la terraza con la ayuda del bastón, para que el aire fresco me muerda la piel. Portia me sigue y se queda a mi lado.

—Puedo asegurarle, señora Kane, que no me conoce. Créame. Los alumnos nunca conocen de verdad a sus profesores. Es todo como una especie de espectáculo, y usted está familiarizada con el espectáculo que solía representar hace veintitantos años, por una paga mensual, un seguro de enfermedad y una magra pensión. Ya no juego a eso. Ya no soy funcionario. Hace tiempo que lo dejé. Me quité la careta hace muchos años.

—Su madre creía en usted. Ella vio lo mismo que yo.

—Mi madre estaba loca de atar. Más que amarme a mí, amaba a una ficticia figura paterna que vivía en los confines del universo y se sentaba en un trono de oro, entre las nubes. Oía voces. Tenía visiones. Tendría que haber estado en un psiquiátrico los últimos cuarenta años.

—¿De veras quiere quedarse solo aquí en el bosque para poder matarse con alcohol? ¿Es eso lo que de verdad quiere? —Su rostro ha adquirido el color de un tomate maduro—. Si puede mirarme a los ojos y decir que desea que lo deje solo para poder suicidarse, me iré ahora mismo. Pero tiene que tener huevos para admitirlo abiertamente y sin apartar la mirada. Quiero oírselo decir mirándome a los ojos.

La miro directamente a los ojos, que ahora están muy rojos además de húmedos.

—Lamento decepcionarla, señora Kane, pero sí, me gustaría morir. Ya no puedo responder a la primera pregunta, y mucho menos inspirar a gente como usted. He dado todo lo que podía dar y el empeño no me ha dejado en muy buena forma. He terminado con la vida, así que es incuestionable que he acabado con la enseñanza. Si no quiere ayudarme a morir, le sugiero que se vaya y haga algo más productivo con su tiempo. Vaya a tirar aviones de papel por las ventanas, si siente nostalgia de su juventud, que no fue más que un hatajo de mentiras. De veras. Lo siento.

Portia llora con más fuerza ahora, moviendo la nariz como un conejo, aunque mantiene la barbilla erguida y el labio superior firme.

—Está bien.

Entra en casa, recoge sus cosas y sale por la puerta principal.

Tengo que admitir que me aturde que se vaya sin pelear un poco más. Creo que es un farol, hasta que oigo que se pone en marcha el motor del coche de alquiler.

Cojeo rápidamente hasta el borde de la terraza y la veo pasar junto a mi camioneta estrellada y alejarse por el camino.

Pisa el acelerador, avanza, y las ruedas traseras escupen nieve y piedras tras de sí, mientras desaparece tras la línea de árboles que hay al final de la propiedad, dejándome libre para matarme cuando desee.

Y entonces estoy solo de nuevo con mis pensamientos y el silencio opresivo y despiadado.

«¿Albert Camus?», llama mi mente, pero, obviamente, no hay respuesta.

12

Continúo mi plan de exterminio a base de cigarrillos y vino, y en una hora vacío una botella entera y me fumo casi todos los Parliament Lights que caben en una cajetilla.

Por mucho que intento olvidar a Portia Kane, no dejo de preguntarme qué habría hecho para que volviera a las aulas.

¿Me habría conducido al último piso del Empire State, como si fuéramos una versión platónica profesor-estudiante de Cary Grant y Deborah Kerr en *Tú y yo*, para incitarme a tirar un avión a través de la tela metálica y borrar así simbólicamente todos los padecimientos y tribulaciones de nuestra vida?

¿Hay tela metálica en el último piso del Empire State?

¿Por qué estoy pensando en ese edificio si estoy aquí, en Vermont?

Me pregunto qué planeaba Portia Kane y si realmente hay algo que quiero hacer antes de morir. Llego a la conclusión de que me gustaría saber cómo se hacen aros con el humo, porque nunca lo he hecho, ni siquiera lo he intentado, y es que quedan muy atractivos cuando los hacen los actores en las películas antiguas.

Ese es mi último deseo: aprender a hacer aros de humo.

¿Por qué no?

Si te paras a analizar la naturaleza arbitraria y, digámoslo claro, estúpida de los últimos deseos, resulta tan lógico como querer conocer a una estrella del pop o ir a Disney World.

Como si cumplir un último deseo pudiera hacerte sentir menos desgraciado porque tu existencia esté llegando a su fin. Puede que les haga sentirse mejor a tus seres queridos, pero no a ti. Y yo ya no tengo seres queridos.

A pesar de todo, doy una larga calada al Parliament Light, pongo los labios en forma de O, abro y cierro la mandíbula como he visto hacer a las estrellas de cine en las películas en blanco y negro, empujo con la lengua y de mi boca salen varios círculos de humo perfectos.

Al principio me sorprende que sea tan fácil.

Luego me siento un poco decepcionado, porque ha requerido tan poco esfuerzo que apenas parece una victoria.

¿Qué sentido ha tenido?

¿Y qué sentido tiene quedarme sentado bebiendo vino y fumando ahora que he decidido que he terminado con esta vida?

¿Por qué prolongarla?

Subo a la habitación de invitados y saco los viejos álbumes de fotos que no sé por qué guardo y memorizo la cara de mi madre, cuando aún no era monja, cuando solo estábamos ella y yo, antes de «casarse» con Jesús.

Un instinto dentro de mí lamenta no haber tenido la oportunidad de despedirme de ella, pero tampoco tengo ganas de llorar ni nada parecido.

Las fotos que tengo son las típicas de madre e hijo, la mayoría hechas en celebraciones de cumpleaños, en comidas de Navidad y Pascua, en vacaciones y cosas así. Estoy seguro de que todos tenéis estas mismas fotos, vosotros con vuestra figura materna, guardadas donde yo guardo las de mi madre conmigo, así que no os aburriré con los detalles.

Me pregunto si está mal añorar mucho más a mi perro que a mi madre, y entonces acaricio la idea de ir a buscar las cartas al apartado de correos, hasta que recuerdo que la camioneta sigue al final del camino de entrada, abrazada al árbol, y yo tengo una cojera que requiere bastón, lo que me impide dar caminatas de más de medio kilómetro por las tortuosas carreteras de Vermont. La oficina de correos está a unos quince o veinte kilómetros, así que moriré sin leer la carta de despedida de mamá.

Menos mal, pienso, porque seguramente escribió un sermón para hacerme sentir culpable sobre el estado de mi alma y advirtiéndome de que acabaría en el infierno si no creía en lo mismo que ella. Sonrío porque ya he estado en el infierno y he sobrevivido gracias a un pequeño caniche que se parecía a Bob Ross. Aunque puede que el infierno sea seguir vivo después de que tu perro se ha suicidado.

«Deje de comportarse como una niña pequeña», así me ha atacado Portia.

No se puede decir que Portia Kane sea feminista, si utiliza esa frase como insulto.

Pero tal vez yo no he intentado resolver mis problemas de un modo lo bastante viril. Noto que las mejillas me empiezan a arder por alguna cuestión de autoestima o de dignidad, inducida por la testosterona, porque suicidarse implica al menos hacer algo.

En el botiquín encuentro un frasco de aspirinas casi lleno, un frasco de NyQuil para el resfriado, otro frasco caducado de Percocet, un analgésico de cuando hacía rehabilitación, algún laxante, algunas píldoras astringentes, y unos sobres de Maalox, comprimidos masticables para la acidez de estómago.

Voy a la cocina y meto todas las pastillas en un vaso de vino, echo el NyQuil líquido, que es de un misterioso color verde, sobre las píldoras multicolores y luego cojo del dormitorio una foto de mi madre y otra de *Albert Camus*.

El perro está sentado, con las patas delanteras levantadas, con su único ojo chispeando, mirando la puesta de sol al otro lado del estanque. El agua arde con la luz del ocaso.

Mamá está haciendo masa para su delicioso pastel de ruibarbo, con un rodillo en las manos, la mejilla izquierda manchada de harina y su cabello, que aún era dorado, recogido en un moño sobre la cabeza.

Vuelvo a la cocina y pongo las fotos a los lados de mi cóctel esperadamente letal.

—*Albert Camus*, un pacto es un pacto. Madre, esto es para demostrar de una vez para siempre que tu dios es un cuento de hadas; estabas equivocada.

Me llevo el vaso a los labios con la intención de tragarme todo el contenido lo más aprisa posible, esperando que muchas pastillas se hayan disuelto ya, sin saber bien qué diablos estoy haciendo, preguntándome si seré capaz de meterme este brebaje semilíquido y verdoso entre pecho y espalda con un simple movimiento de muñeca y luego aguantar las arcadas el tiempo suficiente para retenerlo en el estómago; pero en cuanto el borde del vaso me roza los labios, la puerta de la cocina se abre de golpe y dejo caer el vaso.

El vaso se vuelca.

El pegajoso líquido y las pastillas húmedas se desparraman por la mesa como un diminuto maremoto verde oscuro que arrastrara desechos en forma de píldoras.

Portia toma conciencia de la escena, examina el contenido de mi cóctel letal.

—¿Qué está haciendo?

—¿Qué está haciendo *usted*? —replico.

—¿De verdad iba a suicidarse? ¿En serio?

—¿Es que no lo había dejado claro?

Se acerca hacia mí a zancadas, levanta la mano por encima de la cabeza y me propina un bofetón tan fuerte que me gira la cabeza noventa grados.

—¡Que le jodan! —grita.

Me toco la mejilla con la mano.

—¡Ay!

Me da un bofetón aún más fuerte en la otra mejilla.

—¿Por qué hace esto? —grito—. ¡Duele! ¡Haga el favor de no pegarme!

—¡QUE LE JODAN! —chilla con más fuerza—. ¡QUE LE JODAN! ¡QUE LE JODAN! ¡QUE LE JODAN! ¡QUE LE JODAN! ¡QUE! ¡¡¡LE!!! ¡¡¡JODAN!!!

Y se pone a darme de bofetadas con las dos manos al mismo tiempo, gritando:

—¡Embustero, nos dijo que fuéramos optimistas! ¡Yo lo creí! ¡Confiaba en usted! ¡Que le den por culo! ¡Tiene usted una responsabilidad ante sus alumnos! ¡QUE LE JODAN! ¡Tiene una responsabilidad ante sí mismo!

—¿Por qué? —grito—. ¿Por qué? Si puede decírmelo, le quedaré muy agradecido. Yo no era más que un profesor de lengua y literatura de instituto. ¡A nadie le importaba! A nadie en absoluto. ¡Al mundo le importan un comino los profesores de lengua y literatura de instituto! ¿Por qué voy a tener responsabilidades ante nadie? ¿Qué responsabilidad tengo?

—¡La de ser un buen hombre! Porque usted cambió la vida de muchos jóvenes. ¡Porque creíamos en usted!

—Gilipolleces —digo—. Los introduje, a usted y a otros, en el conocimiento de los clásicos y los ayudé a entrar en la Universidad. Les di algunas pistas sobre la vida…, básicamente perogrulladas que ustedes mismos habrían descubierto solo con abrir cualquier tarjeta de Hallmark. Y luego todos ustedes siguieron su camino alegremente y lo olvidaron todo…

—¡No lo olvidamos! ¡Yo estoy aquí!

—Mi madre la metió en esto porque se sentía culpable y…

—¡Usted creía en lo que nos enseñaba! Eso es lo que lo hacía diferente. Sé que se lo creía. ¡Usted creía! —Me asesta un puñetazo en el pecho, tan fuerte que me hace toser—. No se puede fingir algo así. No delante de adolescentes, ¡no se puede!

—¡Deje de golpearme! —chillo.

Me da otro puñetazo.

—¡Impostor!

—¿Qué?

—Se prepara un cóctel de NyQuil y pastillas solo porque la vida ha sido un poco dura. ¡No es más que un cobarde!

—Usted me está insultando y está siendo francamente insensible.

—¡Y usted es un *cobarde*! —replica a gritos, y luego me golpea una docena de veces hasta que me parece que la cara me va a sangrar y los oídos me zumban.

Empiezo a recordar imágenes del día de la agresión de Edmond Artherton, a vivirlo de nuevo, todo yo temblando de angustia, el ruido del bate de aluminio rompiéndome los huesos, astillándome los codos y las rótulas como si fueran platos, el odio en los ojos de Edmond, hasta que me derrumbo y empiezo a sollozar y a suplicar:

—¡Por favor! ¡Deje de pegarme! ¡Por favor! ¡Pare ya! ¡No soportaré que vuelva a ocurrir!

Alargo la mano para asirla como un jugador de hockey que intenta poner fin a una pelea que va perdiendo y cuando me doy cuenta estamos los dos caídos en el suelo, llorando, abrazados, y ella está diciendo:

—No puede matarse porque entonces mataría la mejor parte de mí.

Lo que es algo tremendo, y yo digo:

—Gracias. —Una y otra vez, porque ha dejado de pegarme.

Cuando dejamos de llorar, nos ponemos en pie y limpiamos el vino y las píldoras en silencio, y luego nos retiramos a la salita y nos sentamos en el sofá.

—Creo que debería llamar a alguien —dice Portia—. Porque está claro que es una amenaza para sí mismo.

—Quizá debería llamar a la policía y denunciarla por agresión, porque usted ha irrumpido en mi casa y me ha golpeado como una loca.

—¿Dejó de hacer carnets de Miembros Oficiales de la Raza Humana antes de la agresión?

—¿Qué? ¿Por qué quiere saberlo?

—Dígamelo.

—Lo dejé a finales de los noventa. Me parecía una pérdida de tiempo. Solía pasar varios días haciendo esas tarjetas, y la mitad terminaban tiradas por los suelos en cuanto sonaba el timbre. El último año que tuve energía suficiente para hacerlas, vi a varios alumnos tirarlas directamente a la papelera cuando salían de mi clase. ¡Las tiraron delante de mis narices! Si me hubieran escupido a la cara, no me habría sentido tan humillado.

—¿Recuerda a Chuck Bass? —pregunta impertérrita—. Curso del noventa y ocho.

—¿Cómo se supone que voy a recordar un nombre después de pasar veinticinco años enseñando a miles de…?

—Todavía lleva en la billetera el carnet de Miembro Oficial de la Raza Humana. Terminó el bachillerato antes que yo, y todavía lee el carnet todos los días. Todos y cada uno de los días del año lee sus palabras. Su esfuerzo, su mensaje… le ha ayudado mucho. Espera decírselo algún día.

No me parece muy creíble eso de que alguien lea ese estúpido carnet todos los días, pero he de admitir que me produce un ligero escalofrío, que levanta algo que está profundamente enterrado en mí.

—Muy bien —digo—. Claro que me alegro de que ese carnet haya ayudado a algunos, pero se necesita mucha perseverancia para mantener la fe en… ¿Por qué estoy intentado explicarle todo esto? A estas alturas yo ya tendría que estar muerto.

—Pero no lo está.

—No estoy muerto. Exacto.

—¿Va a darme la oportunidad de revivir su espíritu? ¿De conseguir que vuelva a creer?

Tiene los ojos tan abiertos y esperanzados que me hace sentir lástima por ella.

No quiero contarle a esta niña que Santa Claus no existe. ¿Quién sería capaz de algo así?

—Se lo prometí a su madre —dice—. Y quiero cumplir esa promesa.

—Entonces, ¿por qué se fue antes?

—Porque se estaba comportando como un auténtico cabrón.

—¿Y por qué ha vuelto?

—Porque conmigo ha sido más bueno que cabrón. Todavía está en la columna de los buenos.

Maldita sea, que parezca tan esperanzada me mata.

—¿Y qué propone, señora Kane?

—Véngase conmigo unos días…, solo unos pocos días. Permítame llevarlo a correr una aventura.

—¿Iremos a buscar el tesoro de un pirata?

—No, iremos a buscarlo a usted. A su antiguo yo.

—¿En qué ha pensado?

—Es una sorpresa. Ha estado a punto de suicidarse. ¡No tiene nada que perder! Así que, ¿por qué no nos ponemos en camino como Sal Paradise y Dean Moriarty? Podemos ser fabulosas girándulas que lanzan al cielo arañas explosivas —dice, parafraseando el póster ingenuamente entusiasta de Jack Kerouac que yo había colgado en la pared del aula cuando ella era estudiante de secundaria, cuando también yo era un ingenuo total. Reprimo el impulso de contarle que Kerouac murió por culpa de la bebida.

—¿Vive todavía su madre? —pregunto.

—Sí. ¿Por qué?

—Apuesto a que sigue coleccionando cosas. ¿Por qué no va a salvarla a ella? ¿Y deja que la cursilería y los cuentos para niños sean cosa de familia?

—Porque ella es incapaz de hacer lo que usted hacía en clase. Y no todo el mundo puede ser salvado.

Me echo a reír.

—Señora Kane, es usted una experta en mistificar el pasado.

—Si me da tres días, setenta y dos horas exactas, y cuando concluyan sigue sin querer enseñar, lo dejaré en paz para siempre.

—¿Si le doy únicamente tres días me dejará solo de una vez para siempre? ¿Podré suicidarme en paz? ¿Sin interrupciones? ¿Lo promete?

Portia asiente con la cabeza.

—No irá a llevarme a una institución psiquiátrica para encerrarme, ¿verdad? ¿Para contar que soy una amenaza para mí mismo y tirar la llave? No quiero acabar con una camisa de fuerza, con el cerebro flotando en drogas y echando espuma por la boca como un perro rabioso.

—Está un poco paranoico, ¿no?

—¡Que usted aparezca de esta forma es suficiente para volver paranoico a cualquiera!

—Juro que no lo llevaré a un manicomio. ¡Ni siquiera sé dónde está! Lo juro —aduce, dibujando una equis sobre su pecho con el dedo índice.

Es raro que esté sopesando realmente la posibilidad de irme, pero quizá sea solo mi forma de entregarme al absurdo. ¿Por qué no, llegados a este punto?

—Si accedo, ¿promete no volver a pegarme ni a compararme con una niña pequeña? —inquiero, poniendo las comillas con los dedos.

—Si no hay más remedio…

—¿Adónde va a llevarme?

—Ya lo verá —responde sonriendo, como si todo lo que hubiera ocurrido hasta ahora fuera parte de un plan preconcebido, como si hubiera estado controlándolo todo desde el principio.

Temo caer en su tela y que Portia Kane sea una araña hambrienta que juguetea con mis emociones.

Pero de un modo u otro hemos llegado a un acuerdo.

13

Mientras Portia mete mi petate en el maletero del coche alquilado, miro de cerca sus maletas por primera vez y veo que son de diseño, igual que la ropa que lleva (salvo la cazadora vaquera retro) y empiezo a entender que esta mujer tiene dinero y medios para llevarme a cualquier parte, lo que no es precisamente una sensación agradable. Me subo al asiento del copiloto y dejo el bastón entre las piernas.

Pone el coche en marcha.

—Abróchese el cinturón.

—Está de broma, ¿verdad, mamá? —replico, mirando mi destrozada camioneta, que sigue empotrada en el árbol.

Suspira.

—Si no se lo pone, el coche emitirá un pitido molesto y la policía nos parará.

Cuando el coche empieza a pitar, me señala un recuadro del salpicadero que destella con luz amarilla y donde se ve una figura con el cinturón debidamente abrochado en el asiento, lo cual es ciertamente un incordio, de modo que yo también suspiro y me pongo el cinturón.

—Tengo edad suficiente para recordar una época en que nadie llevaba cinturón.

—Vale, abuelo —dice y sonríe.

—Se le están subiendo los humos, ¿eh? —digo mientras recorremos los caminos de tierra entre la nieve amontonada con pala en el arcén—. ¿Adónde vamos?

—Ya lo verá —dice, volviendo a sonreír.

Y luego, durante un rato, conduce en silencio por la carretera, en dirección sur, acelerando o disminuyendo la velocidad, convirtiéndose en parte de la masa de vehículos que corren a cien y ciento veinte por hora, como otras tantas gotas de sangre que fluyeran por un sistema circulatorio rural.

¿Nos diferenciamos en algo de las moléculas que componen nuestro cuerpo, pienso, o solo somos moléculas que componen algo tan grande que ni siquiera podemos imaginarlo?

—¿En qué piensa, señor Vernon? —pregunta.

—¿Puedo fumar aquí?

—No.

—¡Esto es como estar en la cárcel!

Y seguimos circulando durante horas.

En un momento dado me pregunta si quiero escuchar música y de qué clase. Le digo que clásica, por favor, y ella busca hasta que encuentra una emisora en la que suena Tchaikovsky. Concierto para piano n° 1 en si bemol menor, op. 23.

—¿Es bueno? —pregunta.

—Es divino. —Recuerdo haber escuchado esta misma obra muchas veces con *Albert Camus* encogido en mis piernas. Con su pequeña cola marcaba el ritmo de las dramáticas y maravillosas notas del piano.

Me pierdo en la música y, mientras el tráfico baila con las notas, me pregunto si podría estar muerto. ¿Sería posible que ya me hubiera suicidado y que esto fuera una especie de purgatorio existencial?

Cruzamos Massachusetts sin ningún percance y al rato estamos en Hartford, Connecticut. Salimos de la carretera y entramos en lo que parece un barrio afectado por la crisis económica.

—¿Adónde vamos? —pregunto.

Portia sonríe con timidez.

Pero entonces veo un rótulo que señala la dirección de la casa de Mark Twain y de repente sé exactamente adónde nos encaminamos.

Como estuvo en mi curso, debe de recordar que soy un gran admirador de la obra del señor Clemens. Aunque nunca he visitado su casa de Hartford, va a necesitar mucho más que esto para ayudarme a responder la primera pregunta, y me da miedo que la señora Kane haya subestimado su enorme misión.

—Seguro que ya sabe que Mark Twain fue un hombre con muy malas pulgas —comento—, sobre todo al final de su vida. Si lee *El forastero misterioso*, verá que Twain, en última instancia, no era muy optimista. A Vonnegut le encantaba Twain y trató de suicidarse. ¿Está segura de que esto es una buena idea?

Portia no hace caso de mi comentario y entra en el aparcamiento para dejar el coche.

—En el aula tenía usted un cartel de Mark Twain con esta cita: «Aléjate de la gente que trata de empequeñecer tus ambiciones. La gente pequeña siempre hace eso, pero la gente realmente grande te hace sentir que tú también puedes ser grande». ¿Lo recuerda?

Lo recuerdo, pero en lugar de admitirlo, digo:

—Bueno, entonces quizá debería alejarse de mí.

—Andando —dice, bajando del coche.

La sigo cojeando hacia la casa de Twain, que es de ladrillo, muy grande, hermosa y de aspecto misterioso.

Una vez dentro, la señora Kane adquiere dos entradas y nos unimos a un pequeño grupo encabezado por un joven casi demasiado entusiasta que, para ser justos, sabe mucho sobre Mark Twain, aunque por desgracia le encanta hacer preguntas incontestables, como: «Si ustedes fueran Mark Twain y vivieran aquí en 1885, ¿qué habrían esperado ver si se asomaran por esta ventana?».

Nuestro vivaz guía nos conduce por varias habitaciones mientras habla de la «época más feliz» de la vida de Mark Twain, enseñándonos incluso su teléfono, uno de los primeros del mundo, los ángeles tallados en la cabecera de su cama, y la sala de billares del desván, donde jugaba al billar, fumaba puros (siempre con moderación, decía Twain, «uno a la vez») y miraba la calle desde aquella altura.

Me cuesta subir las empinadas escaleras con el bastón, pero la visita está bastante bien y pienso que hace años que no hago nada parecido. En una época lejana me habría emocionado estar en la casa de Mark Twain.

¡Mark Twain!

¡El padre de la literatura estadounidense!

Y habría hecho planes para traer aquí a mis alumnos.

En la tienda de regalos, Portia adquiere dos chapas blancas con siluetas de perfil del rostro de Mark Twain, una para ella y otra para mí. Se pone la suya en la cazadora blanca, junto a las de grupos roqueros, la de Sylvia Plath, y mi favorita, la de Kurt Vonnegut.

Le permito que me ponga la mía en la chaqueta, a la altura del corazón.

—¿Sabe? Hemingway dijo que «Toda la literatura americana procede de…»

—«… un libro de Mark Twain titulado *Huckleberry Finn*. La literatura americana nació con él. No había nada antes. No ha habido nada tan bueno después.»

—¿Conoce la cita?

—La aprendí en su clase —confiesa—. Y está en la camiseta que hay detrás de usted.

Me vuelvo y veo que tiene razón.

—Le queda muy bien la chapa —dice.

Bajo la mirada hacia Mark Twain, expuesto en mi pecho como una medalla militar, y tengo que admitir que el antiguo profesor de lengua y literatura escondido en lo más profundo de mí piensa, en efecto, que «me queda bien», pero no se lo digo a Portia porque no quiero darle a entender que ha sido una experiencia agradable ni quiero alentar, ni por asomo, sus esperanzas.

—Todavía no tengo deseos de enseñar y menos aún de vivir —replico—. No ha cambiado nada.

—Solo es el primer día —señala con excesiva arrogancia—. ¿Listo para seguir?

—Bueno, ya que estamos aquí, podríamos ir a ver la casa de Harriet Beecher Stowe, ¿no le parece? Después de todo, está a la vuelta de la esquina.

—¿No se considera racista actualmente *La cabaña del tío Tom*? —pregunta—. Queda horroroso llamar «tío Tom» a una persona de color. Es mucho peor que llamarla «negrata», ¿no?

—No tengo ni idea —confieso, cojeando hacia el museo. Pero por alguna razón hoy está cerrado, lo que me decepciona mucho, así que volvemos al coche y seguimos bajando hacia el sur.

—¿No se alegra de no haberse suicidado ayer? —inquiere.

—¿Porque he visto la casa de Mark Twain? —replico con ironía, pensando en la estupidez de todo esto. ¿Ver la casa de uno de tus autores favoritos ayuda a responder la primera pregunta?

—No —responde riendo con picardía—. Porque ahora llevamos chapas iguales de Mark Twain.

Tardo un segundo en darme cuenta de que habla en serio, de que piensa que llevar la misma chapa es un gesto revelador que implica e incluso confirma que hemos establecido una especie de conexión significativa. Es la lógica de una niña de once años, como comprar uno de esos colgantes baratos en forma de corazón que se parten y cada amiga lleva una mitad, y cuando se unen forman esta frase:

¡Mejores amigas para siempre!

—Me temo que para salvarme va a ser necesario algo más que una chapa, por muy «bien» que me quede, señora Kane. Ojalá fuera tan fácil, pero no lo es.

—Muy bien —dice, pero cuando la miro, sonríe de oreja a oreja.

—A usted le gusta que llevemos chapas iguales, ¿significa algo para usted?

—No lo sé. Además, lo más probable es que se enfade conmigo si se lo digo.

—¡Ahora sí que tiene que decírmelo!

Portia vuelve a la I-84 dirección sur, acelera y explica:

—Cuando estaba en su clase, fantaseaba con que usted era mi padre, porque no tuve ninguno, y si hubiera podido elegir, habría querido un padre exactamente igual que usted. Fantaseaba con que me llevaba a lugares como la casa de Mark Twain y me hablaba de grandes escritores como otros padres hablarían a sus hijos de jugadores de béisbol en el estadio. Y ahora hemos estado juntos en la casa de un famoso escritor. Para mí es como si se hiciera realidad un sueño de infancia.

—¿Así que esa parada ha sido por usted y no por mí, señora Kane?

—Fue por nosotros. Por los dos.

—¿Por qué no se ha casado? —pregunto, sin venir a cuento, lo confieso—. Es una mujer inteligente y atractiva. ¿Por qué corretea con su viejo profesor de lengua y literatura, gordo y tullido, en lugar de hacer algo de provecho con una pareja de su edad? ¿Por qué no tiene familia?

—Estoy casada, al menos legalmente. Con un capullo llamado Ken Humes. Me engañó con una adolescente. Lo pillé hace exactamente un mes. Y eso fue después de tratarme como a una mierda durante años, engañándome a menudo y menospreciando mis ambiciones. Pero cuando lo pillé con las manos en la masa, cuando lo vi en directo follando con una adolescente, no tuve más remedio que subir a un avión, y allí conocí a su madre, ¿recuerda? La acción de Ken inició toda esta cadena de sucesos.

Noto el dolor que hay en su voz.

—Bueno, ha sido un imbécil si la ha dejado escapar —comento, casi por reflejo, sabiendo que es un error ser amable con ella, porque lo magnificará e hinchará hasta proporciones míticas, y yo ya no podré estar a la altura de sus expectativas, por mucho que lo intente, y no estoy dispuesto a intentarlo.

—¿Eso ha sido un comentario positivo del señor Suicida? ¿Del señor Pesimismo? —dice, comenzando ya la magnificación.

Hago lo posible por redirigir sus emociones hacia un lugar seguro diciendo:

—Su marido la defraudó.

—Sí.

—Pues lo siento mucho, señora Kane, pero yo también la voy a defraudar. Es inevitable. Quien avisa no es traidor.

—Puede que se sorprenda —replica de un modo que me deprime.

Es como una pobre niña la noche anterior a su cumpleaños, pensando que le darán una fiesta sorpresa y miles de regalos y un pony, solo porque ha deseado que todo eso se haga realidad, y yo soy el padre que debe dinero a todos los acreedores de la ciudad y no tiene posibilidad de dar a su hija lo que necesita, y mucho menos lo que desea…, con la diferencia de que yo no soy el padre de Portia, sino un hombre al que en otra época pagaban por enseñarle a escribir redacciones de cinco párrafos y para que no terminara la secundaria sin conocer la diferencia entre «aun» y «aún»; y permítaseme decir aquí que había una alarmante cantidad de estudiantes que no conocían esa diferencia la primera vez que entraron en mi aula.

—Técnicamente, usted me ha secuestrado —le suelto tras casi una hora de viaje silencioso y cavilaciones—. Ni siquiera estoy aquí por voluntad propia.

—¿Qué? —dice, saliendo de alguna ensoñación, ajena a todo.

Sería para llamarle la atención, porque después de todo va al volante de un coche, si yo no deseara poner fin a mi vida.

—Nada —digo, y seguimos en dirección sur.

14

—No vamos al Empire State para tirar aviones de papel desde la azotea, ¿verdad? —digo, cuando parece claro que nos dirigimos a Nueva York—. Porque creo que es ilegal y peligroso.

—¡Bueno, ya tenemos una idea! —dice.

—¿Por qué a Nueva York?

—Vamos a tener un día a lo Holden Caulfield. A buscar los patos en Central Park, a beber whisky con soda en bares de jazz, a observar a los niños montados en tiovivo y a buscar el anillo de oro; tal vez incluso visitaremos un museo y borraremos todas las pintadas de Que Te Follen que encontremos.

—¿Habla en serio? —digo, preguntándome si eso sería beneficioso para alguno de los dos.

—Estoy bromeando, claro —admite—. Un poco de humor literario americano para ponerle la cabeza en su sitio.

—J.D. Salinger siempre va bien para reírse, ¿no? Vaya ejemplo de esperanza y de vida con los brazos abiertos. En este momento envidio la soledad de Salinger. Usted nunca habría entrado en mi propiedad si hubiera habido una tapia o un foso. ¿Tenía Salinger un foso? —Suspiro—. Me pregunto si, durante todo el tiempo que estuvo solo, encontró respuesta a la primera pregunta. Publicar se convirtió en su roca... como en *El mito de Sísifo* de Camus.

—Por Dios, tiene que dejar esa obsesión por Camus.

Le cuesta circular entre el tráfico de Manhattan, pero al final consigue llegar a un hotel y al poco rato, entrega las llaves a un botones con uniforme rojo mientras otros hombres con uniforme verde sacan el equipaje del maletero.

De pie sobre una alfombra roja, bajo lámparas calefactoras, apoyado en mi bastón, manifiesto:

—No estoy seguro de ir adecuadamente vestido para este sitio.

Llevo vaqueros, un jersey con copos de nieve cosidos, un abultado anorak de los años ochenta, barba de cinco o seis días y un gorro negro de lana que de cuello para arriba me da aspecto de ratero.

Portia no me hace caso y la sigo como un niño hasta el mostrador de recepción, donde da a entender que soy su padre y nos reserva una habitación.

En el ascensor sube con nosotros un hombre con uniforme azul, cuyo trabajo es pulsar el botón indicado y llevarnos el equipaje. No digo nada. Nunca había estado en un hotel tan moderno como este, así que no conozco las costumbres.

Cuando entramos en nuestra «habitación», veo que es más como un apartamento: dos dormitorios, dos baños, una sala con televisión e incluso un comedor formal con araña en el techo y cuyas ventanas dan a Central Park.

El hombre de uniforme nos enseña a encender las luces y a enchufar el televisor, corre las cortinas y sugiere restaurantes hasta que Portia le da una propina y se va.

—Veo que ha hecho esto antes —digo.

Sonríe.

—¿Sorprendido?

—¿Quién diablos es su marido y a qué se dedica?

—Qué, ¿no cree que una mujer aficionada a la música *metal* y que estudió en el viejo y querido instituto pueda permitirse esta clase de vida?

—No era mi intención sugerir que…

—Mi inminente exmarido gana millones en la industria de la pornografía, por si quiere saberlo. Hace porno misógino. Porno misógino para hombres misóginos. No hay nada ni remotamente artístico o educativo en sus películas, al menos desde el punto de vista feminista. Es productor, barra, propietario. Y es inhumano, es capaz de convertir «el pozo sin fondo de la lujuria humana en montañas de dinero». Son palabras suyas, no mías. Le gusta utilizar universitarias de primer curso cuando están de vacaciones, porque no saben cuánto deberían cobrar. Muchas firman un documento legal y aparecen en películas solo a cambio de bebidas gratis y una camiseta. También tiene un problema de

adicción al sexo. Ken mete la polla en cualquier cosa rubia con un co-
ciente intelectual inferior a setenta.

No sé qué responder a eso.

—Pero, aunque es un capullo total, sabe viajar. He cargado la habitación en su cuenta, así que puede usted comer y beber del minibar
todo lo que quiera. Llévese un albornoz, si quiere. Llénelo todo de basura. Rompa el enorme televisor con ese jarrón de aspecto tan caro que
hay ahí, si siente la tentación. Viva como una estrella del *rock*.

Enarco las cejas ligeramente a modo de reproche, o quizá con lástima.

Portia me sonríe, pero es una sonrisa triste.

—¿Por qué no dice nada?

—Hum —digo, y de repente siento compasión por esta mujer que
puede permitirse hoteles carísimos porque se casó con un pornógrafo.

Aunque no tengo nada en contra de lo que hagan dos adultos tras
una puerta cerrada, el rostro de Portia me dice que su Ken no es un
pornógrafo muy bueno. Quizá debiera haber comentado la obra de
más escritoras cuando era profesor. Quizá debería haber subrayado la
importancia de tener una habitación propia, como sugirió Virginia
Woolf.

—Y bien, ¿le gusta la habitación? —dice, sacándome del atolladero.

—Es preciosa.

—¿Tiene hambre?

Digo que sí y poco después nos suben la comida a nuestro comedor
privado, que da a Central Park: gigantescas ensaladas de langosta, vino
blanco frío y de postre pastel de calabaza.

Portia parece cansada de conducir. No habla mucho y aparta con el
tenedor la comida, sin probar apenas bocado.

—Estoy empezando a preocuparme por usted —digo—, lo cual
no deja de ser extraño, porque se supone que es usted quien tiene que
salvarme.

Portia levanta la vista.

—¿Por qué se preocupa por mí?

—Porque este viaje no va a terminar como esperaba. Es una buena
idea. Romántica incluso, maravillosamente platónica. La antigua alumna que vuelve al cabo de los años para salvar al viejo profesor que ha

sufrido una desgracia y abandonado toda esperanza… Es poético, pero no es la vida real.

—Y sin embargo aquí estamos —dice, muy segura de sí misma.

—Mire, no voy a fingir por usted, así que puede quedarse con todas las fuerzas que me quedan y seguir viviendo su vida creyendo en cuentos de hadas. No voy a mentirle. No voy a ponerme una máscara por nadie nunca más…, ni siquiera por los jóvenes. Sencillamente, no puedo.

—No quiero que mienta. No quiero ver una máscara. Solo quiero despertar esa parte que tiene usted en lo más profundo y que quiere ser un buen hombre de nuevo.

—¿Y si la parte de mí que quiere ser «un buen hombre» está realmente muerta? ¿Extirpada como un apéndice antes de reventar? ¿Y si sencillamente ha desaparecido?

—No puede morir. No puede extirparse, porque esa parte es usted, es su destino —divaga, como solo podría divagar una niña o una imbécil, y empiezo a preocuparme aún más, porque ahora está diciendo bobadas. Paparruchas y supercherías.

—¿Mi destino? Empieza a hablar como mi delirante madre. Por favor, no empiece a barbotar sus tonterías religiosas…

—Es lo que vi en usted cuando iba a su clase: su auténtico y verdadero yo —dice—. No sé cómo llamarlo ahora. Quizás una chispa.

—¿Una chispa? ¿De qué?

—No lo sé. Solo una hermosa chispa.

—Pero una chispa solo destella un momento y luego se apaga para siempre —replico—. Por definición, no puede durar.

—No estamos hablando de esa clase de chispa y lo sabe. Esa clase de chispas encienden fuegos que pueden verse desde varios kilómetros a la redonda, y dan calor, y atraen a extraños para que se reúnan alrededor y canten canciones, y se sientan vivos, y sueñen bajo las estrellas, y se conviertan en chispas para otra gente, que utilizará esa luz para hacer grandes…

—Disculpe, señora Kane. No entiendo esa lógica. Sencillamente, no puedo entenderla.

—La chispa se manifestó claramente en la sonrisa que esbozó cuando le puse la chapa de Mark Twain en la chaqueta, el brillo de sus ojos cuando…

—No se haga esto a sí misma, señora Kane. Por favor.

Arruga la frente, sacude la cabeza y dice:

—¿Por qué accedió a venir conmigo?

—Para que me deje en paz de una vez para siempre. Para poder suicidarme. No hay otra razón —alego, y luego añado una cita para subrayarlo—: «Y en esa paciente verdad que avanza de estrella en estrella se funda una libertad que nos libera de nosotros mismos y de los demás, como en esa otra paciente verdad que avanza de muerte en muerte». De *La muerte feliz* de Albert Camus.

Me mira unos momentos con los ojos entornados y con cara de haber mordido un limón maduro.

—Bah, tonterías. Deje de esconderse tras las palabras de otros hombres. ¡Y en cuanto a Albert Camus, por mí como si le meten por el culo una barra de pan caliente!

—¿Perdón?

—¡Sea un hombre! ¡Deje de esconderse! Estoy cansada de sus constantes citas y referencias a Albert Camus. ¡Que le jodan!

—¡Pero es un Premio Nobel!

—¿Y a quién le importa? —dice, llenándose de nuevo el vaso de vino y llevándoselo a la salita.

¿Que a quién le importa Albert Camus? ¡A todo el que tenga una mente pensante!

Y, sin embargo, por alguna razón, me siento obligado a reunirme con ella, para tranquilizarla.

¡Maldito seas, instinto docente, porque eres una enfermedad incurable!

Minutos después la encuentro recostada en el sofá que hay frente a los grandes ventanales, flanqueados por pesadas cortinas doradas.

Con el vaso de vino en la mano, me siento en el otro extremo del sofá, de aspecto victoriano, con incrustaciones de madera de cerezo, adornado con cojines de seda rojos, que no es tan cómodo como bonito, y me quedo mirando por la ventana el parque iluminado.

—Usted citaba frases literarias sin parar —susurra apenas con su diminuta voz.

—Albert Camus pensaba sin parar. Y al igual que Thoreau, nos incita a vivir una vida racional y…

—Ahora da la vuelta al sentido de las palabras de una forma cobarde y eso me asusta.

—Para mí termina con la muerte. Para todos termina con la muerte: ¿por qué tener miedo entonces? ¿Y por qué posponer lo inevitable cuando la chispa ha desaparecido?

—Porque si el mundo aplasta a mi héroe y lo reduce a un hombre débil, quizá para mí tampoco haya esperanza.

—No quiero ser su héroe, señora Kane.

—Podría haberme engañado a los dieciocho años —arguye, y cuando la miro, temo que rompa a llorar otra vez.

—Yo era joven e insensato en aquel entonces —aclaro—. Quizá más joven de lo que es usted ahora. No tenía ni idea de lo que estaba haciendo, y ahora lamento mucho haber enseñado de esa manera.

—No le perdono.

—Pues muy bien.

—Muy bien no —replica, y mira fijamente la ventana con una determinación que yo solía ver en el espejo hace mucho tiempo.

Cuando el silencio se torna insoportable, digo:

—¿Adónde vamos a ir mañana?

—¿Acaso importa?

Se está mirando en el cristal con más ferocidad si cabe, aunque también es posible que su reflejo solo se vea desde donde estoy yo. Siento ganas de consolarla, casi contra mi voluntad, así que digo:

—La chapa de Mark Twain es el mejor regalo que me ha hecho un alumno en toda mi vida. —Como no responde, el vino y yo nos retiramos a mi habitación.

Cuando estoy preparado para ir a la cama, entreabro la ventana para oír la ciudad.

El ruido, una mezcla de tráfico, viento, el bullicio de millones de desconocidos, parece interminable, y sin embargo es tan efímero como los latidos de mi corazón.

Cuando yo era adolescente, soñaba con vivir en Nueva York. Me imaginaba escribiendo una novela en algún diminuto apartamento de

una habitación de cualquiera de los cinco distritos de moda para los escritores de ficción de entonces. Imaginaba que encontraba mi propia versión de Max Perkins para que editara mi obra, un Max Perkins con el que
me reunía para almorzar martinis y hablaríamos sin parar sobre literatura
en general y la trayectoria ascendente de mi carrera en particular.

Ese sueño fue en cierto momento tan real que podía tocarlo solo
con alargar la mano.

Pero nunca me esforcé por materializarlo, ni siquiera llegué a per-
geñar nada parecido al borrador de un cuento para poder enseñarlo,
pienso, mientras estoy acostado en una cama de tamaño matrimonio y
rodeado por muebles que nunca podría permitirme.

—He sido secuestrado por una antigua alumna —digo en voz alta.

Después, a pesar de mí mismo, sonrío.

Caigo en el sueño más profundo que he conocido en meses.

—Señor Vernon, despierte. Tiene visita —oigo. Cuando abro los ojos,
Portia descorre las cortinas para que entre la luz del sol con toda su
cegadora intensidad. Está descalza y lleva un albornoz esponjoso que
deja al descubierto una pequeña uve en el centro de su pecho.

Doy un salto cuando veo a tres hombres con frac rojo mirándome
desde los pies de la cama, cada uno con una mesa portátil delante.

—Pero ¿qué pasa? —exclamo, tapándome con las frazadas hasta la
barbilla.

—No sé qué desayuno tomaba usted cuando estuvo en Nueva
York, así que le he pedido tres —explica Portia con una expresión de
profunda felicidad en el rostro, haciendo gestos con la mano como Van-
na White—. ¿Quiere el desayuno sano?

El primer pingüino levanta medio globo plateado.

—Copos de avena, frutos del bosque variados, azúcar moreno,
zumo de piña con hierba de trigo, bollo de salvado y té verde.

—El desayuno moderadamente sano… —sugiere Portia.

El pingüino del centro levanta su tapa plateada.

—Tortilla de espárragos sin yema de huevo, salchicha de pavo, tostada de pan de centeno, zumo de pomelo y café descafeinado.

—El desayuno mortal —anuncia Portia.

El tercer pingüino levanta su medio globo plateado.

—Huevos fritos, filete Angus poco hecho, patatas fritas, zumo de naranja recién exprimido, café, nata, azúcar.

—Desayuno mortal —repito—. Definitivamente, desayuno mortal.

—Muy predecible, señor Vernon —sentencia Portia, haciendo una seña a los pingüinos. El primero y el segundo se llevan las mesas de ruedas del dormitorio mientras que el tercero me coloca una bonita bandeja plateada en las piernas. Tiene patas, así que no me toca los muslos, pero pesa lo suficiente para que note que el colchón se hunde donde se apoyan las cuatro patas.

Sin mirarme a los ojos, el pingüino me pone cubiertos de plata, una bandeja de cerámica llena de comida que huele maravillosamente, un cuchillo de cortar carne que pienso robar, incluso un jarrón de cristal con rosas recién cortadas. Me sirve café en la taza y pregunta:

—¿Está todo a gusto del señor?

—Esto es un sueño, ¿verdad?

—Señor, todos estamos despiertos y aquí —responde—. ¿Puedo hacer algo más por el señor o prefiere que me vaya?

—¿Es real? —pregunto a Portia.

—Muchas gracias —le dice Portia—. Es todo por el momento.

—Muy bien, señora Kane.

El pingüino hace una reverencia y sale de la habitación.

Corto el filete, veo el jugo que encharca el plato.

—He de admitir que me gusta esta parte, señora Kane —digo, antes de pinchar el trozo partido y llevármelo a la boca.

Cierro los ojos y lo saboreo. Es el mejor filete que he probado en toda mi vida... una explosión de sabor fuerte y jugoso.

Portia se sienta a mi lado en la cama como si fuéramos un matrimonio.

—Contando el desayuno que he tomado antes que usted, señor Dormilón, más la generosa propina que he dado a los tres mozos, acabamos de gastar setecientos dólares de Ken.

Corto otro pedazo de filete.

—Solo este filete ya los vale.

—Espero que lo disfrute —dice—. Necesita combustible, porque hoy vamos a andar mucho.

Me concentro en la comida. Es como si no hubiera comido en varios días. He echado de menos la comida.

Las rosas del jarrón huelen de maravilla también, y la expresión satisfecha de Portia Kane también es algo hermoso, he de confesarlo. Empiezo otra vez a tener miedo de que se lleve un chasco cuando fracase en su intento de hacer lo que se ha propuesto.

Estas satisfacciones fugaces: viaje, comida de gourmet, incluso los halagos de una antigua alumna, son novedades, no están a la altura de las eternas mareas de mi mente, capaces de desgastar una roca si se les da el tiempo suficiente. Las estratagemas de Portia son como los castillos de arena de los niños cuyos padres son lo bastante inteligentes para irse de la playa antes de que la obra infantil sea destruida y borrada sin remedio.

—Parece contento —observa Portia.

—Es solo una reacción química. Mi lengua y mi estómago enviando mensajes de agradecimiento a mi mente. Los humanos somos así.

—Es estupendo desayunar en la cama.

—Eso no voy a negárselo.

—Me alegro de estar con usted, señor Vernon.

—No se encariñe demasiado —replico, atacando las patatas.

Vemos por la ventana un hermoso día de invierno en Central Park mientras termino de comer y me tomo el café.

—Ojalá *Albert Camus* estuviera aquí —digo.

—¡Oh! A la mierda Albert Camus —exclama Portia.

—No me refiero al escritor que quería usted sodomizar con una barra de pan caliente —explico—. Me refiero a mi perro *Albert Camus*.

—¿Por qué le puso ese nombre? —pregunta, entornando los ojos.

—Quizá porque soy un exprofesor de lengua y literatura, un hombre que siempre ha andado al acecho de las conversaciones profundas y que nunca añadió una línea propia.

—¿Qué quiere decir con eso? —pregunta.

—Nada —respondo, pensando que echo de menos a mi perro, preguntándome qué dirían las cartas de mi madre si me hubiera molestado en recogerlas del apartado de correos y sorbiendo el mejor café que me ha mojado la lengua en toda mi vida.

—Joder, el dinero es algo maravilloso —digo.

—Yo también lo creí durante un tiempo —responde—. La parte triste es que enseguida te acostumbras a tenerlo. No puedo creer que vaya a decir esto, pero es como lo que le ocurre al protagonista de *La muerte feliz*.

—¿Así que lo ha leído? ¿Doña Sodomizadora de Camus con una Barra de Pan ha leído realmente sus libros?

—Leí todo Camus cuanto tenía veintitantos años, no solo sus novelas, sino también sus ensayos y su teatro.

—¿Le tocó estudiarlo en la Universidad?

—Lo cierto es que dejé la Universidad antes de que me obligasen a leer nada. Mi beca de estudios exigía una nota media muy alta y la presión por mantenerla me llevó a una crisis. Ya está, ya lo he dicho. Esa es la pura verdad. No terminé la Universidad.

—Lo siento —digo, porque es obvio que está avergonzada y no sé qué otra cosa puedo ofrecerle.

—El caso es que leí a Camus mientras trabajaba de camarera. En gran parte porque era el ídolo de mi profesor de lengua y literatura del instituto, al que yo admiraba más que al Premio Nobel francés. Nos dio unos carnets el último día de clase que…

—Vale, vale, basta de hacerme la pelota y de bromas. Ni siquiera me he vestido aún, por el amor de Dios. ¿No puedo digerir antes el desayuno?

—Voy a hacer que vuelva usted a ser un hombre entero, señor Vernon —dice, mirándome a los ojos con una intensidad peligrosa—. Se lo juro. No voy a fracasar.

Rebufo hacia arriba, vuelvo los ojos hacia los árboles pelados del parque y sigo bebiendo café.

Esto no va a terminar bien para ninguno de los dos.

15

Con su teléfono inteligente guiándonos, y con algún que otro trayecto en taxi, Portia y yo vamos andando a visitar varios edificios y cada vez que nos detenemos me dice que mire hacia arriba.

—¿Por qué? —pregunto cada vez.

—¡Se lo diré cuando hayamos visto los seis! —responde invariablemente.

No conozco las calles de Nueva York, que solo he visitado en un par de ocasiones, y hace muchos años, así que no tengo ni idea de qué conexión hay entre los edificios a los que vamos.

El ruido de la metrópoli produce un alto nivel de ansiedad. Todo el mundo se mueve muy aprisa con rostro inexpresivo, los coches y taxis amarillos recorren las calles como si fueran tiburones cabreados que comieran los palmos de asfalto que van quedando libres. Y aunque Portia parece beneficiarse del estado mental de Nueva York, estar aquí hace que me sienta una de las muchas hormigas insignificantes que se arrastran por la ciudad durante un tiempo antes de ser reemplazadas por otras hormigas que también caerán en el olvido, una y otra vez hasta el infinito.

Cuando levantamos los ojos hacia el sexto edificio, dice la señora Kane:

—¿Qué, no lo ha adivinado aún?

—¿Adivinado qué?

—Por qué le he enseñado seis edificios de Nueva York.

—¿Tiene algo que ver con la arquitectura?

—No.

—¿Con alguna clase de pájaros que anidan en las azoteas? —sugiero, haciendo visera con la mano sobre los ojos para mirar arriba, intentando ver la azotea y si hay nidos—. Leí algo sobre halcones que se multiplican en las ciudades.

—Frío, frío. ¿Se rinde?

—Si eso significa que vamos a dejar de corretear por estas calles, me rindo.

—Los seis edificios que hemos visto alojan la sede de las mayores editoriales de Nueva York: Simon & Shuster, Hachette, HarperCollins, FSG, Penguin y Random House.

—Pues qué bien —digo.

—¿Cuál cree que será?

—¿Que será qué?

Portia sonríe con astucia.

—¿Cuál cree que publicará mi novela?

—¿Ha escrito una novela? —pregunto.

—Bueno, todavía no, pero la escribiré.

—Quizá debería concentrarse en escribir las palabras antes de empezar a predecir quién las publicará —digo—. Colocar una novela en una gran editorial es muy difícil.

—¿Lo ha intentado? —pregunta.

—Bueno, no… pero…

—Entonces, ¿cómo lo sabe?

—Supongo que no lo sé. —Entiendo que esto es importante para ella, y aunque estoy empezando a concebir una forma de esperanza delirante, no quiero ser el tipo que le chafe los sueños a Portia. No lo creía posible, pero empiezo a sentir lástima por ella. Admiro su empuje y su determinación, aunque creo que está saltando sin paracaídas desde un acantilado emocional.

—Pues haga una apuesta, solo por diversión. ¿Cuál será? —pregunta.

—¿Qué editorial publicará el libro que todavía no ha escrito? —pregunto, sintiéndome otra vez como si Kafka estuviera escribiendo mi vida mientras la vivo—. No lo sé.

—¿No le emociona pensar que una de sus antiguas alumnas podría publicar algún día en una de las grandes editoriales de Nueva York? ¿Que sus enseñanzas podrían haber creado una onda expansiva? ¿Que podría haber animado a una futura escritora de la lista de superventas del *New York Times* en el momento exacto en que más lo necesitaba? ¿Ha soñado alguna vez con algo así? —pregunta, mirándome desde debajo de su bonito sombrero rosa, y de repente me doy cuenta de que lleva el lápiz de labios, el delineador de ojos y el colorete a tono con el sombrero. Se ha arreglado para pasear por Nueva York conmigo. *Conmigo*. Para Portia Kane, este día merece maquillaje.

—Así que su sueño ahora es… ser escritora de ficción.

—Lo ha sido siempre desde que estuve en su clase. Solíamos hablar de eso, ¿recuerda?

—No —respondo, aunque tengo una vaga reminiscencia.

—¿Nunca ha soñado con ser novelista? Me refiero a que usted prácticamente adoraba…

—Nunca quise ser escritor —replico, y confieso que demasiado aprisa.

—Bueno, algún día me publicarán y pienso dedicarle el libro. Es una promesa. Y querrá quedarse para ver su nombre en letras de molde, ¿no? Lo pondré al principio: «Al señor Vernon, un buen hombre y el primero que me ayudó a creer».

La miro fijamente, tratando de averiguar si de veras se cree lo que está diciendo… Promete dedicarme un libro a mí, un libro que ni siquiera ha escrito, y da por sentado que será publicado por una de las mayores editoriales de Nueva York. Aparte de la dedicatoria que presuntuosamente ha escrito antes que la imaginaria novela, seguro que no ha redactado ni un solo párrafo desde su breve paso por la Universidad, hace casi veinte años. En el mejor de los casos es una promesa delirante, y seguramente psicótica, por añadidura. Y a pesar de todo me mira con esos ojos maravillosos, infantiles y llenos de fe, me acaricia con esa desusada contemplación que solía percibir en mis alumnos más prometedores, que no tenían por qué ser los más inteligentes, ni los más instruidos, ni los que habían estudiado previamente con los mejores profesores, sino esos a los que Kerouac habría llamado «dementes», individuos lo bastante desquiciados como para hacer algo que se saliera de la norma, solo porque lo llevaban dentro de sí.

Antes de poder evitarlo, digo:

—Señora Kane, no quiero hablar nunca más de cosas de las que sé muy poco, y esto no cambia en nada mi capacidad para responder la primera pregunta…, pero eso que veo ahora en sus ojos debe de ser una chispa.

Cuando sonríe, se le escapa una lágrima de felicidad, y al momento lamento haberle dado esperanzas. No se lo merece, lo único que ha hecho ha sido soñar y mirar a lo alto de los edificios con su antiguo profesor de lengua y actual suicida. Y ahora sé que el suyo es lo más parecido a lo que el señor Langston Hughes llamaba «sueño diferido».

—Quizá también haya otra escondida en los suyos…, quiero decir una chispa —dice Portia.

Niego con la cabeza.

—Es un buen sueño para usted, señora Kane. Espero que consiga su objetivo. Pero esta es su vida, su *dharma* si lo prefiere, no la mía.

—Usted fue el primer motor. Usted me enseñó todo eso: literatura, formas de escribir —dice.

Estoy tentado de preguntar cuántos libros ha leído en el último año, cuántas palabras ha escrito, pero me muerdo la lengua. Todo esto acabará pronto.

Me lleva a Central Park y compramos a un vendedor ambulante castañas asadas y perritos calientes que comemos en un banco del parque, sin hablar apenas, y luego seguimos andando, mirando a la gente y sintiéndonos un poco ajenos a todo, creo que ambos, porque Portia parece estar quedándose sin fuerzas.

Vemos la puesta de sol a través de los árboles pelados, la luz iluminando los montones medio derretidos de nieve, y luego volvemos andando al hotel bajo la menguante luz del crepúsculo, pedimos la cena y comemos en la suite antes de seguir consumiendo los licores del minibar.

Tras haberse zampado tres o cuatro botellitas, dice:

—Usted no cree que vaya a publicar una novela, ¿verdad?

—Mucha gente publica libros todos los años —digo, tratando de esquivar la pregunta.

—Pero no las hijas de acumuladoras compulsivas, mujeres sin padre que crecieron delante del Acme. No, ellas se casan con hombres groseros que pasan de ellas cuando cumplen los cuarenta y se les arruga la cara.

—Creo que ha bebido demasiado, señora Kane.

—¿Sabe que la gente decía que nos acostábamos juntos cuando era mi profesor? Al parecer, eso se rumoreaba. Me acabo de enterar. ¿Por qué cree que la gente diría algo así?

—Sí, realmente es curioso. Creía que corría el rumor de que yo era gay —recuerdo.

—¿Lo es?

—¿Le importa?

—No. Es que…, quiero decir, me gustaría que hubiera alguien en su vida, como una amante. Haría todo esto mucho más fácil.

—¿Lo de salvar mi vida?

—Sí.

—Estuve enamorado de la señora Harper, pero va a casarse con el carnicero, que ni siquiera sabe quién es Albert Camus —explico, y me doy cuenta de que yo también estoy achispado—. Me enteré de que le había pedido matrimonio poco antes de que usted apareciera. Eso y el suicidio de *Albert Camus*, el perro, decidieron hasta cierto punto…, bueno, lo que estamos haciendo ahora, sea lo que fuere.

—¿Qué le gustaba de la señora Harper?

—Creo que su nariz.

—¿Qué? —se extraña Portia.

Sonrío a pesar de mí mismo.

—La señora Harper tenía… bueno, una nariz *judía*. Y siempre me han gustado las mujeres judías, sobre todo su nariz, con ese ligero abultamiento. No sé por qué.

—Estoy segura de que hay algo racista en eso.

—¿En que me gusten las mujeres judías?

—En decir que le gusta el abultamiento de su nariz, como si solo tuvieran una clase de nariz. Usted nunca diría «me gustan los ojos rasgados de las asiáticas» o «el culo gordo de las africanas», ¿verdad que no?

—Bueno —contesto, no muy seguro de cómo seguir, porque esos ejemplos me parecen extremos.

—¿Le dijo a la señora Harper que la amaba?

—Nunca hablé con ella. Era la encargada de la caja en la tienda local. Me cobró cientos de veces, pero nunca le dije nada aparte de las cortesías habituales.

—Pero quería hablarle.

—Sí —respondo—. Sí quería. Mucho.

—Hay otras señoras Harper en el mundo. Algunas incluso tienen una nariz judía muy erótica, ya sabe. Bultos más grandes. —Tomo un sorbo de vino—. Todavía no está muerto —prosigue Portia—. Aún queda tiempo para el amor.

—¿Y cómo le ha ido a usted en el amor?

—Una mierda en el pasado, lo admito, pero voy a darle otra oportunidad al amor.

—Estupendo. Hágalo.

—Es el hombre que lleva su carnet de Miembro Oficial de la Raza Humana y lo lee cada día, Chuck Bass. Lo tuvo en su clase allá por el año ochenta y ocho. Estudió en la Universidad mientras dejaba la treintena y se volvía cuarentón trabajando en un bar y pidiendo préstamos para pagarse las matrículas. Ahora busca un puesto docente en un colegio de primaria. No tiene dinero, pero sí un montón de deudas y se ocupa de su hermana y de su sobrino de cinco años. Sobre el papel no es el mejor pretendiente, pero tiene una chispa en los ojos, sí, la tiene, y lo quiere a usted tanto como yo.

Me tienta la idea de poner los ojos en blanco, pero me contengo.

—Ni siquiera lo recuerdo. Lo siento.

—Se parece mucho a usted —añade.

—Pues entonces aléjese de ese Chuck —respondo—. En serio. No le gustará estar unida a un tipo como yo.

—Es usted demasiado exigente consigo mismo —alega—. Demasiado serio.

—Mañana es nuestro último día juntos, ¿no?

—Sí.

—Sigo pensando en volver a Vermont para suicidarme, quiero que lo sepa. Y no es culpa suya. Tiene usted que escribir su novela, lo digo de verdad. Y olvidarme. Viva con ese Chuck Bass y constrúyase una buena vida con él. Dedíquele su novela a él, porque…

—Mañana tengo una buena sorpresa para usted —anuncia—. La sorpresa definitiva.

Miro por la ventana y dejo transcurrir un incomodísimo silencio antes de disculparme y retirarme a mi dormitorio.

Paso la noche dando vueltas en la cama. Este viaje ha sido un error. Estoy contagiando mi desgracia a Portia al permitirle que tenga esperanzas. Mi suicidio la destrozará, y seguirá sin ser una buena respuesta a la primera pregunta... o quizá debería decir que no es una respuesta *lo bastante* buena para mí, cuando estoy solo con mis pensamientos, libre por fin de las ridículas ideas de antiguos alumnos.

Me froto las rodillas, que esta noche me duelen, probablemente de tanto andar. Pienso en todo el metal de mi cuerpo que sobrevivirá a mi carne, mis huesos y mis músculos, si es que me entierran... o quizás encuentren el metal en el montón de mis cenizas si me incineran.

Qué extraño resulta pensar en eso.

Y más raro estando en la suite presidencial de este privilegiado hotel de Nueva York.

—Esta mujer no se va a tomar muy bien su fracaso, eso seguro —susurro en medio de la oscuridad.

16

Vuelvo a elegir el desayuno mortal, los pingüinos van y vienen como autómatas y Portia y yo comemos juntos en medio de la opulencia del comedor, bajo la araña del techo, ataviados con esponjosos albornoces.

El filete de hoy está más bueno aún que el del día anterior, más jugoso, y decido comérmelo entero antes de iniciar la incómoda conversación que he estado planeando desde las cuatro de la madrugada, que fue la hora en que desperté por última vez, ya que no dejé de dar vueltas en la cama hasta que salió el sol. Me preocupa Portia, que esta mañana parece peligrosamente radiante de confianza en sí misma, pero tengo la inteligente precaución de saborear antes esta carne, porque estoy seguro de que no probaré nada mejor en los pocos días que me quedan de cojear por este planeta.

Nada más tragar el último bocado, propongo:

—Creo que lo más prudente será que nos separemos ahora y que tome un tren hasta Vermont antes de que esto se complique más de lo que ya está. Porque no hay nada…

—Ni hablar —me ataja, y la luz de sus ojos se apaga un poco—. Usted es mío durante tres días. Un trato es un trato.

—No quiero prolongar esto, señora Kane. Y no quiero que se haga usted ilusiones. Lo único que quiero es estar solo. Lo único.

—Solo necesita recordar —dice mientras da sorbos al café— quién fue usted una vez.

—Ha sido un error venir con usted —declaro—. Ahora me doy cuenta. No sé por qué…

—Porque una parte de usted, muy profunda, sabe que tengo razón —aduce, mirando Central Park, que brilla con el sol matutino.

—No. No es así —replico, respirando hondo—. No estoy orgulloso de esto, pero creo que acepté esta pequeña aventura porque quería hacer daño a una de mis antiguas alumnas. Le parecerá sádico, pero así es. Herirla profundamente, tal como Edmond Atherton me hirió a mí, aunque sin el bate de béisbol, claro. Y este deseo subconsciente me ha venido dominando, y en cierto momento se hizo consciente, y ahora me siento culpable y quiero contárselo para protegerla de cualquier dolor posterior. Mi conciencia no le desea ningún mal, así que he de protegerla de mi subconsciente. ¿Lo entiende?

Portia me mira como si acabara de enseñarle mis partes pudendas: consternada por un lado, asqueada por el otro.

—No me engañará —replica—. Es solo una estratagema.

—Escuche, lo que trata de hacer es muy hermoso, pero la vuelve vulnerable. Lo sé porque yo solía vivir de esa misma forma. El mundo me derrotó con brutalidad, pero con el tiempo me fortalecí, al menos lo bastante como para querer que otros mordieran también el polvo. Y usted es una mujer dulce y amable, señora Kane. Anoche no pude dormir porque me sentía culpable..., por eso creo que es mejor que nos separemos ya. Gracias por todo lo que ha hecho, por hacerme saber que mi clase significó algo para usted. Le deseo mucha suerte con...

—Hoy voy a llevarlo a conocer a mi madre —dice—. No importa si tiene o no algún motivo para ir. Para mí significará mucho el mero hecho de que la conozca. Quizá le suene extraño, pero le estaría muy agradecida. Después, lo llevaré a su casa de Vermont y lo dejaré en paz para siempre. Se librará de mí. Se lo prometo.

—¿Quiere que conozca a su madre... la acumuladora compulsiva?

—Es mi madre.

—Pero ¿por qué quiere que la conozca?

—Porque... no puedo explicarlo, ¿vale?

—No me apetece nada regresar a Haddon Township... No he vuelto desde..., bueno, desde esto —digo, levantando el bastón.

—Sé que le pido mucho, pero podemos llegar a la hora de comer, y después de comer con mi madre, lo llevaré directamente a casa, sin paradas. Ni siquiera dormiré.

—No creo que sea una buena idea, señora Kane. Lo siento.

—Por favor. —Pone las manos en posición de rezar—. Sé que es una bobada, pero quiero que se conozcan. Ella no estaba en condiciones de asistir a ninguna función del instituto ni de reunirse con los profesores en las aperturas del año escolar, pero yo le hablaba mucho de usted. No se encuentra bien y me parece que cree que me lo inventaba todo. Solo quiero demostrarle que usted existía.

—¿Tan importante es para usted?

—Significaría mucho para mí. Si va a desaparecer del mundo, quizá podría hacerme este favor antes. Es algo muy sencillo, la verdad. Hágalo y no volverá a saber de mí. Se lo prometo.

—Comer con su madre y con usted... ¿es eso? ¿Lo hago y el juego termina? Y después me lleva directamente a Vermont.

—Y lo perdono por querer castigarme —añade, mirándome por debajo de las cejas como una niña herida.

—Muy bien —digo, en contra de mi criterio.

¿Cómo voy a negarle algo tan simple después de lo que acabo de admitir?

Tarda tanto en hacer el equipaje y estar lista que empiezo a preguntarme si no estará posponiendo la partida por alguna razón, pero disfruto de las vistas de Central Park, veo la luz matutina ascendiendo por los árboles y no digo nada cuando por fin sale de su dormitorio peinada y maquillada.

—Comamos algo y dejemos la habitación más tarde, así joderemos un poco más la economía de Ken —explica.

—Claro —digo, pensando que puedo ser agradable un rato más, y que pronto acabará esta historia.

Es la una y media cuando estamos en el coche de alquiler y nos enfrentamos al tráfico de Manhattan. Portia pulsa unos botones del volante hasta que encuentra una emisora de música clásica. Mi viejo amigo, el mejor violoncelista vivo, está tocando.

Debo de emitir algún sonido emocional, porque pregunta:

—¿Se encuentra bien? —No respondo—. ¿Señor Vernon? ¿No le gusta esta música? Creía que le gustaban los clásicos y...

—Es Yo-Yo Ma —explico—. La Suite para violonchelo número 4 en mi bemol mayor, BWV mil diez, primer movimiento, «Preludio». Bach, por supuesto.

—Por supuesto.

—Mi perro, *Albert Camus* —digo, echándolo de menos más que nunca desde que Portia me encontró a punto de ahogarme con mi vómito—. Era una de sus piezas favoritas.

—¿A su perro le gustaba Bach?

—Le gustaba Yo-Yo Ma —aclaro, y entonces el pecho se me llena de emoción y me echo a llorar sin poder contenerme. Vuelvo la cabeza y finjo mirar las calles de Nueva York, pero los sollozos se oyen.

—Lo siento —dice—. Seguro que *Albert Camus* era un gran perro.

—Fue el mejor amigo que tuve en la vida —confieso, dándome cuenta de la estupidez de mi comportamiento, llorar por un perro.

Yo-Yo Ma desarrolla su magia y me transporta.

Y de repente estoy de nuevo con *Albert Camus* en mi cocina de Vermont, oyendo interpretar a Bach a nuestro violonchelista favorito. Estoy cocinando filetes para los dos mientras el perro sigue el ritmo golpeando el suelo con la cola.

Mentalmente me inclino y le rasco bajo la barbilla y detrás de las orejas como a él le gusta, hasta que se yergue sobre las patas traseras para manotearme el pecho y lamerme la mejilla en señal de agradecimiento.

«¿Por qué saltaste por la ventana? —le pregunto en mi fantasía—, ¿Por qué? Llevábamos una buena vida juntos.»

Me mira cariñosamente con su único ojo.

Ya te lo dije. Salté para salvarte, como hizo Clarence en Qué bello es vivir *para salvar a George Bailey. Y creo que deberías escuchar a la mujer que está conduciendo el coche en la vida real. Tiene un buen corazón. ¡Te quiere!*

«He terminado, *Albert Camus*. ¡No me queda nada que dar!»

Entonces, por qué no recibes algo, ¿eh? Aprende de mí. ¿Alguna vez rechacé un regalo, o una rascadura, o un paseo en camioneta con la ventanilla bajada? ¡Nunca! ¿Y qué tenía yo para dar a cambio?

«¡Compañerismo! —exclamo—. «Fuiste el mejor amigo que tuve nunca.»

Todavía somos buenos amigos... Amigos para siempre —dice y me lame vehementemente toda la cara mientras cierro los ojos y río—. ¡Y ahora deja de comportarte como una niña pequeña! Deja que la mujer te ayude.

«¿Me acabas de decir que deje de comportarme como "una niña pequeña"?», digo, haciendo el estúpido gesto de las comillas con los dedos.

Sí, lo he hecho, y es lo peor que un perro puede decirle a otro perro. ¡Perrita! Te estás portando como una perrita. Eres tramposo. Egoísta. Y vives en las nubes. Eres una perrita desconfiada y hosca. Sé un perro, hecho y derecho, Nate. ¡Un auténtico y verdadero perro es afable, cariñoso, simpático y está dispuesto a la aventura. Dispuesto a mearse en el mundo entero, marcando cada palmo de terreno con su orina, que cree que es inagotable!

«Esto está adquiriendo un cariz extraño, *Albert Camus*. Incluso para mí, lo confieso.»

Aprovecha esta nueva vida. Márcala con la orina de tu personalidad.

—¿Qué dice? —pregunta Portia casi gritando.

Abro los ojos y la veo al volante del coche de alquiler y parpadeo varias veces mientras mi mente despierta y me fijo en lo que me rodea.

—¿No acaba de decir «la orina de tu personalidad»? —pregunta.

—¿Qué?

—Debía de estar soñando, pero aun así es asqueroso. Voy a parar a tomar un café. Debería usted tomar otro. —Se detiene en una zona de descanso de la autopista, donde nos cobran un riñón por unos cafés que tomamos en silencio, sentados a una mesa de plástico mientras docenas de personas sin rostro pululan al fondo.

—Ya casi ha terminado —murmura—. Casi se ha librado de mí.

Digo que sí con la cabeza, agotado de repente.

Caigo en la cuenta de que no he pasado tanto tiempo en compañía de otro ser humano desde el Pleistoceno. No es de extrañar que me haya quedado sin fuelle.

Hay columnas interminables de vehículos que avanzan a paso de tortuga en el control de peajes de Nueva Jersey y me acuerdo de aquella antigua canción de Simon y Garfunkel sobre contar coches en esta misma carretera, y mientras el tiempo pasa alternando los momentos de inmovilidad con rachas de avance a ocho kilómetros por hora, Portia empieza a sacudir la pierna y a morderse con fuerza el labio inferior.

—¿Por qué está tan nerviosa? —pregunto.

—He quedado con mi madre a las siete —informa—. No quiero llegar tarde.

Miro el reloj del salpicadero: las cinco y media.

Tomamos la Salida 4 alrededor de las seis cuarenta y Portia parece aún más nerviosa. Siento que su nerviosismo llena el coche como si fuera una especie de gas venenoso; es sofocante.

Respiro hondo y me recuerdo que solo tengo que cenar con una vieja loca antes de que me devuelvan a mi casa de Vermont, donde por fin podré terminar con todo y disfrutar del descanso eterno.

Portia conduce tratando de esquivar el tráfico de la hora punta de Jersey Sur, colándose por arterias residenciales, menos transitadas, de Cherry Hill, Haddonfield, Westmont, hasta que llegamos a Cuthbert Boulevard y me señala la casa en que creció, enfrente del Acme, y un instante después está aparcando y señalándome con el dedo el rótulo del Instituto Haddon Township y el campo de fútbol.

—¿Por qué se ha detenido aquí? —pregunto.

—Pensé que le gustaría recordarlo —responde Portia, y es como si me rompieran de nuevo todos los huesos.

Edmond Atherton   Edmond Atherton
        Edmond Atherton   Edmond Atherton
Edmond Atherton   Edmond Atherton
        Edmond Atherton   Edmond Atherton
Edmond Atherton   Edmond Atherton
        Edmond Atherton   Edmond Atherton
Edmond Atherton   Edmond Atherton
        Edmond Atherton   Edmond Atherton
Edmond Atherton   Edmond Atherton
        Edmond Atherton   Edmond Atherton
Edmond Atherton   Edmond Atherton
        Edmond Atherton   Edmond Atherton
Edmond Atherton   Edmond Atherton
        Edmond Atherton   Edmond Atherton

—¡Siga conduciendo! —grito, y ahora soy yo el que está nervioso—. Esto no era parte del trato.

—¿No quiere tomarse un momento para…?

—¡Conduzca!

Se pone en marcha en dirección a Oaklyn.

—Siento que haber parado junto al instituto le haya puesto tan nervioso —dice cuando mi respiración ha recuperado el ritmo normal.

No respondo, básicamente porque me ha sacado de quicio mucho más de lo que creía, y ahora estoy sudando y el corazón me golpea las costillas.

—Está usted agitado —comenta—. Lo siento.

—Me pondré bien. Vamos a cenar con su madre y si luego me deja en el mismo sitio en que me encontró, me pondré contentísimo.

—Vale —concede, pero su voz tiene un tono musical, como si supiera algo que yo no sé, y cuando la miro de nuevo, lo veo claramente en sus ojos: es la chispa.

Dejamos el vehículo en un aparcamiento casi lleno que está frente a un lugar llamado Manor, en la pequeña población de Oaklyn, y en compañía de mi antigua alumna me dirijo a la puerta, sobre la que cuelga un letrero en el que se ve un muchacho de aspecto sospechosamente joven, sentado en un barril y tomándose una jarra de cerveza.

Antes de entrar, Portia se detiene a mirarme. Ante mi sorpresa, me da un beso en la mejilla.

—Ha sido usted el mejor profesor que he tenido. Gracias.

Tiene los ojos húmedos de llanto y no estoy muy seguro de lo que está pasando, así que digo:

—No hagamos esperar a su madre.

Asiente con la cabeza y abre la puerta para que pase primero.

Entro cojeando, mirando al suelo para no tropezar y, cuando levanto la cabeza, veo a varias docenas de personas que gritan:

—¡¡¡¡SORPRESA!!!!

Me llevo un susto de muerte y casi caigo de espaldas, pero Portia me empuja ya hacia los congregados, que, según entiendo rápidamente, son antiguos alumnos míos, porque todos llevan esas cretinas tarjetas de Miembro Oficial de la Raza Humana que hacía y distribuía entre los veteranos cuando terminaban la secundaria. Al principio pienso que estoy soñando, ya que me parece imposible que esté pasando algo así, y mientras observo los rostros radiantes y sonrientes que pueblan el local, reconozco a varios e incluso podría decir el nombre de algunos.

Al momento me noto empapado en sudor.

Todo el mundo me mira.

El rostro de Edmond Atherton aparece varias veces entre la multitud, acechando desde detrás de espaldas y cabezas en rápida sucesión, así que sé que estoy alucinando porque veo a mi agresor por todas partes, y todos estos antiguos alumnos están esperando que diga algo. Está todo tan silencioso que los oigo respirar.

Quieren que dé alas a sus emociones con buena voluntad y fe en las posibilidades. Aunque la verdad es que me gustaría darles lo que necesitan, algo que los haga perseverar y llevar esos carnets imprudentemente optimistas, no me queda nada en el depósito. Ya no tengo la Máscara del Superprofesor Vernon. Así que doy media vuelta, paso junto a Portia y salgo cojeando del edificio.

—¿Adónde va? —pregunta—. ¡Eh!

No le hago caso y bajo los escalones, piso la calle y paso por debajo del puente, para poder subir la colina y salir de allí.

Portia me sigue gritando.

—¡Toda esta gente ha venido por usted! ¡No puede irse!

—Teníamos un trato —exclamo por encima del hombro—. Y esto no figuraba en el guión. ¡Me ha mentido!

—Algunos de los que están ahí han dejado el trabajo para venir a verlo… Han pasado horas al volante. ¡Tonya Baker vino de Ohio en avión!

—No es mi problema —digo, intentando escapar.

—¡Oiga! —grita, poniéndose delante de mí—. Al menos tenga el valor para decirme que el hecho de que nos hayamos reunido aquí por usted no ha encendido la chispa y…

—No significa absolutamente nada —digo, mirándola fijamente a las pupilas—. No cambia la maldita cosa.

Portia Kane me mira a los ojos durante un largo rato, quizá buscando la chispa que ya no está ahí y nunca volverá a estar.

—¡Yo creía en usted! —me espeta al fin—. ¡Impostor! ¡Cobarde!

Y empieza a abofetearme otra vez; durante una fracción de segundo veo a Edmond Atherton y siento que los huesos se me rompen junto con mi orgullo y mi seguridad, y quizá también todo lo bueno que alguna vez hubo en mi corazón, y Portia ya no me abofetea, sino que llora sobre mi pecho y me golpea la espalda con los puños, y de pronto hay un hombre con nosotros que le chilla, que le dice que deje de insultarme, la sujeta, y yo trato de escapar una vez más, me voy de allí todo lo rápido que el bastón me permite, maldiciendo mi cojera en silencio, pensando en buscar un teléfono para llamar a un taxi que me lleve a la estación de ferrocarril para desaparecer de allí de una vez y para siempre... o quizá pueda encontrar un lugar tranquilo en Jersey Sur donde acabar con todo, porque ya estoy harto, ya he terminado con todo.

Esa mujer me ha dejado seco.

No me queda nada.

Y pronto solo habrá cenizas, este bastón horroroso y los clavos de metal que mantienen unidos mis huesos.

Estoy listo para seguir el buen ejemplo de *Albert Camus*.

TERCERA PARTE

HERMANA MAEVE SMITH

17

15 de febrero de 2012

A mi dulce y bondadoso hijo Nathan.

Ha pasado algún tiempo desde la última vez que te escribí.
Por favor, has de saber que he rezado y seguiré rezando por ti to-
dos los días, múltiples veces, y pediré a mis hermanas que tam-
bién ellas le pidan a Dios que cuide de ti. Hay un ejército de
monjas rezando por ti siempre, y hay mucha fuerza en nuestras
oraciones. Pienso en ti cada vez que respiro. Eso no cambiará
nunca.
Entonces, ¿por qué no te he escrito en varios meses?, te
preguntarás.
Es difícil escribir cartas y no recibir nunca respuesta. Es
como hablar en voz alta con una pared de ladrillo, sin saber si la
persona que hay al otro lado oye lo que dices, o si los ladrillos
simplemente te devuelven las palabras a la cara como si fueran
pelotas de tenis.
Por eso, ¿es posible que ahora pienses que me ha faltado fe
y que te he fallado una vez más de una forma que yo ni siquiera
entiendo? Aunque temo mucho que haya ocurrido esto, tampo-
co quería ser una madre sobreprotectora que te escribía cartas
que no querías.
No he querido ser el «correo basura» de tu buzón.
Cuando un hijo no escribe de vuelta, es difícil para una ma-
dre saber qué debe hacer.
Tampoco quería molestarte, y empecé a pensar que Dios me
decía que te dejara respirar, que Él se ocuparía de ti a Su mane-
ra. Que me pedía que demostrara mi fe no haciendo nada…,
dejando las cosas en paz.

Confía y obedece.

Y sé que encontrarás estas ideas estúpidas, porque tú no tienes mi fe.

Pero a pesar de todo, te entrego a Dios.

Espero que entiendas que no fue un mensaje fácil de recibir para una madre —dejar libre a su único hijo—, y es aún más difícil ahora que creo que he malinterpretado lo que Dios intentaba decirme, que es de lo que trata esta carta.

Hace unas dos semanas, y sin que viniera a cuento, la Madre Superiora me obligó a hacerme una revisión médica; insistió para que viera a un médico, aunque no había visto a ninguno desde hacía años y mi negativa a ver a un profesional de la medicina nunca había sido un problema. Le dije que Dios era el único médico que necesitaba, pero es una mujer muy cabezota, aunque una ferviente esposa de Cristo, y lo arregló todo para que fuera, y luego, como me negué a ir, me amenazó con quitarme el acceso a nuestra bodega. Un vaso de tinto de vez en cuando es un consuelo, que Dios me ayude.

En resumen, me encontraron un tumor muy grande en el pecho, lo que inmediatamente multiplicó los análisis, sobre todo de cosas de mujeres que tú no desearás conocer en detalle, imagino, y finalmente llegaron a la conclusión de que tengo cáncer en fase IV, que significa que se ha extendido por todas partes. ¡Es raro, porque yo me sentía bien! He oído decir a la gente que «Si quieres estar enfermo, ve al médico», y ahora, tanto si tienen razón como si no, he entendido al fin por qué lo dicen.

Hace dos días mi médica, una japonesa mucho más joven que tú y que se llama Kristina, me sentó en una habitación para darme la noticia y tenía una cara... Era como si alguien se hubiera muerto ya, Dios bendiga su alma. Incluso temblaba. Me pregunté si no sería su primer día de médico y yo la primera persona a la que le diagnosticaba un billete de ida al cielo.

Me cogió la mano entre las suyas, me miró a los ojos y dijo: «Su cáncer de pecho es terminal, hermana Maeve. Lo hemos pillado muy tarde y ya se ha extendido; es muy agresivo. Lo siento. No podemos hacer nada por usted, salvo procurar que esté lo más cómoda posible».

«*No temo a la muerte, criatura —dije yo—. Sé adónde iré cuando muera, así que no tiene usted que preocuparse por mí. Tampoco tiene que poner esa cara de pena. ¿Ha estado chupando limón para comer?*»

La doctora Kristina me apretó la mano y dijo: «Admiro su fe, de veras. Pero mi trabajo es informarla de lo que está por venir, y me temo que no son buenas noticias».

Luego continuó describiendo con detalle todo lo que voy a soportar, y luego habló de medicamentos que podía ofrecerme para mitigar el dolor.

«*¿Qué tal algo de marihuana médica, doctora? ¿Puede conseguirme buena hierba?», dije para romper la tensión, pensando que se echaría a reír al pensar en una monja fumando porros. Había oído algo sobre la legalización de la marihuana en las noticias.*

Pero se lo tomó en serio. «Desde luego, podemos consultarlo, hermana, si ese es el camino que desea seguir.»

«*Era una broma, doctora —dije—. Soy de las de vino tinto. Siempre lo he sido y siempre lo seré. Aunque el vodka también me gusta.»*

Me miró largo rato hasta que finalmente dijo: «Hermana, mi trabajo es asegurarme de que entiende la gravedad de la situación. Va a morir. Es sorprendente que todavía no haya notado los efectos del cáncer con más severidad. En cuanto se manifiesten, estará muy débil. ¿Entiende lo que le estoy diciendo?».

«*¿Es usted una mujer religiosa?», le pregunté, sabiendo a ciencia cierta la respuesta.*

«*No —dijo (al menos dijo la verdad)—. Lo lamento. Pero aquí hay gente que puede hablar con usted de asuntos religiosos. Puedo llamar al padre Watson si...»*

«*No tiene que lamentarlo. Rezaré por usted —dije—. Y no necesito un sacerdote todavía. ¿Sabe quién es mi marido? Es muy famoso.»*

«No sabía que a las monjas se les permitiera casarse», repli-
có, pareciendo muy confusa con aquella bonita bata blanca de
médico, con el estetoscopio colgando del cuello y una de esas
cosas que utilizan para mirar el oído sobresaliendo del bolsillo
superior, junto con unos palitos de esos para bajar la lengua. Era
tan joven que su bata parecía un disfraz de Halloween.

(Aunque pueda ser pecado, envidié su abundante cabellera,
que era como la cola de un hermoso semental negro.)

«Todas las monjas tenemos el mismo esposo: se llama Jesu-
cristo —dije—. Y voy a esperar que Él se ocupe de mí. Como
siempre. Él tiene mucha más práctica que usted y puede sanar
sin la ayuda de una carrera de Medicina, no se ofenda. Lo lleva
haciendo miles de años.»

«Hermana —dijo la doctora, esta vez con más seriedad—,
sería una negligencia por mi parte no dejarle totalmente claro
que puede que solo le queden unas semanas de vida. El hecho de que
todavía no sufra ningún dolor es un misterio para mí, lo admito,
pero tiene que saber que no le queda mucho tiempo.»

«Con todos sus estudios y su caro equipo médico, sigue sien-
do un misterio para usted, ¿eh? —le dije y me reí discretamen-
te—. Bueno, da la casualidad de que mi marido trafica bastante
con misterios.»

«No me parece muy inteligente creer que se curará por obra
de algún milagro —objetó la doctora—. Estadísticamente ha-
blando, ya ha sido objeto de un pequeño milagro, que la ha li-
brado de sufrir dolores que interrumpieran su vida. La ciencia
no puede explicar…»

«Todos morimos —dije a la joven Kristina—. Y la verdad
es que estoy impaciente por ir al cielo, donde por fin podré estar
un rato de cháchara con Jesús, cara a cara. —Le guiñé un ojo,
pero no le hizo gracia mi broma, quizá porque es de esas perso-
nas serias con mucho cerebro, así que volví al asunto—. Exacta-
mente, ¿cuánto tiempo me queda?»

Respiró hondo y dijo: «No hay una forma suave de decírselo».

«Dígame un número», dije.

«*Lo más probable es que empeore muy pronto, y muy aprisa. Si hay algo que tenga que solucionar, debería hacerlo lo antes posible. Quizá le queden unas pocas semanas a lo sumo. Y eso en el mejor de los casos. Le repito que ya debería estar enferma. Por decirlo de alguna manera, está viviendo de prestado.*»

Asentí con la cabeza y di las gracias a la joven Kristina por su buen trabajo, le dije que rezaría por ella, que le pediría a mi marido que trabajara un poco más para salvar su alma, y ella sonrió educadamente y me deseó suerte, porque no sabía que la suerte no me sirve para nada. Tengo de mi parte el inmenso poder de Dios, que creó la ciencia que ella estudia y todo el universo.

La Madre Superiora estaba en la sala de espera leyendo en su iPad. Asegura que con ese aparato lee el Antiguo Testamento en hebreo y el Nuevo en griego.

«*Es más ligero que llevar las Biblias de papel*», *dice. Todos los años, cuando es su cumpleaños, su hermano le envía el último grito en informática, y ella lo enseña ostentosamente siempre que se le presenta la oportunidad. A menudo me pregunto si realmente lee la Biblia en ese aparato o si se limita a perder el tiempo viendo películas laicas, o jugando a juegos de Internet que atontan la mente. Nunca me deja ver la pantalla.*

«*¿Y?*», *pregunta.*

«*Estaré con Jesucristo dentro de unas semanas o quizás antes, según la pequeña doctora Kristina.*»

«*¿No se puede hacer nada?*»

«*Medicación para el dolor.*»

«*¿Le duele algo?*», *preguntó la Madre Superiora.*

«*Todavía no. Al parecer me dolerá, y bastante, según ella.*»

«*Rezaremos*», *dijo la Madre Superiora.*

«*Siempre rezamos*», *respondí, y a continuación nos dirigimos al convento en el viejo y seguro Dodge Neon.*

Mientras ella empuñaba el volante, pregunté:

«*¿Por qué me ha obligado a ir al médico? ¿A qué se debe? Nunca me había hecho ir. ¿Notó algo en mi salud que yo no vi? ¿Qué es lo que no me está contando, abuelita?*»

Arrugó la frente: tiene diez años menos que yo y detesta que la llame abuelita. Luego dijo:

«Mi esposo me dijo que la enviara.»

«¿Y por qué mi esposo iba a decirle algo así?»

«Sus caminos son inescrutables.»

«¡Ah, tonterías!», dije a la Madre Superiora, que conducía con el rostro inescrutable y su precioso iPad descansando en el salpicadero, en medio de las dos.

«Jesucristo se me apareció en sueños otra vez, hermana Maeve —dijo la Cangrejo Gruñona, sin apartar sus ojillos negros del asfalto—. Dijo que era el primero de muchos pasos necesarios. Llevarla al médico pondría en marcha un plan mayor, dijo Él. Pero será mejor que no se lo contemos a las otras hermanas, ¿de acuerdo?»

Puede que la Madre Superiora sea un crustáceo, pero también tiene visiones, como yo, así que es una aliada y una confidente, aunque tenga muy mal genio.

No todas las monjas tienen visiones. De hecho, casi ninguna las tiene.

Y es preferible utilizar las visiones sin que las otras monjas sientan celos o se sientan inferiores porque ellas no tienen ojos para ver ni oídos para oír.

«¿El primer paso hacia dónde?», pregunté.

«No lo dijo. Pero es evidente que quiso indicarnos que el tiempo que Él le adjudicó a usted para poner en marcha Su plan divino es, como sabemos ahora, muy limitado.»

Al volver al convento, recé mis oraciones vespertinas y luego cené con las hermanas, que me preguntaron amablemente por mi visita al doctor. Les dije que el diagnóstico no era concluyente, aunque no sé por qué no les conté toda la verdad en ese momento. La Madre Superiora enarcó las cejas en la presidencia de la mesa, pero no dijo nada que contradijera lo que yo acababa de contarles a mis hermanas en Cristo.

Cuando me retiré a mi cuarto esa noche, recé el rosario, leí las Escrituras (¡en buen inglés americano!) y luego medité en qué podría emplear el tiempo que me quedaba. ¿Qué asuntos sin acabar tenía en este mundo?

Por supuesto, tu nombre fue lo primero que acudió a mis pensamientos…, mi precioso y dulce hijo.

Después de la agresión, cuando estabas convaleciente en el hospital, me gritaste y me dijiste que no volviera a ponerme en contacto contigo nunca más; eso y que no hayas respondido a mis cartas en todos estos años me ha hecho comprender con mucho dolor que me has apartado de tu vida para siempre, igual que tu padre hizo con nosotros, podría añadir. Yo también había dejado de escribirte, pero no quería que pensaras que soy capaz de renunciar a la posibilidad de volver a tenerte en mi vida.

Con mi último aliento, pediré que me perdones.

Mi vida en el convento ha sido una bendición, sin más inconvenientes que la brecha que mi fe ha abierto entre nosotros: es mi único pesar, aunque sería más exacto decir que es mi única causa de sufrimiento.

Pensé en ti durante horas, incluso deseé haberte llamado por teléfono, pero no tengo tu número, y como lo he buscado varias veces sin encontrar nada, ni siquiera un rastro tuyo en ninguna guía telefónica ni en las páginas de Internet donde ha indagado la Madre Superiora, llegué a creer que a lo mejor no tenías teléfono, o que habías dejado este mundo, como muchas veces amenazaste con hacer.

Mi mayor temor es que ya no estés entre los vivos. Me preocupo mucho por ti, y esa noche mi preocupación se incrementó cien mil veces.

Ya de madrugada, y después de beber un poco de vino, Dios decidió en su corazón calmar mis angustias y me permitió dormir, lo que de por sí fue un pequeño milagro.

No tardé en soñar y estaba en un cálido lugar de vacaciones, en alguna parte del sur, donde el sol brilla con fuerza y se huele la sal marina en el aire, y al otro lado de la calle había un impresionante edificio moderno de oficinas, con grandes ventanas rectangulares que reflejaban la luz como si fueran espejos. De-

lante había una multitud compuesta por personas de todas clases, algunas rezaban el rosario con fervor, y cuando seguí sus miradas, vi reflejada en nueve ventanas a la Bendita Virgen María, que aparecía como cuando aparece un arco iris en un charquito de gasolina. Estaba preciosa y muy llena de amor y gracia, su busto resplandecía a unos diez metros de altura, como si hubiera cogido el arco iris de Noé y lo hubiera modelado con su propia forma.

«Ven —me dijo la Virgen en el sueño—. Ven a este lugar, hermana Maeve, y tendrás tu desenlace. Ten fe. Ven.»

Entonces me senté en la cama, totalmente despierta, sabiendo que Dios me había enviado otra visión, así que, en zapatillas y camisón, anduve de puntillas por los pasillos del convento hasta el dormitorio palaciego de la vieja Cangrejo Gruñona (¡incluso tiene baño propio!), llamé débilmente con los nudillos y entré.

La Madre Superiora roncaba como una osa borracha.

Encendí la lámpara de la mesilla, pero la luz no la despertó, así que le tapé la nariz con una mano y con la otra le tapé la boca. A los quince segundos estaba totalmente despierta, dando manotazos y buscando aire, e incluso dejó escapar una pequeña blasfemia disfrazada de exclamación piadosa.

«¡Por los clavos de… Nuestro Señor Jesucristo! —exclamó, con las pupilas dilatadas. Cuando me vio, entornó los ojos y sacudió la cabeza—. Usted…»

«Mi esposo me envió un mensaje en un sueño», le anuncié susurrando, para no despertar a las demás.

«¿Qué le enseñó mi esposo?», respondió también en voz baja.

«Me enseñó un rebaño de católicos temerosos de Dios, muchos de ellos de piel olivácea, quizá mexicanos, reunidos ante un gran edificio compuesto por grandes…»

«¿Ventanales que reflejaban la luz como espejos?», preguntó, enarcando las cejas.

«Eso es», respondí, y entonces la Madre Superiora y yo esbozamos sonrisas de complicidad.

«*La Virgen María*», dijo la vieja Cangrejo Gruñona, ladeando la cabeza.

«*Se reflejaba en nueve ventanas.*»

«*Como un arco iris en un charquito de gasolina*», dijo la Cangrejo Gruñona.

«*Exacto.*»

«*Mi esposo me estaba mostrando el mismo sueño cuando me ha despertado usted con malos modos.*»

«*Entonces tiene que significar algo.*»

Quizá te burles de toda esta serie de sucesos y digas que son chorradas y supercherías, la expresión con que despreciabas mis creencias, pasiones y sueños, y quizá te preguntes por qué no estábamos más asombradas. Bueno, no era la primera vez que la vieja Cangrejo Gruñona y yo teníamos la misma visión. De hecho, habíamos coincidido docenas de veces, uniéndonos como insólitas gemelas en Cristo. Y la experiencia nos había enseñado que cuando teníamos las visiones debíamos obrar con rapidez.

Te cuento todos mis secretos ahora porque… ¿Por qué no? ¿Para qué me sirven los secretos a estas alturas de la vida?

Y la Cangrejo Gruñona tiene las pinzas suficientemente grandes para espantar a cualquier incrédulo santo Tomás al que pudieras informar de este peculiar don que nos ha concedido Jesucristo.

Fuimos rápidamente al escritorio de la Cangrejo Gruñona, encendimos su nuevo ordenador, moderno y escandalosamente caro (¿Habrá algo que esta mujer no le pida a su hermano? ¿Es que no tiene humildad?), y nos pusimos a buscar imágenes en Internet, operación de la que, debo confesar, no sé absolutamente nada. En un pequeño recuadro de la pantalla escribió una descripción de la visión que habíamos tenido, pulsó un botón que decía BUSCAR, *y no tardamos en ver imágenes de nuestro sueño, exactamente iguales a las que habíamos visto nosotras.*

Encontramos un artículo en el St. Petersburg Times, *titulado «Por la fe de María, una pérdida estremecedora», y por él supimos que lo que habíamos visto en nuestro sueño había sido en tiempos un lugar auténtico, que la Santísima Virgen María se había aparecido en un gigantesco edificio de Clearwater, y que peregrinos de todo el mundo habían ido a rezar allí y a encender velas. Pero también supimos que, en 2004, alguien había disparado cartuchos de perdigones deliberadamente contra las ventanas que reflejaban la cabeza de la Virgen, rompiendo tres cristales y «decapitando» a la Bendita y Santísima Virgen. Y a pesar de los pesares, los creyentes siguen acudiendo en masa al lugar en el que se apareció, aunque en menor número, y rezando las oraciones de los peregrinos.*

La vieja Cangrejo Gruñona y yo cabeceamos con consternación. Los ateos pueden dejarse arrebatar por los demonios más crueles, que son enviados para traer oscuridad a este mundo de una vez para siempre, por eso, a veces, esparcir la luz representa un tremendo esfuerzo.

«¿Qué significa esta visión?», pregunté a la Madre Superiora.

«No estoy segura —dijo—, pero quizá sugiera que debe hacer usted una peregrinación, hermana Maeve, concretamente a este santuario. Quizá Dios haya puesto en marcha algo que atará los cabos sueltos de su vida antes de que se vaya de este mundo. Quizá sea un gran regalo que espera ser abierto.

«¿Cabos sueltos? —pregunté—. ¿Se refiere a mi hijo? Porque él vive en Vermont, no en Florida.»

«Limitémonos a confiar y obedecer», dijo la vieja Cangrejo Gruñona, y me pregunté si todo eso no sería una estratagema para librarse de mí; tal vez me enviaba a Florida para que cayera enferma y muriese allí, fuera de su jurisdicción, y así volver a ser la única monja del convento que tenía una conexión directa con Jesús, la única mujer bendecida con las visiones. La Madre Superiora siempre me ha visto como una amenaza para su autoridad, aunque yo nunca la he desafiado ante las demás hermanas, y créeme, he tenido muchas oportunidades, porque la Madre Superiora es un orgulloso y viejo cangrejo destructor que mete más miedo con sus pinzas que con sus pellizcos.

Pero a pesar de todo, la vieja Cangrejo ya ha hecho la reserva aérea y ha encontrado, no sé cómo, el dinero para costearme el viaje, y además me ha dado un teléfono móvil y planos de Clearwater. He de decir que ha sido sorprendentemente amable y eficiente al respecto, y cuando le pregunté por qué, respondió: «Solo hago lo que mi esposo me ordena».

Y así, Esposo mediante, mañana daré un salto de fe y me iré de peregrinación. Viajaré en avión hasta Tampa Bay y de allí iré a Clearwater para ver a la decapitada Virgen María y buscar una señal.

Ojalá me encontrara contigo en ese lugar sagrado, quizá como peregrino tú también, aunque es posible que te hayas mudado a Florida en busca de un clima más cálido, o que hayas derrotado esos grandes demonios que infestan tu alma y estés haciendo de nuevo lo que fuiste llamado a hacer en este mundo: enseñar, cambiar la vida de los jóvenes, inspirarlos para que hagan las buenas obras que Dios quiere que hagan, empresa que siempre es la más difícil y necesita la guía y el estímulo de profesores con talento como tú.

Tienes un don. Cuando te llevaba en mi vientre, Dios me dijo que estabas destinado a hacer grandes cosas, y cuando te tenía en brazos y miraba tus maravillosos ojos de niño, Jesucristo me susurraba al oído las palabras más tranquilizadoras y hermosas, diciendo: «Este niño tiene un corazón perfecto. Ayudará a muchos. Es un instructor de gentes, igual que yo cuando anduve sobre la tierra».

Y luego creciste y fuiste exactamente lo que Dios me dijo que serías, fue el mejor regalo que he recibido nunca, el obsequio más importante que una madre puede esperar, que su hijo cumpla el objetivo que Dios designó para él.

Tanto si estás enseñando de nuevo como si no, me gustaría verte antes de morir, aunque al parecer, según dice esa joven médica, Kristina, me queda poco tiempo para cumplir este último deseo: cerrar la brecha que nos ha tenido separados durante tanto tiempo, por muy egoísta que eso te parezca.

Así que te envío esta carta esperando lo mejor, y con un océano de amor fluyendo por mis viejas venas.

Quizá te vea en Florida.

Si no, ojalá leas estas palabras y decidas romper tu silencio.

Mi cuerpo terrenal presiente, sin embargo, que esta carta es como tirar una moneda al pozo de los deseos y esperar que ocurra un milagro.

Soy una anciana a las puertas de la muerte, Nathan, y te quiero mucho, más de lo que puedas imaginar. Saliste de mi carne y cuando te mecía en mis brazos siendo pequeño, quedamos unidos eternamente por el amor más puro.

Por favor, responde a esta carta, aunque solo sea para evitarte los remordimientos de no haberte despedido de mí, tu única madre. Escríbeme, o mejor aún, llama y confírmame que estás bien, antes de mi muerte. No me permito esperar tu visita, acariciar tu hermoso rostro con mis manos una última vez. Pero una carta o una llamada telefónica, para recomponer mi corazón de nuevo, quizá fuera un buen principio.

Acabemos con este horrible silencio.

Por favor.

Tu madre que te quiere y te bendice.

18

A mi dulce y bondadoso hijo Nathan.

*Cuando regresé de Florida, la Cangrejo Gruñona me comunicó
que no habías respondido a mi carta. Ni habías llamado por teléfono. Ni escrito ningún correo electrónico. Nada. Me aseguró que
había enviado mis palabras por correo urgente, pero no puedes
confiar en la Cangrejo, porque es más bien tacaña con el dinero
del convento cuando se gasta en cosas que no la benefician a ella.
Le he pedido que en el futuro me dé los recibos que me demues-
tren que ha despachado mis cartas con la urgencia requerida. Así
que en principio hice responsable de tu silencio a la Cangrejo.
Tiene espaldas suficientemente anchas como para cargar con la
responsabilidad. Pero han pasado los días y por estas fechas ya
deberías de haber recibido mi carta, por muy barato que fuera el
medio por el que la envió la Cangrejo, y no la creo tan cruel como
para mentir si no la hubiera enviado. Puede que la Madre Superiora sea una roñica, pero no es una sádica. Así que mi corazón se
ha deprimido un poco, y continuará deprimiéndose cada minuto
que pase sin tener noticias tuyas.*

*Cuando aterricé en Tampa Bay, con el dinero que la Madre
Superiora me había dado, tomé un taxi para que me llevara
directamente al santuario, al edificio en el que se había aparecido la Virgen María. En el taxi, bajé la ventanilla para que el
aire cálido de Florida me acariciase la vieja piel, ¡y me sentí
más sana de lo que me he sentido en muchos años! «La joven
doctora Kristina solo dijo tonterías», pensé, y me permití fan-
tasear con que me reunía contigo en ese lugar sagrado que iba
a visitar. Me pregunté si Dios te lo habría hecho saber o si re-*

presentaría una sorpresa para ti. En cualquiera de ambos casos, veía lágrimas en tus ojos antes de echar a correr hacia mí, y luego nos abrazábamos y decidíamos olvidar todo lo que nos había mantenido separados tanto tiempo. El aire de Florida me embriagaba, iba con los ojos cerrados, soñando contigo, cuando el taxista dijo: «Hemos llegado, hermana» y me dijo lo que le debía.

Pagué con el dinero de la Cangrejo, cogí mi pequeña bolsa y bajé del coche llena de nerviosismo, buscándote, pero no te vi por ningún lado.

El corazón me dio un vuelco, y entonces vi a la Virgen María decapitada. Han reemplazado las ventanas rotas por nuevos cristales de espejo, pero la parte superior de su busto ha desaparecido.

Lloré por la Virgen María, que había obrado este gran milagro solo para que se lo arrojaran a la cara.

Había algunas personas por allí rezando, casi todas de piel olivácea, y una de ellas, un joven, se acercó a mí y dijo: «Para usted, hermana», y me dio un rosario de cuentas de madera. «Dios la bendiga», añadió el joven, movió afirmativamente la cabeza y volvió a un puesto en el que vendían objetos religiosos.

«¡Gracias!», grité, y él me miró por encima del hombro y esbozó una sonrisa santa.

Observé la madera que tenía en las manos: Jesús tallado en cedro, una figura de cinco centímetros clavada en la cruz. Sentí que recuperaba las fuerzas.

Es sorprendente el poder que puede desprenderse de un simple gesto amable.

Recé a la Virgen María, pero no se me apareció, ni tampoco me dio ninguna respuesta.

Cuando llegó el momento de partir, me di cuenta de que no tenía forma de ir al hotel. Estaba tan ansiosa por ver el santuario que había olvidado concertar con un taxista el momento de recogerme. Me puse al lado de la calzada y esperé a que pasara un taxi, pero no veía ninguno por ninguna parte.

«*¿Necesita que la lleven, hermana?*», *dijo alguien a mis espaldas, y al darme la vuelta, vi al muchacho que me había dado el rosario de madera. Antes de que me digas que no debería subir a un coche con un extraño, ¡y normalmente no lo hago!, te diré que aquel hombre tenía bondad en los ojos.*

«*Soy una vieja tonta*», *dije y le expliqué por qué no tenía medio de transporte.*

«*Con mucho gusto la llevaré adonde sea —repuso—. Me llamo Manuel. —Le dije el nombre de mi hotel y añadió—: «No está lejos de aquí».*

Y al poco estaba en una vieja camioneta, mirando la colección de rosarios que colgaba del espejo retrovisor. Había muchísimas tallas de mi marido oscilando, girando y rebotando de un lado a otro.

«*¿Cómo talla unos crucifijos tan pequeños?*», *pregunté.*

«*Con un cuchillo, hermana. Como penitencia.*»

«*¿Penitencia?*»

«*Ahora voy por el buen camino.*»

No era asunto mío la causa de su penitencia, así que dije:

«*¿Siempre lleva en su vehículo a las monjas perdidas?*»

«*No, hermana. Es usted la primera. Es un honor, de veras.*»

«*¿Tiene familia?*», *pregunté.*

«*La Iglesia Católica es mi familia.*»

«*También la mía*», *dije.*

Movió afirmativamente la cabeza.

«*Creí que vería a mi hijo en el santuario, ahí donde me ha recogido. Lo tuve conmigo en mi vida anterior, antes de hacer los votos, claro. Por eso he venido en avión desde Filadelfia, porque esperaba verlo.*»

«*¿Su hijo tenía intención de reunirse con usted, hermana?*»

«*No.*»

«*No lo entiendo.*»

«*Yo esperaba un milagro.*»

Volvió a asentir con la cabeza.

«*¿Cree en los milagros?*», *pregunté.*

«Por supuesto, hermana.»

Sonreí y pregunté: «¿Vive su madre?».

«Murió hace muchos años.»

«¿Estaba con ella cuando murió?»

«Ojalá pudiera decir que sí, pero estaba muy lejos, haciendo cosas vergonzosas. Fue en otra época.»

«Siento que no pudiera despedirse de su madre.»

«Lo lamento todos los días de mi vida», confesó Manuel y, cuando lo miré, vi que hacía grandes esfuerzos por no llorar.

«Hoy estaría orgullosa de usted, por llevar a una vieja monja a su hotel», dije, dándole unas ligeras palmadas en el brazo.

«No es nada —respondió—. Cualquier hombre decente habría hecho lo mismo.»

Cuando llegamos a mi hotel, me dijo que esperase un momento, y rodeó el vehículo para abrirme la puerta, como si fuera un chófer.

«Rezaré para que su hijo aparezca, hermana. Para que Dios reúna a su familia.»

Bajé del coche y, con la bolsa en la mano, me quedé mirando los ojos de Manuel.

Alargué la mano para tocarle la cara y advertí que debajo mismo de las orejas tenía unos tatuajes que había intentado esconder levantándose el cuello de la camisa y poniéndose un pañuelo rojo desteñido alrededor del cuello.

«Usted ha sido mi hijo hoy, Manuel —dije, y le di un beso en la mejilla—. Yo también rezaré por usted. ¡Y las oraciones de las monjas son muy poderosas!»

Los ojos se le llenaron de lágrimas mientras permanecía allí de pie, con una expresión estoica.

«Gracias, hermana», dijo, y se fue.

Puede que Dios me enviara a Manuel en lugar de a mi hijo.

O puede que Manuel fuera un ángel.

Pensé en Hebreos 13,2: «No descuidéis la hospitalidad, pues gracias a ella algunos hospedaron a ángeles sin saberlo».

Una vez dentro del hotel, vi que la Cangrejo me había reservado una habitación desde la que se veía el golfo de México. Tenía un pequeño balcón desde el que se veía casi la mitad de la puesta de sol sobre el agua, que era de un color azul verdoso, y eso es exactamente lo que hice mientras me tomaba con hielo el vodka del minibar, pensando que, si la muerte estaba a punto de llegarme, bien podía dar un repaso al vodka, porque me gustaba mucho antes de ser monja, como sabes.

Pensé en Manuel, pensé en ti y me pregunté si estarías ayudando a la madre de alguien. Deseé poder contarle a la madre de Manuel su buena obra, pues había salvado de su propia estupidez a una vieja monja agonizante. Espero conocerla en el cielo, cosa que puede ocurrir en cualquier momento.

El agua arde en el horizonte con un color naranja, amarillo y rosa, hasta que se traga el sol y las estrellas empiezan a taladrar el cielo. No tenía hambre, pero dejé el minibar sin vodka, aunque solo había unas pocas botellas. Mientras estaba sentada en el balcón, empecé a sentir extraños dolores y pinchazos en el pecho y el estómago. Sacudí la cabeza y me pregunté si la joven doctora no me habría puesto enferma con sus pruebas, su ciencia y su seriedad. Sabía que era una idea estúpida, pero me había sentido bien hasta que me metió en todas esas horribles máquinas y me hizo fotos de las entrañas, antes de darme su experta opinión.

Dejé que me arrullara el rumor del agua lamiendo la playa, quise gozar del olor de la brisa del Golfo, saborear el momento en todo su valor, porque hacía mucho tiempo que no estaba sola en la habitación de un hotel, y aquella noche me las arreglé para encontrarme a gusto.

Las sábanas de hilo y el edredón de la cama de matrimonio eran como las nubes del cielo, habría dado diez vueltas acostada sin llegar al borde del colchón, y caí dormida en cuanto apoyé la cabeza en la almohada.

Soñé con que la Bendita Virgen María se me aparecía allí mismo, en la habitación del hotel. No parecía tener más años que la doctora Kristina.

«Hija mía —dijo la Virgen, sonriendo misteriosamente—. Tienes que volver a casa enseguida.»

«Pero tengo la habitación pagada para tres noches.»

«Lo antes que puedas —insistió—. Vuelve al convento.»

Y desapareció en un abrir y cerrar de ojos.

Cuando desperté por la mañana, estaba sentada en el balcón, ¡con la cabeza apoyada en la mesa y varias botellitas de vodka caídas a mis pies!

¿Anduve en sueños?

Llamé a la Cangrejo enseguida para contarle lo que había visto en sueños.

«La Virgen también me visitó en sueños anoche —dijo la Madre Superiora—. "Confirma el mensaje de Maeve", eso fue todo lo que me dijo. Y he despertado en la cama de usted. Ni siquiera recuerdo haber caminado por el pasillo. Recé dando las gracias porque ninguna de nuestras hermanas me encontró allí.»

«Entonces, ¿qué hago?», pregunté, mirando la luz del sol naciente que danzaba sobre las aguas lejanas, produciendo una especie de chisporroteo.

«¿Ha descubierto algo en el santuario profanado?»

«Nada.»

«No podemos desobedecer a la Santísima Virgen. Volveré a llamarla en quince minutos.»

Cuando el teléfono volvió a sonar, la Cangrejo me había reservado un vuelo a Filadelfia.

Embarqué esa misma noche y vi que mi asiento estaba en la última fila. Inmediatamente antes de que cerraran el avión para despegar, pensaba que iba a tener la fila para mí sola, pero entonces llegó una mujer borracha dando tumbos y se sentó a mi lado. Había consumido demasiado alcohol y ni siquiera podía sostener derecha la cabeza. Era increíble que la hubieran dejado subir al avión.

Al principio me preocupé, pero luego pensé que quizá la mujer tuviera información para mí, que fuera la razón por la que la Virgen María hubiera precipitado mi regreso, la saludé y traté *de entablar conversación con ella, pero enseguida se quedó dormida.*

No pudieron despertarla cuando aterrizamos, así que me quedé atrapada entre la mujer borracha y la ventanilla mientras los demás pasajeros iban saliendo.

Después de todo lo que había pasado, estaba muy cansada. Solo quería encontrarme con la Cangrejo Gruñona y volver al convento... y quizá darme una ducha.

Por fin despertó la borracha y pude salir.

Encontré a la Cangrejo en nuestro viejo coche, haciendo como que leía la Palabra de Dios en hebreo y griego en su iPad, y subí al vehículo.

«Bueno —dijo, ocultándome la pantalla y apagando el aparato—. ¿Ha encontrado alguna pista en el avión?»

«¿Pista?»

«De por qué la Virgen María la aconsejó que volviera a casa antes de tiempo.»

Le hablé de la mujer borracha.

«¡Qué desilusión!», dijo la Cangrejo. A veces tiene muy poca fe.

«Quizá vuelva a saber de esta mujer borracha. Había algo en ella que no soy capaz de definir. Pero tenía algo.»

«Bueno, entonces tendría que haber intercambiado información con ella», dijo la Cangrejo con un tono condescendiente, porque es una mujer altiva, aunque sea hermana en Cristo.

«Ah, pero si lo hice —le expliqué—. Sabe dónde encontrarme.»

«Bueno, vale», admitió la Cangrejo.

«Ya ha comenzado el dolor.»

«¿Es fuerte?»

«Está empeorando —dije—. ¡Si no me hubiera enviado a esa joven y estúpida doctora!»

«¿Es que cree que nuestros actos, los que hacemos o no hacemos, influyen en los planes de Dios, hermana Maeve?»

«Creo que se alegrará de librarse de mí cuando me vaya», repuse mirando por la ventanilla.

«Me moriré de celos.»

«¿De celos? ¿Por qué?»

«Porque estará usted con mi esposo, y yo estaré con monjas que no tienen visiones. Quien no tiene ojos para ver, ni oídos para oír...»

«Ah, pero estará en su pequeño cielo cuando yo me haya ido, y no finja lo contrario —le reproché. Pocos minutos después suspiré y añadí—: No volveré a ver a mi hijo nunca, ¿verdad?»

«Yo no puedo responder por Dios, pero yo sí que voy a verla hasta que se vaya al cielo —replicó la Cangrejo, y por primera vez sentí su solidaridad—. La ayudaré en la transición, tanto si su hijo viene como si no. Estaré a su lado.»

Me pilló con la guardia tan baja que no le di las gracias por su amabilidad, pero se las daré antes de morir, me lo he prometido a mí misma.

Anoche no tuve visiones y me pregunto si volveré a tener más. Siento que la energía me abandona con rapidez y aseguraría que la joven doctora tenía razón, que mi misión en este mundo ha terminado.

Y, sin embargo, tengo una extraña sensación a propósito de la mujer borracha que conocí en el avión.

Era maleducada y detestable, y daba pena, pero también tenía algo más..., algo familiar que no acabo de definir. Quizá porque el cáncer me está comiendo el cerebro. ¿Quién sabe?

Quizás estaba en sus ojos... ¿He dicho algo familiar?

No sabría decirlo.

Así que ahora le diré a la Cangrejo que mande esta carta por correo urgente en cuanto la meta en el sobre. (Y le pediré un recibo como prueba de que ha pagado la tarifa más alta, porque nos estamos quedando sin tiempo.)

¿Sabré algo de ti, hijo mío?

Eso espero.

He llevado una vida buena y muero feliz, y sé adónde iré cuando abandone este mundo, tengo la palabra de mi esposo..., pero saber de ti cerraría el círculo y me permitiría morir totalmente feliz.

Esta es mi última voluntad, hablar contigo solo una vez más.

Por favor, Nathan.

Escribe o llama.

*Tu madre
que te quiere y te bendice.*

19

27 de febrero de 2012

A mi dulce y bondadoso hijo Nathan.

La ciencia y los aparatos de la joven doctora no se equivocaron en sus predicciones, porque ahora estoy casi siempre en la cama, aturdida por los medicamentos, perdiendo peso diariamente, y muchas otras cosas que no quiero contarte... y, sin embargo, el peor dolor de todos es que sigas encerrado en tu misterioso silencio.

Casi cada segundo que paso despierta rezo a mi esposo y le pregunto por qué se niega a responder a mis plegarias. Incluso le pregunto a la Cangrejo, y ella recita las Escrituras y dice frases muy lógicas y tranquilizadoras, pero detrás de su máscara veo que ella también está decepcionada con nuestro común esposo, porque sus respuestas están tan vacías como estarán mis entrañas cuando este horrible cáncer me devore por dentro.

Esto es todo lo que diré sobre lo que tengo que soportar, porque es un pecado regodearse en la desgracia. Siempre debemos contar con nuestras bendiciones, y Dios me ha enviado una que encontrarás especialmente interesante.

¿Recuerdas la mujer borracha del avión que te describí en mi última carta?

¡Bueno, pues me ha escrito!

Recibí su carta apenas una semana después de nuestro casual encuentro.

Empezaba pidiendo disculpas por su estado de embriaguez y también por haberme descrito la anatomía de su marido con todo detalle (al parecer, no estaba muy bien dotado, ¡ja, ja!), todo lo cual me divirtió y fue una bocanada de aire fresco en este clima sofocante en que no dejo de pensar en mi enfermedad y en la falta de noticias de mi único hijo. Una sorpresa maravillosa, recibir esta inesperada misiva.

Pero la carta adquirió un cariz interesante, porque mi joven amiga empezó a hacerme preguntas sobre lo que ella llamaba «destino», que, como sabrás, es la palabra con que los ateos designan a Dios.

«¿Cree en el destino, hermana Maeve?», escribía. «¿Cree que tal vez estemos llamados a hacer algo en nuestra vida y que no encontraremos paz hasta que lo hagamos?»

Lo que describe esta mujer es, evidentemente, una vocación, y preguntar a una monja si cree en la vocación es como preguntarle a un pájaro hambriento si cree en picotear gusanos en la hierba.

Reí y sonreí ante su ingenuidad infantil.

Mateo 18,3: «En verdad os digo que, si no os hiciereis como niños, no entraréis en el reino de los cielos».

Pero luego continuó diciendo que hace muchos años conoció a un hombre que había dejado una profunda huella en su vida, un profesor llamado Nathan Vernon. Quizá yo hubiera oído hablar de él, porque se hizo famoso cuando uno de sus alumnos lo agredió con un bate de béisbol, rompiéndole todos los huesos de brazos y piernas.

Tuve que dejar a un lado la carta y rezar el rosario siete veces.

Luego recé a mi esposo y a la Virgen María para pedirles que perdonaran mis dudas, porque me habían conducido directamente a aquella joven ingenua que me hablaba del destino y de mi propio hijo, sin tener ni la más remota idea de que estaba escribiendo a la madre de su héroe.

Los ojos se me llenaron de lágrimas cuando esta mujer —que se llama Portia Kane, ¿la recuerdas?— describió con gran detalle todas las cosas hermosas que hiciste en el aula y cómo aquellas lecciones habían moldeado, no solo su vida, sino la de muchos más.

El orgullo desmedido es pecado, pero mi corazón se hinchó hasta el doble de su tamaño.

La carta terminaba tratando torpemente de decirme que se sentía llamada a ayudarte de alguna manera, a «resucitarte» y a ayudarte a que regresaras a las aulas, para que puedas seguir haciendo la buena obra para la que Dios te ha designado. (Estas palabras son mías, no suyas, pero muestran sus sentimientos. A ella le faltaba vocabulario para expresarlos adecuadamente.) Portia dijo que admiraba mi convicción —ser monja— y que, aunque su intención de rescatar a su antiguo profesor del instituto podía tomarse por delirante, se sentía como si fuera su obligación dar ese «salto de fe» (fueron sus palabras exactas) y devolverte toda la bondad que le diste a ella hace tantos años.

Toqué la campana que las hermanas me habían dado para que las llamase en caso de necesitar ayuda, y cuando entró la hermana Esther, le pedí que fuera a buscar a la Cangrejo.

«Pero está rezando», dijo la hermana Esther.

«¡Dios está en esta habitación ahora y no en la suya que parece un palacio! ¡Tráela enseguida!»

La Cangrejo apareció unos quince minutos después con cara de juez.

«¿Qué puede ser tan urgente como para que interrumpa mis oraciones?», preguntó.

Levanté la carta de Portia.

«Léala y asómbrese.»

La Cangrejo me miró fijamente con sus ojillos negros, pero finalmente cogió la carta de Portia Kane con sus pinzas, se sentó y comenzó a leer.

«Es de la borracha del avión», dijo la Madre Superiora sin mirarme.

Entonces floreció una sonrisa en su rostro, un gesto maravilloso, como un arco iris al revés. Nunca la había visto tan contenta. Y cuando terminó de leer, se llevó la mano a la boca y rió como una colegiala.

«Hay un número de teléfono», apuntó la Madre Superiora.

Asentí.

«Bien, ¿por qué no llama ya?»

«Quería compartirlo con usted, porque, aunque sea un viejo cangrejo y un incordio, forma parte de esto. Usted me envió al doctor y luego a Florida. ¡Así que tiene que quedarse hasta el final!»

«¿Llamo?», preguntó enseñándome su caro «teléfono inteligente», forrado con un plástico rojo de fantasía, que sin duda le costó un ojo de la cara a su hermano.

Me mordí la lengua y asentí con la cabeza.

Cuando Portia Kane respondió —se notaba que estaba sobria—, percibí enseguida la bondad en su voz, como un rayo de luz atravesando el cristal sucio de una ventana.

Me identifiqué, le dije que había recibido y leído su carta, la invité a visitar el convento y prometí contarle la historia más alucinante que había oído en su vida.

No sé por qué, me advirtió en primer lugar de que ella no era una mujer religiosa, como si yo no lo hubiera deducido ya.

¡Ja!

«¿Y a pesar de todo habla usted del destino? —pregunté—. Bien, a ver qué le parece esto: la mujer con la que casualmente se sentó en el avión es ni más ni menos que la madre del hombre que quiere salvar, su querido profesor de lengua y literatura, Nathan Vernon.»

Tardó unos segundos en procesar la información. Entonces dijo:

«¿Es usted la madre del señor Vernon? Pero ¿cómo? ¡Si es usted monja! ¡Y no tiene el mismo apellido!»

«Él lleva el apellido de su padre, un hombre con el que tuve la inteligencia de no casarme. Venga a visitarme y se lo contaré todo, responderé a todas sus preguntas, pero venga enseguida, porque me estoy muriendo y pronto me habré ido para siempre.»

Llegó al convento menos de tres horas después, se sentó junto a mí —¡saqué fuerzas de ella!— y hablamos hasta bien entrada la noche.

El cariño que te tiene rivaliza con el mío propio.

Resplandece cuando recuerda los detalles de tus clases y el tiempo que pasaste con ella durante sus crisis de adolescente.

Me contó que una vez la dejaste quedarse por la noche en tu apartamento porque estaba histérica y tenía miedo de estar embarazada de un muchacho débil al que estaba intentando salvar a través del sexo. Portia dijo que no tenía amigos ni parientes que la pudieran ayudar. Hablaste con ella, le devolviste la paz y durmió en el sofá de tu salita.

Basándome en lo que me contó, es muy probable que le salvaras la vida.

Otra vez tengo razones para sentirme orgullosa de ti.

Portia va a buscar tu rastro y a visitarte pronto, pero ha accedido a sentarse con esta moribunda unas cuantas veces más antes de ir en busca de mi hijo perdido.

Egoísta como soy, le he pedido a Portia que venga a verme estos últimos días, para contarme más historias sobre mi hijo el profesor y las buenas obras que hizo en su aula.

Jesucristo me ha enviado a Portia y confío en que Él la envíe a ti cuando yo ya no la necesite.

No sé si todavía sigues en Vermont ni si será capaz de localizarte en el futuro, pero por fin me he resignado a no volver a verte en esta vida. Ahora comprendo que todo es como debería ser y me equivoqué al tener dudas.

Portia es una mujer divertida, dice muchos tacos delante de mí, pero se disculpa enseguida. Hay algo en sus ojos que sugiere que quizás ha sido llamada para hacer esto que dice que cree que debe hacer.

Así que voy a permitirle que me regale anécdotas de mi hijo el profesor hasta mi muerte, porque es un gran consuelo, sobre todo ahora que parece seguro que tú no vas a responder.

Estoy agradecida por este extraño regalo que mi esposo me ha dado.

Tu madre
que te quiere y te bendice.

20

6 de marzo de 2012

A mi dulce y bondadoso hijo Nathan.

Estoy dictando mis últimas palabras a la vieja Cangrejo, la Madre Superiora, y por eso esta carta estará escrita con sus patas de mosca y no con mi elegante caligrafía, si al final no se molesta en escribirla a máquina, como le pido que haga. (La Cangrejo me lanza miradas criminales en este momento.)

Voy a morir esta noche, estoy segura. Los fármacos que me inyectan en las venas no me permiten estar muy despejada, y duele incluso pronunciar estas palabras, así que seré breve. Mi esposo me ha dado la energía suficiente para articular estas últimas frases, alabado sea el Señor.

Te quiero. No estoy enfadada contigo por no haber respondido a estas cartas. Quizá ni siquiera las hayas recibido. Quizás el apartado de correos que tengo ya no existe, nadie te guarda el correo, y esta última carta no será leída nunca por tus ojos, pero a pesar de todo la enviaré, porque la esperanza de una madre es infinita.

Dios me ha dicho que Él se ocupará de ti, que todavía no ha terminado tu misión en este mundo.

Y ahí está la esperanza de la Virgen María, que me preparó el encuentro con tu antigua alumna, la señora Portia Kane, que me ha prometido encontrarte y hacer todo lo que pueda para volver a encarrilarte. Le he dado mi crucifijo como prueba de que hemos estado juntas, para que pueda enseñártelo y sepas que hemos estado intercambiando historias sobre ti, mi dulce hijo.

Es una joven ingenua y desorientada que ha sufrido mucho, pero su inesperada compañía ha sido un gran consuelo en estos últimos días de mi vida.

Me alegro de que no estés aquí para verme en este estado ruinoso, susurrando mis últimas palabras a un viejo cangrejo humano cuya caligrafía probablemente será ilegible, porque es difícil sujetar un bolígrafo con una pinza. ¡Ja, ja!

La Cangrejo me lanza otra mirada asesina, así que tengo que dejar de bromear, porque, ahora en serio, ha sido una verdadera amiga cuando más la necesitaba, y he llegado a quererla mucho.

Eres mejor hombre de lo que crees.

Te querré siempre y sé que volveré a verte en el cielo.

Adiós por el momento.

Tu madre
que te quiere y te bendice.

21

8 de marzo de 2012

Señor Nathan Vernon.

El motivo de esta carta es informarle de que su madre ha muerto y ha ido al cielo. Que Dios se apiade de su alma.

Pasó a las manos de Nuestro Señor y Salvador Jesucristo, postrada en su lecho, la noche del 7 de marzo de 2012, casi a medianoche. Le habíamos puesto la medicación intravenosa prescrita, así que no experimentó excesivo dolor.

A petición de la hermana Maeve, se celebrará una misa de difuntos con el féretro cerrado, aquí, en el convento, el miércoles 14 de marzo, a las diez de la mañana. Le envío esta carta urgente y hemos aplazado el entierro todos los días que hemos podido.

He tenido en consideración sus necesidades por respeto a la hermana Maeve, y esa es la única razón, porque, hablando con franqueza, apartar a su propia madre de su vida solo porque intentó consolarlo cuando usted lo necesitaba —aunque utilizara lo que usted considera una lógica retorcida—, fue excesivamente cruel en mi humilde opinión y le causó un sufrimiento innecesario, mucho peor que el que le causó el cáncer. Desde luego, no conozco su versión de las cosas, pero sí sé que ella le quería mucho, con todos sus defectos, y cuando más lo necesitaba, usted no estuvo aquí.

Puede que no recibiera sus cartas y que todo esto no sea más que un malentendido shakesperiano, una tragedia isabelina, si lo prefiere. (Yo también di clases de literatura hace mucho tiempo, en una escuela católica para niñas.) Puede que sea así. Pero estoy casi segura de que no ha habido ningún error, sino que *más bien usted ha sido débil cuando su madre necesitaba que fuera fuerte. Es lo que suele suceder entre hombres y mujeres, y mentiría si dijera que yo nunca he sido débil cuando otros necesitaban que fuera una columna en la que apoyarse. Pero su madre era mi amiga y confidente, así que no soy imparcial.*

Sería decente por su parte estar presente en el funeral; por otro lado, quién sabe si podría ayudarlo a olvidar la paliza que le dio su antiguo alumno y cualquier otra cosa que lo tenga traumatizado.

Y a usted aún le quedan años de vida y, tenga la opinión religiosa que tenga, incluso aunque no tenga ninguna —no se engañe en este punto—, es un gran regalo.

La vida es el mayor regalo que existe.

Mientras haya vida hay una posibilidad.

La mujer que lo trajo a este mundo era muchas cosas: celosa, orgullosa, pendenciera, obstinada y corta de miras, por mencionar solo algunos de sus muchos defectos, pero tenía cierto talento para ver el potencial de la gente, la bondad, si lo prefiere, esa chispa divina que todos llevamos dentro, y que por cualquier razón brilla un poco más fuerte en los afortunados que Dios elige para llevar a cabo Sus inescrutables caminos.

Ella hablaba constantemente de usted, nos hacía rezar a todas día y noche, lo cual seguiremos haciendo, y repetía que Dios lo había llamado, le había dado un don, uno que usted usó durante muchos años para ayudar a los demás, pero que luego dejó a un lado.

Un don es una gran responsabilidad, su madre lo sabía bien, y tales dones a menudo nos obligan a hacer sacrificios, a ser mejores de lo que creemos posible, a dar la cara por otros… Y, aunque emplear dichos dones a menudo hace nuestras vidas más complicadas que las vidas de los que llevan menos carga, nunca somos más desgraciados que cuando dejamos de utilizar nuestro talento.

¿Es usted feliz, señor Vernon?

Si no lo es, ¿cuándo fue la última vez que estuvo satisfecho de sí mismo?

Quizá debería volver a hacer lo último que le proporcionó alegría y dio sentido a su vida.

Deje mis opiniones religiosas a un lado y verá que yo también estoy luchando en el bando de la racionalidad.

Mi más sentido pésame por la pérdida de su madre.

Era una mujer de Dios y una amiga muy querida para mí, por muy difícil que fuera a veces, y créame cuando le digo que la hermana Maeve podía resultar agotadora.

La verdad es que la echaré muchísimo de menos.

Esperamos que pueda asistir a la misa que se celebrará por su alma. Sería usted nuestro invitado de honor.

«¡Es real!», exclamarán al verlo las hermanas que tanto han rezado por usted, porque la incesante charla de su madre sobre su único hijo lo ha dotado de una cualidad mítica.

A pesar de todo lo que he dicho, será bienvenido en Santa Teresa.

Toda la información necesaria, junto con el itinerario a seguir desde el norte, ha sido incluida en la tarjeta adjunta, para su conveniencia.

Además, le ha dejado en herencia su Biblia, junto con su querido álbum de fotos, la mayoría de usted cuando era niño. Si no va a asistir al funeral, por favor, envíeme una dirección a la que poder mandarle estos objetos.

Amor y luz,

Madre Catherine Ebling (alias la Cangrejo Gruñona)

Madre Superiora de las Hermanas de Santa Teresa.

P.D.: Docendo discimus (*latín: «Enseñando aprendemos»*).

CUARTA PARTE

CHUCK BASS

22

No soy escritor. Solo soy un tipo normal, así que pido perdón si lo echo todo a perder. Lo haré lo mejor que pueda. Solo pienso decir la verdad. Dicho esto, creo que mi papel empieza cuando salgo de la fiesta del señor Vernon en el Manor y aparto a Portia de él, debajo del puente. Nunca he visto a una mujer agredir así a un hombre y espero no volver a verlo jamás. Le golpea con los dos puños, gritándole palabras ofensivas. Y solloza y grita que el señor Vernon fue el padre que ella nunca tuvo, y que su madre murió sola por culpa de su egoísmo y la necesidad que alegaba él sobre ayudar a los jóvenes —no eran frases completas, apenas tenían sentido, la cabeza se le iba—, así que la sujeto, porque está fuera de control, y cuando forcejea para liberarse, veo que el señor Vernon tiembla y llora también.

—¡So farsante! —grita Portia, ahora en mis brazos, y comienza a golpearme el pecho con la cabeza para soltarse.

—Lo siento, señora Kane, siento no ser el hombre que esperaba que fuera —dice el señor Vernon con su voz horriblemente triste. Es deprimente, todo lo contrario del profesor que recuerdo. Es una sombra. Hasta yo me doy cuenta. Está acabado. Vacío. Y por mucho que me guste enseñar a los niños ahora, sinceramente no creo que pudiera recuperarme si me agrediera uno de mis alumnos.

Lo comprendo.

Los profesores tienen que creer. Tienes que cuidar, y eso requiere mucho trabajo y esfuerzo. Los profesores necesitan que alguien cuide de ellos de vez en cuando, aunque solo sea un poco. Quien nunca ha enseñado, quizá no lo entienda, pero yo he hecho los cursos de adaptación pedagógica y ahora hago sustituciones regulares, así que por primera vez creo que empiezo a entenderlo.

El señor Vernon nos da la espalda y echa a andar calle arriba, ya está al otro lado del puente.

—¿Adónde va? —grita Portia—. ¿Va a volver a Vermont cojeando?

—¡Deja de humillarlo! —le grito a Portia, y la zarandeo con tanta fuerza que hasta yo me asusto. Le doy media vuelta, la sujeto por los brazos, a la altura de los bíceps, y la miro a los ojos.

Me devuelve la mirada de la misma forma que hace Tommy a veces, cuando está abrumado tras una crisis nerviosa.

—Tengo que hacer algo —le digo a Portia—. Quédate aquí.

La suelto y echo a correr tras el señor Vernon.

—¡Señor Vernon! —grito—. ¡Señor Vernon!

Cuando llego a su altura, se detiene.

Sigue sollozando.

—Señor Vernon, siento hacer esto cuando está tan agitado, pero me odiaré toda la vida si no dedico unos minutos a decirle algo. Soy... soy Chuck Bass. Curso del ochenta y ocho.

Está apoyado en el bastón, temblando, y trata de limpiarse con el dorso de la mano el moco que le sale de la nariz.

No quiere oír lo que tengo que decirle. Solo se ha detenido porque físicamente es incapaz de vencerme; está encogido como un perro apaleado, con la cola entre las piernas, y eso me desgarra por dentro.

No sé si me recuerda o no, pero no importa.

—Siento lo que le ocurrió —digo—. Es inconcebible e injustificable. Y no hay nada que Portia ni yo ni nadie podamos hacer para borrar esa tragedia. *Pero...*

Saco mi carnet de Miembro Oficial de la Raza Humana y se lo pongo delante.

Me mira, sollozando en silencio, esperando el momento de marcharse.

—He llevado esto encima durante más de veinte años porque es el mejor regalo que me han hecho en la vida. Ni siquiera le di las gracias personalmente, porque entonces solo era un adolescente que no sabía hacer las cosas mejor, pero para mí significó mucho. Resumiendo, a los veinte años me hice yonqui. La adicción me obligó a hacer cosas imperdonables que ahora no quiero enumerar, porque estoy profundamente avergonzado de ese período de mi vida. Pero cuando toqué fondo, como suele decirse, y terminé en rehabilitación, tuve un consejero que decía que todos éramos barcas atrapadas en el mar en medio de una tormenta furiosa, y que necesitábamos concentrarnos en una única luz que brillaba a lo lejos, como un faro, y abrirnos camino hasta ella, remando lenta pero firmemente en medio de la tempestad, concentrándonos en la fuente de luz cada vez que barriera las aguas, y no en los bandazos y sacudidas del bote, ni en las espantosas olas que amenazaban con hundirnos en el momento menos pensado, con llevarnos al fondo donde estaban los auténticos monstruos.

»Algunos de los que estaban en rehabilitación utilizaban a sus hijos como faros, otros su profesión, o el hecho de que sus padres se sintieran orgullosos. Yo no tenía profesión, ni hijos ni padres, pero recordaba lo bien que me había sentido en las clases que dio usted el último año, tan bien que he llevado este carnet durante muchos años y lo he leído una y otra vez, siempre que me sentía como una mierda, como si ya no fuera una persona de verdad. Usted me hizo creer que era una persona.

»Así que leía este carnet cada día de rehabilitación y lo convertí en mi faro. Quería ser como usted. Me dije que, si podía desintoxicarme y convertirme en un profesor como el señor Vernon, ayudar a alguien, entonces todo el dolor y el esfuerzo por dejar las drogas habrían valido la pena.

»Hablo demasiado, y no digo las cosas como corresponde, porque no soy tan inteligente como usted, pero quería que supiera que usted ha sido decisivo en mi vida. Usted me salvó. Y quería darle las gracias. Eso es todo. *Gracias*.

El señor Vernon respira con dificultad, y los nudillos del puño que sujeta el bastón se ponen blancos.

Me fulmina con la mirada un rato y luego dice:

—Por favor. Déjeme. *¡En paz!*

Me echa a un lado y sigue andando por la calle con toda la rapidez que le permite la cojera.

Yo me quedo allí sintiéndome un imbécil.

Este es el peor final posible para esta historia. He fantaseado durante años con decirle esto al señor Vernon.

Solía recrear la escena mentalmente, una y otra vez, durante y después de la rehabilitación.

Cuando me doy la vuelta, con los ojos llenos de lágrimas, Portia me está mirando.

—Ve por la camioneta —dice—, porque vamos a ir tras él. Venga.

Llevo enamorado de Portia Kane desde finales de los años ochenta, cuando yo era un huérfano virgen, tímido y torpe que se quedaba embobado cuando ella pasaba por mi lado en el pasillo del Instituto Haddon Township, con esa misma cazadora blanca, con el pelo cardado y una fuerza en la mirada que me atraía y me daba pánico a la vez, así que no necesito que me lo diga dos veces.

Subimos al vehículo, me dirigí al White Horse Pike y vimos al señor Vernon delante de la comisaría de policía.

—Hablémoslo —grita Portia por la ventanilla—. ¿Podemos hablar tranquilamente?

El señor Vernon nos sorprende entrando en la comisaría.

Portia baja de un salto y entra detrás de él, mientras yo estaciono la camioneta. Cuando llego, no veo al señor Vernon por ningún lado y Portia está discutiendo con un amigo mío, Jon Rivers, un joven agente que suele venir por el Manor. Una vez incluso lo ayudé a cerrar un caso sobre drogas, dándole información sobre un traficante que conocía de mis tiempos de yonqui. Jon y yo somos buenos amigos. Me debe unos cuantos favores, así que me alegro de que esta noche esté de servicio.

—¿Conoces a esta mujer, Chuck? —pregunta Jon. Como asiento con la cabeza, añade—: Pues tranquilízala. —Y desaparece por una puerta tras el grueso cristal que separa la sala de espera del resto de la comisaría.

—¿Por qué habrá acudido el señor Vernon a la policía? —pregunta Portia.

—No tengo ni idea —respondo.

A los veinte minutos sale Jon.

—El señor Vernon no quiere hablar con ninguno de vosotros. No presentará denuncia si os vais los dos a casa ahora mismo.

—¿Presentar denuncia? —grita Portia—. ¿Por qué delito?

—Secuestro. Acoso. Y acabáis de golpearlo bajo el puente, ¿no? Eso es agresión —explica Jon—. Escuchad. Volved a casa y dejad a este hombre en paz. Está ahí llorando y jadeando, ¿vale? Sufre un ataque de nervios. Parece que queríais hacer algo bonito por él que terminó no siendo tan bonito para vuestro invitado de honor. No compliquemos las cosas más de lo necesario. ¿Estamos?

—¡No! Todo eso es mentira —dice Portia.

Jon me lanza una mirada que dice: «Hazme caso».

—Gracias, Jon —digo—. Ahora nos vamos. Venga, Portia.

Jon asiente con la cabeza y nos deja solos.

—No lo entiendo. —Portia cabecea en sentido negativo mientras la saco de la comisaría—. Las cosas no tenían que haber salido así. Tenía que ser algo bonito. ¿Qué coño ha pasado?

—¿Volvemos al Manor? —digo cuando entramos en la camioneta—. La gente estará esperando. Y lo más seguro es que estén muy confusos.

—¿Puedes llevarme lejos de aquí? —pregunta Portia.

Su rostro no expresa nada.

Su postura corporal refleja abatimiento.

No tiene buen aspecto.

No sé qué más hacer, así que, tras llamar al Manor y explicar a Lisa que la fiesta ha terminado, llevo a Portia lejos de todas las preguntas confusas y sin respuesta de los antiguos alumnos y de los Miembros Oficiales de la Raza Humana. Una hora después, estamos en el paseo de madera de Ocean City, andando sin rumbo, escuchando las olas que se estrellan contra la orilla, los dos tiritando sin parar.

—Todo esto tiene que estar pasando por alguna razón, ¿no? —dice Portia—. ¿Tú qué opinas?

—¿A qué te refieres? —No sé de qué habla.

—Puede que esta no sea el final de la historia del señor Vernon —dice, y veo que la luz vuelve a sus ojos—. Y quizás es el principio de la nuestra.

—¿La nuestra?

—Nuestra historia.

—¿Tú y yo tenemos una historia? —pregunto, quizá con demasiada precipitación.

Se vuelve para mirarme.

La miro a los ojos, incapaz de creer que haya cambiado de humor tan rápidamente.

—¿Puedo intentar algo? —dice.

—Claro.

—Pues allá va.

Me pone la mano en la nuca, me acerca a su cara y nos besamos.

Con lengua y todo, apasionadamente, y no estoy seguro de si es apropiado o una buena idea, pero Portia no me da tiempo para pensarlo, porque ahora sus manos me recorren la espalda y es como si intentara devorarme y absorberme.

Cuando se aparta para buscar aire, digo:

—¿Qué es todo esto?

—Es nuestro principio, Chuck Bass.

—¿Nuestro principio?

—Sí. Es nuestro principio. Tiene que serlo —vaticina, y echamos a andar cogidos de la mano, y estoy totalmente embriagado de ella y de la brisa marina, fresca y salada.

Terminamos en un motel barato, el Sand Piper, a unas cuatro calles de la playa. Todavía no entiendo qué está pasando, pero nuestra ropa sale volando por la habitación y Portia y yo hacemos el amor por primera vez.

Hay una parte de mí que sabe que no deberíamos hacer esto, que seguramente es sexo resentido. Ella ha sido herida y rechazada por su héroe, el señor Vernon, y si te paras a pensarlo, yo también, por esa persona que en nuestra imaginación había representado la bondad durante más de veinte años, y que ha resultado ser una víctima del mundo en el mejor de los casos y un farsante absoluto en el peor. Es como si en nosotros se hubiera abierto un vacío y estuviéramos tratando de llenarlo, pero el acto sexual termina pronto, y ha sido alucinante y hermoso y triste. Y yo estoy asustado porque sé que para mí no es solo sexo, sino mucho más, y no sé con seguridad qué significa para Portia, que técnicamente sigue casada, si he entendido bien las cosas.

Y cuando me corro y me vacío dentro de ella, en ese momento de plenitud —el orgasmo es, de las cosas que conozco, lo que más se parece a un chute de heroína—, no puedo contenerme y digo:

—Te quiero, Portia Kane. Siempre te he querido.

E inmediatamente deseo no haberlo dicho, porque me siento como un idiota, aunque ella responde susurrando:

—Espero que seas mi hombre bueno, Chuck Bass.

Apoya la cabeza en mi pecho y nos quedamos así, ella respirando, yo acariciándole la larga cabellera castaña, hasta que al final nos dormimos.

Por la mañana nos duchamos, nos vestimos y paseamos por la orilla, cogidos de la mano, escuchando las olas, y hablando de que ambos necesitamos un cambio en nuestras vidas, sin entrar en detalles, sin sacar a colación al señor Vernon, aunque yo no dejo de preguntarme cómo acabaría anoche, y si consiguió suicidarse como, según Portia, quería hacer cuando me llamó desde Nueva York. Yo no había contado a los alumnos que reunimos que el señor Vernon era un suicida en potencia, y no quiero ni pensar lo que dirían si se enterasen de que se había suicidado después del fiasco de nuestra fiesta.

—No crees que el señor Vernon intentara hacerse daño anoche, cuando lo dejamos en la comisaría, ¿verdad? —pregunto a Portia cuando ya no puedo callar más.

—No está en nuestras manos —dice—, al menos de momento. Lo dejamos con la policía. Yo diría que eso nos libera de toda responsabilidad. ¿Qué otra cosa podríamos haber hecho?

Se me ocurre que podríamos haberle conseguido ayuda profesional, quizás hablar con un terapeuta o llamar al teléfono de la esperanza…, pero entiendo lo que Portia quiere decir. Fue a Vermont para hacerle pasar unos días fantásticos en Nueva York. Me cuenta que le salvó la vida en dos ocasiones. ¿Cuántas veces se supone que puedes traer a tu profesor de entre los muertos? Y, sin embargo, no puedo quitarme de encima la sensación de que podríamos haber hecho más.

—Eh —dice Portia, mirándome a los ojos, levantándome la barbilla con el dedo mientras las gaviotas revolotean chillando en el cielo—. Lo intentamos. Y quizás aún no hayamos oído la última palabra del señor Vernon.

No entiendo a qué se refiere con «la última palabra», pero sí que lo intentamos.

Después de comer pizza en Manco & Manco llevo a Portia a la casa de su madre, delante del Acme de Westmont, e inmediatamente antes de que baje de la camioneta con su maravilloso aspecto bronceado, digo:

—Soy consciente de que no te pareceré nada sofisticado pidiéndote esto, pero, por favor, dime que volveré a verte pronto.

Portia sonríe.

—¿Qué te parece esta noche? ¿Estarás por aquí?

—Esta noche tengo a Tommy, pero le encantaría verte.

—Genial —dice—. ¿Tal vez podría asistir a un concierto privado de Dispara con un Pedo?

Sonrío.

Ella me da un beso en los labios y sube los peldaños de la casa de su madre.

—Portia Kane —susurro al salpicadero, saboreando las deliciosas sílabas—. Portia Kane. Portia Kane.

Me alejo de la acera y cuando paso por delante del Crystal Lake Diner, tengo la sensación de haber comenzado algo realmente bueno. Como si me acariciara la calidez del más bello amanecer que veré en mi vida. Tal vez esta sea de verdad la historia de Portia y Chuck, y justo ahora está empezando. ¿De verdad soy tan afortunado?

Y luego pienso en el señor Vernon alejándose de mí cojeando y en que mis palabras no parecieron causarle ningún efecto.

¿Qué haces cuando la persona que más admiras te da la espalda, literalmente?

No estoy seguro.

«¿Cómo demonios terminamos anoche en la comisaría de policía?», pienso cuando paso por delante.

¿Adónde fue el señor Vernon?

Cuando dejo el coche en el aparcamiento que hay frente al Manor, veo el coche de alquiler de Portia y el corazón me da un vuelco, porque me permite llamarla enseguida, oír su voz sin parecer desesperado.

Así que marco su número.

—¿Por qué has tardado tanto en llamarme? —dice Portia—. Le he echado de menos, señor Bass.

Tardo un segundo en responder, de lo contento que estoy, y me vuelvo a sentir como un adolescente.

—¿Olvidaste algo anoche, cerca del Manor?

—Mierda. El coche de alquiler.

—¿Paso a buscarte?

—Por favor.

—En cinco minutos estoy ahí.

Cuelgo y, cuando me miro en el espejo retrovisor, veo a un hombre feliz, más eufórico de lo que ha estado en toda su vida.

23

Tommy se encariña con Portia enseguida, lo que me asusta un poco, aunque Portia es fabulosa con él. Casi hemos prescindido de las relaciones sexuales en nuestras citas durante meses, porque el niño está casi siempre con nosotros, normalmente en medio de los dos, cogiéndonos de la mano.

Lo llevamos al cine, donde vemos todas las películas de dibujos animados que ponen; al Instituto Franklin, para que pueda subirse al inmenso y latiente corazón humano que exponen allí; a la Academia de Ciencias Naturales, para que se maraville del imponente esqueleto de dinosaurio; incluso a Longwood Gardens, para oler las flores de primavera, un lugar en el que nunca creí que Tommy entraría, pero que le ha encantado. En especial los tulipanes porque hay cantidades infinitas… Incluso quiere contarlos, pero se rinde cuando llega a cien. También vamos a ver algunos partidos de los Phillies, en el Citizens Bank Park, cuando mis clientes del Manor me dan alguna entrada como propina, y aunque a ninguno de nosotros nos gusta mucho el béisbol, pasamos un buen rato viendo bailar la mascota de los Phillies, haciendo gansadas para el público y sacudiendo la abultada barriga verde; subimos corriendo los peldaños del Museo de Arte de Filadelfia y luego levantamos la mano en señal de victoria, al estilo de Rocky, antes de comer unos bocadillos de carne y queso en Pat's, en Filadelfia Sur, donde Tommy, con la cara llena de pasta de queso amarillo eléctrico, pregunta inocentemente: «¿Quién es Rocky?», así que ese fin de semana alquilamos la película y Tommy se pasa las semanas exclamando: «¡Eh, Adrian!». Cuando hace buen tiempo vamos a la playa y Portia está preciosa en bikini; en el zoo subimos al globo aerostático, experiencia que me asusta un poco, hasta que Tommy me da la mano porque ve lo nervioso que estoy, y cuando la temperatura pasa de treinta grados, nos metemos en las fuentes, aunque ahora es técnicamente ilegal.

—¿Cómo pueden declarar ilegal una tradición urbana de Filadelfia? —dice Portia mientras se mete en la primera fuente como una delincuente experta. Hacemos todas las cosas que hacen las familias normales los fines de semana en Filadelfia y alrededores.

Portia planea estas aventuras con una regularidad y precisión que ninguno de los dos había conocido nunca, quizá porque nuestros padres eran demasiado pobres, o perezosos o, en el caso de la madre de Portia, mentalmente incapaces, para permitirnos esta clase de vivencias. Es como si tratara de demostrarnos algo a Tommy y a mí, y quizá también a ella misma.

Me digo que debo disfrutar del momento, que debo valorar este sorprendente regalo que ha aparecido por arte de magia justo cuando Tommy y yo más lo necesitábamos, pero toda esta buena suerte no deja de sorprenderme y me pregunto cuándo terminará.

A Tommy le pasa lo mismo, estoy seguro. Siempre abraza a Portia más rato del necesario cuando se despide de ella, y a menudo tengo que quitárselo de encima, una extremidad tras otra.

Al principio Danielle viene con nosotros a alguna de estas excursiones familiares, aunque se muestra distante y se enfada cuando Portia lo paga todo, cosa que entiendo, créanme. Me doy cuenta de que es el siglo XXI, y no soy un sexista cabrón, pero tampoco me gusta que Portia pague, aunque ella insiste en que lo hace para fastidiar a su marido, que por lo visto está forrado de dinero. Pero tras las primeras excursiones, Danielle deja de acompañarnos, alegando que le duelen los pies de tanto trabajar de camarera, o que quiere pasar un rato sola. Portia y yo hablamos con ella en privado, pidiéndole que forme parte de esto. Luego nos planteamos pasar algún tiempo con mi hermana, por turnos, pero ella se niega e inventa excusas poco convincentes. Es como si de repente hubiéramos pillado una enfermedad mortal. Portia se lo toma a mal.

—¿Qué he hecho? —pregunta una y otra vez.

—Mi hermana no está acostumbrada a la amabilidad —insinúo—. Y le resulta difícil confiar en las personas…, sobre todo en las personas que se portan bien con ella. Las ahuyenta antes de que puedan hacerle daño. Es una forma de ser que no tiene nada que ver contigo.

Pero ambos nos sentimos mal, incluso algo culpables por la situación.

Estoy seguro de que el hecho de que Danielle abandone a nuestra nueva familia afecta a Tommy, le crea sentimientos encontrados, aunque nunca dice nada.

Cuando Tommy y yo volvemos a casa después de ver con Portia los fuegos artificiales del Cuatro de Julio en el parque que hay frente al Instituto Collingswood, y el niño dice que lo ha pasado genial y empieza a recitar los estupendos aperitivos que Portia ha llevado para la excursión en una «cesta de madera de verdad» y que hemos comido «sobre una manta en la hierba, como las familias de la tele», mi hermana se limita a comentar:

—Es tarde, Tommy. Deberías haberte acostado hace horas. Y ahora, a cepillarse los dientes, amiguito. —Como el niño parpadea, confundido, ella añade—: Ya me contarás todo lo de la merienda por la mañana.

Tommy parece como si no supiera qué hacer, así que intervengo yo:

—Es hora de cepillarse los dientes. Ya has oído a tu madre.

El pequeño asiente con la cabeza una vez y hace lo que le hemos dicho.

Danielle no tiene un novio fijo y yo estoy perdidamente enamorado. Para ella es duro ser la única de la familia que no está entusiasmada estos días. Así que no hago caso de su hostilidad.

Ella dejó las drogas de la noche a la mañana, sin rehabilitación, y sigue bebiendo alcohol, lo que siempre me ha hecho recelar ligeramente, porque yo necesité mucha ayuda para dejar mi adicción. Para mí el alcohol también es una droga peligrosa, y por eso no bebo. Y temo que el hecho de no pasar por rehabilitación la haga más propensa a recaer en la tentación de consumir otra vez. Pero últimamente se la ve bien, incluso con un trabajo de jornada completa.

Me sirvo una Coca light y me siento en el futón.

Danielle está en el cuarto de baño, preparando a Tommy para acostarse, y oigo que el niño trata de contarle a su madre todo lo que ha pasado esta noche, qué fuegos artificiales le han gustado más, y lo de las banderitas americanas que trajo Portia, y que todo el mundo gritaba «¡USA! ¡USA! ¡USA!», después de los últimos petardos, pero Danielle se limita a darle instrucciones y lo empuja hacia la cama.

Tras leerle un cuento corto, reaparece. Se sirve un vaso largo de Jack Daniel's y se sienta a mi lado.

—¿Quieres ver la tele? —pregunto.

—No eres su padre, lo sabes.

—¿De Tommy? —pregunto, lo cual es una memez, lo admito, porque sé de quién está hablando. Es un comentario raro, porque cuando el verdadero padre de Tommy se fue, mi hermana prácticamente me suplicó que los alojara, y cuando lo hice, me soltó un sermón sobre que yo necesitaba ser el padre de su hijo, porque nosotros no lo tuvimos.

—Os agradezco todo lo que Portia y tú hacéis por él, pero sigue siendo mi hijo —avisa.

—Soy consciente de eso.

—Bien.

—¿Qué piensas de Portia y de mí? —pregunto—. Sinceramente.

Danielle mira la bebida que tiene en las manos.

—Ya sabes que sigue casada. Podría volver a Florida con su marido el ricachón.

—Eso es lo que más temo.

—Tú has preguntado.

—Entonces, ¿no confías en ella?

Niega con la cabeza.

—No confío en nadie. ¿Recuerdas?

—¿Confías en mí?

—Quizás en un ochenta por ciento.

—¿Qué? —digo, y me echo a reír—. ¿Desconfías de mí el veinte por ciento del tiempo?

—Ochenta por ciento es lo máximo que he confiado nunca en alguien. Puedes estar orgulloso.

—¿Cuánto confías en Portia?

—Cinco por ciento. Como mucho.

El estómago me da un vuelco.

—¿Así que crees que me va a hacer daño?

—Todo el mundo te hace daño al final, hermano. —Danielle da un sorbo al whisky—. ¿Puedes dejarme las llaves? Me vendría bien conducir un rato.

—¿Adónde vas?

—Solo quiero salir para despejarme la cabeza.

—¿Estás bien para conducir?

—¿Quieres que ande en línea recta, agente Bass, o que diga el abecedario al revés? —Me sonríe a su manera maravillosamente sarcástica, propia de una hermana menor—. Una vuelta por la ciudad es mejor que un Jack Daniel's. No tardaré mucho.

—Vale —digo, le doy las llaves y se va.

Recojo su vaso de whisky, casi sin probar, y lo vacío en el fregadero. Cerca de un minuto después oigo:

—¿Tío Chuck?

Me doy media vuelta y veo a Tommy con el pijama, con la cara tapada por mi vieja máscara de Quiet Riot, lo que significa que está llorando y no quiere que lo vea.

—¿Has tenido otra pesadilla?

Asiente con la cabeza.

—¿Adónde ha ido mamá?

—A dar una vuelta —respondo.

El niño salta a mis brazos y siento su corazoncito latiendo muy aprisa, lo cual me recuerda todas las noches que pasé solo en la cama cuando tenía su edad, temblando, esperando que mi madre o uno de los gilipollas que tenía por novios no entrara en la habitación que compartía con Danielle.

—¿Podemos ver tu DVD de *Carnival of sins*, de Mötley Crüe? —Le encanta ver ese concierto, y su madre dice a veces, según su humor, que es demasiado joven para ver conciertos de *metal*, sobre todo desde que en el escenario hay mujeres vestidas como *strippers* acompañando a la banda. Danielle y Tommy me regalaron el DVD por Navidad, y Tommy y yo solemos verlo cuando ella no está presente.

—Claro —digo, porque hago cualquier cosa para ayudar al niño a olvidar sus pesadillas.

Le dejo sitio en el futón y paso a toda prisa el principio, donde dos *strippers* simulan un acto sexual, mientras pienso que debo de ser un horroroso modelo de conducta para el niño por ponerlo a una edad tan temprana a merced de la música *metal* de los ochenta, y de pronto Mötley Crüe está tocando *Shout at the Devil*, mientras detrás del grupo explotan columnas de fuego, marcando el ritmo.

Tommy levanta la mano haciendo cuernos durante la primera canción, pero luego se quita la máscara de Quiet Riot y apoya la cabeza en mi pecho.

Se queda dormido antes de que termine *On with the show*, mi canción favorita de Crüe desde siempre.

Detengo el DVD y llevo a Tommy a su cuarto.

Cuando está bajo la sábana, cuelgo la máscara de Quiet Riot en el clavo, sobre el cabecero, para protegerlo de las pesadillas.

Lo veo respirar durante un rato y pienso que no hay nada que no haría por este pequeño…, nada en absoluto.

Y luego me arrastro hacia mi propia cama, que está en el otro lado de la habitación, y me pregunto a dónde puede haber ido Danielle.

Me despierta una carcajada y, cuando mi cerebro se pone a trabajar, oigo a Danielle en la salita con un hombre.

Ponen en el tocadiscos la cara B de *Lies*, de Guns N' Roses, y aunque reconozco que es una de las mejores caras B que se pueden poner de noche después de una fiesta, «Patience» suena tan alto que podría despertar a todo el jodido barrio.

—¿Qué pasa? —dice Tommy.

—Nada —digo, mirando la pantalla del teléfono móvil: las cinco menos cuarto—. Quédate aquí —añado.

Enciendo la luz para que Tommy no pase miedo y luego cierro la puerta a mis espaldas.

En la salita, mi hermana está bailando abrazada a un tipo que lleva una camiseta ceñida de «Anarchy in the UK» de los Sex Pistols. Tiene todo el pelo de punta, un collar de perro al cuello y los brazos cubiertos de tatuajes oscuros, que escaneo por instinto en busca de marcas, ya que el antiguo yonqui que hay en mí se pregunta qué estará escondiendo este tío.

—¿Quién eres? —dice cuando me ve.

Danielle se echa a reír.

—Solo es mi hermano Chuck. Chuck Cabrón, así le llamo yo. —Es mentira. No me ha llamado así en toda su vida. Arrastra ligeramente las palabras y se sujeta a Johnny Rotten para no caerse porque está borracha—. ¡Chucky Cabrón! —añade, y ríe sin poder contenerse.

Me dirijo a Johnny Rotten.

—Su hijo está ahí atrás, tratando de dormir.

—¿Te refieres a él? —dice Johnny Rotten señalando con su larga perilla, bajo la cual se distingue una cicatriz blanca.

Me doy la vuelta y veo a Tommy mirando con los ojos abiertos de par en par.

—Vuelve a la cama, Tommy —digo—. Todo va bien.

—¿Quién es ese? —pregunta él.

—¡Ven aquí, Tom-my! —dice Danielle, abriendo los brazos—. Puedes quedarte despierto toda la noche si me das un abrazo y un beso.

Johnny Rotten ríe y Tommy me mira asustado.

—Solo está borracha —le susurro—. Mañana estará bien.

—Solo estoy *contenta* —dice Danielle— y eso no es un crimen.

Quiere avanzar hacia mí, pero tropieza y se cae de bruces.

Johnny Rotten corre hacia ella.

—Ah, ah —dice Danielle, y cuando se sienta en el suelo veo que su mano y su nariz están rojas.

—¡Mami! —exclama Tommy.

—Tranquilo —le digo, ayudando a Danielle a levantarse.

En el tocadiscos, que sigue a todo volumen, Guns N' Roses tocan ahora *Used to love her*.

—¡Me haces cosquillas! —chilla Danielle cuando le pongo la mano bajo la axila.

Johnny Rotten dice:

—Quizá deberíamos acostarla.

—No me digas.

—Puedes irte a casa, tío —replica—. Ya me ocupo yo de esto.

—Esta es mi casa.

—Ah. —Johnny Rotten parece sinceramente sorprendido—. Así que ellos viven contigo.

—Sí, es como un superhéroe, aquí mi hermano —farfulla Danielle—. Le gusta salvar a gente como Tommy y como yo. El mejor chico que puedas conocer. Chuck Bass. Imposible no quererlo.

—Vale ya, borracha —digo—. Vamos a tu habitación.

—Te quiero mucho, hermano mayor. De veras que sí.

El niño me mira y es evidente que le asusta ver a su madre en aquel estado de embriaguez.

—Tommy, ve a nuestro cuarto —digo—. Yo iré enseguida, te lo prometo.

Me hace caso, aunque Danielle grita:

—¡No! ¡Quedémonos despiertos toda la noche!

Johnny Rotten y yo llevamos a Danielle a su cama y luego digo:

—Ya me ocupo yo a partir de ahora. Gracias.

—¿Estás seguro?

—Claro —respondo, acompañándolo a la puerta.

Cuando vuelvo al dormitorio de mi hermana, Danielle está boca arriba, riendo y con un puñado de pañuelos manchados de sangre en la nariz.

—Por favor, dime que no has venido con el coche —le digo.

—Tranquilo. Hemos estado bebiendo en el Manor. Lisa le dijo que me acompañara a casa *andando* —informa, y rompe a reír—. Pero me gusta. Es muy mono. ¿No te has fijado en su bragueta? Tiene un paquete de miedo.

—Tienes que dormir la mona, Danielle.

Le llevo agua y luego vuelvo con Tommy, que está más blanco que la sábana que le cubre las piernas y el torso.

—No me ha gustado ese tipo —me dice.

—A mí tampoco —contesto, preguntándome qué le habría pasado a Danielle, borracha, si yo no hubiera estado allí para meterla en la cama y poner a su acompañante en la calle.

Por supuesto, mi hermana vuelve a ver a nuestro hombre y lo convierte en su novio habitual. El auténtico nombre de Johnny Rotten es Randall Street, que a mí me parece el más necio del mundo.

Tommy nos dice en varias ocasiones a Portia y a mí que no le gusta Johnny Rotten, y nosotros no sabemos qué contestarle, porque Danielle parece feliz, aunque distante. Le pido que salgamos los cuatro juntos, para conocer mejor a Johnny Rotten y disipar dudas, pero Danielle se ríe y dice:

—Nuestras parejas son de planetas diferentes. Mejor no empecemos una guerra intergaláctica, ¿quieres?

—¿A qué te refieres?

—Tú eres feliz. Yo soy feliz. No abusemos de la suerte. Sé feliz con Portia y pasa de nosotros. Estoy bien. Ya has hecho bastante por mí, hermano mayor.

La verdad es que, aunque quiero a mi hermana, porque la quiero de verdad, ayudarla económica y emocionalmente ha sido agotador. El respiro que me da Johnny Rotten es, en cierto modo, un alivio.

Y así, cuando Portia alquila un piso en Collingswood, un apartamento de dos habitaciones en la avenida Haddon, encima de una floristería, voy trasladando poco a poco todas mis cosas allí. Ha instalado un pequeño sofá en su despacho, para Tommy, para que pueda dormir en él cuando Danielle nos pida que lo cuidemos, cosa que hace a menudo. Aunque sigo pagando el alquiler de la vivienda de Oaklyn, Tommy me cuenta que Johnny Rotten cada vez pasa más y más tiempo en ella.

A Tommy no le gusta ir saltando de un apartamento a otro, pero ya se acostumbrará, y también al nuevo novio de Danielle, que parece un buen tipo, por lo que he visto hasta ahora. Si hace feliz a mi hermana, bueno, pues lo acepto y en paz. Así que le digo a Tommy:

—Búscale las cosas buenas a Johnny. Puede que te sorprenda.

Portia está escribiendo una novela. A eso se dedica todo el día.

Nunca había conocido a nadie que escribiese novelas, y ahora resulta que mi novia es escritora a tiempo completo, y he de admitir que me enorgullece. Tiene mucho encanto, aunque nadie le pague por escribir, es algo que hace ella sola en una habitación. Ella dice que buscará un agente cuando la termine y que ese agente colocará el libro en una gran editorial de Nueva York, «una de verdad», dice siempre. Lee libros sobre cómo se hace y chatea con muchos otros escritores por Internet, lo que le da esperanzas.

Trabaja con la puerta cerrada y tapa la pantalla del ordenador con las manos cada vez que llamo y asomo la cabeza. Dice que no puede hablar de su libro porque la charla le robaría la energía creativa que necesita para escribir; a mí eso me suena un poco a falso, pero qué sé yo. Incluso se pone su gorra de la suerte para escribir; una gorra rosa de los Phillies que le dieron gratis en el estadio, la noche de las mujeres, cuando uno de mis clientes nos dio unas entradas de propina. Escribir le hace tan feliz, parece tan dispuesta y animada, que a lo mejor ni siquiera importa lo que se pone ni lo que escribe en esa habitación. Por lo que a mí respecta, todo está bien.

Ya entrada la noche, después de haberse tomado unas copas, me cuenta que decidió escribir una novela estando en la clase del señor Vernon, y que el mundo destruyó la convicción de que podía hacerlo.

—¿Cómo ocurren esas cosas? —dice—. No puedes mirar atrás y encontrar el momento exacto en que renunciaste a tus sueños. Es como si alguien robara toda la sal de tu cocina, grano a grano. No te das cuenta durante meses, es más, cuando ves que te queda poca, sigues creyendo que te quedan miles de granos y luego, bum, nada de sal.

A veces cuando habla así, me siento estúpido, porque yo no pienso en el mundo de la misma forma que ella, pero como la quiero, le digo que sí y le doy la razón. Me siento totalmente perdido cuando pregunta qué opino de esto o aquello, y no se me ocurre nada que decir.

Pero a ella no parece importarle. Portia dice que la escucho y que «no menosprecio sus sueños». Nunca habla de su marido de manera directa, es un tema tabú, pero he sido capaz de deducir que la hacía sentirse estúpida, pequeña y débil.

Parece ser que cuando estuvieron en Nueva York, le dijo al señor Vernon que publicaría una novela y que se la dedicaría a él, y ahora cree que si puede mantener esa promesa, quizás el señor Vernon encuentre el libro, lea la dedicatoria, y, después de todo, hasta logre salvarlo.

Esa es su gran esperanza ahora.

El último plan de Portia Kane para salvar a nuestro viejo profesor.

Pedimos información sobre el señor Vernon al Departamento de Policía de Oaklyn, pero la ley no permite que nos la den, o eso dijeron.

Una noche, ya muy tarde, cuando solo estábamos Jon y yo en el bar, mi amigo el policía admitió finalmente, después de zamparse cuatro o cinco jarras, que había llevado al señor Vernon a la estación del Amtrak de Filadelfia, y que eso fue lo último que supo de él. Como nuestro antiguo profesor no había cometido ningún delito, ni siquiera le habían pedido sus datos.

—Joder, Chuck, es muy duro ver a un hombre adulto llorando como él lloraba aquella noche —dijo Jon, mirando su jarra de rubia Budweiser—. Mierda. En especial después de todo lo que le pasó. Así que lo llevé al otro lado del puente en el coche patrulla. Es lo que cualquier persona decente habría hecho. Tú habrías hecho lo mismo.

Portia y yo habíamos buscado en Google muchas veces el nombre de nuestro viejo profesor, esperando ver «señor Nathan Vernon» en el listado de profesores de algún instituto, o al menos encontrar alguna prueba de que seguía vivo y que no llegó a consumar el pacto de suicidio que había hecho con su perro, según lo que dice Portia, cosa que suena muy rara. Portia asegura que el perro del señor Vernon cumplió con su parte del trato saltando por la ventana de un segundo piso, por increíble que parezca.

En el registro de la propiedad averiguamos que había vendido su casa de Vermont, así que ni siquiera podemos ir allí a buscarlo.

Pero en Internet no sale su nombre por ninguna parte, solo referencias a su época de profesor en el HTHS y a que fue agredido por Edmond Atherton hace años.

Es un consuelo que tampoco encontremos referencias a su muerte. Portia dice que habría alguna notificación oficial, una necrológica o una lista.

Ella siempre es tan optimista cuando lo dice, que nunca hablo del hecho de que mucha gente muere en este país todos los días sin que su nombre salga en los medios de comunicación. Pregunta a cualquier yonqui que haya pasado tiempo en las calles, donde los apellidos no importan y la gente se desvanece en el aire casi cada hora. Por lo que supo Portia gracias a la madre del profesor, la monja ya fallecida, el señor Vernon no tenía parientes vivos que pagaran por poner una necrológica en un periódico. También cabe la posibilidad de que se suicidara en un lugar remoto y desolado, y que su cadáver no se haya encontrado, o que muriera en algún callejón de un barrio pobre de cualquier ciudad.

Pero mientras oigo a Portia teclear en el ordenador, a menudo hasta bien entrada la noche, sé exactamente cuál es el combustible que impulsa la redacción de su novela, así que me guardo mis oscuros pensamientos para mí.

Quiero conservar la armonía que tenemos todo el tiempo que pueda. Mi vida nunca ha sido mejor.

24

Además de atender en la barra del Manor y de llevar a Tommy a distintos lugares con Portia, paso el verano enviando solicitudes y presentándome a entrevistas para que me den un puesto de maestro de primaria. Lo que tengo a favor es que soy un hombre que se presenta a trabajos casi siempre ocupados por mujeres, así que soy un poco una novedad. Lo que tengo en contra es que tengo cuarenta y dos años y poca experiencia en la enseñanza.

Mi currículo está prácticamente en blanco.

Esto es lo que tengo para enseñar: encarecidas cartas de recomendación de mis profesores de la Universidad y de los tutores y el director del centro en que hice el curso de adaptación pedagógica, una carpeta con material de mis alumnos llena de dibujos infantiles en los que aparezco como un supereducador, y redacciones de niños de seis años que a menudo me proclaman el «profesor número uno del mundo». Esta es una cita literal del puño y letra de Owen Hammond, que incluyo orgullosamente porque tardamos dos meses de dedicación y prácticas incesantes en conseguir que el pequeño dejara de escribir las eses al revés; fue uno de los mayores logros de toda mi vida, si se me permite decirlo.

Todo esto está muy bien, pero las entrevistas llegan inevitablemente a la incómoda parte en que me preguntan qué hice entre los veinte y los treinta años. No tengo una respuesta adecuada, porque cuando se trata de elegir modelos de conducta para los niños, no se suele contratar a hombres cuya única ocupación diaria ha sido inyectarse heroína. No puedo describir las muchas noches que pasé detrás de un contenedor de basura con una aguja clavada en el brazo, ni los momentos en que el mono era tan fuerte que robaba dinero y joyas en las casas. Hay docenas de noches que ni siquiera recuerdo. Que nunca me detuvieran es algo que no entiendo. Así que cuando llegamos a esa parte de la entrevista, suelo responder con alguna vaguedad, como que trataba de encontrarme a mí mismo o que la mía fue una vocación tardía, y luego me encojo de hombros y río cordialmente. Los entrevistadores nunca secundan mi risa y este verano ya me han rechazado en seis centros.

He ampliado mi radio de acción en noventa minutos de trayecto para aumentar las posibilidades, mientras doy batidas por Internet en busca de puestos de trabajo, para que nadie pueda acusarme de falta de interés. Portia no deja de decir que ya saldrá algo, que está totalmente segura de eso, lo que por un lado me anima, porque ella sabe mucho, y por otro me irrita, porque si puede mostrarse despreocupada porque yo no tenga un trabajo de verdad, ni seguro médico, ni patrimonio de ninguna clase, es gracias al dinero de su marido. Por qué no ha roto ya conmigo es el mayor misterio de mi vida.

De vez en cuando le pregunto si no le parece extraño que estemos viviendo juntos tan felices, haciendo el amor de forma regular, saludable y excitante, cuando ella técnicamente sigue casada con otro hombre.

Siempre se echa a reír y dice:

—No te preocupes por él, es un gilipollas.

Y cuando trato de presionarla, para que me diga cuándo va a pedir el divorcio, responde invariablemente:

—¿No te lo estás pasando bien? —Lo que deja en el aire la impresión de que le estoy metiendo prisa, pero también de que ella está jugando a estar enamorada, y eso es lo que más temo. Pero me sigo diciendo que he de dejar que las cosas se desarrollen a su ritmo, aunque si alguna vez nos dejara Portia, lo sentiría por Tommy. No estoy seguro de que mi sobrino pudiera soportarlo.

También me preocupa que el interminable flujo de dinero al que Portia tiene acceso se seque y nos quedemos sin posibilidades de pagar las facturas, pero sé que no es asunto mío preguntar por su situación, sobre todo porque no me cobra alquiler, lo que me permite seguir pagando el piso de Danielle y Tommy.

Si consigo un auténtico empleo de maestro, entonces hablaré seriamente con ella de dinero y de nuestro futuro juntos. ¿Cómo voy a sacar a colación el tema del dinero cuando estoy contribuyendo tan poco?

Mi padrino de Drogadictos Anónimos vive ahora en Carolina del Sur, pero seguimos hablando por teléfono regularmente. Se llama Kirk

Avery y tiene veinte años más que yo. Cuando accedió a ser mi padrino, pensé que me daría toda clase de consejos, como un mentor que enseña el sentido de la vida. Creo que en secreto esperaba que fuera como el señor Miyagi de la película *Karate kid*, un padre espiritual que me revelaría antiguos secretos y me enseñaría a resolver todos mis problemas, me daría un coche de época estupendo, les patearía el culo a todos mis enemigos e incluso me permitiría ligar con la tía más atractiva de los alrededores. Pero resultó que Kirk era solo un americano normal al que le gustaba la pesca de altura y pintar pequeños cuadros de cosas que podían encontrarse en cualquier domicilio —una tostadora, un frasco de lavavajillas, un calzador o un rollo de papel higiénico— y que luego colgaba en su página web para venderlos. Como si fuera Andy Warhol, con la diferencia de que es el tipo más corriente del mundo. Trabajaba de contable, pero se ha jubilado hace poco. Y la verdad es que nunca me ha dado ningún consejo. Se limita a coger el teléfono cuando lo llamo, tal como prometió cuando nos conocimos.

—Esa es mi responsabilidad —dijo—. Responder siempre que marques mi número. Y es lo más importante que puede hacer un padrino.

Cuando lo dijo pensé que estaba loco, porque sonaba ridículo. ¿Cómo es posible que coger el teléfono sea algo importante? Pronto aprendí lo trascendental que era, cuando empecé a llamarlo a todas horas por la noche porque quería una dosis y mi vida estaba destrozada. Él se quedaba despierto, escuchándome parlotear una y otra vez sobre toda la estúpida mierda que me irritaba y me preocupaba. Y mis monólogos eran tan largos que a veces me detenía para preguntar:

—¿Sigue usted ahí?

Y él respondía:

—Por siempre jamás.

Al principio no lo entendía, pero ahora, al recordarlo, me he dado cuenta de que Kirk Avery es de esa extraña clase de hombres que cumple sus promesas, y yo necesitaba a alguien así en mi vida mucho más de lo que creía.

Cada Navidad me envía un cuadro de diez centímetros de lado y los tengo colgados en casa de Portia, que ahora es también la mía, encima de mi cómoda. Son objetos captados al azar: un matamoscas, un sacacorchos, un enchufe eléctrico, cosas que una mujer difícilmente aceptaría colgar en su casa. Pero cuando le expliqué que eran de mi padrino en Drogadictos Anónimos, y que solo mirar esos pequeños cuadros me ayudaba a mantenerme en el buen camino, por decirlo de alguna manera, ella respondió inmediatamente que los colgara donde más me gustase mirarlos. Escogí el dormitorio, porque las noches a veces son malas. Estas pequeñas pinturas son para mí un poco como la máscara de Quiet Riot para Tommy. Lo que importa no es lo que hay pintado, sino que esos pequeños objetos de arte han llegado y siguen llegando con una regularidad que yo no había creído que existiera en mi vida. Me gusta contarlos en medio de la noche, como los anillos del tronco de un árbol, sabiendo que llevo limpio un año por cada cuadrito, y que Kirk Avery ha sido testigo de que he dado otra vuelta alrededor del sol sin tocar las drogas.

Hay once cuadros en mi pared.

Me han pedido que yo también apadrine a alguien, pero todavía no he aceptado esa responsabilidad. No creía poder hacerlo porque mi desenganche era muy reciente, pero entonces llegó Tommy, e inmediatamente quise darle todo lo que tenía: lo mejor de mí.

A veces me pregunto si no seré algo así como el padrino de mi sobrino, aunque él no sea un adicto y espero que nunca lo sea.

Es un día de mediados de agosto, demasiado caluroso para estar en la calle, y Portia se encuentra en su despacho, tecleando, como siempre, así que decido llamar a Kirk Avery porque hace varios meses que no hablo con él.

—Señor Chuck Bass —responde sin decir «hola», porque mi nombre aparece en la pantalla de su móvil, y recuerdo la época en que lo llamaba desde teléfonos de pago, con los bolsillos de los vaqueros llenos de monedas de plata, cada una equivalente a varios minutos de conversación, época en que ninguno de los dos tenía teléfono móvil—. Dígame que sigue limpio y sobrio.

—Sigo —respondo—. Al ciento por ciento.

—Enhorabuena, amigo mío. Eso significa que los dos seguimos viviendo con la mente bien despierta.

—¿Cómo está?

—Bien —responde, como siempre, y he pasado muchas noches despierto y pensando en que Kirk Avery raramente cuenta algún detalle de su vida privada. Me hablará de algún pez con el que ha «peleado», horas y horas enrollando y desenrollando el sedal, o de cuántos cuadros ha vendido últimamente por Internet, pero nada más. Quizá forme parte del papel de padrino, eso de ocuparse de mí y no de él, pero es extraño lo mucho que me preocupo por Kirk cuando sé tan poco de su persona—. ¿Qué ocurre? —pregunta.

Es la señal para que empiece a contarle lo que me pasa por la cabeza, para llegar al motivo de la llamada. Antes me molestaba lo directo que era conmigo, pero he aprendido a valorar esa eficiencia.

Así que le hablo de la despreocupada actitud de Portia en relación con su marido y de que no consigo encontrar un trabajo de maestro, aunque oficialmente me gradué el pasado diciembre y ahora tengo en el bolsillo seis meses de experiencia como suplente, seis meses durante los que he besado el culo a todo burócrata que se me ponía por delante; pero en las entrevistas siempre preguntan por el pasado.

—Es decir, que te obligan a poner toda la historia de tu vida en un trozo de papel.

—Aproveche eso en beneficio suyo —dice Kirk.

—¿Cómo?

—Venció a la heroína. Si pudo hacer eso, puede hacer cualquier cosa.

—¿Quiere que diga que fui adicto?

—¿No lleva más de diez años asistiendo a las reuniones de Drogadictos Anónimos?

—Sí, pero es diferente cuando te contratan para trabajar con niños. Les da miedo.

—Yo preferiría que a mi hijo o hija le enseñara un adicto reformado y sincero a que les diera clases un embustero con un oscuro pasado del que tiene miedo de hablar.

Entiendo a qué se refiere, pero él no sabe lo que es sentarse en esos despachos, en el extremo de una larga mesa, y ser acribillado a preguntas.

—¿Cómo está Tommy? —pregunta, cambiando de tercio antes de que yo termine de hablar, lo que no es típico de él.

Le cuento que a Tommy no le gusta el nuevo novio de Danielle, al que yo realmente conozco poco.

—Parece un buen tipo, pero tiene unos tatuajes oscuros en los brazos que impiden ver si ocultan marcas de pinchazos. Pero Danielle parece estar bien últimamente, así que no sé. Tommy está bien.

—Recuerde —dice— que lo que más necesita es mantenerse limpio usted. No puede ser el guardián de su hermana durante toda la vida.

—Sabe, a veces me siento culpable, porque esta nueva vida con Portia... es el cielo.

—No le dé demasiadas vueltas. Deje que sea el cielo —replica, casi al estilo del señor Miyagi.

Y me pregunto si puede ser tan fácil disfrutar de Portia sin preocuparme demasiado por Danielle, por Tommy, por el estado civil de Portia y por cómo ve el resto del mundo mi cuenta corriente.

—Eh —prosigue Kirk—, se ha ganado su sobriedad, ha peleado duro por ella, limpiamente, y eso es más de lo que mucha gente puede decir. No se avergüence de lo que ha conseguido. ¿Cree que a Tommy le importa que haya sido un adicto?

Me pregunto qué pensará el hombrecito cuando sea lo bastante mayor para entender lo que eso significa, lo bajo que llegué a caer, y a veces también temo que ocurra. Pero ya he abusado demasiado del tiempo de Kirk, así que no digo nada.

—¿Ha sabido algo más de aquel profesor de ustedes, el que se fue de la fiesta? —pregunta.

—No —respondo, avergonzado otra vez pese a todo.

—Quizá se entere de algo un día de estos.

—No lo sé.

—La vida es extraña, Chuck. A veces la gente te sorprende. Y no deje que nadie lo convenza de lo contrario.

—Gracias —digo, aunque la mención del señor Vernon me hace sentir aún peor en relación con todo. Luego añado—: Espero que pesque algún pez grande y venda toneladas de cuadros este mes.

Se ríe.

—¡Ojalá! ¿Está bien?

—Sí —digo, aunque tampoco estoy tan bien, y luego nos despedimos y colgamos.

Como siempre, pienso en un millón de cosas que podría haberle preguntado al misterioso Kirk Avery si hubiera tenido valor, pero quizá sea porque no quiero correr el riesgo de estropear nuestra estupenda relación. No quiero arrastrarlo a oscuros rincones de su mente que lo obliguen a pensárselo dos veces antes de responder una llamada mía.

Él ha sido mi única constante desde que dejé la heroína, y una constante es algo muy poderoso.

Paso el resto del día oyendo los dedos de Portia en el teclado del ordenador y el zumbido uniforme de los auriculares con que escucha la música clásica que le gusta. Está obsesionada por un violonchelista llamado Yo-Yo Ma.

Me pregunto si todo su trabajo ayudará realmente al señor Vernon en el futuro. Espero que sí, desde luego, pero también me preocupa que Portia sea capaz de ayudar al señor Vernon como yo nunca podría, y aunque me doy cuenta de que es mezquino ser tan competitivo con la mujer que amo, también es duro imaginar que ella tiene éxito mientras yo sigo fracasando.

Su determinación y su fe en su talento dan un poco de miedo, eso sí que puedo reconocerlo.

25

Poco antes de finalizar agosto, cuando ya he abandonado todas mis esperanzas y me he resignado a pasar otro año de profesor sustituto y de camarero, recibo por sorpresa una oferta de una pequeña escuela católica de Rocksford, Pensilvania, que está a hora u hora y media en coche desde nuestro apartamento de Collingswood, según el tráfico que haya.

La madre Catherine Ebling pregunta si puede entrevistarme de inmediato. Cuando respondo que sí, dice:

—¿Esta tarde?

Portia está escribiendo en su cuarto con la puerta cerrada, así que después de ducharme y afeitarme, le dejo una nota y subo de un salto al Ford del viejo vestido con mi único traje, que es oscuro y pasado de moda y un poco ajustado, pero esperemos que adecuado.

Conduzco en mangas de camisa, con las entradas de aire abiertas y las ventanillas bajadas, a pesar de lo cual acabo sudando. La temperatura se acerca a los treinta y cinco grados centígrados, el Ford del viejo no tiene aire acondicionado y estoy muy nervioso.

«Recuerda lo que te dijo Kirk —me repito continuamente mientras conduzco—. Que haberte desenganchado es un logro, algo que te diferencia, algo de lo que estar orgulloso y que no hay que esconder.»

Cuando llego al pequeño colegio, paso al lado de una imponente cruz de hierro negro y entro en el aparcamiento.

Me seco el sudor con el pañuelo rojo de la suerte, me miro en el espejo retrovisor y digo: «Eres una puta estrella del *rock*, Chuck Bass. Eres la estrella de los profesores de primaria. Y tu chaqueta tapará las asquerosas manchas de sudor que te han salido en el pecho y la espalda».

Con la chaqueta puesta y la carpeta en la cartera de piel que me compró Portia cuando empecé a ir a entrevistas —me negué a que me comprara un traje nuevo, aunque me lo ofreció más de cien veces—, entro en el colegio y me recibe una oleada de aire fresco.

Hola, aire acondicionado, viejo amigo.

Mi suerte sigue cuando veo un lavabo de caballeros.

Así pues, me refresco, me lavo la cara con agua fría y me permito otra charla frente al espejo: «La antigua táctica no funciona, no. Otra debes tú intentar, Joven Bass. Estrella eres del *rock-and-roll*», digo imitando a Yoda, sin saber muy bien por qué.

Entro en el despacho con quince minutos de adelanto y me presento.

—¡Bienvenido! —chilla la mujercita que hay detrás del escritorio. Parece tener noventa años y me mira tan fijamente que me pregunto si no estará ciega además de ser dura de oído, o eso supongo basándome en sus gritos. Va vestida de civil y lleva un jersey de lana para protegerse del aire acondicionado—. ¡Hemos rezado mucho para que ocurra un milagro! ¡Espero que lo sea usted! ¡Tome asiento!

Sonrío y me siento al lado de los buzones de los profesores. Leo los apellidos grabados en cada uno de ellos. Me pregunto quién los cambiará de sitio, todos menos el de la señora Abel, porque si se respeta el orden alfabético y el señor Bass es contratado, tendrá que quedarse con el buzón número dos.

La anciana desaparece y al poco rato vuelve con otra monja algo menos vieja, que mide alrededor de uno ochenta y tiene un aspecto algo masculino, aunque lleva el hábito puesto. Sobre su abultadísimo pecho descansa un ancho crucifijo de plata. Lleva medias marrones en agosto y sus manos son tan grandes y rojas que me pregunto si empezó la vida como miembro del género opuesto.

—El señor Bass, supongo —dice, alargándome la manaza.

Me pongo en pie.

—¿Madre Ebling? —Nos la estrechamos y su apretón me pincha inesperadamente, como si su mano fuera una garra.

—Puede llamarme madre Catherine. —Se pone en movimiento y añade—: Sígame. —Y yo obedezco.

La diminuta anciana que me recibió susurra a gritos:

—¡Buena suerte! ¡Rezaré por usted!

Aunque no soy religioso, el ofrecimiento me hace sentir un poco mejor. Al menos de momento, aquí la gente es amable.

Me pregunto si la madre Catherine acaba de instalarse. Hay cajas por todo el suelo y nada colgado en las paredes. Se sienta en un trono de cuero que hay tras un ancho escritorio de madera y me indica por señas que me siente en la silla, mucho más modesta, también de madera, que hay frente a ella.

—Es mi primera semana como directora y usted es el punto número uno del orden del día. ¿Quiere saber por qué ha sido llamado a una entrevista a pesar de que el puesto se ocupó hace un mes?

—Me alegro de estar aquí, sea cual sea el motivo por el que el puesto quedara vacante otra vez. Estoy listo para enseñar —digo. No tenía ni idea de que se hubiera contratado antes a otra persona para ocupar el puesto. He enviado el currículo a tantos sitios que es imposible recordarlos todos.

—Veo que es usted una persona sensata. Me gusta su estilo, señor Bass —afirma, y me dedica una sonrisa—. Si lo contratamos hoy, sin duda se enterará enseguida de los rumores, es decir, si todavía no ha leído el periódico local. Hubo prácticas poco éticas a la hora de contratar. El anterior director ha sido acusado de abuso de autoridad y la atractiva joven que contrató a principios de verano ha presentado una demanda por acoso sexual. Así que aquí estoy, trabajando como directora en funciones, y aquí está usted.

No sé qué decir, así que no digo nada.

—Estas son mis cartas. Las he puesto sobre la mesa —expone—. Ahora enséñeme las suyas.

—¿Perdón?

—¿Por qué no le han contratado todavía?

—No lo sé. Estoy listo para enseñar. Soy un profesor excelente.

—¿Es usted católico practicante?

—No.

—¿Es usted católico no practicante?

Trago saliva y niego con la cabeza.

—¿Cree en Dios al menos? —pregunta.

—Sí —admito, y es verdad, creo firmemente en Dios, o al menos no creo que no haya Dios.

—Bueno, ese sí que es un buen comienzo. Bien, si lo contratáramos, ¿estaría dispuesto a mantener las creencias y la moral de la Iglesia Católica en su clase, o es usted de esos profesores que quieren ser un Caballo de Troya?

—¿Un Caballo de Troya?

—Introducirse entre nuestros muros utilizando una especie de disfraz filosófico para atacar desde dentro. Lo he visto millones de veces. La gente acepta trabajar en la Iglesia Católica y luego quiere poner en duda el papel de las monjas y de los sacerdotes, y debatir toda clase de cosas solo para molestar a todo el mundo. No necesitamos eso, y menos en una escuela de primaria. No tiene por qué estar de acuerdo con todo lo que hace la Iglesia Católica, pero si quiere trabajar aquí y llevarse a casa un cheque cada dos semanas, tendrá que ser respetuoso con la institución que le ha proporcionado un trabajo.

Esta monja es persona seria, pienso.

—Solo quiero enseñar a los niños a leer y algo de matemáticas. Enseñarles a escribir. No tengo otra intención que la de educar. En especial a niños de seis años. Es decir, la plaza es para dar clases de primer curso, ¿no?

Me mira a los ojos durante lo que me parece una eternidad.

—Le creo. Bien.

Asiento con la cabeza, porque no sé qué otra cosa hacer, y cuando el sonido del aire acondicionado empieza a ser incómodo, digo:

—¿Quiere ver mi carpeta docente?

—Para acelerar el proceso, y sobre todo a la luz de los recientes sucesos que han tenido lugar en esta escuela, ya he hablado con sus garantes, incluida la tutora con la que hizo las prácticas, la señora Baxter. Fue absolutamente encantadora por teléfono y ya me ha contado todo lo que necesito saber sobre lo que es usted capaz de hacer en una clase. —La madre Catherine calla, sonríe con aire cómplice y añade—: Antes de hacerle la próxima pregunta, me gustaría decir como preámbulo que soy católica, y las católicas creemos en la redención y en el poder del perdón. Pero no toleramos tan bien a los embusteros. No, le aseguro que no. Así que teniendo presente esto, ¿por qué hay este vacío tan prolongado en su currículo? ¿Quién era usted antes de decidirse a enseñar a los niños?

Se me forma un nudo en la garganta, las palmas de las manos me sudan, la lengua se me seca y sospecho que la frente se me está poniendo de un brillante color rojo.

«Recuerda lo que dijo Kirk —me digo—. Sé fuerte por Portia, para que puedas empezar a construir un futuro. Sé el hombre que ella puede admirar.»

La madre Catherine une las yemas de los dedos índices en espera de mi respuesta, pero en lugar de abrir la boca, abro la cartera, saco el carnet de Miembro Oficial de la Raza Humana y se lo entrego.

—¿Qué es esto? —dice, sorprendida por primera vez desde que empezó la entrevista, detalle que sin saber por qué me parece una buena señal.

—Me lo dio mi profesor de lengua del instituto. Adelante. Léalo.

Veo los ojos de la madre Catherine moverse de un lado a otro mientras lee las líneas y en sus labios bailotea una sonrisa.

—Por favor, explíquemelo —dice al terminar.

Entonces le hablo del señor Vernon, de lo que influyó en mí, le cuento que nunca le di las gracias y que siempre lo lamenté. Sin poder contenerme, le hablo acto seguido de mi adicción a la heroína, y de que finalmente admití que tenía un problema y fui a rehabilitación, donde utilicé al señor Vernon como guía mientras me desenganchaba, convirtiendo la enseñanza en mi objetivo. Me resulta tan liberador contar todo esto en voz alta, en una entrevista nada menos…, tanto que me pregunto por qué no lo he hecho antes. Estoy poniendo toda la carne en el asador en esta entrevista. Hay una seguridad en mi voz que no he oído durante mucho tiempo, y puedo verla reflejada en el rostro de la madre Catherine, lo que me da más confianza, así que le cuento que el señor Vernon fue agredido en su clase y que Portia y yo intentamos salvarlo.

Me interrumpe y dice:

—¿Quién es Portia?

Sé que vivir con una mujer sin estar casados sigue siendo un pecado según la Iglesia Católica y probablemente no me hará ganar puntos ante la monja, así que me salto esa parte y digo:

—Es mi novia. El gran amor de mi vida. Y voy a pedirle que se case conmigo, en cuanto levante cabeza, económicamente hablando.

Por el rostro de la madre Catherine pasa una expresión escandalizada, lo cual me aterroriza.

—Encontrará esta pregunta bastante extraña, incluso impertinente, señor Bass —arguye—, pero ¿sería tan amable de decirme el apellido de Portia?

—¿Por qué?

—Complázcame, por favor.

—Es Kane. Portia Kane.

El silencio flota entre nosotros con pesadez hasta que la madre Catherine dice:

—¿Sabe ella que ha venido usted a entrevistarse para este trabajo? ¿Por casualidad le ha mencionado mi nombre?

—Le dejé una nota diciendo que iba a una entrevista, pero creo que no mencioné su nombre. ¿Puedo preguntar por qué?

—No puede —dice la madre Catherine—. Pero debería contarme el final de su historia.

—¿Perdón?

—¿Qué fue de ese tal señor Vernon, el hombre que encarriló su vida?

—No lo sabemos —respondo, y le explico que abandonó la fiesta que le habíamos organizado antes incluso de que empezara, exigió que lo dejáramos en paz, y pidió a la policía de Oaklyn una orden para que nos alejáramos de él. Le conté todo lo que habíamos hecho desde entonces para encontrarlo, pero que era como si se hubiera desvanecido—. Lo intentamos todo para ayudar al señor Vernon. De veras que sí —añado, pensando que quizá no fuera la mejor anécdota para amenizar una entrevista cuyo objeto era obtener un puesto de maestro de primaria, aunque desviara la atención del hecho de que soy exdrogadicto.

La madre mira su escritorio durante un rato.

—Todos los humanos tienen acceso a Jesucristo —dice al fin—. Pero algunos de nosotros estamos un poco más conectados que otros, por decirlo de alguna manera. Y no soy tímida en lo que respecta a mi relación con Jesús.

Me quedo mirándola. No sé de qué está hablando.

—Si va a trabajar en una escuela católica —dice, y me pregunto si eso significa que me dan el puesto—, debe acostumbrarse a que la gente como yo hable sobre Dios y Sus caminos inescrutables. ¿Le parece bien? Le repito que no queremos que se nos cuele un Caballo de Troya.

—Definitivamente, no soy un Caballo de Troya —alego—. Y me gustan las conversaciones sobre temas religiosos.

—Repito, no tolero a los embusteros —dice con una voz que me hace creer que me golpeará con la regla de madera en los nudillos si es necesario y, a juzgar por su tamaño, apuesto a que podría romperme unos cuantos de un solo golpe—. ¿Está dispuesto a empezar las clases con una oración, a llevar a los niños a misa y a quedarse en la iglesia mientras dure?

—Por supuesto —digo sin vacilar.

—Muy bien, pues —dice—. Tendrá mi decisión a las ocho en punto de esta noche.

—¿Ya está? ¿Ha terminado la entrevista?

No habíamos hablado sobre mi filosofía de enseñanza, sobre la psicología educativa que aprendí en la Universidad, ni siquiera había sacado la carpeta de la cartera de piel.

—Es libre de irse.

—Gracias por su tiempo. —Me pongo en pie y añado—: De verdad que me encantan los niños. Si me contrata, no lo lamentará. Tendrá un profesor totalmente entregado.

—Lo sé. —Asiente con la cabeza—. No hace falta teatralizar, señor Bass.

Yo también muevo la cabeza afirmativamente, preguntándome qué habrá querido decir con lo de teatralizar, y me dirijo a la puerta. Pero entonces doy media vuelta y, sin poderlo evitar, pregunto:

—¿Por qué estaba tan interesada en el apellido de mi novia?

La monja sonríe.

—¿Podría estar ella presente cuando lo llame esta noche para comunicarle mi decisión? Dígale que la madre Catherine Ebling de Santa Teresa solicita el placer de hablar con ella por teléfono.

—Claro —digo—. Pero ¿de qué conoce a Portia?

—Bueno, creo que ella y yo tenemos un vínculo.

—¿A qué se refiere?

—Pregúntele a ella.

—¿Significa eso que tengo el trabajo?

—Tendrá mi respuesta esta noche, señor Bass.

Cuando llego a casa, se lo cuento todo a Portia y ella, sin parar de reír, me explica la relación de la madre Catherine con la madre del señor Vernon, que las dos eran monjas en el mismo convento y también buenas amigas,

—Aunque hablaban mal la una de la otra todo el rato, como los matrimonios que llevan mucho tiempo casados, lo que era muy divertido. La madre de Vernon la llamaba la Cangrejo Gruñona.

—Vaya. Bueno, la madre Catherine tiene unas manos como palas de hornero —digo—. Y no te lo vas a creer. Cuando me estrechó la mano, *sentí un pinchazo*.

—¡No me digas!

—Te lo juro.

Ambos reímos.

—Pero ¿no te parece un poco raro que termine entrevistándome con una amiga de la madre del señor Vernon, después de todo lo que ha pasado?

Portia se toca el crucifijo que lleva al cuello.

—No más extraño que el hecho de que yo tropezara por casualidad con la hermana Maeve en un avión y luego descubriera que era la madre de mi profesor favorito de lengua.

A las ocho en punto, Portia y yo estamos mirando mi teléfono móvil, que he dejado en la encimera de la cocina, y cuando suena nos miramos un segundo antes de abrirlo y responder.

—¿Sí?

—Déjeme hablar con Portia —dice la madre Catherine sin identificarse siquiera.

—Quiere hablar contigo —le digo a Portia.

Portia enarca las cejas cuando le doy el teléfono y se pone a hablar con la madre Catherine como si fueran viejas amigas que hace tiempo que no se ven.

Durante media hora, me quedo allí mientras Portia le cuenta a la madre Catherine todo lo ocurrido cuando estuvo con el señor Vernon en Vermont y en Nueva York, las dos dándole al pico cuando yo solo quiero saber si tengo el empleo o no.

Luego hablan de la difunta madre del señor Vernon, de que no tenía pelos en la lengua.

—Tan batalladora —dice Portia más de una vez. Y luego asiente con la cabeza y dice—: Ajá, ajá —una y otra vez, mientras apunta cosas en el cuaderno con base imantada que tenemos en la puerta del frigorífico.

Me quedo atónito cuando Portia corta la comunicación sin permitirme hablar con la madre Catherine, pero entonces dice:

—¿Qué quieres antes, las buenas noticias o las malas?

—¿Por qué no me has dejado hablar con ella?

—No quería hablar contigo. Lo siento. A la Cangrejo no se le dice lo que tiene que hacer.

—Primero las malas noticias —digo, porque el corazón se me va a salir del pecho.

—La paga no negociable es de veinticinco mil al año más beneficios, y por lo que he deducido, son bastante escasos.

—¿Tengo el trabajo?

—Esa es la buena noticia. Quieren que empieces mañana. La orientación comienza a las ocho y media en punto, y la madre Catherine recomienda que salgas de aquí con tiempo de sobra, por el intenso tráfico que hay entre Filadelfia y el área metropolitana. Dice que no tolera la impuntualidad.

—¿Cómo sabe que voy a aceptar el trabajo?

—Dijo que Jesús le ha confiado que aceptarás.

—¿Qué? —digo riéndome—. ¿No te parece raro todo esto?

—¿Que te hayan contratado para hacer lo que siempre quisiste hacer?

—La forma en que ha ocurrido. Es de lo más surrealista, ¿no?

—¡Vamos a celebrarlo! ¡Enhorabuena! —exclama Portia, echándose en mis brazos.

Vamos a casa de Danielle y Tommy. Johnny Rotten se está tomando una cerveza en el futón, tan a sus anchas como si estuviera en su casa.

Paso por alto el hecho de que está viviendo en mi apartamento por la cara y le cuento a mi hermana la buena noticia, lleno de emoción.

—Qué bien —dice, y entonces lleva al futón un cuenco de cereales Cinnamon Life y una Budweiser.

—Para eso he trabajado tanto —digo, aunque la indiferencia de Danielle me sienta como si me dieran una patadita en los huevos.

—Felicidades —dice Johnny Rotten, levantando la cerveza en el aire.

Danielle también levanta la suya con desgana.

—Muchas felicidades, hermano. Me alegro por ti.

No son exactamente maleducados, pero es evidente que no saltan de entusiasmo.

—¿Te importa si nos llevamos a Tommy para celebrarlo? —dice Portia, rompiendo la incómoda tensión.

—Seguro que le gustaría —dice Danielle, y veo que lleva manga larga, lo que hace que una parte de mi cerebro se pregunte si estará escondiendo marcas de agujas. El aire acondicionado está a tope y hace frío dentro, así que me digo que son paranoias mías y voy al cuarto de Tommy.

Como siempre, lleva puestos los auriculares, así que me sitúo detrás de él y le doy un golpecito en el hombro. Me echo a la izquierda cuando se vuelve a mirar por encima del hombro derecho, y cuando lo hace hacia el otro lado le quito los auriculares.

—¿Sabes una cosa? ¡He encontrado trabajo de maestro!

—¡Bestial! —grita, y se arroja en mis brazos y yo lo levanto por encima de la cabeza para que pueda volar al estilo de Supermán.

Lo llevamos a Friendly's y nos atiborramos de helado para celebrarlo.

Cuando llega la factura, insisto en pagar y mientras volvemos a casa con el Ford del viejo, Tommy dice:

—¿Puedo quedarme con vosotros esta noche?

—Noche de escuela para mí, amiguete. Ahora soy un trabajador legal —digo—. Lo siento.

—No quiero vivir nunca más con mamá —se queja Tommy.

—¿Por qué? —pregunta Portia.

—No lo sé —responde.

—¿Ha pasado algo? —pregunto.

—No.

—Puedes contarnos lo que sea —dice Portia.

—Ya lo sé.

—¿Te ha hecho algo Johnny Rotten?

—No —dice Tommy—. Se porta bien conmigo.

—¿Te ha hecho algo tu madre? —pregunto.

—Ella ya no hace *nada*.

Portia y yo nos miramos preocupados por encima de su cabeza.

Una vez en el apartamento de Oaklyn, acostamos a Tommy y le leemos un cuento mientras mi hermana y Johnny Rotten ven la tele y beben cerveza.

Cuando nos despedimos, Johnny Rotten dice:

—Enhorabuena otra vez.

—Sí, estoy orgullosa, hermano —suelta Danielle, pero su voz es monocorde y vacía.

En la camioneta digo:

—¿Era yo o a Danielle le ha importado una mierda mi buena noticia?

—Tú estás cambiando tu vida a mejor y ella es la misma de siempre. Tus colegas borrachos no corren a vitorearte cuando estás sobrio, ¿verdad? —razona Portia, y volvemos a nuestro feliz apartamento, donde ella brinda con champán por mi nuevo trabajo, y hablamos más sobre la extraña coincidencia de haber conocido a la mejor amiga de la hermana Maeve, y terminamos la celebración haciendo el amor en el suelo de la salita.

26

El día siguiente a Acción de Gracias, tengo un precioso día libre.

El trabajo marcha muy bien. Me encantan mis alumnos, los otros profesores han sido de gran ayuda compartiendo planes de estudios, prestándome material escolar y llevándome después del trabajo a tomar algo, sin darme la tabarra porque no pido alcohol, y la madre Catherine parece hasta ahora encantada con mi trabajo, pero enseñar a tiempo completo es mucho más exigente de lo que creía al principio. Es más duro que las prácticas, que ya fueron difíciles. Y, por desgracia, ahora tengo mucho menos tiempo para mi sobrino.

Así que utilizo el día de fiesta para ir con Tommy a comprarle un teléfono móvil. Se ha estado quejando de que ya no hablamos tanto como antes. El trayecto hasta el trabajo es largo, así que supongo que podemos aprovechar ese rato.

Tommy y yo elegimos un teléfono plegable barato en una franquicia de Verizon y por una miseria añado su cuenta a la mía, ya que la única persona a la que va a llamar es a mí, y el vendedor lo prepara para que mis llamadas a Tommy entren dentro de mi tarifa.

—Entonces, ¿puedo llamarte siempre que quiera? —pregunta Tommy cuando volvemos a casa. Lleva el teléfono en la mano y lo inspecciona como si fuera un artefacto mágico del espacio exterior.

—Lo único que tienes que hacer es…

—Pulsar el número uno —dice, porque hemos programado mi número en la lista de favoritos.

—Y además…

—Tener la batería cargada.

—¡Exacto! ¡Y yo también podré llamarte ahora desde la camioneta mientras voy al trabajo! —Alargo la mano para acariciarle el largo pelo.

Tommy pulsa el número uno de su teléfono y el mío empieza a sonar.

—Me pregunto quién podrá ser —digo con un tono exageradamente dramático que a él le encanta. Qué fácil es entretener al pequeño.

—Hola —digo por mi aparato.

—¿Tío Chuck? —dice Tommy por el suyo.

—El mismo. ¿Quién es?

—¡Tommy!

—¿Tommy qué?

—Tommy, tu sobrino.

—Qué apellido tan raro tiene usted, señor Tusobrino. ¿Es griego? Tommy se parte de risa y luego dice:

—Soy Tommy Bass.

—Ah, Tommy Bass, mi sobrino. Ahora lo pillo. ¿Por qué no lo dijiste antes?

—¡Lo dije!

—¿Y bien?

—¿Bien qué?

—¿Para qué llamas?

—Para hablar.

—Muy bien, pues habla.

—Conozco un secreto que tú no sabes —dice Tommy, y de repente su voz pierde la alegría.

—¿Y cuál es, Tommy sobrino?

—Mamá ya no trabaja en el Crystal Lake Diner.

—Ah, ¿no? ¿Por qué?

—No lo sé. Ella me ha dicho que no te lo cuente.

Trago saliva.

—Vale, Tommy. Ya le buscaremos otro trabajo.

Tommy cierra su teléfono plegable.

Cuando llegamos al apartamento de Oaklyn, le cuento a Danielle que le he comprado un móvil a Tommy, para poder hablar más a menudo con él. El niño se lo enseña y ella dice:

—Vaya, ¿no crees que quizá, solo quizá, deberías habérmelo consultado antes?

Notando la tensión, el pequeño se retira a su cuarto.

Reflexiono y pienso que es verdad, que tendría que haber hablado con Danielle antes de regalarle un móvil a Tommy, pero en lugar de admitirlo, replico:

—Fui a almorzar al Diner. Me han dicho que has perdido el empleo. —Le miro las mangas largas—. ¿Qué ha pasado?

—Joder, papá —exclama sacudiendo la cabeza—. Me resfrié y pedí unos días libres. El jefe me despidió. ¿De verdad quiere que sirva comida cuando tengo un virus y tosa encima de los huevos fritos de la clientela y todo el mundo se contagie?

—Tommy está preocupado por ti.

—Estoy bien.

—¿Te estás chutando otra vez? —digo sin poder evitarlo.

—¿Qué?

—Hace meses que no te veo los brazos.

Me mira fijamente.

—¿Estás hablando en serio? —pregunta.

—Si te has vuelto a chutar, estaré encantado de llevarte a una reunión o...

—No me estoy chutando.

—Danielle, escucha. Yo solo quiero...

Me deja sin habla cuando se quita la camiseta por la cabeza, se queda solo con un sujetador negro y estira los dos brazos para que los inspeccione.

Recorro con los ojos la suave blancura de las muñecas y los bíceps, pero no veo marcas recientes, ni nada que sugiera que se ha estado chutando heroína, nada salvo que se le notan las costillas y ha adelgazado mucho. Pienso en la posibilidad de que esté tomando otras drogas, pero me siento aliviado al ver que al menos no se está metiendo caballo. Nunca se ha pinchado en otra parte, solo en los brazos, cuando se pinchaba. Y mi hermana es un animal de costumbres.

—¿Ya estás tranquilo? —dice—. Te estás portando como un imbécil.

—Lo siento —me excuso, aunque lo único que estoy haciendo es cuidar de mi hermana menor.

Danielle se vuelve a poner la camiseta.

—Que mi novio tenga tatuajes y no tenga estudios universitarios...

—Estoy preocupado. Eso es todo. Te quiero.

—Bueno, pues quizás a mí me preocupe que Tommy sea demasiado joven para tener un móvil. Y ahora, si se lo quito, me pondrá el sambenito de madre despótica. Así que muchas gracias.

—Le dije que podríamos hablar cuando voy a la escuela.

—No tienes Bluetooth en la camioneta, y se supone que no debes utilizar el móvil cuando conduces. Podrías tener un accidente. Eso traumatizaría a Tommy... Le dejaría secuelas de por vida.

Su preocupación me tranquiliza, como en los viejos tiempos, así que digo:

—Tienes razón. Lo siento. ¿Quieres que devuelva el teléfono de Tommy a la tienda?

—Lo hecho, hecho está —dice, como solía decir nuestra madre. La imita muy bien, levantando las manos sobre la cabeza y encogiéndose de hombros, y ambos sonreímos—. ¿Se ha terminado el interrogatorio?

Afirmo con la cabeza.

—Siento que hayas perdido el trabajo.

—Ya saldrá algo. Y Randall me ayuda con las facturas.

—¿A qué se dedica? —digo cuando por fin reúno el valor para preguntar lo que llevo meses preguntándome en silencio.

—Está en el negocio de las apuestas.

—Ah, es algo así como... ¿como un cobrador de morosos, un matón a sueldo? —pregunto, sorprendido porque no me parece tan duro ni intimidatorio.

—No, nada tan dramático.

—¿Es seguro tenerlo cerca de Tommy?

—Por favor. Los apostadores para los que trabaja son tipos normales con empleos de nueve a cinco y familia. Randall solo reparte y recoge el dinero. Es como un mensajero, como un repartidor de UPS pero sin el uniforme marrón.

—Vale, entonces, ¿estás bien?

—Sí. Estoy genial, hermano mayor.

—Muy bien, vale.

Le cuento todo esto a Portia mientras comemos y ella dice:

—Danielle es una gran chica, Chuck. Y ser camarera es una mierda. Créeme. Lo sé. Quizá sea lo mejor que podía pasarle.

—Debería haber hablado con ella sobre darle un teléfono móvil a Tommy antes de llevarlo a Verizon, ¿verdad?

—Sí.

—Mierda.

—Yo me habría puesto furiosa.

—Gracias —digo, y entonces suena mi teléfono—. Es Tommy.

—Pues responde —sugiere Portia, levantándose para quitar la mesa.

—Hola, chico, ¿qué pasa? —digo.

—Quería asegurarme de que el teléfono funciona.

—Solo tienes que mantener la batería cargada.

—Tengo enchufado el cargador al lado de la cama.

—Buen chico.

—¿Vamos a salir por ahí este fin de semana?

—Claro.

—Mamá lloró cuando te fuiste.

Observo un momento a Portia, que está cargando el lavavajillas.

—Lo siento.

Tommy baja la voz a un susurro.

—Luego entró en mi cuarto y me prometió que encontraría otro trabajo y que ganaría mucho dinero, y me llevaría a Disney World. ¿Crees que dijo la verdad? Me gustaría ir. Shawn, mi amigo de la escuela, ya ha ido dos veces.

—Apuesto a que tu madre hará todo lo que pueda —le aseguro.

—También dijo que puedo llamarte siempre que quiera, aunque ella no quiere verte durante un tiempo. ¿Sabes por qué no quiere estar cerca de ti ahora?

—¿Por qué?

—Dice que antes quiere que te sientas orgulloso.

Trago saliva y luego hablamos de ir al Camden Aquarium el fin de semana que viene, y visitar el acorazado *New Jersey*. Cuando nos despedimos, le cuento a Portia lo que ha dicho Tommy.

—Te lo diré otra vez —me recuerda ella—. En este país es muy jodido ser madre soltera si lo único que tienes es un certificado de estudios secundarios.

Anoto mentalmente lo que ha dicho para no olvidarlo.

27

Portia va a ver a su madre varias veces a la semana, pero nunca me lleva y empieza a parecerme muy raro, sobre todo porque no nos reunimos para Navidad ni para Año Nuevo. De vez en cuando sugiero que debería presentarnos, pero ella continúa yendo sola a visitarla.

Una noche, después de cenar, reúno valor para ser más directo.

—¿A qué viene eso de que me escondas de tu madre?

—No te estoy escondiendo de nadie —responde Portia.

—Entonces, ¿por qué no la conozco todavía?

—Porque no es necesario. Yo tampoco conozco a tu madre.

—Está muerta —aclaro.

—Pero nunca la conoceré, y eso no afecta a nuestra relación.

—¿Crees que no le gustaré?

—Está loca, Chuck. Y no me apetece mezclar ambos mundos ahora mismo.

—¿Mezclar ambos mundos?

—Las cosas entre nosotros marchan muy bien, ¿verdad?

—Sí —digo—, menos en lo de que no quieres presentarme a tu madre. ¿Al menos sabe que existo?

—La verdad es que hablamos de ti todo el rato —dice—. Pero ella está enferma. Las cosas nuevas…, los cambios le resultan muy difíciles.

—Quiero conocerla porque forma parte de tu vida, y quiero la experiencia Portia Kane al completo.

Portia se echa a reír.

—¿De veras quieres conocer a mi madre?

—Sí, claro. ¿Hemos llegado ya a ese punto?

—Llegamos hace tiempo, y por eso te he estado protegiendo de mamá. No quiero que *no* estemos en ese punto después de que la conozcas. Puede que salgas corriendo espantado.

—No puede ser tan mala.

—¿Estás seguro? —Su mirada parece desafiante.

—Demos un paso adelante en nuestra relación. ¡Trae a tu madre!

Portia tarda unas semanas en convencer a su madre de que me deje ir de visita, y al principio me siento un poco herido, aunque me explica que nadie ha visitado a su madre desde hace lustros, y que le estamos pidiendo algo muy difícil.

—Y hagas lo que hagas —me avisa Portia cuando vamos hacia allá—, no toques nada. No podremos sentarnos porque hay demasiada basura por todas partes, y es importante que mi madre crea que no quieres alterar el estado de su casa, y te advierto que da auténtico miedo.

Cuando entramos en la casa, aunque Portia ya me ha avisado que es un desastre, me asombra la cantidad de cajas y cosas que la madre ha conseguido meter en una vivienda tan pequeña. Las habitaciones están llenas de incontables montones de desechos, dejando apenas un camino de medio metro de ancho para pasar. El resto del espacio está lleno casi hasta el techo de cajas y desperdicios.

La señora Kane está sentada en un sillón abatible, viendo la Teletienda. Cuesta pasar por alto su olor corporal. Lleva un viejo chándal rosa lleno de manchas, y ni siquiera levanta la vista cuando Portia dice:

—Hola, mamá, este es el hombre del que tanto te he hablado, Chuck Bass.

Portia me lanza una mirada de «ya te lo dije».

—Mamá, no te hagas la invisible de nuevo, porque quiero que conozcas a mi novio. Ahora es una parte importante de mi vida. Le quiero, y él también quiere formar parte de tu vida.

Su madre no aparta la vista del televisor, lo cual no deja de ser siniestro, y empiezo a preguntarme si no será un poco retrasada, además de excéntrica.

—Hola, señora Kane. Encantado de conocerla —saludo, pero no obtengo respuesta.

—Vamos a tomar una Coca light —dice Portia.

—¡Con lima! —grita la señora Kane sin quitar los ojos del hombre del anuncio que intenta vender guantes de cocina a prueba de quemaduras, fabricados con «tecnología de la NASA».

Sigo a Portia a la habitación contigua, donde tenemos que sortear una colosal columna de revistas, y veo fotos de Portia pegadas a las paredes. Veo imágenes de cuando era una niña adorable y luego las torpes fotos de la escuela y las de sus compañeros de los bailes de fin de curso.

—Vaya, ¿ese no es Jason Malta? —pregunto, y Portia asiente. Voy al otro lado de la habitación y allí veo a un hombre bastante atractivo con un bigote a la antigua.

—¿Este es Ken?

—Sí —dice Portia.

El infame Ken Humes.

Parece seguro de sí, rico, satisfecho y acostumbrado a conseguir lo que quiere de la vida... y me consumo de odio y celos.

—¿Por qué sigue teniendo estas fotos de él? —pregunto.

Portia me lanza una mirada dolida, o quizás intranquila.

—¿Lo preguntas en serio? —dice, y luego susurra—: ¿No has visto en qué estado se encuentra mi madre?

Cuando abre la nevera, veo que al menos la mitad está llena de latas de refrescos.

—Parece que a tu madre le gusta la Coca light con lima —comento.

—Ella no bebe esas cosas. Son todas para mí.

Son necesarias al menos diez visitas más para que la madre de Portia reconozca mi existencia, pero al final lo hace y entonces me enseña las fotos que cubren las paredes de su comedor, describiéndomelas de una en una, incluso las que son de Portia y su marido, que, según la señora Kane, volverá algún día, y después de pasar tanto tiempo con la señora Kane ya ni siquiera me molesta, porque estoy seguro de que haber sido reconocido en esta casa por mi nombre significa algo.

Le hablo a la madre de Portia de mis alumnos, y a veces le enseño los dibujos que pintan mis chicos, muestras de su caligrafía y otros deberes que les asigno, y la señora Kane empieza a sacar viejos ejercicios de cuando Portia iba a primaria. Los tiene todos, nunca ha tirado nada. Y aunque estoy seguro de que Portia se siente avergonzada de su madre, a mi novia le gusta el hecho de que hayamos conectado, y a mí también.

Aunque tardamos algún tiempo, al final empiezo a ir de visita a casa de la señora Kane sin Portia, solo para ver cómo está, para saludarla o ayudarla a contar los coches que hay en el aparcamiento de Acme, lo que hace obsesivamente casi cada hora que pasa despierta. Y durante una de estas visitas, cuando terminamos de contar y ha apuntado la cantidad en su libreta, digo:

—Señora Kane, me gustaría pedirle permiso para casarme con Portia. Ya sé que lo tradicional es pedírselo al padre, pero como no está…

—El padre de Portia era un hombre muy bueno y amable —replica, y yo no pregunto dónde pueda estar ahora, porque Portia me ha contado la historia completa.

—Seguro que lo era. ¿Cree que él me daría su bendición? ¿Me habría permitido casarme con su hija?

—Portia está casada con Ken —responde la señora Kane, que pone el canal de la Teletienda y se deja caer en el sillón.

—Llevan un año separados —alego—. Y Portia va a pedir el divorcio enseguida. Mi sobrino me ayudó a escoger un anillo. ¿Le gustaría verlo?

Saco la cajita del bolsillo y se lo enseño.

—¡Brilla mucho! —exclama.

—No se lo diga a Portia, porque es una sorpresa. He planeado un viaje.

—¿Quiere una Coca light con lima?

—Estoy tomando una —digo, levantando la lata para que se entere.

—¿No quiere una más fría de la nevera?

—No, gracias.

—Iré a traerle una Coca light. —Se levanta y va a la cocina. Un minuto después me da una lata muy fría—. Tome.

—Gracias —digo, sujetando una lata con cada mano—. Quiero a su hija, señora Kane, y para mí significaría mucho contar con su bendición.

—Sí —dice, y se sienta otra vez en el sillón, pero yo no sé si es que me la da o si se limita a reconocer que me gustaría tenerla.

—La trataré bien —digo—. La querré hasta el día en que me muera.

—¿Está buena la Coca light?

Paso por alto su pregunta.

—Gracias por traer a Portia al mundo. Ella es lo mejor que me ha pasado. Hizo usted algo asombroso al crearla.

—Portia es una *buena* chica —dice, sin apartar los ojos del televisor—. Una chica muy buena. El padre de Portia era un hombre bueno y amable.

Está claro que la vieja no va a decir nada apropiado, ni siquiera relevante, sobre mi deseo de casarme con Portia. Empiezo a darme cuenta de lo difícil que tuvo que ser la infancia de mi futura esposa. Hace falta paciencia para mantener un diálogo con una mujer que te ofrece Coca light con lima en respuesta a cualquier cosa que puedas decir. En teoría no parecía tan insoportable, pero en la práctica, la incapacidad de su madre para relacionarse es demoledora.

No digo nada durante un rato y me quedo mirando a una joven de la tele que intenta convencernos de que compremos calzado deportivo de cinco colores.

—Sentirán que tienen un arco iris en el armario —dice la vendedora.

—Voy a ser bueno con su hija —digo a la señora Kane.

Mientras recorro con los ojos la casa cochambrosa, totalmente llena de recuerdos de una mujer, insignificantes y triviales para el resto del mundo, pero que lo son todo para ella, pienso que Portia y yo nos debemos a nosotros mismos algo más de lo que tuvimos en la infancia.

Una vez en la camioneta, saco de la cartera el carnet de Miembro Oficial de la Raza Humana y lo leo:

«… te garantiza el derecho a luchar, a querer ir más allá, a soñar y a ser la persona que en lo más profundo de tu ser estás destinado a ser…».

Cuando llego a casa, Portia dice:

—Acabo de hablar con mamá y me ha dicho que pasaste por allí y le contaste un secreto. ¿Es cierto?

—Pasé por allí —admito—, pero no estoy seguro de lo del secreto. Me dio dos Coca light con lima y vimos la Teletienda, como siempre.

Portia ríe por lo bajo mientras escurre unos macarrones en el fregadero.

—Hoy he terminado la novela.

—¿De veras?

Me mira por encima del hombro.

—Sí. Ya está. Pero tengo que revisarla, y eso puede llevarme algún tiempo.

—¡Enhorabuena! —digo.

—¿Quieres leerla?

—¡Diablos, sí!

—¿Cuándo?

—Ahora mismo, si me dejas.

—¿De verdad? Porque me estoy poniendo paranoica, como si solo tuviera sentido en mi cabeza y en la de nadie más, y sería de gran ayuda saber que al menos otra persona entiende lo que he escrito… y si tú no lo entiendes, quizá podrías ayudarme a solucionar los problemas.

—¡No puedo esperar, en serio!

—¿De verdad?

—De verdad.

Entra en su despacho y vuelve con un fajo de papeles de diez centímetros de espesor.

—Impresionante volumen. ¿Ya puedes decirme el título?

Sonríe y dice:

—*El amor puede fallar*. ¿Te gusta?

—Es una referencia a la cita que hay al principio de ese libro de Vonnegut del que solía hablar el señor Vernon en su clase, ¿no? Creo que estaba colgada en la pared.

—Me alegra muchísimo que lo hayas pillado… —Se entusiasma, y me besa en la boca—. ¿Puedes leerlo ahora mismo, de principio a fin?

—¿El libro entero?

—Sí.

Es sábado, así que no tengo que madrugar para ir a la escuela. Puedo leer toda la noche, que es exactamente lo que acabo haciendo, recostado en el sofá con los pies sobre el apoyabrazos, dejando las páginas sobre la mesa de centro conforme las termino.

No he leído muchas novelas desde el instituto, así que quizá no sea el mejor juez, pero la verdad es que el libro de Portia me encanta, en gran parte porque la veo a ella en cada página.

Mientras yo leo, ella no para de meter la cabeza en la habitación.

—¿Qué tal hasta ahora? —pregunta, y cuando yo le digo que está bien, dice cosas como: «¿Bien o muy bien?».

—¡Fantástica!

—¿Fantástica hasta qué punto?

—¿Quieres dejarme leer antes de pasar a los comentarios? —respondo con enfado fingido—. ¿Cómo se supone que voy a disfrutar de la lectura si no dejas de interrumpirme?

Desaparece hasta que me oye reír por algo y entra corriendo en la habitación, diciendo:

—¿Qué te ha hecho reír? ¿Qué línea?

Aunque es ficción, reconozco gran parte de nuestras vidas en la historia. Hay un profesor que me recuerda al señor Vernon, y una niña que podría ser la hermana gemela de Tommy, y un personaje gilipollas clavadito al marido de Portia, y luego está el personaje principal. Se llama Krissy Porter y no hace falta ser un genio para ver que las iniciales del nombre son las de Portia al revés. Krissy es divertida y ocurrente, y arrastra una profunda herida vital, pero también tiene un gran corazón y lo único que realmente quiere es creer en las personas, creer que hay bondad dentro de todas. La esposa de su profesor favorito del instituto muere, dejándolo sumido en una debilitadora depresión que lo lleva a un intento fallido de suicidio que acaba enviándolo a un psiquiátrico, donde da la casualidad de que Krissy trabaja de terapeuta, especializada en emparejar a los pacientes con perros que les sirvan de apoyo emocional. Hay muchos detalles en el libro que me obligan a preguntarme si Portia sabe mucho de psicología o si se lo ha inventado todo. Y he de admitir que me siento preocupado cuando Krissy termina por enamorarse del atractivo hijo de su antiguo profesor del instituto, y vive una tórrida aventura amorosa en una casa costera de Maryland, sobre todo porque las escenas de sexo son notablemente parecidas a lo que sucede en la intimidad de nuestro dormitorio. Y me sorprendo enjugándome las lágrimas cuando leo el final.

Cuando dejo la última página sobre la mesa y levanto los ojos, Portia se está mordiendo los nudillos y mirándome. Lleva su vieja camiseta de *Theatre of pain* de Mötley Crüe, unas bragas de seda y nada más.

—¿Y? —dice.

—La mejor novela que he leído en mi vida.

—¿En serio?

Señalo las lágrimas que me bajan por las mejillas y digo:

—Mírame. Estoy hecho polvo, joder.

—Y ya ha salido el sol. Te la has leído de cabo a rabo.

Me levanto y la abrazo. Le susurro directamente en el oído:

—Este libro eres tú. Y a ti te quiero. Así que deduce.

—¿Crees que a él le gustará?

—¿A quién? —digo, oliendo su pelo, con los ojos cansados y medio cerrados.

—Al señor Vernon. El libro está dedicado a él. ¿No lo has visto?

—Lo vi. ¿Y cómo no va a verlo él? —razono, preguntándome si nuestro viejo profesor de lengua y literatura seguirá vivo.

—¿Crees que es publicable?

No sé absolutamente nada del sector editorial, pero de todas formas digo que sí. Luego añado:

—Estoy orgulloso de ti. Terminar una novela es una gran hazaña. Y de verdad que me encanta. Te quiero.

Bajo las manos hasta la seda que rodea su maravilloso culo, pensando en la suerte que tengo después de leer su libro, pero entonces dice:

—De todas formas, voy a revisarla. Tengo un montón de preguntas que hacerte, así que ¿puedo disponer de ti hoy?

—Claro —respondo, porque es lo que ella necesita, y entonces pierdo a Portia, que vuelve a su despacho.

28

Unas semanas después, cuando llego a casa de Danielle y Tommy, respiro aliviado al ver que Johnny Rotten no se encuentra allí. Danielle está en el sofá con aspecto de cansada, viendo la tele. Veo que vuelve a llevar los brazos cubiertos, pero ya he pasado una vez por eso y comprobé que era una falsa alarma. Portia tiene razón. Danielle es una gran chica. Y esta noche se trata de Portia y de mí.

—Hola, ¿qué hay, hermanita? —digo.

—Hola —responde—. Esta noche es la gran noche, ¿no?

—Sí.

—¿Crees que dirá que sí?

—Eso espero.

—Lo dirá.

—¿Cómo estás tan segura?

—Sería idiota si no aceptara —argumenta Danielle, y vuelve a mirar la tele sonriendo.

Hay algo en este momento que se me escapa, no sé qué es. Danielle parece contenta por mí, pero en cierto modo también parece resignada. No hay abrazos ni besos. Solo un voto de confianza. No imagino qué puede ser, pero en lo más profundo de mí sé que hay algo que no va bien del todo. Es un momento que me perseguirá durante años, pero sé que el presunto problema está aquí en este preciso momento. No obstante, trato de olvidarlo.

—¿Está Tommy?

—Sí. Muy emocionado por ti… y por Portia. Está en su cuarto.

Danielle lleva una sudadera de Hello Kitty que le queda grande y se abraza las piernas por debajo del tejido. Tiene la barbilla apoyada en las rodillas. Sentada así parece una criatura. Recuerdo cuando era una niña y yo su hermano mayor, y veíamos vídeos de la MTV solos, en el apartamento que alquilamos a una anciana que tenía cable, preguntándonos cuándo volvería a aparecer en nuestras vidas la borracha de nuestra madre.

—¿Llevas bragas debajo? —pregunto con desenfado.

—He renunciado a las bragas. Estoy convirtiéndome en Winnie the Pooh —responde, esbozando una sonrisa pícara.

Hago otro intento de paz.

—Danielle. Solo te pregunté por tus brazos... Todo esto es una tontería. ¿No podemos...?

—Está bien, Chuck. En serio. No estoy enfadada —dice, mirándome a los ojos.

Quiero creerla con todas mis fuerzas, y la creo, pero se está mordiendo el labio inferior y tocándose los dedos de los pies.

—Muy bien —digo.

Llamo a la puerta, pero Tommy no contesta. Oigo el murmullo de sus auriculares, así que abro de golpe.

Tommy está de espaldas a mí. Los auriculares parecen orejas gigantes en su cráneo infantil. Está sentado ante su mesa, sacudiendo la cabeza al ritmo de la música y escribiendo algo. Lo veo bambolearse y garabatear. Parece tan contento que detesto interrumpirlo, así que me contento con mirarlo durante un par de minutos.

Cuando por fin le doy un golpecito en el hombro, se vuelve y me rodea el cuello con los brazos, y yo lo levanto en el aire. El viejo Walkman amarillo que le di hace tiempo cae al suelo y la música deja de sonar.

—¿Qué estás escuchando, amigo? —pregunto.

—*Too fast for love*. Mötley Crüe —dice, y hace unos cuernos con las manos.

—¿Lo tienes en casete?

—Lo he grabado del disco de vinilo. Encima de una de tus antiguas grabaciones de *metal*. Puse un poco de adhesivo en las ranuras de seguridad. Mamá me enseñó cómo se hacía.

—¿Grabaste encima de una de mis obras de arte? —digo, pero solo estoy bromeando. Me impresiona el ingenio del niño.

—La obra de arte es *Too fast for love*.

—Tienes razón, pequeño —digo. Tommy sigue en mis brazos. Nuestras caras están a pocos centímetros de distancia. La piel del niño es tan suave, joven y sin mácula que desearía detener el tiempo y mantenerlo como está, porque a pesar de ser un niño al que le gusta la música *metal*, tiene un corazón inocente y puro—. Pero ¿por qué escuchar una grabación de segunda mano del mejor álbum de Mötley Crüe de todos los tiempos, cuando lo tienes en vinilo?

—Bájame y te lo enseñaré —responde Tommy, así que lo dejo en el suelo. Corre a su cómoda, saca un paquetito cuadrado que ha envuelto con papel y cinta adhesiva, y me lo alarga. En él ha escrito con lápiz rojo:

Bienvenida a la familia, Portia.
Vas a ser una gran tía.
Te quiero, Tommy.

Y ha hecho un dibujo de sí mismo con Portia, o algo parecido, cogidos de la mano y levantando las que tienen libres para hacer el signo de los cuernos.

—¿Está tu álbum de vinilo de *Too fast for love* aquí dentro?

—A la tía Portia le encanta este disco.

—Colega… —digo.

—¿Te gusta el dibujo? —pregunta, y me mira con aire preocupado.

—Eres una estrella del *rock* total, pequeño —digo, poniéndome de rodillas para mirarlo a los ojos—. Es algo fantástico y muy generoso de tu parte. Y sabes que puedes venir a casa a escuchar este disco siempre que quieras. Sigue siendo tuyo…, lo será siempre. Un disco de la familia. Y algún día lo heredarás.

—Me gustaría vivir contigo y con la tía Portia.

Ya ha empezado a llamarla tía.

—¿Qué? ¿Por qué? —pregunto.

—Mamá está todo el rato viendo la tele. No hace nada más.

—Bueno, está pasando una mala racha y…

—No me gusta Johnny Rotten. Cuando él está aquí, mamá me obliga a quedarme en mi cuarto para que puedan besarse.

—No deberías llamarle Rotten. Es un adulto, y tu madre…

—Tú también le llamas Johnny Rotten. ¡Te he oído!

—Está bien. Reconozco que tampoco es mi humano preferido —susurro, mirando por encima del hombro para asegurarme de que mi hermana no está en el pasillo—. Pero tienes el teléfono móvil, ¿no?

Tommy se señala el cinturón, donde lleva el teléfono sujeto a la cadera.

—¿Y lo mantienes cargado como te enseñé?

—¡Sí!

—Llámame ahora, solo para comprobar que estamos conectados.

El niño coge el teléfono y pulsa el número uno.

Mi teléfono empieza a sonar, así que lo cojo y respondo:

—¿Diga?

—¿Tío Chuck? —dice, llevándose el teléfono a la oreja.

—¿Es mi sobrino favorito, Tommy Bass? ¿El líder de Dispara con un Pedo?

—Sí, soy yo.

—Sabes que puedes llamarme a cualquier hora, ¿verdad? De día o de noche. Incluso a las cuatro de la madrugada. Aunque me despiertes, joder, ¿por qué no?

—Has dicho un taco, tío Chuck.

—Es *rock and roll*, chaval. *Rock-and-roll*.

—Ojalá pudiera ir a ver a Mötley Crüe contigo esta noche.

—Te compraré una camiseta del concierto, pequeño. Te lo prometo. Pero el objetivo de esta noche es conseguirte la mejor tía del mundo…, de hacerlo oficial. Tengo que ser romántico, y para eso necesito ir solo. Así que, ¿por qué no me das el anillo? Dámelo. Todavía lo tienes, ¿verdad? No irás a hundirme… ¿No te habrás cansado ya de tus obligaciones de padrino, Tommy Bass? Dime que no. Ni lo sueñes.

—¡Ni hablar! —exclama. Cortamos la comunicación y el niño se mete debajo de la cama, introduce la mano entre los muelles del somier, saca la cajita roja y me la da.

La abro y el diamante me parece diminuto.

—¿No te parece demasiado pequeño?

—Pensé que habías medido sus otros anillos mientras dormía, para comprobar que le venía bien.

Le acaricio el pelo.

—Lo hice. ¿Crees que dirá que sí?

—Dale antes mi regalo. Eso ayudará.

—¿Eso crees? —bromeo. Afirma con enérgicos movimientos de cabeza—. ¿Y por qué iba a querer casarse con el fracasado de tu tío?

—Porque vas a llevarla a ver a Mötley Crüe. A ella le encanta Mötley Crüe. Es su grupo favorito.

Bajo los ojos y el rostro esperanzado y confiado del niño elimina de golpe todo mi sarcasmo.

—Es su grupo favorito.

—Y el nuestro también. Es una suerte para todos —concluye.

Miro a mi sobrino. ¿De veras le gusta el *hair metal* de los años ochenta tanto como a su tío, o le gustaría cualquier cosa que a mí me gustase solo porque necesita una figura paterna?

—Te quiero, Tommy, mucho más que a Mötley Crüe. —El niño sonríe—. Es verdad —añado.

—¿Me quieres más de lo que quieres a Portia?

—Sí, pero no se lo digas a ella.

Se echa a reír.

—Ve a buscarme una tía. Nunca he tenido ninguna. Venga, a por ella.

Le hago los cuernos y me imita.

—Recuerda que puedes llamarme a cualquier hora, ¿estamos? —digo.

—¡Vete! ¡Pásatelo bien! ¡Viva el *rock*!

—Muy bien. Te quiero, pequeño —digo, y me voy con el regalo de Tommy y el anillo de compromiso.

Danielle sigue viendo la tele, un programa sobre adolescentes embarazadas que ya ha visto antes.

—Allá voy. ¡Oye, que esta noche voy a pedirle a Portia que se case conmigo!

Danielle se levanta, viene hacia mí y me da un largo abrazo. Me aprieta con demasiada fuerza, lo que hace que me preocupe un poco, pero también me gusta.

¿Cuándo nos abrazamos así por última vez?

—Deséame suerte —digo cuando me suelta.

—No la necesitas —responde.

—¿Te parece bien que mañana por la noche me lleve a Tommy, y así tú puedas tener un rato libre? —digo—. ¿Te gustaría eso, si…?

—Conseguiré un empleo. No te preocupes.

—No estoy preocupado.

—Voy a poner orden en todo esto, Chuck. Te lo prometo. Esto es solo temporal.

—Bien —digo, y luego por alguna razón añado—: Te quiero.

—Yo también a ti, hermano mayor.

Nos sonreímos y me voy.

Cuando escondo el regalo de Tommy detrás del asiento de la camioneta, pienso que a Danielle tiene que dejarle un mal sabor de boca mi buena suerte. Quiero decir que, si comparamos a Portia Kane con Johnny Rotten, a mi hermana le ha tocado el sencillo y a mí el LP. Pero, qué se le va a hacer.

Tengo un anillo en el bolsillo y las entradas de Mötley Crüe nos están esperando en Connecticut, porque no quería esperar más semanas para verlos en otro sitio más cercano.

«Está muy bien esto de ser feliz», me digo, poniendo rumbo a nuestro apartamento.

Portia está en su despacho, de modo que llamo a la puerta.

—Sí —dice cuando abro, aunque no deja de teclear.

—¿Confías en mí? —digo.

—¿Eh? —Termina de escribir y se vuelve en la silla—. ¿Acabas de preguntarme si confío en ti?

—Sí.

—¿Estaría viviendo contigo si no confiara?

—Entonces confías en mí.

—¿A qué viene esto?

—Di sí o no.

—Sí.

—Vale, guarda tu trabajo. Ponte la cazadora vaquera retro, mete en una bolsa de viaje una ropa que te habría gustado llevar en 1983 y larguémonos de aquí.

—¿Mil novecientos ochenta y tres? ¿De qué estás hablando? —dice, aunque sonriendo—. ¿Hablas en serio? ¿Adónde vamos?

—Es una sorpresa. Confía en mí. Te gustará.

Ríe, me rodea el cuello con los brazos, me da un largo beso en la boca y dice:

—De todas formas, la revisión se me está dando fatal hoy. Estaré lista en quince minutos.

Una de las mejores cosas de Portia es que nunca me hace esperar. Siempre es puntual y no se pasa horas mirándose en el espejo ni preguntándome una y otra vez si está gorda o qué vestido ponerse, como Danielle hacía siempre cuando vivía con ella y con Tommy. No es presumida, aunque tampoco lo necesita.

Ya en la camioneta, cuando llegamos a la autopista de peaje de Nueva Jersey, dice:

—Entonces, ¿adónde vamos?

—¡Es una sorpresa! —repito—. Mis labios están sellados.

Alarga la mano para coger la mía.

—Chuck Bass. Mi héroe. Hoy necesitaba una sorpresa. ¿Cómo lo has sabido?

El solo hecho de ir al volante de la camioneta un sábado por la noche, dando la mano a Portia y en dirección norte (y ni siquiera estoy pensando en el concierto), hace que sienta que mi vida va bien, que finalmente me he abierto camino tras los errores del pasado.

Al cabo de una hora más o menos, Portia dice:

—¿Cuántos kilómetros más vamos a subir? ¿Vas a llevarme a pasar la noche a Nueva York?

Sonrío sin decir nada.

Cuando dejamos atrás Nueva York y nos adentramos en Nueva Inglaterra, insiste:

—¿Estás seguro de que esta camioneta tuya será capaz de ir a donde nos dirigimos y luego volver?

—El Ford del viejo no nos defraudará —digo.

Hace unas semanas me gasté unos centenares de dólares en reparar la bomba hidráulica y, ya que estaba allí, el mecánico me convenció para que arreglara otras cosas. También habló de otros detalles que podían ser problemas en potencia, pero que no podía permitirme arreglar sin pedir dinero a Portia, porque necesitaba pagar las entradas de

Mötley Crüe y el anillo de diamantes. Me siento avergonzado por tener que llevar a Portia en este cacharro destartalado, y más sabiendo que su primer marido era más rico que Donald Trump, pero hasta ahora ha sido totalmente fiable. Y me encanta mi trabajo, pero si tengo en cuenta lo que cobro cada hora, aunque nunca seré lo bastante masoquista para hacer el cálculo exacto, resulta que gano más o menos el salario mínimo.

Portia, jugueteando, me aprieta la parte interior del muslo.

Enarco las cejas.

—Si sigues haciendo eso, no puedo garantizar tu seguridad. Conducir bajo los efectos de Portia Kane es ilegal en el estado de Connecticut. Podrían quitarme el permiso de conducir.

—Vaya, entonces será mejor que no te la chupe mientras conduces.

—No hay problema. Podemos aparcar —digo y los dos nos reímos a mandíbula batiente.

Cuando paramos a echar gasolina y a comer algo, dice:

—No sé adónde vamos, pero me gusta lo que estamos haciendo.

—Pero si aún no hemos hecho nada.

—Sí lo hemos hecho. Nos hemos dirigido hacia el norte inesperadamente.

—Yo sí lo esperaba.

—Lo planeaste para mí, lo que lo hace mucho más especial. ¿Cómo te encontré? ¿Cómo tuve tanta suerte? —Portia levanta los ojos al cielo—. Gracias, Khaleesi.

—¿Khaleesi?

—Una broma personal. De mi vida anterior.

—Vale.

—Una vida que apestaba mucho más que la actual.

—O sea, que esta apesta también.

—Hoy es el mejor día que he tenido en años.

La veo mordisquear su bocadillo de pan de centeno con atún y pienso que hasta su forma de masticar es sexy.

Luego empiezo a temer la posibilidad de estropearlo todo si le hago la pregunta hoy.

—¿Estás bien? —me pregunta—. Pareces un poco preocupado.

—Solo quería asegurarme de que llegamos a tiempo. Te voy a dejar alucinada, nena. Espera y verás.

—Me encanta cuando te pones tan nervioso y simpático —dice, y termina de comer.

Cuando estamos a unos quince minutos, abro la ventanilla y los ventiladores, porque estoy sudando otra vez.

—¿Estás bien? —pregunta Portia.

—Sí —digo—. Todavía bien.

Cuando llegamos al casino Mohegan Sun y entramos en el aparcamiento, Portia dice:

—¿Vamos a jugar? No sabía que te gustara apostar.

—No me gusta. Nunca juego.

—Ah, bien, porque estamos entrando en un casino. ¿Qué pasa? En nuestro estado también hay casinos. Un pequeño lugar llamado Atlantic City. Puede que hayas oído hablar de él —dice.

—Un jefe indio con plumas en la cabeza entra en un restaurante y dice: «Tengo una reserva».

—Vale, ahora sé que estás nervioso por algo, porque estás contando chistes malos, además de ligeramente racistas.

—Lo vi en una camiseta.

—¿Qué está pasando, Chuck? —dice medio riéndose.

—¿No te gusta viajar en mi coche? —pregunto, recorriendo el aparcamiento en busca de un hueco—. Hace una hora dijiste que era el mejor día que habías tenido en años.

—Pero no me has dicho ni una sola guarrería sexual en el Ford del viejo —se queja con esa voz de niña enfadada que me pone tan caliente.

Sonrío, aparco y apago el motor.

—Hemos llegado. Ahora échate hacia delante.

—¿Qué?

Cuando Portia se inclina, doblo el asiento y cojo el regalo de Tommy, que había dejado detrás.

—El chico quería que tuvieras esto —digo, dándoselo.

—¿Se supone que estos somos Tommy y yo? —pregunta Portia—. «Bienvenida a la familia, Portia. Vas a ser una gran ¿*tía?* Te quiero, Tommy.» ¿Qué significa esto?

—Abre el regalo.

—No lo entiendo —dice, y su expresión preocupada me pone aún más nervioso.

—Ábrelo.

Portia retira el papel con cuidado, tratando de no destruir la obra de arte de Tommy, y entonces…

—¿Me regala su vinilo original de *Too fast for love*? Pero ¿es tonto? Espera. ¿Por qué hemos venido hasta Connecticut para darme un disco de Mötley Crüe?

—Porque Mötley Crüe toca esta noche en este casino y tenemos entradas.

—No me jodas, Chuck Bass.

—No te jodo.

—¿El grupo auténtico? ¿Vince Neil, Mick Mars, Nikki Sixx y Tommy Lee? ¿Están todos aquí?

—Sí —respondo, sonriendo con orgullo.

Y entonces Portia se lanza a besarme. Cuando nos separamos para respirar, dice:

—¡Quería ver a Mötley Crüe en concierto desde que tenía doce años!

—Lo sé. Por eso he pagado una pequeña fortuna por una oferta hotelera que incluye buenos asientos.

—Pero ¿a qué se refiere Tommy, dándome la bienvenida a la familia?

Saco la cajita roja del bolsillo, la abro y se la alargo.

Su expresión cambia de repente, y no sé si la sorpresa es buena o mala.

—Te quiero, Portia —declaro, y la estúpida voz me tiembla—. He trabajado mucho para estar limpio y sobrio, y poner en orden mi vida. Y tú eres lo mejor que me ha sucedido nunca. Quiero pasar el resto de mi vida contigo. ¿Quieres casarte conmigo?

Portia mira el anillo, pero no dice nada.

—¿Quieres que me arrodille? —digo—. ¿Preferirías que lo hiciera así?

—No —responde—. No es eso.

—¿Es que el diamante es muy pequeño?

—No, es precioso. Perfecto.

—Cuando haya levantado cabeza, dentro de unos años, podré comprarte otro más grande.

—Este anillo es el único que quiero. Este anillo. Nunca querré otro anillo, ¿me oyes? Nunca. Este es el único.

—Entonces, póntelo.

Portia me mira durante demasiado tiempo; se quita la cadena de plata y ensarta el anillo en ella, al lado del pequeño crucifijo gótico que lleva puesto desde que su amiga la difunta monja resultó ser la madre del señor Vernon.

—¿Por qué lo pones ahí? —digo con inquietud. Me da un beso en los labios, apoya la cabeza en mi pecho y se echa a llorar—. Esta no es la reacción que esperaba —añado.

—¿Puedes abrazarme?

La abrazo, le acaricio el pelo y la espalda, y ella sigue llorando en silencio, con la mejilla apoyada en mi pecho. Al cabo de unos quince minutos, se pone erguida. El maquillaje se le ha corrido por la cara, que ahora es de un rojo brillante.

—Lo siento —digo—. Es evidente que la he cagado. Quizá me haya precipitado un poco, pero…

—Voy a decir que sí, Chuck. De veras. Solo necesito algo de tiempo.

—¿Tiempo? ¿Lejos de mí? —Siento un brote de ira, me pica todo, como si por primera vez necesitara una buena dosis.

—No, tiempo contigo.

—¡Por eso te he pedido que te cases conmigo!

—Y por eso he puesto el anillo en la cadena.

—¿Por qué no te lo pones en el dedo? No lo entiendo.

—Todavía no estoy divorciada, Chuck.

—¿Por qué lloras?

—Porque eres perfecto para mí, y ojalá nos hubiéramos conocido antes de que echara a perder mi vida. Y estoy destrozada, y no sé si me recompondré alguna vez. Y…

—Yo también estoy destrozado —digo—. ¡Destrozado de arriba abajo!

—Y sin embargo eres muy valiente… y romántico, organizando todo esto —dice—. Eres mucho más fuerte que yo.

—Así que la he cagado a base de bien. ¿Eso es lo que estás diciendo?

—No. Es todo perfecto. Hoy. Tú. Eres perfecto para mí. Y vamos a disfrutarlo. Mötley Crüe. Mierda. Es como si fueras un Príncipe Azul del *metal*, haciendo que todos mis sueños se hagan realidad. Yo soy quien la ha cagado. Pero trato de arreglarlo y tú estás ayudando más de lo que me merezco. Así que de momento llevaré este anillo junto a mi corazón, vamos a buscar una habitación, haré el amor contigo como nunca y veremos al mejor grupo de *metal* de todos los tiempos, y luego seguiremos juntos. Y en algún momento, me pondré este anillo en el dedo y me casaré contigo. Te lo prometo. Joder, Chuck, claro que te lo prometo. Tendrás que confiar en mí, ¿puedes hacerlo?

—Así que estás diciendo que sigamos como pareja, tú con el anillo al cuello, y en algún momento del futuro, cuando hayas ordenado algunas cosas, te pondrás el anillo en el dedo y nos casaremos. ¿Esa es tu respuesta?

—Sí, esa es mi respuesta oficial. Y además vamos a echar un polvo antes y después del concierto de Crüe.

—Eres una mujer hermosa y misteriosa, Portia Kane.

—Me haces creer en los hombres buenos, Chuck Bass —dice, aunque la voz se le quiebra y empieza a llorar otra vez—. Lo siento.

—Está bien —replico, aunque estoy más confuso de lo que creía posible.

El interior del Mohegan Sun parece una tienda india gigantesca y futurista, levantada en el espacio exterior: como si los pieles rojas hubieran construido la *Enterprise* y la hubieran amarrado al río Thames de Connecticut.

Paseando entre las máquinas tragaperras y las mesas de *blackjack* hay varios tipos del estilo de Jersey Shore, con músculos inflados a base de esteroides y camisas de Ed Hardy, pero también se ven seguidores de Crüe, con camisas de Harley-Davidson y camisetas de viejos conciertos. La portada que más veo en las camisetas es la de la banda montada en moto del disco *Girls, girls, girls*, pero también las hay con las máscaras de la tragedia y la comedia de *Theatre of pain*, y los típicos pentáculos con los miembros de la banda peinados al estilo del musical Cats. A mí el look de los Mötley Crüe que más me gusta es el original.

—Mira las lunas de la alfombra —dice Portia, señalando el suelo cuando pasamos al lado de una mesa de póker—. Esta es la Luna de las Fresas.

Bajo la cabeza y veo un círculo de tres metros de diámetro con tres fresas dentro.

—Hay trece lunas en el año indio —dice.

—¿Cómo lo sabes?

—Lo he leído en aquella pared —explica—. Mira, hay un coyote robot en aquella montaña de pega. ¡Se le mueven las orejas!

—¡Alucinante!

—Impresiona —dice, enlazando mi brazo con el suyo y acercándose mucho—. Vamos a echar un polvo, Chuck.

—Si insistes —digo con sorna, porque sonríe y parece que vuelve a pasárselo bien.

Desde que hemos entrado, no dejo de preguntarme si es raro que se haya colgado el anillo en la cadena. Pero me obligo a mí mismo a no darle vueltas.

Ella está contigo.

Las mujeres inteligentes como Portia no viven con hombres a los que no quieren.

Portia dijo que se pondría el anillo en el dedo más adelante, cuando esté preparada.

Confía en ella.

Ella vivió con su primer marido y lo ODIABA*, genio.*

Para.

No la cagues ahora.

—¿Dónde estás? —pregunta Portia.

Miro alrededor.

—Estoy en el ascensor, contigo.

Me da un beso, me mira a los ojos y dice:

—¿Preparado para tu noche de suerte?

—Siempre —respondo—. Tenemos buenos asientos, a unos cinco metros de la esquina del escenario. He oído que tiran sangre falsa a la gente de la primera fila, así que decidí ir con...

—Todo es perfecto —dice, volviendo a besarme—. Exactamente como lo quiero. Has pensado en todo. *En todo.*

La habitación da al río y no está mal, lo que podía esperarse por lo que he pagado, aunque no soy experto en habitaciones de hotel.

—Seguro que has estado en sitios mucho mejores con tu marido, ¿eh? —digo.

¿Por qué cojones has dicho eso?

—Nunca me hizo tan feliz..., jamás —responde, y cuando la miro a los ojos sé que está diciendo la verdad, pero eso no me hace sentir mejor, porque sé que nunca podré darle lo que le daba su marido. Quiero decir que los maestros de primaria no suelen hacerse millonarios.

Ahora me está quitando la ropa, y poco después estoy tendido en la cama, desnudo, y pasea la cabellera por mi cuerpo, arriba y abajo, y me hace cosquillas en los lugares adecuados. Portia es mejor en la cama que yo, lo que me hace sentir incómodo, porque ella ha tenido que aprenderlo en alguna parte.

No pienses en eso.

No la cagues.

Pero ya la he cagado, me digo cuando el anillo que lleva al cuello sube y baja por mi abdomen, junto con su cabellera y el pequeño crucifijo de plata de la monja.

Limítate a estar aquí.

Sé feliz.

Has llegado muy lejos.

Mi móvil empieza a sonar.

Al principio no le hago caso, hasta que me doy cuenta de que puede ser mi sobrino.

—Tengo que asegurarme de que no sea Tommy —digo—. Le he prometido responder siempre que llame.

Me mira con reprobación, pero me anima con la cabeza.

—¿Tommy? —digo por el teléfono. Me dice que está bien y le confirmo que ya hemos llegado al hotel.

Portia está haciendo un excitante *striptease* junto a la ventana y los rayos del sol vespertino bailan por su piel desnuda.

Tommy me cuenta que Johnny Rotten está en casa y que su madre lo ha enviado a su cuarto.

—Se están besando otra vez.

—Puaj —digo.

Pregunta si Portia es ya su tía y respondo:

—Estoy en ello —y corto la comunicación.

Cuando vuelvo a prestar atención a Portia, dice.

—Lo que más me excita en este mundo es un hombre que interrumpe una tórrida situación sexual para comprobar que su sobrino está bien emocionalmente.

—Lo siento, pero…

—Hablo en serio —replica, tras lo cual da un salto salvaje y aterriza encima de mí.

—Saltas como un puma.

—Vi muchos vídeos *metal* cuando era pequeña —confiesa, y al poco rato estoy dentro de ella y ella se mueve encima de mí, y me siento excitado, abrumado, enamorado, como si no me lo mereciera, como si fuera capaz de hacer cualquier cosa para que esto continúe, y entonces comprendo que no he querido nada ni a nadie con tanta intensidad desde que estaba enganchado a la heroína, que Portia es mi nueva droga, y no solo por el sexo, que es alucinante, sino por el simple hecho de estar con ella, verla sonreír, hablar con ella.

Llega al orgasmo, pero sigue moviéndose para facilitar el mío, y solo me faltan unos treinta segundos para alcanzarlo, y cuando lo hago ella se desploma sobre mí y nos quedamos allí inmóviles, aún abrazados.

—Estás temblando —dice cuando levanta la cabeza.

No sé qué decir.

Estoy avergonzado.

—Ha estado muy bien —digo.

Coge el anillo que lleva al cuello, lo besa y dice:

—Confía en mí, Chuck Bass. Nos esperan buenas cosas. Solo necesito hacerlo a mi manera esta vez, ¿vale?

—Vale —acepto.

Me da un beso en los labios.

—Y ahora voy a ducharme y a ponerme súper sexy para ti… y *para Vince Neil.*

Me guiña el ojo y al poco rato está en el baño.

Cuando vuelve a salir, lleva el pelo ligeramente cardado, sombra de ojos negra y lápiz de labios rojo frambuesa. Se ha puesto unos vaqueros muy ceñidos, tacones de diez centímetros y una camiseta de tirantes negra.

—No está mal para haber hecho el equipaje a última hora y no tener ni idea de adónde nos dirigíamos, ¿verdad?

—No pienso dejar que Vince Neil se te acerque —aviso.

Como el precio del casino incluye bebidas gratis en un restaurante llamado Tuscany, Portia insiste en que comamos allí, lo que me hace sentirme como un pobre cateto. Le digo que podemos comer donde ella quiera.

—Es tu noche —digo. Pero ella insiste.

Nos sientan en una mesa para dos ante una montaña de pega, con el agua corriendo entre piedras beis: todo interior, desde luego.

Estamos en la zona comercial del casino. Puedo ver una tienda de Tiffany's y otra de Coach, y espero por lo más sagrado que a Portia no le interese comprar objetos caros esta noche, porque no tengo dinero para eso. Mi presupuesto da para unas camisetas del concierto, esta cena y quizá café por la mañana. Pero la mierda de ropa de marca que su primer marido le compró empieza a estar raída y vieja, y sé lo mucho que le gusta ir a la última moda. También sé que nunca podré comprarle habitualmente todas esas cosas.

Me pregunto si no será mi situación económica lo que le impide ponerse mi anillo.

Portia pide un Cosmo rosa de pomelo y yo pido un agua tónica sin azúcar.

Chocamos los vasos y ella dice:

—Por nuestro futuro.

—Brindo por eso.

Bebemos.

Entonces añade:

—¿Recuerdas aquel vídeo de *Looks that kill*, donde se ve un mundo posapocalíptico y salen mujeres corriendo en ropa interior, y los chicos de Mötley Crüe las conducen al redil con antorchas? Y luego la jefa de la manada acude a liberarlas a todas, y lo consigue, y luego seduce a los miembros de Mötley Crüe, incluso salta por encima de las paredes como una superheroína.

—¿Cómo olvidarlo?

—Y al final, los chicos de Mötley Crüe la rodean elevando los puños al aire y luego desaparecen todos en un pentáculo en llamas.

—¡Esa es la mejor parte!

—Me gustaba imaginar que yo era la jefa de la manada del vídeo, la única que Mötley Crüe no podía encerrar en el redil. Una liberadora de mujeres. ¿Crees que eso me convirtió en feminista antes de que supiera lo que significaba la palabra?

—No sabría decírtelo —respondo, y me echo a reír—. Pero diré que sí si eso te hace feliz esta noche.

—Crees que es una estupidez, ¿verdad?

—Solo era un vídeo musical. No significaba nada —contesto, deseando inmediatamente no haber hecho el comentario, porque a Portia le encanta hablar sobre cosas así, ponerse profunda y filosófica, y yo quiero que ella sea feliz esta noche.

Me siento aliviado cuando sonríe y da otro sorbo a su bebida rosa.

—Supongo que a una mujer que tiene a Gloria Steinem por heroína, no debería gustarle Mötley Crüe, una banda que seguro que esta noche tendrá mujeres desnudándose en el escenario —comenta—. Una banda que es famosa por tratar a las mujeres como objetos. Me justifico a mí misma diciendo que los escuchaba antes de saber de qué iban en realidad.

—¿Igual que cuando pasas por alto los comentarios racistas de un tío muy querido?

—Exacto. Esta música es nuestra infancia. Es lo que tenemos. Nos hizo crecer, para bien, para mal o para nada.

Miro el anillo colgado de su cuello.

—Para mí es eso, pero también es algo más —insisto—. Seguí creciendo con ellos incluso después de ser adulto.

Ojalá no lo hubiera dicho, porque no quiero hablar sobre mi pasado esta noche.

—¿Y eso? —pregunta Portia, y entonces sé que no hay vuelta atrás.

—Me refiero a que soy un exdrogadicto.

Inclina la cabeza a un lado, da otro sorbo al Cosmo rosa y dice:

—Todos los de Mötley Crüe eran drogadictos.

—Decían que Nikki Sixx consumía diariamente drogas por valor de cinco mil dólares. Y eso era en los años ochenta. ¿Te lo imaginas?

—Pareces impresionado —replica.

—Durante muchos años ni siquiera he ganado cinco mil dólares... *al año*.

¿Por qué acabo de decir esto?

—Pero lo que de veras me impresiona es la abstinencia actual de Nikki Sixx —añado, y me pregunto si no estaré pontificando, si no estaré hablando como un exdrogadicto metido a reformista. Pero por alguna razón, sigo hablando, quizá porque me lo creo en el fondo—. Cuando estaba en rehabilitación, había un consejero que se llamaba Grover, como el monstruo de *Barrio Sésamo*, y era un tipo algo inusual. Un día me vio dibujando un pentáculo y las palabras Mötley Crüe en mi cuaderno, con las correspondientes diéresis sobre la o y la u, y me preguntó si había visto el episodio de *I survived* dedicado a Nikki Sixx. Como le dije que no, consiguió una cinta de VHS y la vimos juntos. Trataba de la cantidad de drogas que consumía Nikki Sixx, de que ya ni siquiera le gustaba tocar música, ni le importaba ser una estrella del *rock*, tenía accidentes de tráfico, pasaba las vacaciones solo, le entraban ataques de paranoia en los lavabos; murió dos veces y resucitó gracias a un enfermero, que era admirador de Mötley Crüe, y le inyectó adrenalina, aunque ya lo habían declarado clínicamente muerto. También hablaba, en el programa, de que no había asistido al entierro de su abuela porque estaba totalmente colocado. Al parecer quería mucho a su abuela. El episodio terminaba con Nikki tocando fondo, pero luego dejaba la droga y descubría que tocar música sin drogarse también podía ser emocionante. Después fundó una organización benéfica para ayudar a los adolescentes adictos a las drogas. Allí aprenden a tocar y a hacer música. Recuerdo a Nikki diciendo que la música puede ofrecerles un objetivo, algo a lo que dedicarse. Cuando Grover me enseñó aquel episodio, sentí un clic dentro de mí, y llegué a la conclusión de que si Nikki Sixx pudo luchar contra la adicción y crear sin drogas el álbum *Dr. Feelgood*, bueno, pues entonces quizá también yo podía dejarlo y ser maestro de primaria.

Portia me mira fijamente, y no sabría decir si lo que veo es amor o arrepentimiento o preocupación, así que hago un chiste.

—Este discurso siempre era recibido con un fuerte aplauso en las reuniones de Drogadictos Anónimos.

Y es que me mira con unos ojos que me asustan, porque hacen que me sienta como si realmente me amara y quizás incluso me admirara… y afirma con la cabeza, como dándome apoyo.

—Bueno, el caso es que Nikki Sixx es mi héroe —concluyo—. Por idiota que parezca decir esto con cuarenta y tres años.

—Te quiero.

—Yo también te quiero.

—Te admiro —dice—. Fuiste valiente. Luchaste para llegar aquí…, exactamente aquí, conmigo. Y no lo olvidaré.

Suena el teléfono y miro la pantalla.

—Es Tommy. ¿Te importa?

—Adelante —dice, aunque sí parece que le importe un poco.

—Pequeño —digo—. ¿Estás bien?

—¿Estás en el concierto?

—Todavía no. Estamos cenando. ¿Va todo bien?

—Johnny Rotten se ha ido.

—Bien, ¿no?

—Mamá está llorando.

—¿Por qué?

—No estoy seguro.

—¿Estás bien tú?

—Soy valiente —dice Tommy.

—Eres el más valiente.

—Voy a irme pronto a dormir. Solo quería darte las buenas noches.

—Te veremos mañana, chaval. Y mañana es pronto.

—¿Me contaréis todo lo del concierto de Mötley Crüe? ¿Escucharemos el vinilo de Portia *Too fast for love*?

—Te lo juro por mi vida.

—¿Y contestarás al teléfono si tengo una pesadilla otra vez?

—No vas a tener ninguna pesadilla. La máscara de Quiet Riot te protege, ¿recuerdas? ¡Es un talismán superpoderoso!

Nos decimos adiós, cierro el aparato y le digo a Portia que lo siento.

—Parece que mi hermana y Johnny Rotten se han peleado. Tommy solo quería…

—Haces muy bien de tío de Tommy.

—Solo contesto al teléfono cuando llama.

—Mentira —dice, y me dedica una sonrisa tan hermosa que tengo que mirar a otro lado.

Mojamos pan en una especie de pasta parecida al humus, que está muy buena, y luego nos comemos los *gnocchi*, que a mí me parecen excelentes, aunque Portia dice que están demasiado hechos y me pregunto cómo sabe estas cosas. ¿Quién es capaz de distinguir la diferencia entre la pasta bien cocida y la pasada?

—¿Le contaste a Tommy que ibas a proponerme matrimonio esta noche? —pregunta.

—Escondimos el anillo en su cama durante unas semanas. Era mi cómplice del delito.

—¿De quién fue la idea de darme el vinilo de *Too fast for love*?

—Toda suya.

—Voy a decirle a Tommy que tú y yo nos vamos a casar algún día —anuncia—. Haré que lo entienda. No te preocupes.

—Vale.

—Porque algún día nos comprometeremos y nos casaremos.

—Bien.

Después de la cena, paseamos cogidos del brazo por el casino, haciendo la digestión. Pasamos por delante de las máquinas tragaperras de Judge Judy y de una mujer con una hebilla de pasta que pone VIAJE, vemos en la alfombra una luna de las tormentas y una luna de una rana flautista, y luego estamos en medio de la masa de gente congregada a las puertas del recinto del concierto.

—Todo el mundo ha envejecido —comenta Portia cuando miramos a nuestro alrededor y vemos gente que parece tener al menos diez años más que nosotros—. ¿Cuándo ocurrió?

Hay una extraña mezcla de moteros canosos con tatuajes en el cuello y barbas puntiagudas; falsos moteros afeitados y vestidos con flamantes prendas de cuero que es obvio que nunca han visto la carretera; padres con hijos adolescentes acostumbrados a oír el *rock* de los ochenta, igual que Tommy; patanes con tejanos lavados a la piedra y polos de colores pasteles que parecen empapados de agua y pesar cincuenta kilos; mujeres con *bustiers* y corsés de cuero, y tacones de aguja, y nosotros.

Una vez dentro, compramos camisetas y pequeños llaveros de *Theatre of pain*, con las máscaras de la comedia y la tragedia, y luego escuchamos a unos teloneros locales mientras esperamos a que Mötley Crüe suba al escenario.

Portia y yo nos cogemos de la mano y miramos el escenario hasta que los miembros de Mötley Crüe hacen aparición, con mujeres ligeras de ropa sobre los hombros y unos banderines medievales con las iniciales MC en blanco y rojo, mientras agitan un gigantesco incensario rojo parecido al que llevaría un sacerdote. El público ruge de entusiasmo.

Abren el concierto con *Saints of Los Angeles* y de repente volvemos a ser adolescentes, sacudiendo la cabeza y haciendo cuernos con la mano. Cuando tocan *Wild Side* estoy totalmente transportado. Hay *strippers* bailando y cantando, y haciendo acrobacias con cadenas que cuelgan del techo, y en algunos momentos simulan actos de lesbianismo, y hay luces y movimiento y un fragor infernal, y está la batería de Tommy Lee, que se encuentra en un círculo gigantesco que a veces es una especie de montaña rusa pulsátil por la que llega a subir y bajar quince metros mientras da vueltas en el aire y toca su largo solo de batería a mitad de la canción. Mi modelo de conducta, Nikki Sixx, está casi todo el tiempo en nuestro lado del escenario. Estoy a unos siete metros de él, y mientras toca el bajo y escupe agua al público, y sacude esa melena de pelo negro que parece de Teleñeco, desearía darle las gracias por haber hecho el documental *I survived* y haber escrito los *Diarios de un heroinómano*. Tocan varias de mis canciones favoritas: *Shout at the Devil, Home sweet home, Live wire, Too fast for love, Dr. Feelgood…* y Portia menea el culito y se abandona también a la música, olvidando la degradación de las mujeres y sus opiniones feministas sobre el *rock*.

En un momento dado, Vince Neil proclama:

—Somos unos viejos cabrones. —Y el público ruge, porque casi todos los presentes son también viejos cabrones.

Terminan con *Kickstart my heart*, durante la que Nikki Sixx escupe sangre de pega sobre la primera fila antes de que Tommy Lee y él mismo arrojen sobre el público cubos de más salsa de tomate, y después el concierto se acaba.

Cuando se encienden las luces, Portia se vuelve hacia mí y dice:

—Como feminista, sé que debería odiar con todas mis fuerzas a Mötley Crüe, pero no puedo negarlo. Nos han tocado la fibra sensible a todos.

—Solo es *rock-and-roll*. Nada más que un espectáculo —digo, en voz muy alta, porque me pitan los oídos.

—Ojalá pudieras hablar con Nikki Sixx —propone, también a gritos, mientras nos dirigimos a la salida—. Aunque escupa sangre sobre la gente, apuesto a que sería amable contigo. Apuesto a que estaría orgulloso de ti por haberte rehabilitado. Me gustaría llevarte entre bastidores.

—Sí, ojalá. Si no fuera porque intentarías tirarte a Vince Neil.

—¿Celoso? Teléfono —avisa.

—¿Qué? —digo. Todo el mundo que sale del concierto habla a gritos, porque nadie oye ya nada.

—¡Tu teléfono! ¡Está sonando!

Lo saco del bolsillo. Ya no suena.

Hay catorce mensajes.

Me aparto de la gente y me sitúo en el centro de una fila de asientos vacía.

Portia me sigue.

—¿Qué ocurre? —pregunta.

Tecleo mi código y escucho los primeros mensajes.

La mente empieza a darme vueltas.

Tengo ganas de vomitar.

—La he cagado del todo, Portia. La he jodido bien jodida.

—¿Qué ocurre? Dímelo, Chuck. Me estás asustando.

Levanto el dedo y escucho el resto de los mensajes.

Me estoy pellizcando el muslo mientras oigo la voz asustada de mi sobrino y mentalmente voy ordenando las piezas del rompecabezas.

—Deja de hacerte daño, Chuck. ¡Para! Cuéntame qué pasa. ¿Qué pasa?

Cuando oigo el mensaje de Lisa desde el Manor, diciendo que Tommy está a salvo con ella, miro a Portia.

—Danielle se ha pinchado en el apartamento.

—¿Pinchado?

—Heroína. No estoy seguro, pero creo que ha sido una sobredosis. Tommy la ha encontrado desmayada y con la aguja clavada en el brazo. Lleva toda la noche llamándome. Tengo que llamarle.

—¡Llámale!

Se pone Lisa.

Me cuenta que ha conseguido que Tommy se quede dormido en su casa, pero que estaba muy nervioso. Luego dice:

—Qué mal, Chuck, qué horror. No quiero ser yo la que te lo cuente.

—¡Dilo de una puta vez, joder! —grito.

Lisa rompe a llorar mientras trata de pronunciar las palabras.

—Tommy llegó al bar gritando y llorando. Fuimos al apartamento. Encontramos a Danielle en el suelo. Llamamos a una ambulancia, pero era demasiado tarde. Ha muerto. No estoy segura de que Tommy lo entienda todavía, y no sabía lo que tú querrías que le contara, así que...

Me quedo con la mente en blanco durante un rato, aunque sigo moviéndome, y cuando me doy cuenta, estoy en la camioneta, tratando de ponerla en marcha, pero el motor no arranca, y empiezo a dar golpes al volante, maldiciendo y farfullando incoherencias, pateando el suelo, gritando y llorando, y Portia me está diciendo que todo irá bien.

—He abandonado a Tommy —repito sin parar—. Debería haber estado con él. Debería haber respondido al teléfono cuando llamó. El cabrón de mi padre nunca estuvo a mi lado y ahora Tommy va a pensar que...

—Chis —dice Portia, y luego lloro sobre su pecho como un niño durante un tiempo que me parece una eternidad, sollozo y pierdo totalmente el control, y luego todo me desborda y me quedo dormido con la cabeza en su regazo.

Cuando despierto, me duele el cuello y Portia me está mirando.

—¡Mierda! ¡Tenemos que ir a casa! —exclamo.

—Está bien. Tommy está con Lisa. Enseguida llegamos a casa.

—¿Cuánto tiempo he dormido? —digo.

—Una media hora —dice, intentando sonreír.

Tiene los ojos rojos.

—¿Qué vamos a hacer?

—Vamos a ir al hotel a cancelar la reserva y a alquilar un coche. Yo conduciré. Recogeremos a Tommy y lo llevaremos a nuestra casa, donde vivirá a partir de ahora. Nos aseguraremos de que Tommy esté bien, y luego ya veremos.

—¿Ya veremos qué? —digo.

—Todo.

29

El diario que había bajo la almohada de Danielle nos contó todo lo que necesitábamos saber. Su novio no estaba en el negocio de las apuestas. Era un camello a jornada completa que suministraba drogas a mi hermana, siempre que ella se abriera de piernas ante él, por supuesto. La peor parte es esta: ella le quería, aunque temía que el sentimiento no fuera mutuo. Y creo que al principio se pinchó con él para demostrarle su amor…, como una forma de compartir intereses, por así decirlo. Pero la mercancía que le pasaba el novio era más fuerte que lo que había probado en otros tiempos, y por tanto el síndrome de abstinencia era más intenso. Todo sucedió más rápido de lo que ella podía controlar. Y al novio no le gustaban las chicas que no controlaban el consumo. Eso era lo fundamental.

Johnny Rotten no aparece en el entierro, y más le vale, porque mi idea es romperle la cara la próxima vez que lo vea, pero milagrosamente asiste la madre de Portia, incluso lleva un vestido que ella le ha comprado, para que se quite por un día el chándal rosa. La Cangrejo Gruñona y todos mis amigos del colegio asisten también, lo que me emociona profundamente. El peludo jefe de Danielle y algunas camareras presentan sus respetos, junto con un puñado de parroquianos del Manor. Con traje negro, corbata negra, camisa blanca y zapatos y cinturón negros que Portia me ha comprado en Men's Wearhouse, murmuro incoherencias delante de la pequeña multitud reunida en el tanatorio, más que nada recuerdos relacionados con la niñez que compartí con Danielle, con los dibujos animados que veíamos cuando éramos pequeños, con la música *metal* de la que nos enamoramos en los años ochenta y con mi deseo de que nos hubiera gustado la música clásica en lugar de la otra, porque los degustadores de música clásica suelen evitar la heroína y vivir más tiempo; y con lo buena madre que era y lo mucho que quería a Tommy, y al llegar a este punto me derrumbo y rompo a llorar, quizá porque me doy cuenta de que todo esto son tonterías y mentiras.

Lo peor es que verme tan emocionado asusta a Tommy. Está sentado en primera fila, vestido exactamente como yo, porque Portia también le ha comprado un traje negro y toda la vestimenta adecuada, y se nota que ella no sabe si seguir cogiéndole la mano al niño o reunirse conmigo. Finalmente se reúne conmigo, lo que me hace sentir débil, ya que mi sobrino, que acaba de perder a su madre, se está portando con más entereza que yo. Portia me acaricia la espalda y susurra al oído: «No pasa nada», varias veces.

—Debería habérmelo imaginado. Debería haberla salvado...

Delante de mí hay unas dos docenas de personas sentadas en sillas dispuestas en filas, y me siento culpable de que al funeral de mi hermana no acuda más gente, como si yo fuera el causante de la degeneración de su vida y su prematura desaparición.

—Lo siento. Lo siento mucho —murmuro entre lágrimas.

—Lo estás haciendo muy bien —dice Portia.

Miro el ataúd y veo a Danielle, casi azul y como de cera. El forense encontró marcas de pinchazos en la cara interior de sus muslos. Llevaba varias semanas inyectándose, y saberlo no hizo mucho por tranquilizar mi conciencia. Pero no es momento de pensar en responsabilidades. Tengo que pasar el día de hoy. Para enfrentarme a la culpa tengo el resto de mi vida.

Algunos asistentes se levantan y cuentan anécdotas sobre Danielle, ninguna particularmente interesante. Clientes del restaurante que siempre pedían sentarse en su sección, curiosidades exageradas sobre lo divertido que era beber en su compañía en el Manor. Tommy habla sobre cantar con ella y Portia cuenta que estuvo con Danielle en la clase del señor Vernon, pero de casi todas las anécdotas me voy olvidando conforme las oigo. No dejo de mirar a Danielle, pensando que unos diez años antes habría sido más probable que fuera yo el que estuviera en la caja. ¿Por qué no fue así? Aprieto los puños cuando pienso en Randall Street.

Cuando ya no quedan anécdotas, la gente vuelve a los coches y yo pregunto al director del tanatorio si Tommy y yo podemos quedarnos solos un momento.

Se despeja la sala y cierran las puertas.

Portia también se va.

Hago todo lo posible por mantenerme sereno y digo:

—Quiero que le eches un buen vistazo a tu madre, Tommy, porque cuando cerremos la tapa, no volverás a verla nunca más.

Tommy mira a Danielle.

—No se parece en nada a ella.

—Lo sé, pero lo es. Y te quería mucho. Pero cometió una solemne tontería, y ahora la tía Portia se ocupará de ti.

—La tía Portia llevaba hoy el anillo en el dedo —dice—. Antes no lo llevaba, ¿por qué?

—No estoy seguro. Tendremos que preguntárselo después.

—¿Será ella mi madre ahora?

Me está mirando con una mirada muy preocupada y me siento totalmente abatido.

—Siempre tendrás a tu verdadera madre contigo, en tu corazón —digo, pensando al mismo tiempo: «¿Qué coño le estoy contando al niño? ¿Acaso eso significa algo? Llevar a alguien en el corazón, como dicen las personas religiosas sobre Jesús»—. Ella siempre estará contigo. Y Portia y yo también estaremos contigo. Estoy haciendo todo lo posible para que Portia sea tu tía oficialmente, y estoy casi seguro de que lo será, pero yo nunca te dejaré, Tommy. ¿Me escuchas? Estaré contigo toda la vida.

—Lo sé —dice, y luego mira a su madre.

—No es malo llorar —digo.

—Ya he llorado, cuando no mirabas.

—Puedes llorar mientras miro, Tommy. ¿No me has visto tú llorar antes? Está bien. Los hombres de verdad lloran. Así que llora si lo necesitas.

Tommy apoya la cabecita en mi cadera.

—¿Puedo darle un beso de despedida, uno solo?

—Claro, pero la sensación no será la misma que cuando estaba viva. Eso ya lo sabes.

—Bien.

Lo levanto para que pueda alcanzarla y besa a Danielle una vez en la mejilla. Le oigo susurrar:

—No te preocupes, cuidaré del tío Chuck.

Tras ponerlo de nuevo en el suelo, le digo:

—Tú no tienes que ocuparte de nadie más que de ti mismo, ¿me oyes? Y vamos a ocuparnos de ti. Tú eres el niño. Es a quien hay que cuidar.

Mi voz es severa, pero quiero que entienda el mensaje.

Asiente con la cabeza y entonces se le escapan las lágrimas.

—No quiero que mi mami muera —dice, y se arroja en mis brazos y llora sobre mi corbata recién comprada.

—Lo sé, lo sé, lo sé —repito, porque no sé qué más decir, y es todo lo que puedo hacer para contener la cólera que siento cada vez que pienso en Randall Street—. Yo tampoco quiero que tu mami muera. Pero aún nos tenemos el uno al otro, y vamos a vivir una vida fabulosa juntos, ¿me oyes? Fabulosa.

Sigue llorando sobre mi camisa, así que le froto la espalda hasta que se le pasa.

Enterramos a mi hermana sin parafernalia religiosa, comemos bocadillos en el Manor, y luego Portia y yo abatimos el fután de su despacho y conseguimos que Tommy se duerma acostándonos a ambos lados de él y contándole historias de cuando su madre era niña y se cardaba el pelo como Axl Rose. El niño llega a reírse alguna vez, lo que me llena de orgullo, aunque se incorpora varias veces para comprobar que su máscara de Quiet Riot está colgada sobre su cama provisional en el apartamento de Portia.

Allí está.

Procuramos que así sea.

Cuando se ha dormido, Portia y yo lo observamos respirar durante un largo rato, asegurándonos de que está profundamente dormido antes de dejarlo.

Y luego, por fin, estoy en la cocina, a solas con Portia, que se ha servido un vaso de vino.

—Veo que te has puesto el anillo de compromiso.

—Ya hablaremos de eso más tarde. Acabamos de enterrar a tu hermana.

—No quiero que me tengas lástima. No quiero que lleves ese anillo solo para que me sienta mejor.

—No te compadezco. Te quiero. Nunca tuve ninguna duda al respecto. Pero no estaba segura de estar lista para casarme otra vez... oficialmente.

—¿Por qué?

Mira dentro de su vaso de vino unos momentos.

—Porque nuestra vida juntos está marchando muy bien. No quiero estropearlo, ¿sabes? Quería que las cosas siguieran igual todo el tiempo posible. Y quizá quería conseguir algo concreto antes, al menos una cosa, como mujer soltera. —Portia recorre el borde del vaso con el índice—. Pero ahora tenemos una oportunidad real de conseguir que un buen niño pueda vivir una infancia normal. Nosotros no pedimos esta situación, pero aquí está, y podemos seguir adelante.

—¿Así que te has puesto el anillo por mi sobrino, no por mí?

—No seas imbécil, Chuck.

Portia sonríe de una forma que hace imposible que me ofenda.

Me quedo mirando el techo de la cocina.

—¿Sabes? Cuando estaba delante de todos, hablando de Danielle, pensé en volver a inyectarme. Por primera vez en muchos años quería una dosis. Aunque el caballo acababa de matarla. Quería colocarme. También quería matar a Randall Street. De verdad que quiero matarlo.

—¿Y qué te impide meterte una buena dosis y tirar por la borda todo el trabajo que has hecho? —pregunta Portia, soslayando la segunda parte de mi confesión.

—Tú. Y Tommy. Y la idea de que a lo mejor puedo ser un buen maestro. El carnet de Miembro Oficial de la Raza Humana que nos dio el señor Vernon. Llegar a ser la persona que queremos ser, ¿no? Pero no puedo hacerlo solo. Así que tengo que saberlo ahora mismo, Portia, ¿estás dentro o fuera?

—Siempre he estado dentro, Chuck. Siempre.

—Entonces, ¿por qué te has puesto el anillo hoy?

—Porque solo es un anillo, ¿vale? Si a Tommy y a ti os ayuda a estar más seguros, lo llevaré. Pero estoy dentro a pesar de eso. Ya estaba contigo antes de ponérmelo. Lo llevo puesto también por ti, como muestra de solidaridad. Quizá más por Tommy, porque sé lo que se siente de niño cuando estás solo, como si tuvieras que ocuparte de ti mismo y de los adultos que hay en tu vida. Es una putada, ¿no? No quería que Tommy se sintiera perdido. Y quería que tú te sintieras fuerte. Porque nunca más vas a meterte una dosis. Vamos a llevar una buena vida todos juntos. Lo conseguiremos todos juntos.

La miro a los ojos.

—Portia, yo sabía que ella se estaba inyectando de nuevo. Una parte de mí lo sabía.

Alarga la mano sobre la mesa para apretar la mía.

—No lo sabías. Quizá lo sospechabas.

—Debería haberla salvado. La primera vez que se drogó fue conmigo. ¿Lo sabías? Yo la inicié en la heroína.

—Eso fue cuando eras adicto. Estabas enfermo. Y cuando estuviste sano te ocupaste de ella. Intentaste ayudarla. Ella rechazó tu ayuda. Y te dejó con sus problemas, que tú ni siquiera ves como problemas porque eres un buen hermano y mucho mejor tío. Así que no te hagas esto.

Sacudo la cabeza y miro la mesa.

—No sé si podré educarlo. Soy un exdrogadicto con préstamos de estudiante por devolver. No sé qué voy a hacer.

Me enseña el dedo con el anillo.

—Eres mi prometido. ¿Y qué te dije en la camioneta? Ya iremos resolviendo las cosas juntos.

—Te has enamorado de un triunfador, ¿verdad?

—Eres un triunfador, Chuck Bass. No pienso casarme nunca más con fracasados. Haz esto, haz lo otro. A partir de ahora, para mí solo hay triunfadores.

Me maravilla esta mujer, capaz de empuñar las riendas cuando es necesario.

—Es que me siento muy culpable —digo, sacudiendo la cabeza—. ¿Por qué pasé por alto las señales?

Y entonces me pongo a llorar otra vez y Portia me abraza, me besa en el cuello y me susurra palabras de consuelo.

30

Han pasado unas semanas horribles. Me siento enfermo, impotente, como si fuera a explotar, aunque resisto por Tommy y por Portia... y espero.

Más tarde, un martes por la noche, cuando Portia y Tommy ya se han dormido, Jon Rivers, mi amigo policía, vestido de paisano, me recoge para llevarme al Manor. Nos sentamos en un reservado, al lado de la máquina de discos. Pide un botellín de Bud y yo agua helada con limón. Lisa sirve las bebidas y regresa al otro lado de la barra vacía mirando su teléfono. Jon dice:

—Está limpio. Lo siento. No tiene antecedentes. Nada que sugiera que se dedica a traficar. Imposible conseguir una orden para registrar su casa. El diario no es suficiente.

—¿No has encontrado nada más?

Jon toma un trago de cerveza.

—Podría haberse dedicado a pasar algo de vez en cuando, pero no parece que ahora esté vendiendo nada. Quizá lo haya dejado por un tiempo. Quizá solo venda a sus amigos y sea lo bastante inteligente como para tomarse un descanso tras la sobredosis de tu hermana. Sin que se enterase nadie, hice controlar la casa de su abuela durante una semana. Él está allí, pero no ha vendido nada. Nada que fuera ilegal.

—Mató a mi hermana.

—Por lo que dijeron los vecinos y Tommy, Randall Street ni siquiera estaba en el piso cuando Danielle se inyectó la sobredosis. No tenemos nada contra él, Chuck.

—Tú sabes que él le dio la droga.

—Yo sé lo que tu hermana contaba en su diario y cómo te sientes tú. Pero da la casualidad de que no podemos interrogarla. Y créeme, te entiendo. Pero no puedo irrumpir en la casa de la abuela y detenerlo solo porque tú quieras. Así no funciona la ley. Necesito una orden de registro. Y para eso necesitamos más pruebas.

—¿Para qué coño sirve la policía si nunca se les permite coger a los más cabrones? —protesto, e inmediatamente me avergüenzo, porque sé que Jon ha hecho ya más de lo que debería.

Baja los ojos hacia la mesa.

—Escucha, Chuck. Me caes muy bien, por eso he estado moviéndome. Tú me has hecho algunos buenos favores en el pasado, no lo he olvidado. Pero ahora mismo no puedo hacer nada como agente de policía, nada que satisfaga tu deseo de venganza, de justicia o de lo que estés buscando. Y temo que estés pensando en hacerlo por tu cuenta. La ley dice no. Y como amigo, oficialmente también digo que no. Quiero dejar eso claro antes de contarte nada más.

Observo su rostro y veo que desea hacer justicia tanto como yo.

Jon baja la voz.

—El genio está justo aquí, en Oaklyn. Resulta que la casa de su abuela está a un tiro de piedra de este bar. La señora no está. Hay otra anciana que vive en la casa de enfrente. Al parecer es muy cotilla y comparte tu odio profundo por Randall Street. Le gusta llamar a comisaría con sus teorías. Hemos hablado con ella y dice que Randall no ha salido en varios días. Ella vigila la casa como un halcón. Día y noche. Esperando echarle encima a la policía en el momento en que vea algo sospechoso. Parece que la abuela de Randall se ha marchado a Florida para huir de él, y la anciana de enfrente echa de menos a su compañera de calceta. Dice que todas sus otras amigas han muerto y que ella no puede permitirse pasar el invierno en Florida.

—Que un heroinómano no salga de casa durante días solo puede significar dos cosas: o se está desenganchando o tiene dosis almacenadas en casa —digo.

—Es una pena que no pueda irrumpir en la casa y buscarla yo mismo. Haría falta un pretexto para que la policía pudiera entrar. Si otra persona entrara y causara algún tipo de disturbio que la anciana de enfrente pudiera denunciar oficialmente…, en fin, pero por desearlo no va a ocurrir. Y sin una orden de registro, tendría que haber drogas a la vista para poder hacer un registro más a fondo, lo cual es bastante posible si Randall se está chutando allí.

Mi rodilla sube y baja como si estuviera cosiendo a máquina.

Jon mira a su alrededor.

—Está cerca de Kendall Boulevard. En la avenida Congress. Es una casa vieja de color azul celeste. Solo hay otra pintada de ese color en la calle. No puedo decirte la dirección completa por razones legales. No me gustaría verte cerca de esa casa, Chuck. Si la policía te pilla allí, sería una situación muy peliaguda. Así que ni se te ocurra dejarte pillar cerca de esa casa. ¿Lo entiendes?

—Lo entiendo —respondo—. Estás siendo más claro que el agua.

—Mi más sentido pésame otra vez —dice Jon, bebiéndose el resto de la cerveza con varios tragos rápidos y nerviosos.

—Gracias, Jon.

—No cometas ninguna estupidez —me alerta—. Quizá puedas pasar el resto de la noche hablando con Lisa. Sería una buena idea. Ella haría cualquier cosa por ti. Aunque ya no estés aquí tanto tiempo como antes. ¿Sabes que Lisa y yo estamos medio saliendo? No lo comentes, pero sí. Me gusta un montón. Y *confío* en ella.

Cuando Jon se va, me quedo allí sentado, aferrando con fuerza el vaso de agua helada y pensando, hasta que Lisa dice:

—¿Algo más, Chuck?

—¿Qué? —digo, sorprendido al verla de pie a mi lado.

—¿Quieres que te traiga algo más?

—La cuenta.

—La casa invita.

—No, pagaré yo.

—¿Por el agua?

—Por la cerveza.

—Siempre damos cerveza gratis a los polis. Ya lo sabes —replica Lisa, masticando chicle con nerviosismo—. Jon dice que tú y yo deberíamos hablar esta noche durante unas horas. ¿No necesitas hablar? Así, si alguien pregunta mañana dónde estabas, les diré que estabas aquí conmigo. Nadie entra en esta parte del bar los martes después de las once. Nadie. Cosa que tú ya sabes. Así que en lo que respecta al resto del mundo, esta noche tenemos todo este local para nosotros. Quizás incluso hablemos en privado en la cocina.

No estoy muy seguro de qué responder.

Cuando el silencio empieza a volverse incómodo, Lisa dice:

—Danielle también era amiga mía. Puedes confiar en Jon. Quiere lo mismo que tú. Y tú y yo nos conocemos hace años, Chuck.

—¿Por qué Jon y tú estáis haciendo esto?

—Yo fui quien se ocupó de Tommy aquella noche, ¿recuerdas? Quien vio a Danielle con una aguja clavada en el brazo. Así que ¿por qué crees que lo hago? Jon es tu amigo. Quiere hacer lo correcto. Así que adelante, ¿vale? Haz lo que tengas que hacer. —Nos miramos durante un buen rato y luego añade—: Ten cuidado, Chuck, ¿quieres?

Asiento con la cabeza, salgo y camino por las vías del tren que corren paralelas a la avenida Manor, en dirección a Congress.

La verdad es que no estoy pensando en Danielle ni en Johnny Rotten ni en la venganza… solo camino como si fuera una fuerza de la naturaleza, quizás una nube de tormenta. No tengo ni idea de lo que haré cuando encuentre al hombre que le dio a mi hermana la droga que la mató, pero sigo andando a pesar de todo.

Cuando veo la casa azul celeste, distingo una luz al otro lado de la calle. Aguzo la vista y veo a una anciana haciendo punto en un mirador. Así que paso por delante de la informadora de Jon con las manos en los bolsillos y la cabeza gacha. Al final de la manzana miro alrededor y no veo a nadie, de modo que recorro el camino de entrada hasta una casa sin iluminar y luego, saltando vallas y cruzando patios traseros, me abro paso hasta la casa azul celeste.

Pasé años asaltando casas para conseguir dinero con que pagar la droga, así que tengo bastante práctica.

Soy bueno abriendo cerraduras con ganzúa y puedo romper una ventana con el mínimo ruido, pero antes que nada siempre intento abrir la puerta. La gente se sorprendería si supiera cuántas veces olvidan los vecinos echar el pestillo en las poblaciones del extrarradio. Sugiero a quien me lea que lo eche, porque a veces me ponía a probar todas las puertas traseras del barrio, en busca de cualquiera que estuviese abierta, y nunca me iba con las manos vacías.

Hay una luz encendida en el primer piso, pero la persiana está echada. El resto de la casa está a oscuras.

Pruebo el cancel, pero está cerrado, así que miro las ventanas de la planta baja. Todas cerradas. Hay una maceta grande en un pequeño taburete de madera y, cuando la levanto, veo una llave. Abre el cancel, pero la otra puerta está cerrada y requiere otra llave. Tiene un viejo marco de madera que no parece muy firme y, al palparlo, veo que hay una parte podrida. Tras bajarme la manga del jersey hasta cubrirme los dedos, giro el pomo y empujo con el hombro.

Cede medio centímetro antes de bloquearse.

El corazón me late con más fuerza.

Cuento en silencio hasta tres y descargo todo el peso de mi cuerpo contra la puerta, que se abre con un crujido... y luego silencio.

Nada de pasos, ni gritos, ni perros ladrando, ni luces encendiéndose.

Espero unos minutos antes de subir tres pequeños peldaños que dan a la cocina. La luz azulada de la luna que entra por la ventana revela que los armarios y electrodomésticos no se han renovado desde los años setenta. Todo es de un color gris azulado. Sobre la encimera hay platos y utensilios sucios, y también sobre una pequeña mesa redonda. Al lado del fregadero se descomponen unos recipientes de cartón con comida china a medio comer. El cubo de basura está a rebosar de envases de comida preparada para microondas. Ningún sonido todavía.

Cuando entro en la salita, veo luz al final de la escalera, que está alfombrada y por tanto ahogará los ruidos que haga al subir.

Llego al primer piso con facilidad, aunque la camisa está empezando a molestarme a causa del sudor.

Hay una puerta medio abierta al final del pasillo, así que me acerco con pies de plomo, recordando el viejo instinto. Es como si hubiera dejado de andar y me deslizara sobre el hielo, tirado por una cuerda.

Cuando estoy delante de la puerta, escucho durante al menos cinco minutos, pero no oigo nada.

Las bisagras gimen cuando empujo la puerta, pero no importa.

Randall Street está sentado en el suelo, con media espalda apoyada en la pared y la otra media caída hacia delante. Tiene la barbilla apoyada en el pecho y se frota la coronilla con la mano, en sentido circular. Delante de él yacen sus utensilios.

Aguja.

Cuchara.

Encendedor.

Bolas de algodón.

Bolsita con los polvos.

Tiene el brazo ceñido por un torniquete hecho con un tubo de goma.

Una bolsa con píldoras de todos los colores del arco iris sugiere que consume fármacos como si fueran caramelos.

Hay un narguile para fumar marihuana y una bolsa grande de hierba.

Unas latas de cerveza vacías.

Media botella de Jack Daniel's.

Un cenicero lleno de colillas de cigarrillo y un cartón de Camel medio vacío.

El dormitorio apesta a humo y a olor corporal.

Randall está tan ciego —gracias a un cóctel de productos de cuyo nombre jamás podría acordarse— que ni siquiera se ha dado cuenta de que estoy en la habitación.

Cuando subía por la escalera, estaba totalmente seguro de que quería matarlo de una paliza, pero ahora que lo veo ahí caído, con un aspecto tan lastimoso, ni siquiera soy capaz de encolerizarme lo suficiente para escupirle y mucho menos para asestarle golpes serios.

Miro las paredes y veo carteles de bandas de *rock*: Sex Pistols, Guns N' Roses, Metallica, Slayer. No se diferencia mucho de las pequeñas habitaciones que Danielle y yo solíamos compartir cuando éramos niños.

Ahora está gimiendo y frotándose la coronilla con más fuerza.

Antes de darme cuenta de lo que hago, doy tres rápidos pasos y como si fuera un defensa de la liga nacional de fútbol americano, le atizo una patada en el estómago. El impacto produce un sonido sordo, como si una bola de jugar a los bolos cayera de un tejado sobre una almohada puesta sobre la hierba.

Randall da un largo gemido y luego se deja caer de lado, en posición fetal, susurrando:

—¿Por qué? ¿Por qué? ¿Por qué?

Vuelvo de golpe a la realidad.

Este no soy yo.

O al menos ya no.

Me he esforzado mucho para volver a convertirme en un ser humano.

Soy maestro de primaria.

Y soy todo lo que tiene Tommy.

Además, Portia estaría muy decepcionada.

Ya no quiero golpear al quejoso Randall, ni con los pies ni con los puños, así que registro la habitación en busca de su alijo. Lo peor que puedo hacerle a Randall Street es enviarlo a la cárcel, donde hombres mucho peores que yo se encargarán de castigarlo. Enseguida encuentro dos grandes bolsas de heroína en el cajón de los calcetines, que como escondite es horrible. Solo eso me permite saber lo lejos que ha llegado. Quién sabe, quizás echa de menos a mi hermana y de ahí el presente banquete de drogas. Pero el tamaño de las bolsas deja bastante claro que se dedica a traficar. Dejo una en la mesa de la cocina y otra en la mesa de centro de la sala, como regalos para Jon y sus hombres.

Cumplida la misión, abro la puerta de la calle y enciendo y apago las luces delanteras hasta que veo que la anciana de enfrente descuelga el teléfono. Dejo la puerta abierta de par en par.

Por capricho, subo de nuevo la escalera para echar un último vistazo a Randall Street. Tiene la mejilla izquierda apoyada en la alfombra y ha vomitado un charco de bilis que se extiende desde su boca, como esos bocadillos que les ponen a los personajes de los tebeos cuando hablan. Estoy a punto de irme cuando veo la bolsita de heroína y la aguja en el suelo.

Se extienden hacia mí como la mano de un amigo que se ahogara.

Antes de darme cuenta de lo que hago, me he guardado los utensilios de Randall y salgo de la casa de su abuela por la puerta trasera, salto la valla y corro entre los árboles, sabiendo que la droga que llevo en la mano puede hacer desaparecer al instante toda culpa, toda ansiedad y todos los remordimientos. Puedo ser felizmente apático de nuevo... y de repente estoy jadeando tras un árbol grueso y he puesto la mierda y el agua en la cuchara, y la llama del encendedor lame la plateada parte inferior y el jaco se está licuando, la bola de algodón absorbe el líquido que sube aspirado por el émbolo de la jeringa, con tanta facilidad como respiro el aire de la atmósfera, y todas las partes y regiones de mi cuerpo me suplican que me clave la fina aguja de metal en el brazo, así que ya me estoy levantando la manga del abrigo y justo antes de que la aguja penetre en la vena empiezo a hiperventilar y tengo la sensatez de evocar con la imaginación el carnet de Miembro Oficial de la Raza Humana.

... llegar a ser exactamente la persona que desea ser.

Saco el teléfono móvil y pulso el número uno, oigo los timbrazos del otro extremo de la comunicación inalámbrica, que suenan y suenan, y siguen sonando los timbrazos de los cojones, y entonces oigo el mensaje de voz de Kirk Avery por primera vez en mi vida, porque nunca ha dejado de responder cuando lo he llamado, y todo parece una señal de que debería clavarme la aguja en la vena, y pienso que debería hacerlo cuando suena el teléfono y es Portia, y vacilo, pero respondo:

—¿Dónde coño estás? —dice, y entonces le doy una versión resumida de lo que ocurre, atascándome con las palabras, y ella dice que se pone en camino, y entonces aprieto el émbolo de la jeringa para que la dosis se disperse en el aire nocturno, y cuando el tubo queda vacío, clavo la aguja en un árbol, rompo la punta y tiro el resto de la droga en un charco de barro, entierro todas las pruebas y cubro la tierra removida con hojas, murmurando:

—Gracias, gracias, gracias, gracias —pronuncio, mientras corro con toda la velocidad que me permiten las piernas en dirección al Manor, mientras suenan a mis espaldas las sirenas de la policía.

Mentalmente recito el texto del carnet de Miembro Oficial de la Raza Humana como si fuera una oración, cuando aparece Portia y detiene el coche junto a la acera.

... derecho a la fealdad y la belleza, a la tristeza
y a la alegría —los grandes altibajos de la existencia—.

Tommy está en el coche, con el pijama debajo del abrigo.

—¿Por qué lloras, tío Chuck? —dice desde el asiento trasero—. ¿Qué pasa?

—Nada en absoluto —le digo, y luego a Portia—: Lo siento mucho.

—Te perdono —dice Tommy mientras Portia nos lleva a casa sin pronunciar palabra.

Tiro las ropas y el abrigo en la lavadora, y me ducho para quitarme el sudor y limpiarme la suciedad de debajo de las uñas.

Me miro en el espejo del cuarto de baño. Mis ojos tienen mal aspecto, expresión culpable…, como si supiera lo jodida que ha sido mi actitud esta noche y creyera que debería ser castigado.

—Nunca más —digo a mi reflejo—. Nunca más.

Tras acostar a Tommy, Portia prepara un té y le cuento la versión completa de todo lo que ha ocurrido esta noche, con la voz temblando todo el tiempo. Cuando termino, digo:

—¿Soy una mala persona por haberle dado un puntapié a Randall Street? Se supone que soy un maestro de primaria en un colegio católico, donde todos estamos en contra de la violencia. Tengo una foto de la Madre Teresa colgada en mi clase. ¿Qué me está pasando?

—No te pinchaste cuando tuviste la oportunidad y me siento orgullosa de ti por eso —afirma Portia, por lo cual me siento un poco mejor, hasta que empieza a sacudir la cabeza y a hundirme el dedo índice en el pecho, subrayando cada sílaba que pronuncia—: Pero esta noche has arriesgado nuestro futuro y tengo un inmenso cabreo por eso. ¿Y si la poli encuentra muerto a Randall? ¿Y las huellas dactilares? ¡Podrías terminar en la cárcel! ¿Crees que quiero llevar a Tommy a hablar con su tío a través de un cristal?

Suena el timbre de la puerta.

Portia y yo nos miramos. Son casi las dos de la mañana.

El timbre suena otra vez.

—Esto no es bueno —dice ella.

Bajo los peldaños y encuentro al agente Jon Rivers en la puerta.

—¿Puedo pasar? —dice.

—¿Es necesario?

—Me temo que sí.

—Bueno, vale —acepto, y lo sigo escaleras arriba.

—¿A qué debemos este inesperado placer, Jon? —exclama Portia, fingiendo por mí. Ha transformado su expresión y ahora se la ve muy compuesta—. ¿Quieres un té?

—No hace falta —dice Jon—. Iré directamente al grano. Lo que sigue es confidencial. Que quede entre nosotros. ¿Entendido? —Ambos asentimos. Jon continúa—: Solo quería que supierais que hemos detenido a Randall Street esta noche y lo hemos llevado al hospital. Recibimos una llamada de una anciana que denunció un robo en la casa de enfrente. Cuando llegamos, encontramos la puerta principal abierta, así que entramos. La puerta trasera había sido forzada de una patada. Randall estaba delirando y drogado con heroína, pastillas, alcohol y Dios sabe qué más, en un dormitorio del piso de arriba, así que no creo que pueda responder con exactitud a ninguna de nuestras preguntas. Le habían dado un buen golpe. Parece que alguien le robó los utensilios, porque no encontramos agujas. Había bolsas de heroína a la vista, así que registramos la casa y encontramos bastante más. Extraoficialmente os diré que es la mayor cantidad que he visto reunida en un mismo sitio. Es un montón de heroína que no va a terminar en el brazo de personas como Danielle. La mayor parte estaba escondida entre el material aislante del desván. La anciana de enfrente llevaba meses diciéndonos que Randall traficaba con drogas, pero no teníamos nada contra él hasta esta noche. Algunos agentes sospechan que tú, Chuck, pudiste haber ido allí en busca de venganza. Pero les he dicho que anoche estuvimos juntos en el Manor. Han hablado con Lisa, que lo ha confirmado, y dijo que te quedaste charlando con ella unas horas, hasta que Portia fue a recogerte poco después de media noche. Supongo que has estado aquí desde entonces. Si puedes confirmarlo, Portia, seguiré mi camino.

—Eso es lo que ha ocurrido, Jon. Exactamente —dice Portia—. Lo juro por Dios.

—Lisa dijo que Tommy iba en el coche contigo —dice Jon a Portia—. ¿Puede confirmarlo el niño?

—Estaba medio dormido —dice Portia—. Pero sí.

—Muy bien. Randall estaba tan colocado que dudo que vaya a recordar nada. Dada su conexión con la sobredosis de tu hermana, pensé que querrías saber inmediatamente lo que estaba pasando —dice Jon y luego me aprieta el hombro—. Quizás esta noche duermas un poco mejor. Esa es la finalidad de esta visita. Además de contarte la historia *oficial*.

—Gracias, Jon —digo.

Cuando Jon se va, Portia me abraza con fuerza.

—Que sea la última vez que juegas sucio conmigo, ¿estamos? En esta ocasión te lo paso porque está por medio la muerte de tu hermana. Pero será la única y última vez.

—Te lo juro por Dios, Portia. Lo juro por Dios —digo, abrazándola con la misma intensidad que ella mientras ambos temblamos.

A la mañana siguiente, Tommy pregunta si la noche anterior iba en un coche, y le contamos que debió de haberlo soñado, y lo acepta sin hacer más preguntas.

Kirk Avery me devuelve la llamada horas más tarde.

—He visto que anoche intentó ponerse en contacto conmigo. Estaba pescando en el barco de un amigo y olvidé el cargador del teléfono. Se quedó sin batería. Pudo haber llamado en otra ocasión, pero tuvo que ser anoche. Por favor, dígame que no se estaba pinchando. Nunca me lo perdonaría.

Pienso en la aguja clavada en el árbol, en mí mismo esparciendo la dosis en el aire nocturno, y por fin sé con seguridad que nunca más volveré a drogarme.

—Estoy bien —digo a Kirk—. ¿Pescó usted algo?

—Oh, gracias a Dios —dice, y luego me habla del «pez gordo» que se le escapó, como siempre.

Y me pregunto cuántas mentiras se necesitan para que el mundo siga girando.

31

Estamos a fines de mayo y Portia llama por fin a su marido para iniciar los trámites del divorcio. Según parece, se ha comprometido con la joven con la que ella lo sorprendió follando hace más o menos un año. El marido le cuenta, además, que ha vendido la empresa de pornografía, que ha dominado su problema de adicción al sexo y que ahora quiere tomarse la vida de una forma radicalmente diferente. Ha encargado a un abogado que prepare los papeles del divorcio y, sin que ella siquiera lo pida, le ofrece lo que yo considero una cantidad obscena de dinero a cambio de que vaya a Florida inmediatamente para que él y su nuevo «amor» puedan pasar a «la siguiente fase de sus vidas». Y luego nos invita a los tres, a Portia, a Tommy y a mí, a que seamos sus huéspedes en Tampa Bay, con todos los gastos pagados. Lo único que tiene que hacer Portia es firmar los papeles en persona. Ken incluso accede a pagar al abogado que ella elija para que revise todos los documentos en su nombre.

Estoy sorprendido.

—Algo no marcha —me dice Portia en la cocina, mientras riega un clorofito con demasiada agua. Es la tercera planta que ahoga este año—. Tengo la sensación de que voy a caer en una trampa. Este no es el hombre que conozco.

—Si tanta prisa tiene —sugiero—, ¿por qué no ha intentado ponerse en contacto contigo antes?

—Oh, sí que lo ha hecho —responde.

—¿Qué?

—Ken lleva llamándome meses al teléfono móvil, me deja mensajes lastimeros y me ruega que «pase página». Y además sus abogados han enviado notificaciones a casa de mi madre.

—¿Y no respondiste?

—No. Que se joda. Esto ha de hacerse bajo mis condiciones.

—¿Por qué no me lo has contado hasta ahora?

—Nunca preguntaste —dice—. Y no quería rollos raros entre nosotros.

Es cierto que he evitado preguntarle por su marido, quizá porque no quería presionarla, tal vez porque esperaba que se estuviera ocupando de su divorcio en silencio y quisiera sorprenderme un día con la noticia, dándomela como si fuera un regalo.

Cuando está claro que no voy a decir nada más, Portia añade:

—No tengo mucha experiencia en divorciarme, ya sabes. Sabía que implicaría viajar a Florida y volver a verlo, y no quería hacerlo hasta estar preparada, ¿entiendes? Esto no es fácil para mí.

—Escucha —digo—, ¿a quién le importa por qué se muestra tan generoso? Estoy emocionado. Vayamos. Cuanto antes te divorcies, antes podremos casarnos.

—¿Debería aceptar su dinero?

—¿No es también el tuyo? Estuvisteis casados.

—No sé si quiero un dinero procedente de la industria del porno misógino, sobre todo sabiendo que a las chicas nunca se les pagó en justicia.

Pienso en cómo ha estado gastando el dinero «del porno misógino» de Ken durante el último año y me pregunto qué diferencia supone ahora, pero no digo nada. Portia tiene un conflicto y yo solo quiero que se quede conmigo. Punto.

—Estoy contigo, decidas lo que decidas sobre el dinero —afirmo.

La verdad es que tengo sentimientos encontrados sobre lo mucho que Ken Humes ha financiado mi vida hasta ahora.

—No puedo creer que vaya a casarse con Khaleesi.

—¿Khaleesi? —digo.

—Su nueva putilla. Debe de tener doce años.

—¿Por qué te importa con quién esté? —digo, sin poder evitarlo.

—¿Te parece bien que tipos cuarentones salgan con chicas de doce años?

—En realidad no tiene doce años.

—Bueno, tendrá ya alrededor de veinte.

—Vale, fatal. Pero vas a librarte de él pronto, ¿no? Entonces podremos avanzar.

Recogemos a Tommy en la escuela y pido a la Cangrejo Gruñona que me deje utilizar los tres días que tengo al año por enfermedad. Como no he faltado nunca y la Cangrejo quiere que me case con Portia para que un profesor de la Escuela Católica Rocksford sea oficialmente un hombre de familia, la madre Catherine accede a regañadientes, pero a cambio quiere que haga gratis parte del trabajo que me espera.

Y luego estamos en el aeropuerto de Filadelfia, y Tommy alucina, porque nunca ha viajado en avión. Yo solo he subido unas cuantas veces, pero Portia es una veterana y lo arregla todo con confianza y facilidad.

—¿Por qué no nos ponemos en esas largas colas como todos los demás? —pregunta Tommy.

—Porque viajamos en primera clase, señor —dice a Tommy—. Iremos en la parte delantera del avión, donde hay más sitio y las auxiliares de vuelo serán mucho más simpáticas con nosotros. Además, seremos los primeros en subir y bajar del avión. ¡Y dan aperitivos!

—¿Y por qué tenemos todo eso?

—Porque hemos pagado más que los demás.

—¿Por qué? —pregunta Tommy.

—Porque mi primer marido invita y porque nos lo merecemos. ¿Sabes que yo no subí a un avión hasta los veintitantos años? Así que a tu edad ya te has adelantado a mí. Estás viviendo a tope.

Tommy pasa por el escáner de seguridad con los ojos como platos, y luego observa alegremente todas las partes del aeropuerto, pero lo que más le gusta es mirar los aviones.

No está asustado cuando despegamos. Mira por la ventanilla sonriendo de oreja a oreja, mientras las nubes pasan por su lado sin que el espectáculo le llame la atención.

He de admitir que yo podría acostumbrarme a viajar en primera clase.

La auxiliar de vuelo me llama «señor Bass» y me trata como si fuera el presidente.

Hay un coche de ventanillas ahumadas esperándonos en Tampa Bay, como si fuéramos estrellas de cine, y nos lleva directamente a la mansión de Ken Humes. Eso es exactamente lo que es, una mansión.

Una enorme casa blanca con palmeras en el césped delantero y columnas blancas.

Columnas.

—¿Tú vivías aquí? —pregunta Tommy.

—Por desgracia —dice Portia.

—¿Y por qué te fuiste? —dice Tommy, y yo pienso lo mismo. Nunca he estado dentro de una casa tan bonita, y nunca tendré una así, por mucho que trabaje y por mucho que ahorre. Dedicándome a enseñar durante doscientos años ni siquiera podría pagar la entrada de un lugar así, por no hablar de la hipoteca. Qué diablos, no podría ni pagar el recibo de la luz.

Cuando Ken y Julie abren la puerta, van vestidos con ropa informal carísima, él con zapatos náuticos, pantalón caqui y camisa de fabricante de puros cubano, ella con un vestido blanco purísimo y sandalias doradas. Veo que a Portia se le tuerce el gesto y temo que saque las uñas antes incluso de que entremos.

—Bienvenidos, amigos —saluda Ken.

—Sí, bienvenidos —repite Julie.

La diferencia de edad que hay entre ellos es notable, aunque está claro que Ken es el tipo de hombre por el que todo el mundo se siente atraído. Dinero y aspecto. Debe de ser fantástico.

Veo que los músculos del cuerpo de Portia se tensan.

—¡Hola, hombrecito! —dice Ken a Tommy.

—Hau —dice Tommy, como si fuera Toro Sentado.

—Pasad —dice Julie e instantes después estamos sentados en un inmenso sofá blanco en forma de ele, más suave y confortable que la mejor cama en que haya dormido, y no hablemos de sentarme.

—¿Alguien quiere tomar un zumo, agua, un refresco? —pregunta Julie.

—¿Tienes vino? —pregunta Portia.

Julie y Ken se miran, sonríen y Ken dice:

—Aquí no bebemos alcohol.

—¿Qué? —dice Portia—. Y una mierda. Tienes una bodega repleta que cuesta más de lo que muchos hombres ganan en diez años.

Imposible no pensar que yo soy uno de esos hombres.

—Yo tomaré un zumo —dice Tommy.

—¿De qué? —pregunta Julie—. Tenemos de zanahoria, kiwi, piña, coco con lima y granada.

Tommy me mira con los ojos abiertos de par en par, porque nunca ha tomado zumo de aquellas frutas y Portia dice:

—Tomaremos todos el de piña.

—¡Excelente! —exclama Julie, que se dirige a la cocina.

—¿De verdad no bebes ya? —pregunta Portia a Ken.

—Mis días de beber y fumar han quedado atrás —responde.

—¿Y tampoco fumas puros?

—Bueno, alguien destruyó mis reservas…, incluso el humidificador.

—No lo siento —le pincha Portia—. ¿Qué hiciste con la colección de vino?

—La doné. A la iglesia. Organizaron una subasta.

—¿A San Marcos? —pregunta Portia.

—Tienen un nuevo párroco, el padre Martin. Nos hemos hecho buenos amigos. Es mi consejero espiritual. Me orientó en aquel problema de adicción que tenía. —Se lleva la mano a la boca para que Tommy no pueda ver que me dice moviendo solo los labios: *adicción al sexo*, y luego sigue en voz alta—: Es mejor ser sincero al respecto con otros adultos. La sinceridad es el camino de la libertad. —A Portia le explica—: Me he ocupado de mí mismo. Esta vez voy en serio. Julie y yo lo estamos haciendo juntos. Cuando me apuntaste con mi propia pistola —Ken mira a Tommy—, y luego te fuiste, bueno, aquello me afectó mucho. Me cambió la vida.

Julie vuelve con una bandeja de plata y cinco vasos altos llenos de zumo de piña.

—El padre Martin llama a Ken «rey David». Dice que Dios lo ha llamado a una nueva vida. Dice que yo soy la Betsabé de Ken, que nuestra unión surgió del pecado, pero que nos redimiremos. Así que trabajaremos en los campos del Señor. Tomad, aquí está el zumo.

Tommy se está mirando las zapatillas fijamente.

Podría jurar que Portia está desconcertada.

Para mí es una situación muy extraña.

Así que todos cogemos el vaso y bebemos.

—Entonces, ¿ahora eres un hombre religioso? —pregunto cuando el silencio se vuelve incómodo.

—De alguna forma, siempre lo he sido, pero de eso exactamente trata todo esto —explica Ken—. De expiar nuestros pecados. Queremos que vuestra familia viva libre de preocupaciones, terminar los trámites del divorcio, casarnos y luego Julie y yo nos iremos a Honduras para trabajar de misioneros. Construiremos una escuela para niños. El padre Martin lo ha organizado todo. Vamos a financiarla, pero también iremos a ayudar a construirla en persona.

—¿Vas a construir una escuela... tú, Ken Humes? —pregunta Portia—. ¿Alguna vez has sostenido un martillo en las manos?

—Ya sé que parece una locura —contesta él, y en su voz no hay mala intención. Realmente parece un hombre en paz—. Pero Portia, el hombre que tú conociste..., ese era mi antiguo yo. Ahora intento ser un hombre nuevo.

Julie coge la mano de Ken entre las suyas y se la lleva al vientre como si fuera un cachorrito.

—Dios es todopoderoso —prosigue Ken—. Y nos ha dado una misión...

—Tonterías —exclama Portia—. Eres un asqueroso cerdo machista que explotaba a las jovencitas —señala a Julie—, y sigues explotándolas en tu propio beneficio, así que...

—No me explota nadie —replica Julie—. Todo lo contrario. No has estado aquí durante el último año. Ken ha hecho cambios radicales en su vida. El dinero que ha dado a la beneficencia...

—Está bien, Julie. —Ken le acaricia la mano—. Portia tiene derecho a estar enfadada... Ella soportó al viejo Ken, que era todo lo que ella dice. Siento haber sido el viejo Ken cuando estabas conmigo, Portia. De veras que lo siento. Pero ya no soy ese hombre.

—¡Esto es indignante! —protesta ella—. Fuiste un cerdo conmigo. Me engañaste varias veces, además de insistir en hacer las películas más abyectas y sexistas, por mucho que te dijera que hicieras también películas para mujeres. Pero en eso no había beneficio, ¿verdad? Era más fácil explotar a adolescentes que buscaban llamar la atención. Ah, cómo pisoteaste mis ambiciones... Te asegurabas sistemáti-

camente de que siempre me sintiera inútil y despreciable. Y ahora
«encuentras a Dios» y crees que puedes lavar tu alma con dinero...
¿No entiendes que eso sacará de sus casillas a todo el que conociera
de cerca al «viejo Ken»?

Él asiente con la cabeza.

—Lo entiendo. Pero si tú no estabas conmigo en el camino de Da-
masco, cuando Dios me derribó del caballo y me obligó a ver lo que no
había visto antes, ¿cómo puedes...?

—¡Joder, Ken, tú no eres san Pablo! —grita Portia.

Tommy se acerca a mí.

—No, no lo soy —responde Ken—. Solo soy un hombre que puede
elegir. Y elijo construir una escuela para niños que no tienen nada. Elijo
ocuparme de ti económicamente. Y elijo casarme con la mujer que ins-
piró mi transformación.

Julie aprieta la mano de Ken y se miran a los ojos cariñosamente.

—Vaya montón de mierda —le espeta Portia—. Qué tomadura de
pelo.

Julie mira a Tommy y susurra:

—El niño.

—¡Por favor! La última vez que te vi, te estabas tirando a mi marido en mi propia cama.

—Muy bien —intervengo por fin—. Me parece que Tommy y yo
vamos a dar una vuelta.

—Disculpa, chico —dice Ken—. Pensé que podríamos arreglar
todo esto de una manera civilizada. Portia, creí que te alegraría saber
que he cambiado. Yo me alegro por ti. Ahora rezo por ti todos los días.

Julie dice:

—Yo también rezo por ti. Por vosotros tres.

—Esto se está convirtiendo en una película de terror.

Portia deja su vaso de zumo sobre la mesita de cristal y se dirige a la
puerta principal.

—Bueno —digo—. Imagino que eso significa que Tommy y yo deberíamos irnos también.

—Permite que le dé a Portia lo que le pertenece por derecho —me
dice Ken—. Me contó que eras profesor de primaria.

—¿Cuándo te lo contó? —inquiero, notando en mi propio tono de voz un asomo de celos.

—La semana pasada, por teléfono. En una escuela religiosa, ¿no?

—El tío Chuck es el mejor profesor que hay —comenta Tommy.

—Apuesto a que sí —dice Ken—. Así que seguro que el tío Chuck entiende la importancia de intentar que los chicos de América Central tengan una educación. Allí será todo más fácil con los curas si Julie y yo estamos casados. Pero antes necesitamos que Portia me conceda el divorcio. Tú y yo queremos empezar una nueva vida, ¿no? ¿Por qué retrasarlo?

—Escucha —intervengo—. Creo que no me corresponde estar aquí. Lo que ocurriera entre vosotros dos…, bueno, me alegro de que lo estropearas, porque ahora Portia está conmigo.

—Con *nosotros* —rectifica Tommy.

—Como debe ser —afirma Ken—. El padre Martin me lo ha dicho muchas veces: todo tiene una razón de ser. —Se pone en pie, se acerca a un pequeño escritorio que hay en el extremo de la habitación y coge un sobre grande—. Si vas a ser el marido de Portia, querrás cuidar de sus intereses. Haz que alguien eche un vistazo a estos papeles. Verás que hemos sido más que justos. Cualquier abogado te dirá que hemos sido generosos hasta la exageración. Solo queremos seguir nuestro camino, expiar el pasado y tratar de poner algo de bondad en el mundo. Pero antes necesitamos dejar resuelto todo este desagradable asunto.

—Podríamos haber hecho que esto fuera feo e incómodo para todos —dice Julie—. Tenemos los medios y los abogados apropiados para obligar a Portia.

—Pero preferimos portarnos como cristianos —explica Ken—. Lee los papeles. Serás un hombre muy bien recompensado si consigues que olvide su soberbia y firme.

—Si tenéis los medios para conseguir lo que queréis, ¿por qué le dais a Portia una recompensa tan generosa?

Ken me sonríe con tristeza.

—La transformación personal requiere paciencia y trabajo. Y un poco de ayuda de la mujer adecuada. Por lo que Portia me contó de ti por teléfono y por lo que he visto hoy, puedo asegurar que los tres sois buenos entre vosotros. Pero Portia puede ser algo, bueno, *cabezota*. No voy a darte un manual de instrucciones… y, por favor, no le cuentes que he utilizado este término o su feminismo la hará echar espumarajos por la boca. Pero ya es hora de que todos sigamos adelante.

Miro a Ken a los ojos y no veo mentiras, lo que es duro, porque quiero odiar a este tipo.

Asiento, cojo el sobre y Tommy y yo salimos a reunirnos con Portia.

El coche nos lleva a un hotel de Clearwater, frente al golfo. Comemos y paseamos por la playa. Colgamos la máscara de Quiet Riot en la cabecera de una cama, dormimos a Tommy y luego hablamos en la terraza, desde la que hay una vista parcial del mar, mientras las olas se mueven sin cesar a la luz de la luna.

Portia va por el cuarto vaso de vino cuando dice:

—¿Por qué cogiste los papeles que te dio Ken?

—Porque me los dio —replico.

—¿Por qué no saliste conmigo?

—Lo intenté, pero no dejaba de hablar.

—No tenías por qué ser educado con él.

—¿Qué fue lo que me dijiste antes…, que no tenías mucha experiencia en divorcios? Bueno, pues yo tampoco tengo experiencia en ayudar a divorciarse a la mujer que quiero.

Sacude la cabeza.

—No es justo. Que se haya vuelto tan puritano… comprando su absolución a ese sacerdote.

—¿Preferirías que siguiera siendo un cabrón toda su vida? —pregunto—. ¿Que siguiera explotando a las adolescentes? Porque puestos a elegir, yo voto porque construya una escuela para niños pobres.

—Es solo que… —Deja la frase a medias.

—¿Qué?

Termina el vino y luego dice, con voz temblorosa:

—¿Por qué ha cambiado por ella y no por mí? Me habría encantado hacer todas esas obras benéficas. ¿Cómo ha conseguido ella que él…?

—A lo mejor es que debías hacer ese trabajo conmigo. Por si no lo has notado, estoy sentado delante de ti. Estoy aquí. Quiero estar contigo. Y siento no tener un montón de dinero…

—No se trata de dinero, por Dios.

—Entonces, ¿qué es?

—No lo sé. Estaba el señor Vernon y luego Ken. Ambos... no he podido salvar a ninguno. He fracasado.

—¿Quieres que mañana por la mañana vaya a nadar en el golfo después de engullir un copioso desayuno? Puede que me dé un calambre y así tú podrás saltar al agua y salvarme. Podríamos llamar a las televisiones locales para que cubran la noticia. Haría eso por ti. Ningún problema.

Se echa a reír.

¡Gracias a Dios, se ríe!

—Me estoy portando como una estúpida, ¿verdad?

—Son muchas las cosas que hay que entender.

—¿Crees que ella parece su hija?

—Fue lo primero que pensé cuando abrió la puerta.

—Es asqueroso, ¿no?

—Sí, pero no es asunto nuestro. Y podemos librarnos de ellos muy fácilmente. ¿No crees que es un bonito giro del destino, Portia? Quiero decir que, aun en el caso de que Ken fuera solo la mitad de malo de como tú lo presentabas, y estoy totalmente seguro de que era tal como tú decías, sus abogados habrían podido amargarte la existencia. Puede que solo quiera hacer lo que cree justo y seguir adelante. Y quizás eso signifique que nosotros hemos de avanzar también. Ocuparnos de vivir juntos el resto de nuestra vida.

Portia se queda en silencio un largo rato.

—Creo que solo necesito algo de tiempo, Chuck. Solo quiero pensar. ¿Soy una arpía si te pido que me dejes sola unas horas?

—¿Quieres que vaya dentro?

—Sí —responde con esa voz temblorosa que anuncia que las lágrimas están a punto de aflorar.

Así que entro, me cepillo los dientes, me dejo caer en la cama de matrimonio y escucho la respiración de Tommy, que duerme en la cama de al lado. Me pregunto si Portia estará llorando en la terraza, y qué significaría eso. ¿Acaso parte de ella todavía ama a Ken? Sería normal que llorara por un matrimonio fracasado, ya que estuvieron juntos durante años. Algo no funcionaría bien en Portia si esta noche no estuviera un poco inquieta, me digo, aunque es difícil de aceptar.

Alrededor de las tres de la mañana oigo que se abre la puerta corredera y a Portia caminar en la oscuridad hacia el cuarto de baño.

Está un rato dentro, pero finalmente viene a la cama, se pone mi brazo encima y empezamos a besuquearnos

—Te quiero —le susurro al oído.

—Yo también te quiero.

Por la mañana me despierta Tommy y encontramos a Portia en la terraza leyendo los papeles del divorcio.

Los firma ese mismo día en la oficina del abogado de Ken, en el centro de Tampa Bay.

Tommy y yo la acompañamos para apoyarla moralmente y lo mismo hace Julie, quien, con otro vestido blanco, parece aún más joven que la última vez que nos hemos visto.

Cuando todo está sellado y rubricado, Julie aprieta el brazo de Ken y él inmediatamente pregunta si puede invitarnos a todos a comer, para despejar el ambiente, por así decirlo.

Sin pararse a pensarlo, Portia dice:

—No, gracias Ken. Esta noche nos vamos a Disney World.

—¿En serio? —pregunta Tommy.

—En serio —responde ella.

Y cuando me doy cuenta, estamos en primera clase de un avión con destino a Orlando.

Pasamos el último día en el Reino Mágico. Aunque Tommy no comenta que su madre le había prometido ir allí, yo no dejo de darle vueltas, pero aún más me alegra ver la sonrisa constante en el rostro del niño mientras disfruta de los trayectos y espectáculos, y de las fotos que nos hacemos con todos y cada uno de los personajes.

No dejo de pensar que a Danielle le habría encantado vivir este día.

La semana que cumplo mi primer año de maestro de primaria, Portia y yo nos casamos ante un juez de paz, con Tommy y la madre de Portia como únicos testigos.

Le decimos a Tommy que puede elegir el destino de la luna de miel, ya que vendrá con nosotros, y cuando dice que quiere volver a

Disney World para poder ver los otros parques y pasar más de un día allí, nos echamos a reír y hacemos la reserva, porque, qué demonios, ¿por qué no?

Quizá penséis que unas vacaciones con Disney no son tan románticas como ir a Hawai o a París, o a una isla de Grecia, o a un pueblo de Italia, o a las islas Fiyi, o al Caribe, pero Portia y yo no fuimos a Disney World de pequeños, así que pasamos una semana en Orlando con Tommy, que no tiene ni una sola pesadilla en el Reino Mágico.

32

Transcurre el tórrido mes de julio y tenemos el aire acondicionado a toda potencia mientras Tommy, Portia y yo comemos mazorcas de maíz y tomate con sal en la mesa de la cocina. Estamos hablando de hacer unas pequeñas vacaciones en algún sitio del sur cuando el teléfono de Portia emite un pitido.

—¿Quién es? —pregunta Tommy.

—Es un correo del agente literario al que envié el libro —dice Portia, y se va a su despacho.

Al poco rato empieza a gritar como si se hubiera cortado un dedo.

Tommy y yo corremos hacia ella. Nos abraza a los dos y empezamos a dar saltos todos juntos.

La inmensa sonrisa que cruza su rostro es maravillosa.

—¿Qué diablos pasa? —pregunto.

Parece incapaz de hablar, así que señala la pantalla de su ordenador.

Tommy y yo leemos el correo electrónico que ha llegado de una agencia de la que no he oído hablar en mi vida, aunque lo cierto es que nunca he oído hablar de ninguna agencia literaria. Hay muchos elogios de la novela de Portia: «Una dolorosa historia de pérdida y redención» se clava en mi memoria, y luego el hombre dice que le gustaría representar a Portia.

—¿Esto significa que van a publicar tu libro? —pregunta Tommy.

—Creo que significa que este tipo quiere ser su agente —explico.

—¡Por supuesto que sí! ¡Quiere serlo! —exclama ella.

—Significa que intentará colocar el libro de Portia en una editorial.

—¿Para que la gente pueda leerlo? —dice Tommy—. Yo quiero leerlo.

—Enhorabuena de corazón —la felicito.

Portia nos rodea con los brazos a Tommy y a mí, y nos damos un abrazo de familia, durante el cual ella se derrumba y rompe a llorar, pero son lágrimas de felicidad, y Tommy y yo nos echamos a reír.

—¿Qué diablos te pasa, Portia? —pregunto—. ¿Estás bien?

—Lo estoy —responde, y luego añade—: Es que no creía que fuera a encontrar un representante en Nueva York. Yo. Portia Kane.

Ha enviado el manuscrito hace varias semanas y la de hoy es la primera noticia que recibe. No sé si se trata de una respuesta rápida o no y tampoco estoy muy seguro de que Portia lo sepa. Ha hecho esto medio a ciegas, sin el consejo de nadie, ya que no conoce en persona a ningún autor que haya publicado. Compró por Internet unos cuantos libros de «cómo se hace» y se puso manos a la obra. Aunque yo creo en Portia, me cuesta aceptar que todo haya ocurrido tan aprisa, que un día recibes un correo y de repente tienes un agente literario para representarte.

—Quizá deberías llamarlo —propongo, haciendo lo que puedo por serle útil—. Dice que quiere hablar contigo lo antes posible, ¿no?

—Pero es sábado por la noche.

—Dice «lo antes posible».

—Entonces, ¿crees que debería llamarlo ahora mismo? ¿No crees que pareceré muy necesitada? ¿O una sosa por estar en casa un sábado por la noche?

—Él te ha enviado el correo un sábado por la noche.

—Eso, eso —tercia Tommy.

—Vale, lo llamaré. Pero tenéis que salir de la habitación.

Le doy un beso en los labios:

—Estoy orgulloso de ti. —digo, y Tommy y yo nos vamos a poner el lavavajillas.

Unos diez minutos más tarde, Portia vuelve a gritar en su despacho.

—¿Qué te ha dicho? —pregunta Tommy cuando volvemos a entrar en el cuarto.

—Le encanta —nos cuenta, llevándose las manos al corazón—. Y va a empezar a moverlo el lunes, a primera hora de la mañana.

—¿Moverlo? —dice Tommy.

—A enviarlo a las editoriales de Nueva York —aclara ella—. ¡Mi libro!

Y empieza a gritar de nuevo, sale corriendo, pone en el tocadiscos la versión vinilo de «Shout at the Devil» de Mötley Crüe y elige la canción *Looks that kill*.

Los tres nos ponemos a saltar en el sofá, tocando guitarras y baterías imaginarias, poniendo cara de concentración guitarrera y cantando la letra a gritos.

Y sienta fenomenal estar bailando al son de Mötley Crüe para celebrar el triunfo de Portia. Veo a Tommy dar saltos con nosotros. No lo veo tan feliz desde la muerte de su madre. Ni siquiera parecía tan feliz en Disney World. Y aseguraría que se alimenta de la buena energía de Portia.

Hay más llamadas del agente el lunes por la mañana. Ya ha enviado el manuscrito a varias editoriales. Unos días después, hay una pequeña guerra de ofertas por la novela de Portia, durante la cual tiene que hablar por teléfono con editores reales y decidir cuál le conviene.

—¿Cómo se elige? —me pregunta una y otra vez—. ¿Solo nos fijamos en quién es el mejor postor?

Las ofertas suben a cantidades de seis dígitos y le digo que debería elegir al editor con el que más cómoda se sienta, porque de todos modos ganará con el anticipo cuatro veces mi salario anual de profesor.

Parece demasiado bueno para ser verdad, pero quizá sea así de simple. Después de todo, ¿qué sé yo del mundo editorial? Parte de mí está esperando el revés, ver qué pone en la letra pequeña, aunque no se lo digo a Portia. Está tan emocionada que no quiero hacer nada que le estropee el momento.

Al final se decide por la segunda mejor oferta porque ese editor parece que «entiende mejor el libro», aunque soy yo quien no acaba de *entender nada de todo esto*. En cualquier caso, contratamos a Lisa (Jon el poli también está aquí, porque ahora viven juntos) para que cuide de Tommy y nos vamos a cenar a Filadelfia para celebrarlo.

—Sé que el señor Vernon leerá este libro —repite Portia una y otra vez—. Lo sé.

Su seguridad me pone nervioso, porque ¿quién sabe si el señor Vernon sigue vivo? De todos modos, la última vez que lo vimos dejó bien claro que no quería volver a tener contacto con nosotros nunca más, y mucho menos, supongo, leer un libro escrito por una antigua alumna.

Me pregunto si Portia saldrá en la televisión y en la radio, y si harán una película basada en el libro. Una parte muy profunda de mí tiene miedo de que pierda el interés por mí cuando sea famosa, pero hago lo que puedo por acallar esa vocecita y alegrarme por mi esposa.

Durante los seis meses siguientes hace viajes a Nueva York y cada vez que va tiene que comprar un nuevo conjunto acorde con la moda, zapatos de tacón y un bolso, además de ir a la peluquería y a la manicura. Aunque me encanta verla hacer lo que quiere, por no mencionar que está increíblemente sensual cuando se ha arreglado, también me preocupa el hecho de que yo no pueda proporcionarle ninguna de esas cosas, como hacía su primer marido. Empiezo a sentirme un poco irrelevante.

Portia come en ocasiones con su agente y con muchas personas de la editorial, que la invitan, y bastantes veces también le pagan una noche en un hotel, lo que hasta cierto punto confunde a este profesor de una escuela católica.

Y en cada ocasión, vuelve resplandeciente y contando lo extraordinariamente inteligente y elegante que es Nancy, su editora, y lo bien que su agente hace su trabajo, y que quiere su próxima novela en cuanto la escriba. De nuevo empieza a pasar todo el tiempo sola en su despacho, y yo comienzo a ver cómo va a ser nuestra vida durante la década siguiente. La mayoría de los días ceno solo con Tommy, mientras Portia trabaja, a veces doce horas al día, escribiendo el nuevo libro, corrigiendo *El amor puede fallar*, trabajando en su nueva página web, intercambiando constantemente mensajes con otros escritores y lectores en redes sociales de Internet. Y cuando pasamos un rato juntos, no deja de preguntar una y otra vez si creo que el señor Vernon leerá su novela, hasta el punto de que acabo diciéndole que no vuelva a hacerme esa pregunta nunca más.

Pero he de admitir que nunca he visto a nadie tan lleno de alegría y esperanza como Portia mientras espera la publicación del libro. Su éxtasis rivaliza con el recuerdo de mi primer chute de heroína, lo que me preocupa más de lo que dejo traslucir. Según mi experiencia, estas euforias siempre acaban en caídas en picado. El exdrogadicto que llevo dentro espera al yang que sigue al yin, por decirlo de alguna manera, mientras el diligente esposo hace todo lo posible por apoyarla con una sonrisa.

MATTHEW QUICK

El señor Yang da su primer aviso cuando el libro de Portia es encuadernado con unas horrorosas tapas de color verde fosforito que finjo admirar, porque la editorial no le permite cambiarlas. Su agente dice que el color brillante «resaltará en la estantería», pero Portia lo detesta e insiste en que perjudicará las ventas, aunque hace todo lo posible por manifestar entusiasmo en los correos que envía a su editora y consigue mantener una actitud optimista. Luego, los autores a los que la editorial ha enviado el manuscrito maquetado por correo electrónico, para que hagan comentarios de los que se puedan extraer frases de elogio para la cubierta, no responden. Aunque el agente literario le dice que es difícil que los autores noveles consigan citas publicitarias, no le sirve de consuelo, sobre todo porque encuentra cientos de libros de autores noveles cuyas cubiertas llevan frases de elogio de autores más veteranos.

El señor Yang aparece oficialmente unas seis semanas antes de la publicación de la novela, bajo la forma de crítica, una crítica que aparece en una revista llamada *Kirkus*. Aunque su agente la llama para decirle que *Kirkus* es conocida por su cinismo, que una crítica negativa no significa nada en el amplio contexto de una publicación, Portia llora cuando la lee, y a mí me entran ganas de buscar al autor anónimo de la crítica para darle una buena paliza. Lo que me sulfura no es tanto la argumentación del crítico como el tono altanero y prepotente con el que machaca el libro de Portia, que califica de «enfoque insoportablemente sentimental de una amistad un tanto repelente (y muy inverosímil) entre un profesor acartonado y tópico y la alumna más molesta e incordio que pueda encontrarse en una página impresa». Lo de la «página impresa» es lo que más la afecta, porque, ¿dónde coño vas a encontrar, si no, al personaje principal de una novela? Sería de esperar que un crítico literario fuera capaz de escribir mejor. Y me pregunto por qué nadie critica las críticas. Un crítico que desprecia sin problemas el esfuerzo de un artista…, para que luego te quejes de los tópicos.

—Esto es mierda pura —digo a Portia—. Tu novela es preciosa.

—No sé si soy capaz de soportar todo esto —se queja—. Que todo el mundo se entere. No me había dado cuenta de lo horrible que es que te hagan una crítica como esta. Pasé tanto tiempo escribiendo… Es lo mejor que he sabido hacer hasta ahora.

—Y ese crítico es gilipollas. Apuesto a que es alguien que quiere publicar un libro y no puede. Seguro que habrá críticas mejores.

Pero no las hay.

De hecho, las críticas son cada vez más demoledoras.

Parece como si cada semana se publicara una crítica sobre el libro de Portia con veneno suficiente para matar a veinte hombres.

Publishers Weekly califica de «ridículo» *El amor puede fallar* y termina diciendo: «Quitemos las tres primeras palabras del título y tendremos la crítica».

Y luego empiezan a aparecer las críticas de los lectores de los ejemplares de promoción, en páginas web y en blogs, y estas son aún peores. No dejo de decirle a Portia que no las lea. Está perdiendo peso, no duerme, bebe demasiado y parece sufrir mucho más dolor del que yo creía que podía causar la publicación de un libro.

Recibe unas cuantas críticas favorables, que encuentro buscando en Google. Las imprimo, poniendo en negrita las partes más positivas: «Este libro me ha dado mucha esperanza», «¡Ardo en deseos de leer la continuación!», «Un libro que me ha hecho desear ser mejor persona», incluso «Esta novela me ha salvado la vida», y las pego en la puerta del frigorífico, pero no parecen importarle, aunque la cosecha crece.

El *Philadelphia Inquirer* le regala algo de cariño local la semana anterior a la publicación oficial, diciendo que es «una encantadora mirada al amor y la fe… No se la pierdan», pero todo parece llegar ya un poco a destiempo, incluso resulta poco convincente, como un elogio de la propia madre.

El día de la publicación vamos a tres librerías locales para poder ver el libro en las estanterías.

Dos no lo tienen.

La tercera solo tiene un ejemplar en una estantería trasera, lejos de los libros promocionados y de los grandes expositores que hay al lado de la caja registradora, donde se ponen los títulos por los que más apuesta la librería.

Es fácil ver que *El amor puede fallar* no tiene la menor oportunidad.

Celebramos una pequeña fiesta en el Manor en honor de Portia y me aseguro de tener varios ejemplares para que los firme. Todos nuestros amigos la apoyan con gran entusiasmo, pero ella no parece advertirlo. Su mirada se ha quedado sin luz.

Unas semanas después de que *El amor puede fallar* llegue a las librerías, llama la editora del libro y le cuenta que va a dejar la editorial por razones personales, pero que sus colegas harán lo posible para que *El amor puede fallar* reciba un trato justo. Portia está convencida de que la pobre respuesta inicial tras el adelanto de seis dígitos es el motivo de la dimisión de esta persona, aunque el agente literario le asegura que estas cosas pasan constantemente en Nueva York, tanto que los editores se marchen de las editoriales como que libros muy solicitados no consigan alcanzar todo lo que se espera de ellos.

—Entonces, ¿hemos *fracasado*? —pregunta Portia.

—Este es un juego extraño —responde el agente, comentario que la hunde aún más.

La editorial deja de comunicarse con ella.

No hay apariciones en radio ni en televisión.

Los correos de su agente se reducen en contenido y frecuencia.

Y yo quiero preguntarle cómo puede funcionar un negocio como este. ¿Cómo se puede pagar tanto dinero por algo que luego no se promueve?

Poco más de un mes después de la pequeña fiesta en el Manor, tras haber acostado a Tommy, Portia se sirve un generoso vaso de vino y se sienta en el sofá, a mi lado.

—Puedes dejar de fingir —dice.

—¿Qué? —digo, levantando los ojos de su novela, que estoy leyendo por tercera vez.

—Que te gusta.

—Pero me gusta —replico, y no es mentira. Me sigue pareciendo emocionante tener una novela de Portia Kane en la mano. Aunque sea una novela con las tapas de color verde fosforito.

—Voy a abandonar todo esto de escribir. Fue un error.

—Eres una buena escritora, Portia. Con una editorial diferente, mejor publicidad y…

—Todo el mundo la aborrece. Y encima han perdido dinero. Lo he investigado. Otros escritores han pasado por lo mismo. Y ahora dicen que es muchísimo más difícil encontrar otra oportunidad de publicar porque mi primer libro ha hecho perder mucho dinero. Todas las editoriales del mundo tendrán acceso a mis ventas, que son y seguirán siendo una mierda. Junta eso a mis críticas y hasta aquí hemos llegado.

No sé qué puedo hacer para salvar a mi mujer, así que, aunque no creo que sea cierto, replico:

—Bueno, al menos has conseguido que circulen varios miles de ejemplares por el mundo. Eso te da una oportunidad.

—A las editoriales no le importan unos pocos miles de ejemplares —dice—. Eso no significa nada para ellas.

—No —concedo, tratando de ser el hombre que admiro—. Pero es una oportunidad para que el señor Vernon encuentre tu libro y lo lea.

Veo que su rostro se ilumina durante una fracción de segundo mientras da sorbos al vino, pero luego replica, desanimada:

—Quizá. —Y la luz desaparece de nuevo.

El tiempo pasa.

El señor Vernon no se pone en contacto con Portia.

Se lanza a escribir el nuevo libro, pero la alegría y el entusiasmo han desaparecido.

La primera noche de junio, el Crystal Lake Diner, la cafetería donde trabajaba Danielle de camarera, se incendia. Nadie resulta herido, pero es como si se hubiera destruido un fragmento de Jersey Sur. Todos los reservados y taburetes y miles de buenos recuerdos de los clientes desaparecen entre las llamas. Es un triste giro del destino perder un lugar público que has compartido con una comunidad durante toda tu vida. Y también es un lazo menos con Danielle…, un recuerdo menos. La cafetería podría haber estado en el patio trasero de Portia, ya que ella creció en la misma calle. También es como perder una máquina del tiempo, porque el mero hecho de entrar en aquel lugar nos transportaba a muchos de nosotros a la época de los estudios secundarios…, a los tiempos en que comíamos patatas fritas de madrugada tras haber estado bebiendo en el bosque.

—Allí volví a encontrarme con Danielle —cuenta Portia al enterarse de la noticia—. Y encontrarme con Danielle me condujo a ti y a todo lo que siguió.

—Sí, ¿y? —pregunto.

—Pues que es como un mal presagio, ¿no te parece?

—Al menos todo el mundo resultó ileso. Eso es bueno, ¿no?

—No lo sé, Chuck. Ya no sé nada. —Rompe a llorar, lo cual me asusta. Es decir, todos estamos tristes por el incendio, pero Portia llora y llora en mis brazos durante casi una hora.

Seis meses después de la publicación, Portia recibe un correo devastador de su agente. No habrá edición de bolsillo de *El amor puede fallar*. Las ventas han sido tan malas que el editor ha decidido descatalogar el libro.

Al cabo de un año de la publicación, algo dentro de Portia se rompe por fin.

Deja de escribir y empieza a pasar el tiempo emprendiendo largos paseos y sentándose en los bancos del parque, dando de comer a las palomas y las ardillas con aire ausente.

Repinta las habitaciones (infinitas veces) de nuestra nueva casa de Pensilvania, que está al lado de mi trabajo.

Hace toda clase de trabajos voluntarios en la nueva escuela de Tommy.

Compra libros de cocina y me engorda con interminables comidas de gourmet que solo encontraría en los mejores restaurantes de las grandes ciudades del mundo.

Prepara docenas de tartas y pasteles para nuestros vecinos.

Compra una vieja camioneta que se parece mucho a la que yo tenía cuando nos conocimos, y empieza a recoger muebles tirados a la basura, que restaura en nuestro sótano y los vende luego en mercadillos de ocasión. Apenas consigue beneficios y no parece que todo este trabajo le produzca ninguna alegría, y toma Advil, para calmar el dolor de muñecas y codos, con una frecuencia alarmante.

Incluso nuestra vida sexual se vuelve rutinaria. Ella nunca empieza ni tampoco se niega, pero participa con una silenciosa sensación de obligación que roza la ofensa y a menudo me deja deprimido. Cada vez que le pregunto si estoy haciendo algo mal, ella responde:

—Eres el mejor amante que tendré nunca. —Lo cual me parece una forma de no hablar directamente del problema. Sin embargo, no la presiono. Creo que se está curando de la desilusión del mejor modo posible: y yo sé mejor que nadie cuánto se tarda en recuperarse.

Lo peor de todo es que Tommy echa de menos a la antigua Portia. No es que diga nada sobre el cambio, pero lo veo en sus ojos y en su lenguaje corporal. El hombrecito es discreto cuando está cerca de ella, como si ahora fuese él quien cuidara de su figura materna, lo cual me rompe el corazón. Siempre se ofrece voluntario para ayudarla con las faenas domésticas, como llevar la compra, sacar la basura, quitar el polvo, doblar la ropa limpia o regar las plantas. Portia siempre dice que le resulta más fácil hacerlo sola, y aunque eso deja libre a Tommy para jugar con sus amigos del barrio, también le hace sentirse confuso e incluso rechazado. De todos modos, nunca le pregunto por sus sentimientos hacia Portia. A mí también me resulta muy doloroso, por no hablar del efecto que la depresión de mi mujer está causando en el niño que estamos educando.

Con la excusa de que se le ha agotado la energía emocional, Portia incluso ha dejado de cruzar el puente para ir a ver a su madre. Cada vez transcurre más tiempo entre un viaje al este y el siguiente, y ya solo vamos cuando insisto para que visitemos a la anciana.

El tiempo pasa, la señora Kane sigue viendo el canal de la Teletienda, Tommy crece, yo enseño y trabajo de camarero, y Portia encuentra cosas para estar ocupada, al menos superficialmente.

Yo organizo escapadas familiares de fin de semana y cenas sorpresa en la ciudad, compro entradas para obras de teatro y musicales que creo que le gustarán, la llevo a un café-teatro y dejo que Tommy compre entradas para unos cuantos conciertos de *rock* a los que vamos todos juntos. Incluso me salto comidas para ahorrar dinero y comprar ropa de diseño para Portia. Ella se niega a gastar el «dinero de Ken» en nada que no sea la hipoteca y las necesidades básicas de Tommy, alegando: «¿Para qué necesito más ropa?». Aunque siempre da las gracias y sonríe cuando abre las cajas envueltas que le regalo, nada de lo que haga le ilumina la mirada como antes, y nunca se pone lo que compro, a menos que se lo pida expresamente.

Ken y Julie envían postales desde Honduras, junto con breves comentarios sobre el trabajo misionero que están haciendo. Portia rompe las primeras con una rabia que me asusta, tanto que tiro las siguientes que recibimos antes de que mi esposa las vea.

—Quizá deberías volver a escribir —me atrevo a decir cuando su llanto me despierta en medio de la noche, y ella siempre responde:

—Estoy bien. Vuelve a dormirte.

El mundo es un lugar duro y puede ser durísimo para los aspirantes, pero no puedo desentenderme de la mujer con la que me casé, la que creía firmemente en sus posibilidades.

33

El día que Tommy cumple nueve años llevo a mis alumnos de primero al punto de recogida con paso alegre y entusiasta. En el bolsillo llevo entradas para la competición de camiones monstruo a la que Tommy y su mejor amigo Marcus quieren asistir desde hace tiempo. Marcus y yo vamos a sorprender a Tommy con una velada nocturna de vehículos enormes, con ruedas de metro y medio, que pasan por encima de coches normales, aplastándolos antes de que ardan y salten por rampas sobre chicas en bikini mientras suena música de *heavy metal* por los altavoces colgados en lo alto.

Básicamente, el sueño de un niño de nueve años.

Portia ha accedido a ir, más que nada, creo, porque es el cumpleaños de Tommy y él había pedido concretamente que nos acompañara. La verdad es que últimamente Portia no está muy sociable, rechaza invitaciones de amigos y se queja de estar cansada mucho más de lo que parece posible, sobre todo porque se acuesta temprano y duerme doce horas cada noche. Tommy la llama ya «La Bella Durmiente».

Cuando mi último alumno sube al coche de sus padres, cierro con llave el aula y me dispongo a salir del edificio, pero la Cangrejo Gruñona, que no sé por qué sigue en el puesto de directora, aunque debe de estar a punto de cumplir doscientos años, asoma la cabeza por la puerta del despacho en ese momento.

—Exactamente el hombre que andaba buscando —exclama—. Espero que no esté tratando de escaquearse, señor Bass. El manual del maestro dice que no debe salir del edificio antes de las tres y media de la tarde sin permiso de la administración, que como bien sabe usted, soy yo. Y como no le he dado ese permiso, *sé* que no estaba a punto de salir del edificio.

La Cangrejo Gruñona y yo nos hemos hecho amigos. Siempre califica mis clases de EJEMPLARES y todavía no me he ido a una escuela pública con mejor sueldo, lo que creo que confunde e impresiona a un tiempo a la madre Catherine. Ambos sabemos que me escribiría una carta de recomendación si se lo pidiera. La verdad es que me gusta enseñar aquí y la madre Catherine es una directora fantástica que antepone las necesidades de los niños a las presiones de los padres que pagan un dinero duramente ganado para enviar a sus hijos a una escuela católica. Yo respeto a la Cangrejo: mucho. Y a Portia le queda dinero de sobra de su primer matrimonio para que podamos llevar una vida confortable.

—Es el cumpleaños de Tommy —digo—. Vamos a ir a ver un espectáculo de camiones monstruo.

—Vaya, no me gustaría hacerle llegar tarde a un acontecimiento tan intelectual como una noche de camiones monstruo, señor Bass, pero me temo que necesito hablar con usted en mi despacho antes de que se vaya. Ha surgido algo urgente y, como técnicamente sigue dentro del horario de trabajo, le sugiero que me siga.

Trago saliva y busco en mi cerebro qué problema podría caerme encima una vez que la Cangrejo haya cerrado la puerta del despacho. No se necesita mucho para que un profesor se vea metido en una tormenta de mierda. Los jefes en el trabajo de algunos padres les hacen sentirse impotentes durante el día, y cuando llegan a casa llaman a la madre Catherine y, con una seguridad de inspiración celestial, critican mis métodos. También es posible que alguien olvidara la prohibición de los cacahuetes en clase y metiera en una fiambrera un peligroso emparedado de mantequilla de cacahuete con mermelada, circunstancia que incitaría a las madres de niños alérgicos a disparar cabezas nucleares contra todo el mundo, si pudieran, pero como no pueden, llaman y gritan hasta que salen hongos atómicos por el teléfono. Esto forma parte de la normalidad cuando eres profesor.

—Siéntese —me dice la Cangrejo cuando estamos dentro del despacho, y hago lo que me dice.

—¿Llamadas de padres chiflados? —pregunto.

—No —responde.

—¿Entonces?

—¿Qué tal va su matrimonio? —pregunta la madre Catherine, sumiéndome en una total confusión.

—¿Qué tal el suyo? —digo, guiñándole el ojo en broma.

—Si desea conocer los pensamientos de mi esposo, le sugiero que se ponga de rodillas y se lo pregunte directamente.

—Podría hacerlo, madre Catherine.

—Discúlpeme, por favor. ¿Cómo va su matrimonio, señor Bass?

—¿Por qué lo pregunta?

—Sabe que Portia y yo hablamos de vez en cuando, ¿no? Que tenemos una... *una relación.*

—Sí —digo, y me pregunto a dónde quiere ir a parar.

—Me gustaría hablar con usted como amiga y no como jefa. ¿Me concede usted su permiso?

—Por supuesto —digo, empezando a notar las palmas sudorosas.

—Portia me cuenta muchas cosas sobre usted. Creo que me toma por un sacerdote, porque se ha estado confesando conmigo. Pero yo no estoy obligada por Dios a guardar el secreto de confesión. Repito, no soy sacerdote. Ambas sabemos que nunca le contaré a nadie sus secretos, pero marido y mujer son la misma carne y, por tanto, no debería haber secretos entre Portia y usted.

—¿Secretos? —digo, imaginando lo peor.

—Es usted un buen hombre, Chuck Bass. Uno de los mejores profesores que tenemos en esta escuela, uno de los mejores que he visto en mi vida, en especial por lo mucho que se preocupa por los niños. Eso es lo que hace grandes a los profesores..., la empatía. Cualquiera puede aprender una disciplina, pero la preocupación..., eso no se puede enseñar. O se tiene o no se tiene.

—¿Y qué tiene esto que ver con mi matrimonio?

—Es usted muy bueno con Portia. Y ella lo sabe.

—La quiero.

—Y ella también le quiere, pero está bloqueada. Usted lo ve, y ella se da cuenta de que usted lo ve, lo que hace que a ella le resulte difícil. Tommy también lo ve, pero finge no darse cuenta para que ella no se sienta mal, lo que al final hace que ella se sienta peor, porque no sabe cómo desbloquearse por mucho que quiera... por usted, por Tommy y también por ella. Ha tenido una crisis de fe, aunque ella no quiere enfocarlo de ese modo.

No sé qué quiere la Cangrejo que responda.

—Yo he intentado...

—Ha sido un buen marido, mejor de lo que Portia creía posible.

Miro a la Cangrejo Gruñona, enfundada en su hábito, y me pregunto de qué va todo esto.

—Portia y yo hemos estado rezando juntas, ¿lo sabía? —Niego con la cabeza—. Tengo a las hermanas rezando por Portia —prosigue—, y las oraciones de las monjas son muy poderosas. Yo también rezo por Portia. Todas las noches. Hay personas destinadas a cuidar la luz, y ese puede ser un trabajo difícil a largo plazo. Y si no, mire lo que le ocurrió a mi esposo.

—Madre Catherine, aprecio sus oraciones y sus amables palabras, de veras que sí. Pero ¿por qué me ha hecho entrar en su despacho?

La Cangrejo sonríe.

—Es usted muy directo, señor Bass.

Me encojo de hombros, porque no he querido ser ofensivo.

La Cangrejo sonríe demasiado, pienso, y en aquel preciso momento pregunta:

—¿Recuerda que la primera vez que lo entrevisté le dije que Portia y yo estábamos conectadas?

No lo recuerdo con detalle, pero lo que dice me suena a la típica cháchara católica que suele utilizar la Cangrejo, así que afirmo con la cabeza.

—Pues bien, mi querido amigo, el hijo pródigo de la hermana Maeve, ha vuelto a casa.

Tardo un segundo en entenderlo.

—¿El señor Vernon está vivo? ¿Y en la zona de Filadelfia?

—No, no está en la zona de Filadelfia —informa—. Pero sí está vivo. Hemos estado en contacto. Al final respondió a las cartas que su madre y yo le escribimos cuando ella estaba agonizando y él vivía en los bosques de Vermont, compadeciéndose de sí mismo. Tardó algún tiempo en reunir el valor suficiente, pero al final lo hizo.

—¿De veras está vivo?

—Y mucho.

—¿Lo sabe Portia? —inquiero, pensando que una prueba sólida de que el señor Vernon está vivo podría devolver la luz a sus ojos. Parece un milagro, porque ya nos habíamos rendido.

—No tiene la menor idea —explica la Cangrejo.

—¿Y por qué no se lo ha contado usted?

—Porque oportunidades como esta no se presentan muy a menudo. La oportunidad de resucitar a alguien. De hacer que una persona vuelva a sentirse completa. Por lo que yo sé, es mejor hacerlo con cierto estilo y talento, incluso con cierto garbo, ¿no cree? Intensificar la experiencia. Hacerla memorable, épica. Que haya algo romántico en ello.

—No estoy seguro de entenderla, madre, lo siento.

—Sí lo entiende, señor Bass. Claro que lo entiende —dice la madre Catherine, empujando un sobre por la superficie del escritorio.

—¿Es de él? ¿Del señor Vernon? —Cojo el sobre con el corazón a punto de salírseme del pecho—. ¿Tengo que leerla aquí, delante de usted?

—Es libre de irse, señor Bass. Disfrute de la competición de camiones monstruo. Feliz cumpleaños a Tommy. Y disfrute resucitando a nuestra chica. Todavía tiene trabajo que hacer.

La Cangrejo y yo nos miramos a los ojos unos momentos y luego digo:

—Gracias, madre Catherine.

Ella asiente con silenciosa confianza y sus ojos brillan con más fuerza que nunca.

Salgo a toda prisa del edificio y cruzo el aparcamiento.

Una vez en el coche, abro el sobre con manos temblorosas.

Mis ojos recorren las líneas con rapidez, pero a esa velocidad no consigo entender las palabras y, cuando termino, tengo que volver a leer la carta, para asegurarme de haberla comprendido bien.

Cuando estoy seguro de que entiendo lo que el señor Vernon sugiere, en la intimidad de mi vehículo, levanto las manos haciendo los cuernos por encima de mi cabeza, saco la lengua y grito como un auténtico loco por el *metal* durante tres minutos largos.

EPÍLOGO:

PORTIA KANE

John Figler es un estudiante de secundaria que respeta la ley. Dice en su carta que ha leído casi todo lo mío y que ya está en condiciones de exponer la idea fundamental que se esconde en el núcleo de cuanto he escrito hasta hoy. Le cedo la palabra: «El amor puede fallar, pero la cortesía prevalecerá».

KURT VONNEGUT JR.,
Pájaro de celda

34

Cuando el GPS de mi teléfono móvil avisa de que estoy tan cerca del sitio que tengo que verlo, busco el triángulo de hierba que debe de estar en el centro de esta pequeña población del oeste de Massachusetts, que parece tal como Chuck la describió. Enseguida veo al señor Vernon sentado en el banco de un parque con un pequeño perro amarillo en las rodillas, tomando el sol de media tarde.

Aparco la camioneta a cierta distancia y lo observo un rato. Lleva un jersey azul de cuello alto y parece un capitán de barco o un Ernest Hemingway anciano. Tiene la cabeza levantada hacia las nubes mientras acaricia a su tranquilo perro. La pacífica expresión del señor Vernon parece la habitual en su rostro. Me esfuerzo por no correr a quitársela de un bofetón. También quiero darle a mi antiguo maestro un fuerte abrazo.

Recuerdo la última vez que lo vi, cuando entró cojeando en la comisaría de Oaklyn. No puedo creer cuánto tiempo ha pasado.

Es una extraña mezcla de emociones: excitación, angustia, alivio e incluso incredulidad.

Se está desenterrando gran parte del pasado.

Y, sin embargo, el círculo, sin saber cómo, se cierra.

Chuck tenía razón: necesito una conclusión, por eso estoy aquí. No he sido capaz de seguir adelante.

Estoy atascada.

Desesperada.

Cuando me doy cuenta, avanzo hacia el señor Vernon.

Entonces me reconoce, aunque llevo las gafas de sol y un pañuelo de seda alrededor del cuello, pero no se pone en pie, quizá porque tiene el perro en las rodillas.

Está rascándole sus orejas caídas, sonriendo y tan pacífico como un Buda.

Cuando estoy lo bastante cerca para oírlo, el señor Vernon recita:

—«El Maestro está aquí y te llama.»

—¿Qué? ¿Quién dijo eso? —El tono de mala uva me avergüenza, aunque tengo mis motivos para estar enfadada.

—Pues Marta se lo dice a María en Juan 11,28. ¿No soy su Lázaro?

—dice—. Mi madre se empeñó en que aprendiera de memoria versículos de la Biblia cuando era pequeño. Maldita sea, podría citar casi todo el Nuevo Testamento.

—Creo que esa referencia al maestro lo convertiría más bien en Jesucristo, ¿no? Usted es el maestro.

—Nada de eso. Yo no soy Jesús. No, en esta metáfora Jesús sería usted. Yo soy el Lázaro metafórico y usted es...

—Bah, que les den a las metáforas. Esto no es una clase de lengua y literatura, por el amor de Dios. Y que le den a usted también por haberme dejado así en el Manor. Fue una actitud mezquina, horrible y cobarde. ¡Llevamos *años* preocupados!

—En justicia, lo de ustedes fue una trampa bastante burda que se me tendió en un momento en que yo estaba en crisis. Me engañaron —protesta—. No tuvieron en cuenta el choque emocional que...

—¡Le habíamos organizado una fiesta!

—Bueno, yo no quería ninguna fiesta.

Sonrío con orgullo.

—Bueno, hoy me ha invitado a venir. Así que en algo debí de tener razón.

—Cierto —dice, asintiendo con la cabeza.

—Y para que conste, todavía no lo he perdonado.

—Bueno, yo sí la perdoné a usted. Oficialmente. Hace ya algún tiempo.

—Pues yo sigo muy enfadada.

—Y, sin embargo, ha venido a verme.

Ha adelgazado y la piel que le cuelga de la mandíbula es roja y floja, lo que quizás explique el jersey de cuello alto pasado de moda. Las arrugas del señor Vernon son más profundas y a pesar de todo parece más joven, menos rígido, tal vez incluso en paz.

—¿De qué diablos va todo esto? —pregunto, y me río a pesar de mí misma—. ¿Por qué he venido? ¿Me he vuelto loca? Es como si usted y yo estuviéramos unidos por algún extraño mecanismo. Como si fuéramos..., no sé. Estos días estoy demasiado cansada para ser inteligente.

—¿Quiere sentarse conmigo? —dice, dando golpecitos en los listones del banco en que se encuentra.

Estar al lado del señor Vernon me sienta de maravilla, quizá porque estoy realmente cansada después de seis horas de viaje en coche, por no mencionar el precio que se ha cobrado el fracaso de mi vida, a pesar de lo cual digo sin poder evitarlo:

—Sabía que no iba a suicidarse. Es usted demasiado bueno para eso.

—No creo que la cuestión consista en ser «bueno», sino en estar *enfermo*. Quizá sea una ecuación matemática. Cuando lo malo aumenta de forma exagerada... Hubo un par de tentaciones muy fuertes, por si quiere saberlo. Pasé un tiempo en una institución. Un bonito lugar al lado de un lago. Me sentó bien. Necesité medicación durante un tiempo. Hablé con algunos psiquiatras. Algunos buenos. Otros más locos que yo. Incluso le escribí una carta a Edmond Atherton. También lo perdoné. Pasé mucho tiempo envuelto en una manta de lana, sentado en una silla Adirondack y mirando a los somorgujos, oyéndolos llamarse unos a otros de orilla a orilla. ¿Ha oído alguna vez la llamada de un somorgujo? Es hermosa y evocadora. Curativa. Ellos se limitan a llamar y a esperar lo mejor. Hay algo que aprender en eso.

La obsesión que había en su mirada la última vez que lo vi ha desaparecido.

El señor Vernon ha encontrado algo.

—¿Quién es este? —inquiero, señalando al pequeño chucho con pinta de caniche que parece formar parte permanente de las piernas del señor Vernon, si es que la comodidad de un perro es indicativa.

El señor Vernon sonríe orgulloso como un padre.

—Este es el señor *Yo-Yo Ma*.

—¿Ha llamado Yo-Yo Ma a un perro *amarillo*? ¿En serio? ¿No es eso racista? —pregunto sin poder evitarlo.

—Naturalmente, no era esa mi intención —replica sin hacer caso de mi acusación, mirando a su mascota como los padres miran a sus hijos recién nacidos—. Nadie reemplazará nunca a *Albert Camus*, pero

Yo-Yo Ma es mi nuevo amigo. Bueno, ya hace casi un año que lo tengo, así que no es exactamente nuevo, pero nuestra vida juntos parece nueva, como si todavía estuviéramos iniciándola. Es una vida *nueva* para los dos…, para mí.

—¿A qué se refiere? ¿*Qué* vida nueva?

Me sonríe.

—Leí su libro.

Mi corazón se salta unos cuantos latidos.

—¿Cuándo?

—En el momento oportuno —revela en tono casi alarmante.

—Los críticos me crucificaron.

—Yo no leo a los críticos. Leo a los novelistas.

Espero que diga algo más, pero permanece en silencio.

Finalmente, con esa voz vergonzosa de niña necesitada, pregunto:

—¿Le gustó?

Me mira a los ojos durante un rato extrañamente largo. Luego, en lugar de contestar, dice:

—Vamos, *Yo-Yo Ma*. Vamos a enseñarle a la señora Kane lo que hemos estado haciendo últimamente.

El chucho salta a la hierba y el señor Vernon se pone en pie con el bastón de madera en una mano y la correa en la otra.

—Su libro me animó a poner en práctica cierto voluntariado. Cada martes por la tarde y resulta que hoy es martes. Vamos. Se lo enseñaré.

Sigo al señor Vernon y el ritmo familiar de su bastón evoca recuerdos del tiempo que pasamos juntos en Vermont y en Nueva York. Cruzamos la calle y las zarpas del pequeño *Yo-Yo Ma* resuenan en el hormigón y el asfalto. Luego recorremos varias manzanas sin pronunciar palabra. Necesito que el señor Vernon me ayude a creer de nuevo, aunque me temo que también puede dejarme hundida. Mi corazón me golpea el pecho mientras me hago preguntas sobre el lugar al que me lleva, pero mi cerebro no ceja en su empeño de eliminar cualquier esperanza que surja, reventando cada brillante y hermosa burbuja que sube flotando de mi subconsciente, aunque estoy casi segura de que el señor Vernon va a enseñarme algo maravilloso.

—Aquí es —dice—, aquí trabajo de voluntario.

Es un gran edificio de ladrillo marrón con una especie de cañón militar de la Segunda Guerra Mundial en la puerta.

Sobre la entrada, grabadas en piedra, se leen las siguientes palabras:

INSTITUTO DE ENSEÑANZA MEDIA GARVEY

Empiezo a sentirme mejor.

—¿De veras ha vuelto a la docencia? —digo, preguntándome por qué no está en clase si es así. Es la hora en que termina la jornada habitual de los institutos, pero se diría que es demasiado pronto para que los profesores hayan salido del edificio.

—No, técnicamente no doy clases. No como empleado, al menos. No hay paga. Como dije antes, trabajo de voluntario.

—¿En qué?

En lugar de responder, dice:

—Quiero que vea una cosa.

No entramos, lo cual me sorprende. Lo sigo a un lado del edificio, donde se ven tres filas de ventanas rectangulares.

El señor Vernon se vuelve y me mira de frente.

Nos miramos a los ojos.

—Los libros que leíamos en clase de lengua y literatura: solo letras y símbolos inocuos en el papel hasta que nuestro cerebro procesa las palabras y permitimos que la ficción se manifieste en el mundo real.

—¿Cómo permitimos que la ficción se manifieste?

—Con nuestros actos.

—¿Qué actos? —pregunto riéndome.

—Unos alumnos te dan una paliza de muerte con un bate de béisbol y otros te salvan escribiendo novelas. Y tenemos que dar las gracias a nuestros salvadores por muchas veces que nos agredan y nos muelan a palos, porque los necesitamos desesperadamente. Y de eso trata la jornada de hoy. Gracias, Portia, por *El amor puede fallar*.

—No estoy segura de entender lo que está pasando. ¿Por qué hemos venido a un lado del edificio?

—Levante la cabeza —indica, señalando la tercera fila de ventanas, que están todas abiertas— y conozca el Club de Literatura de Ficción del Instituto de Enseñanza Media Garvey.

De súbito aparecen docenas de caras sonrientes y asoman brazos que lanzan escuadrillas enteras de aviones de papel, que planean, giran y describen bucles en el aire. El cielo se llena de ideas escritas por jóvenes, y de repente me siento transportada a tres décadas atrás, cuando lancé un avión de papel al aire desde la ventana del viejo HTHS, la primera vez que me retaron a creer en la posibilidad de una vida que sobrepasaba todo lo que mi madre llegaría a conocer.

Rompo a llorar.

El señor Vernon me rodea con el brazo.

—Recuerde que esto es por su culpa. Lo ha hecho usted. La incansable Portia Kane. *Usted.*

Siguen asomando brazos por las ventanas y los aviones de papel siguen planeando hacia nosotros.

Antes de tener tiempo para decir nada, salen por la puerta del instituto unos veinticinco alumnos que me rodean. Todos llevan un ejemplar de mi libro, con las tapas de color verde fosforito.

—¿De veras está dando clases sobre *El amor puede fallar?* —pregunto al señor Vernon.

—«Pero la cortesía prevalecerá» —dice con orgullo, terminando la cita de *Pájaro de celda* de Vonnegut—. Y les encanta, les gusta de verdad. Mire sus caras. Este entusiasmo no puede fingirse, ¿verdad, futuros novelistas? —Los miembros del club están radiantes, asienten tímidamente con la cabeza y sonríen como si yo fuera la primera escritora *real* que han conocido en su vida. Es una dinámica extraña, porque yo no me siento como una novelista «real». Pero la amplia y cómplice sonrisa del señor Vernon hace que todo vuelva a estar bien, y me doy cuenta de que esto no tiene que ver con el señor Vernon, ni conmigo, ni siquiera con mi novela. Es algo mucho más grande. Aquí hay hoy fuerzas cósmicas en acción. Es posible que «real» sea aquello que creemos que es, en cualquier momento, en cualquier lugar.

Miro a los jóvenes escritores en ciernes: sonríen con ingenuidad, totalmente inconscientes de lo que les espera cuando sean adultos, participando con emoción de este buen momento. Algunas muchachas me miran como si fueran calcos de lo que yo fui a su edad, como si necesitaran desesperadamente lo que les ofrece el señor Vernon, mientras labran la filosofía de su propia vida en cuadernos, o quizás en ordenadores y tabletas, o lo que utilicen los adolescentes para soñar estos días.

Y entonces, de repente, estoy en mi cuerpo otra vez.

Me pica todo.

Lo sabía.

Y ahora quizá vuelvo a saberlo.

Así que cuando los jóvenes lo piden con un entusiasmo de buena fe, aunque me siento un poco tonta y estoy demasiado pendiente de mis sensaciones, por no hablar de la poca práctica que por desgracia tengo, firmo sus libros.

El señor Vernon se queda orgullosamente en la periferia del grupo, con las dos manos apoyadas en el bastón. *Yo-Yo Ma* se sienta pacientemente al lado de su amo, mirándolo con descarada adoración.

Otro pensamiento me viene con fuerza, como un dardo que se hunde en la diana: este momento es muy poco importante para el resto del mundo, aunque de alguna manera para mí lo significa todo... y eso es suficiente.

Así que firmo, firmo y firmo.

Los chicos parecen anonadados cuando miran mi autógrafo oficial de escritora y sonríen agradecidos de una manera que me deja claro que un profesor poderoso, un hombre realmente bueno, los ha preparado para este buen momento.

Y en un momento dado, levanto la cabeza y lo veo.

La chispa ha vuelto a los ojos del señor Vernon.

Agradecimientos

He aquí la lista de personas a las que estaré eternamente agradecido:

Al, mi guapa y cabeceante esposa y primera lectora, que es en gran medida responsable de todo lo bueno que hay en mi vida. Liz Jensen, mi segunda superlectora, que durante años ha respondido fielmente mis mensajes electrónicos con brillantez y buen humor. El asombroso Doug Stewart, agente literario fuera de lo común y el mejor tercer lector del mundo entero. La hermana Kim Miller (alias Miller Time), que me enseñó cosas maravillosas sobre las monjas. Mark Wiltsey, por ayudarme en todo lo relacionado con Haddon Township y por ser un auténtico hermano. Las editoras Jennifer Barth y Jennifer Lambert, por inducirme (con fuerza) a contar la mejor historia que tal vez haya escrito. Mi agente cinematográfico Rich Green, que hace magia a diario en la costa del Pacífico. Mi madre, que hace tiempo hizo lo posible para que yo creyera siempre en lo imposible. Mi padre, que me llevó por primera vez a Oaklyn, la población que tanto quiero. Mi vehemente hermana menor, Megan, y su marido Aaron. Mi leal hermano menor, Micah, y su esposa Kelly. Barb y Peague, por permitirnos trabajar en este libro (y en todos) en su casa de Vermont. Mi amigo Tim Rayworh, escrupuloso programador de páginas web, y su esposa Beth, que prepara un delicioso pastel de celebración cada vez que tengo buenas noticias. Ben Lipchak, por aparecer y hacer el trabajo. El señor Canada, por otro nombre Scott Caldwell, por ser el señor Canada. Evan Roskos, fiel amigo en temas literarios, charlas de café y salud mental. Doctor Len Altamura, que siempre responde al teléfono. Scott Humfeld, constante como el sol. Roland Merullo, que a menudo ha compartido su sabiduría conmigo mientras cenábamos huevos fritos de madrugada. Bill y Mo Rhoda, amigos desde hace décadas. El personal de Harper-Collins (y de todas las editoriales del mundo), que ha trabajado incansablemente para promocionar este libro. Todo el personal de Sterling Lord Literistic y de todas las agencias literarias del extranjero. Las muchas editoriales extranjeras que han hecho posible su traducción.

A todos y cada uno de los que han comprado alguna de mis novelas, dicho o escrito algo agradable sobre mi trabajo, o asistido a alguna de mis charlas y han hecho cola después solo para hablar conmigo. A los muchos abnegados y bondadosos profesores que se preocuparon por mí y me ayudaron a ser lo que soy en la actualidad; y a mis antiguos alumnos, en particular a los que seguís mi trayectoria.

ECOSISTEMA DIGITAL

NUESTRO PUNTO DE ENCUENTRO

www.edicionesurano.com

2 AMABOOK
Disfruta de tu rincón de lectura
y accede a todas nuestras **novedades**
en modo compra.
www.amabook.com

3 SUSCRIBOOKS
El límite lo pones tú,
lectura sin freno,
en modo suscripción.
www.suscribooks.com

DISFRUTA DE 1 MES
DE LECTURA GRATIS

1 REDES SOCIALES:
Amplio abanico
de redes para que
participes activamente.

4 APPS Y DESCARGAS
Apps que te
permitirán leer e
**interactuar con
otros lectores**.

 iOS